SV

Emma Braslavsky

ERDLING

Roman

Suhrkamp

Die Arbeit am vorliegenden Roman wurde gefördert vom Deutschen Literaturfonds e. V., vom Berliner Senat sowie von der Kulturstiftung Thüringen.

Klimaneutral
Druckprodukt
ClimatePartner.com/14438-2110-1001

Erste Auflage 2023
Originalausgabe

Umschlaggestaltung: Nurten Zeren, Berlin
Satz: Dörlemann Satz, Lemförde
Druck: CPI books GmbH, Leck
Printed in Germany
ISBN 978-3-518-43101-6

www.suhrkamp.de

ERDLING

Dem deutschen Heimatministerium gewidmet

Alles hier ist relativ – auch Klarnamen.
Alles hier auf eigene Gefahr.

Wir armen Deutschen! Einsam sind wir im Grunde, auch wenn wir »berühmt« sind! Niemand mag uns eigentlich …
Thomas Mann

STUFE 1

… auf der meine stabil gedachten Glaubensachsen mitsamt meiner Raumzeit durcheinandergebracht wurden,

… auf der meine hart erarbeitete Scheinrealität einstürzte und das passierte, was ich am wenigsten erwartet habe …

1 (ICH)
Ohne einen Schatten ist auch mein Selbst nicht wirklich

»Bin mit meinem Deutsch am Ende, dears!«, schrieb ich in fetten weißen Buchstaben (diesmal unter spontanem Stirnrunzeln) mit dem Textwerkzeug von Photoshop auf das schwarze Rundhals-T-Shirt in dem Selfie, das ich eben, vorm Spiegel posierend, von mir gemacht hatte. Darauf halte ich mit der linken Hand lässig meinen abgewetzten braunen Ledermantel über der Schulter. Meine Miene ist ernst und mit knallrotem Lipgloss betont. Gleich danach tippte ich noch meine zwei Lieblings-Hashtags in die Bildunterschrift: #MeinHerzSchlägtLinks und #NieWiederDeutschland. Gerade wollte ich den Post abschicken, da hielten mich auf einmal seltsame Bedenken zurück. Eine Sekunde lang durchfuhr mich das Gefühl einer Verschwommenheit, einer Unschärfe. Das Klopfen der Regentropfen draußen am Fenster, die seit geraumer Zeit aus einem düsteren, benebelten Himmel stürzten, machte sich plötzlich als Omen bemerkbar: Sie prasselten und tänzelten nicht, sie zerplatzten bedeutungsschwer und tragisch an meiner Scheibe vorm Schreibtisch. Kam ich auf dem Foto etwa nicht authentisch rüber? Fehlte ein Ausrufezeichen am zweiten Hashtag? So was in der Art postete ich doch immer an solchen Tagen, an denen ich nicht dazu kam, mich mit den Aufregern meiner Gegenwart zu beschäftigen, um sie vereinnahmen und kommentieren zu können. So was in der Art kam mir immer in den Kopf, wenn ich meine inzwischen riesige Audience bei der Stange halten wollte, aber eigentlich gerade nichts Wichtiges zu sagen hatte. Denn so was in der Art hatte bei mir doch immer gut funktioniert. Dann war ich *cool*, ich war *safe* und kassierte Tausende *hearts*, *hugs*, *kisses*, *thumbs-ups*. Also wieso dieses Grummeln im Magen plötzlich?

Lang ignorierte ich diese Gleichgültigkeit, nein, eher diese Verwirrung, die bei mir mit dem Wort *links* aufkam. Ich ignorierte, dass in mir bei all dieser bundesdeutschen Links-Romantik nichts brannte, ich fühlte nichts. Wie auch? Unter Lebensgefahr war ich aus einem versumpften, selbsternannten »linken« Knast geflohen, wo für mich das einzig Menschliche die Kirche gewesen war, die sich unter der autokratischen Herrschaft des so genannten real existierenden Sozialismus alternativ und cool anfühlte, anders als später in Bayern. Wenn du in der DDR im Widerstand warst, hast du dir ein Kreuz um den Hals gehängt und Jesuslatschen angezogen. Wo *rechts* immer nur der feindselige Westen war (weil dort noch die Ex-Nazis in leitenden Funktionen seien), der mit seiner »Scheinaufarbeitung« und der »verlogenen Vergangenheitsbewältigungs-Show« das neue deutsche Narrativ an sich zu reißen drohte. Dieser Rechts-und-links-Denkmodus im »Westen« sei pures Ablenkungsmanöver von den Tatsachen. In der BRD gebe es überall Nazis in den Kadern. Im Osten hingegen gebe es nur *Linke*.

An dem Tag, als ich diesen Post abschicken wollte, aber nicht konnte, war ich schon gute zwanzig Jahre in BRDeutschland, schon mehr als die Hälfte meines Lebens damals. Und weil ich mit Sicherheit nicht *rechts* fühlte, weil ich jung war und progressiv dachte, war ich natürlich *links*. Ich reihte mich ein und flog mit dem Schwarm. Mein Verstand war wie betäubt von dieser Unbeschwertheit, die überall wie Frischeduft von Lenor aus den Köpfen dampfte, dabei erschien mir die Welt hohl und seelenlos. Außerdem war ich arm. Jedenfalls arm genug, um mir mit Mitte dreißig noch Ideale leisten zu können. Zu der Zeit war Wohlstandsverwahrlosung auch das Schlimmste, was einer in meinem Alter passiert sein konnte.

Damals wachte ich morgens noch mit diesem beruhigenden Gefühl auf, dass in meinem Leben nichts Weltbewegendes mehr passieren würde. Nichts Krasses. Weltbewegendes oder Krasses, auch Bescheuertes streamte oder mimte ich, mehr nicht. Das Krasseste, was sich damals in meinem Leben ereignete, war ein vernichtender Hashtag, weil ich dachte, das Härteste bereits hinter mir gelassen zu haben. Ich spreche jetzt nicht nur von meiner Flucht aus dem Ostblock oder vom Fall der Mauer und dem scheinbaren Ende des endlos scheinenden Kalten Kriegs, nein, wegen des Schwunds der Ozonschicht hatten wir 1987 in meiner Schule über Nacht auf Haarspray und Deo verzichtet! Auch die Punks unter uns. Es leuchtet ein, warum der Emo-Style in den 1990ern nur eine logische Folge des Ozonlochs sein konnte.

Mein Geist eierte also gut zwei Jahrzehnte lang durch dieses lauwarme bundesdeutsche Wohlfühl-Universum, in dem ich das Deutschsein auf feine linke Art gekonnt hinter englischen Begriffen verschwinden ließ, obwohl ich vom Deutschsein, wie ich heute weiß, nicht mehr verstand als jedes *rechte* Arschloch hier. Die ganze Zeit über habe ich nicht mal bemerkt, dass ich bei Ausdrücken wie *grab her by the pussy* eigenartigerweise nichts fühlte. Und das sind gute englische Waffen, sie schaffen bei den Deutschen Abstand zwischen Herz, Magen und Hirn, damit die nichts fühlen müssen. Sie gehen leicht über die Lippen, schmiegen sich an Hashtags. Mir bedeuteten sie nichts, also plapperte ich sie so dahin. Doch wenn jemand *Muschigrabschen* sagt, sticht es sofort im Magen, als würde das Wort handgreiflich. Plötzlich echte Gefühle zwischen Ekstase, Peinlichkeit und Empörung. Es war eine Zeit mit viel Fake-Geilheit, Fake-Identität, Fake-Abenteuern, manchmal Fake-Empörung, meistens aber Fake-Attitude. Meine Welt war voll von irgendetwas Vorgetäuschtem, das nur real wurde, weil's jemand nachfragte und dir abkaufte.

Mein Schlaf war in der Regel traumlos und steinhart. Ich flog in meiner Bahn und kannte meinen Weg. Und beseelt von dieser Gelassenheit schlug ich morgens meine Lider auf. Auch da erwartete ich nichts Krasses, weil ich schon mehr als mein halbes Leben lang in der Unschärfe wach wurde. Meine Brille lag genau eine Armlänge von mir entfernt auf einem Stapel Bücher, ich griff danach und setzte sie auf, um richtig anzukommen. Ja, und dann ... schaute ich vom Bett aus in Shafts Visage, der mich in Lebensgröße und in Rolli und diesem scheißcoolen braunen Ledermantel von einem Original-1971er-Poster herab anblickte. Das hatte ich einer Händlerin auf dem Flohmarkt für zehn Euro abkaufen müssen, weil sie mir nicht erlaubte, einfach nur den Wahnsinns-Mantel darauf abzufotografieren. Aus Platzmangel an den Wänden hängte ich es an die Decke über mein Bett. Shafts sozial engagierter, kritischer Blick war lange das Letzte, was ich vor dem Lichtlöschen wahrnahm. Und so war ich nach dem Aufwachen auch gleich phänomenal gut drauf! Bei seinem Anblick fühlte ich mich motiviert und ausreichend gesellschaftlich engagiert, mehr Realität brauchte ich nicht. Mein Film war gestartet, Hayes' Soundtrack zuckte durch meinen Körper. Das waren damals die Schwingungen am Morgen.

Ich wartete auf den dritten Schlag, mit dem die Wohnungstür ins Schloss fiel, alle aus meiner WG waren in den Tag gestartet, und jetzt wurde es auch Zeit für mich. Ich wollte nicht, dass sie mir mein cooles Gefühl am Morgen mit irgendeiner kritischen Bemerkung zu Shaft, von wegen sexistisch und so, kaputtmachten. Ich erhob mich, endlich konnte ich nackt durch die Wohnung laufen, meinen Hintern, die Hüfte im Beat. Vorm Spiegel. In der Küche. Ich stellte den Song an und drehte die Lautstärke hoch. Dazu einen doppelten Espresso und eine Zigarette. Diese viereinhalb Minuten machten mich glücklicher als die Fake-Dollars, die ich damals den Tag über im Las-Vegas-Solitär einspielte. Duschen, rasieren, Zähneputzen – die Morgentoilette folgte. Mein Outfit leger, aber ambitioniert, über alles zog ich meinen abgewetzten, shaftigen Dreiviertel-Ledermantel, nach dem ich lange auf Flohmärkten gesucht hatte. An warmen Tagen warf ich ihn mir über die Schulter. Kunstleder kam nicht in Frage. Ein echter toter Bulle musste es schon sein. So ein bisschen Protest-Image. Dazu verliehen mir einfache schwarze Pullover oder T-Shirts mit Rundhalsausschnitt diese schlichte Wichtigkeit, diese Schlichtheit der Milliardäre und Mächtigen, wenn sie in ihren betont bescheidenen Shirts vor der Kamera stehen und damit sagen wollen: Ich bin zu beschäftigt, es kümmert mich nicht, was du denkst. Genau diese Lässigkeit hatte ich immer angestrebt.

Erst zwei Jahre zuvor, als Langzeit-Studentin, hatte ich herausgefunden, dass die meisten Absolventinnen der Geisteswissenschaften in BRDeutschland entweder Kinder erziehen und den Haushalt schmeißen oder im besten Fall halbtags irgendetwas Geistiges, wenn's hart auf hart kam, etwas Rationelles in einem Büro machten. Deshalb hatte ich beschlossen, das Studium zu schmeißen und mir anders Bedeutung zu verleihen. Ein Flyer im Jobcenter mit der Überschrift »Alles Wichtige zum Einstiegsgeld« half mir nach meiner Exmatrikulation auf die Sprünge. Er spornte mich an, meine Puzzleteile zu einem neuen synergetischen Ich zusammenzusetzen. Keine drei Monate darauf glänzte mein neues Firmenschild in der Sonne: »Detektivbüro Andreas Emma von Erdling«.

Andreas hätte ich eigentlich heißen sollen, meine Mutter hatte nur einen Jungennamen ausgesucht. Ich kam zwar als Mädchen auf die Welt, aber sie wollte unbedingt einen Sohn nach meinen beiden Schwestern, außerdem sei sie sich sicher gewesen, eine Mutter kenne das Geschlecht, sie habe diesmal einen spitzen Bauch gehabt und keinen breiten wie bei meinen Schwestern. Sie beschuldigte die Geburtshelfer, sie hätten mich im Krankenhaus vertauscht. Als sie auch nach vier Wochen nicht einlenken wollte, trug schließlich ein Amtsschimmel einen gebräuchlichen Mädchennamen in meine Geburtsurkunde ein, woraufhin meine Großmutter empört ihren eigenen Vornamen dazu reklamierte, auf den ich dann auch gegen den Willen meiner Mutter getauft wurde. Dabei hätten sie mir unbedingt auch den Andreas dazugeben sollen. Ich war zwar ein Mädchen, aber meine Eltern erzogen den Andreas in mir. Dem sah ich sogar eine Zeit lang ähnlich. Bis in die Pubertät war ich neidisch auf die Kleider und Röcke der anderen Mädchen. Heute allerdings bin ich dankbar, dass sie mir den Andreas ermöglicht hatten.

Und er machte sich prächtig auf meinem Firmenschild. Meine Großtante Klara, meine einzige Investorin, hatte mich von Andreas überzeugt. Sie sagte, eine Privatdetektivin Emma Erdling habe in diesem Geschäft keine Chance. Auch wenn das für meine Selbstdarstellung und die Soap in den sozialen Netzwerken unerheblich war – wer zahlt, darf eben auch mitreden. Das »von« hat mir mein bester Kumpel Armin eingeredet, der selbst ein »von« in seinem Namen trägt, das sein Vater eigentlich im Kampf für mehr Gleichheit abgelegt hatte und das Armin jetzt zurückhaben wollte. Er meinte, das sei die wertvollste Aktie in meinem Geschäft. Als Andreas Erdling würde ich in hundert Jahren keine Aufträge kriegen. Das wäre mir zwar egal gewesen, aber mit dem »von« bekam ich den Schriftzug sauber untereinander und erzielte eine wertigere Optik.

Mit akribisch geplanten Posts, in denen ich immer auch

mir wichtige gesellschaftliche Anliegen einzubetten versuchte, gab ich die geschundene linke Detektivin, stets eine Weisheit von Marx auf den Lippen, im Einsatz für eine gerechtere Welt. Über mein Outfit lenkte ich die Aufmerksamkeit auf die drohende Gefahr, die ich zu bannen versuchte. Mit dieser Soap baute ich mir zwei Jahre lang eine riesige Audience auf. Ich machte mir damals wenig Sorgen, irgendwann einmal mit meiner Detektei ernst genommen und von einem echten Mandanten engagiert zu werden, und solange Klara mich finanziell unterstützte, hatte ich mehr Wirklichkeitssinn gar nicht nötig. Insgeheim hoffte ich darauf, dass ich für eine Kampagne irgendeines coolen jungen Modelabels angeheuert werden und mit meiner Soap in den Netzwerken richtiges Geld verdienen würde. Wenn ich daran denke, dass dieser ganze Wahnsinn, von dem ich euch jetzt erzähle, nur mit dem Shaft-Plakat, nein, eigentlich mit diesem scheißcoolen Ledermantel begonnen hat!

2 (KLARA)
Logik muss immer dein Munitionslager der Vernunft sein

Klara war nicht nur meine großzügige Westberliner Großtante, sie war auch meine Schwellenhüterin, die dafür sorgen wollte, dass Logik und Vernunft die Grundfesten meiner geistigen Gesundheit blieben. Früher unterrichtete Prof. Dr. Klara Erdling an der Freien Universität Logik und Sprachphilosophie. Sie hatte sowieso immer recht. Vor allem, weil ihr logisches Denken einem absolut rationalen, will heißen, gefühllosen Geist entsprang, den ich nicht geerbt hatte. Seit zwei Jahren war sie bettlägerig, eine Pflegekraft sah mehrmals täglich nach ihr. Die kinderlose Witwe brauchte Gesellschaft, und ich brauchte finanzielle Unterstützung. Seit dem Tod meiner Eltern war sie meine einzige Familie weit und breit.

Mein Büro lag jetzt in einem der nobelsten Viertel Berlins, in der Grunewalder Koenigsallee, wo Klara vor Jahrzehnten im Erdgeschoss einer alten Villa zu einem lachhaft günstigen Preis eine Wohnung gekauft hatte, in deren vorderem Teil ich mein Büro einrichten durfte. Mein Arbeitstag begann mit dem Quietschen der Gartentür, das hier zum guten Ton gehörte und als Beweis für das »Eingeborensein« angeführt wurde. Überhaupt verzichteten die Leute auf zu viel Modernität. Wenn meine Schuhe morgens über den Steinplattenweg klapperten, der sich durch den Vorgarten schlängelte, dann fühlte ich mich im richtigen Film. Auch die Haustür und alle Zimmertüren quietschten. Das Parkett knarrte. Die Sitzmöbel waren mit einem knisternden Stoff bezogen. Die Tischdecken hatten Glöckchen am Saum. Klara war fast neunzig, sie konnte das Bett nur noch im Geist verlassen, und dieser Geist war anscheinend seit vierzig Jahren keinen Tag älter geworden. Worunter sie litt, durfte ich nicht wissen, sie ertrug kein Mitleid. Mit geschlossenen Augen konnte sie sehen, was sich in ihren Räumen abspielte. Nichts, was ich tat, blieb ihr verborgen.

Wenn ich morgens die Wohnung betrat, rief sie: »Bring Kaffee, du Graf!« Ihre Stimme klang sägend vom Kraftaufwand, den sie jedes Wort kostete. Es war die unterkühlte Stimme des gesunden Menschenverstands, der mein wohltemperiertes Universum ungemütlich machen konnte. Mindestens einmal pro Woche hörte ich: »Was machst du, wenn deine Spinnereien mal wahr werden, wenn du wirklich einen Fall bekommst?«

Ich nahm das inzwischen rhetorisch und sagte nur:

»Meine Webseite hat 20 Besucher im Monat, Klara, 15 davon bin ich selbst.«

»Niemand hängt aus Jux so ein Schild an die Straße!«

»Das Schild interessiert doch niemanden. Dafür hab ich Zehntausende Follower, die mich am liebsten nackt sehen wollen. Und das Schild auf den Selfies ist Superpower, Klara. Ich brauch das.«

Natürlich hatte ich mir schon eine Szene zurechtgelegt, wie so ein erster Auftrag aussehen könnte. Ich setzte mich zu Klara, nahm ihre Hand und deutete einen Handkuss an, sie hasste das. »Alles im grünen Bereich, Tantchen. Du weißt doch, dass ich weiß, wie mein erster Klient an die Tür klopfen wird. Eine Frau, die aussieht, als hätte sie viel zu verlieren, die verzweifelt ist. Emma wird in meinem Vorzimmer sitzen, damit sie das altbewährte, vertrauenstiftende und solide Firmenbild bedienen kann, und die Dame bitten, Platz zu nehmen. Dann wird sie ins Nebenzimmer verschwinden, ihre Bluse gegen ein Shirt und ein Sakko tauschen, ihr Haar streng nach hinten binden, ein paar Tropfen vom herben Eau de Toilette auf die Wangen reiben und durch die hintere Tür in mein Büro gehen. Andreas wird die Dame hereinbitten, und sie wird ihn in mir erkennen. Ungeschminkt könnte ich locker mein Bruder sein, da komme ich ganz nach dir. Sie wird sagen: ›Sie sind also der Profi, der meine Probleme lösen kann?‹ Dann zünde ich ihr die Zigarette an und sage: ›Sie wären nicht hier, wenn Sie daran Zweifel hätten. Welches Ihrer Probleme hat Sie denn zu mir geführt?‹ … Siehst du? Bin bestens vorbereitet.« Ich wollte aufstehen.

»Spinner!« Sie hielt meine Hand fest, ließ mich nicht gehen. Mit diesem Blick aus ihren blaugrauen Augen versuchte sie mich zu ernüchtern. »Ich hab kein gutes Gefühl bei der Sache. Warum schreibst du nicht Gedichte oder Romane?«

Ich stand auf und zwang mich zu einem Grinsen. »Dafür habe ich kein Sitzfleisch. Weißt du doch.« Ich tätschelte noch einmal ihre Hand und verließ den Raum.

Kaum saß ich an meinem Schreibtisch, zündete ich mir eine Zigarette an, drehte mich ein paar Mal im Bürosessel um die eigene Achse, öffnete mein Mailprogramm und vergewisserte mich, dass nichts Weltbewegendes auf mich wartete. Niemand hatte auf meine Annoncen reagiert. Blick aus dem Fenster. Die Straßen wie ausgestorben. *Puh!* Ich war safe!

Die Menschen schienen zu der Zeit keine handfesten Sorgen zu haben, kein echtes Leben mehr, in dem es Konsequenzen gab. Wegen Cybersex bist du vielleicht sauer, lässt aber niemanden beschatten. Das nannte ich Wohlstandsgesellschaft. Haben wir das nicht immer angestrebt? Ich mochte meine Routine, ich bildete mir ein, einen Traum zu leben, den ich über meine Netzwerke verbreiten und damit meine Audience unterhalten konnte. Ich war die Hauptfigur in den stabilen Gut-Böse-Achsen meiner Geschichte, die, wo sie nur konnte, gesellschaftspolitisch Position bezog und sich einbildete, so die Wirklichkeit für viele andere noch besser machen zu können.

Ich klickte auf den offenen Tab, der meine Profilseite anzeigte, und starrte auf meinen ungesendeten Post von gestern. Nein, eigentlich starrte ich innerlich auf mein Bauchgefühl, das meine Wahrnehmung in diesem Moment verwaschen hatte. Ich starrte auf das dumpfe Ziehen in der Leere und wusste nicht, was tun. Was war nur mit mir passiert?

»Was hat dir dieser Spinner am Kiosk heute wieder eingeredet?«, rief Klara aus dem Nebenzimmer.

Ich hörte, wie die Pflegekraft das Essen auf die Teller verteilte. Ein bittersüßer Geruch zog schon seit einigen Minuten durch die Wohnung. Es war offenbar gleich Punkt dreizehn Uhr. Wegen Klara hatte ich begonnen, gekochtes Gemüse zu essen. Ich profitierte von ihrer strengen Schonkostdiät, die mittags immerhin dreigängig war. Ihre Frage ersparte mir eine weitere Beschäftigung mit dem Schatten aus meinem Unbewussten. Ich verschob den Post einstweilen ins Archiv und leistete ihr wieder Gesellschaft.

Mit Spinner meinte sie Cosmo, einen Freund, der ein besonderes Antiquariat betrieb, an dem ich seit einem halben Jahr auf dem Weg hierher vorbeiging. Manchmal log ich mir irgendwas zusammen, weil ich keine Lust auf einen Streit mit ihr hatte. Es gab ja kaum etwas, das mit ihrer Auffassung von Logik vereinbar war. Aber mit den alten Griechen konnte sie immer etwas anfangen.

»Was zu Aristoteles.«

»Was von dem?«, fragte sie.

»Nach seiner peripatetischen Methode, Klara, verbindet sich ein Gedanke mit dem Ort, an dem er sich einem Menschen darstellt.«

»Na und?«

»Na ja, das heißt dann wohl, dass sich ein Gedanke an unterschiedlichen Orten unterschiedlich darstellen kann.«

»Wen juckt das schon.«

»Na, dich vielleicht? Nach dieser Lehre sind dein Geist und deine Gedanken quasi gefangen, weil der Geist mit deinem Körper im Bett liegen muss und nicht mehr umherwandeln kann. Deshalb kreist du gedanklich nur noch um dich selbst.«

Sie warf ihre Gabel nach mir.

Ich hatte sie gekränkt und wusste nicht, wie ich aus der Nummer wieder herauskommen sollte. Dann richtete sie den »Schweren Gustav« ihrer sprachphilosophischen Logik auf mich und feuerte Umkehrschlüsse und Bedeutungswechsel ab, bis sie müde wurde und einschlief.

Was an Kaiserschmarrn Schonkost sein sollte, wusste ich nicht, aber er lag wie eine angetaute Schneedecke in meinem Magen. Zwischen Versuchen, lautlos zu rülpsen, und Gähnanfällen loggte ich mich in die vergessene Cyberwelt *Second*

Life ein. Ich lungerte dort gern bei Cosmos Cyber-Blumenladen herum. Zwar gab ich mich dort als Shaft zu erkennen, glaubte aber nicht, einen Klienten aufzutreiben. In abgeschriebenen Welten bleiben nur die robusten Typen zurück. Überall Underdogs, die ihre Probleme auf ihre Art lösen und erst erscheinen, wenn die Umgebung schon am Ausdörren ist.

Ab sechzehn Uhr schaute ich mir die populärsten Hashtags des Tages an. Ich suchte mir einen zur deutschen Teilnahme am Eurovision Song Contest aus und scrollte durch den Thread, um abzuschätzen, wie ich mich links davon zu verhalten hatte. Um siebzehn Uhr zwanzig herzte und repostete ich den ranghöchsten meinungsstärksten Post, teilte anschließend aber noch einen aus der gegnerischen Ecke, um ihn mit einem ironischen Zitat auf Englisch zu kommentieren: *Opinion is the medium between knowledge and ignorance.* Sanfte Gehässigkeit brachte mir immer die meisten Reaktionen. Menschen sehnen sich nach Aufwertung. Meinen Post von gestern löschte ich, fast unbewusst.

Punkt siebzehn Uhr dreißig gab es Tee, da hatte Klara unsere kleinen Streitereien vom Mittag schon vergessen. Und wenn gegen neunzehn Uhr die Nachtschicht des Pflegedienstes kam, war mein Arbeitstag zu Ende.

3 (COSMO)

Deine Wirklichkeit hängt davon ab, wie du sie beobachtest

Cosmo betrieb das einzige Antiquariat, das sich in der Gegend meines Büros noch über Wasser halten konnte. Seit er alle möglichen magischen Rauchwaren über einen Blumenladen in *Second Life* versilberte, machte er endlich Umsatz. Jetzt hatte er ausreichend Krypto für ein ungewöhnliches Drucksachen-Sortiment: seltene internationale Fachmagazine und antiquarische Bücher und Zeitschriften der gefühlt letzten dreitausend Jahre europäischer Geistesgeschichte.

Als ich Cosmo vor einem halben Jahr zufällig auf der Straße begegnete, war ich verkatert von einer Party bei Armin am Abend zuvor und mein Bewusstsein noch erweitert von irgendeinem Wirkstoff, der dem Wein zugesetzt worden war. Kurz: Ich musste gefasst sein auf schräge Erscheinungen. Schon aus einiger Entfernung nahm ich Cosmo wahr, als hätte ihn jemand angeleuchtet und ausgestellt. Ein androgynes Wesen, nicht viel größer als ich, schritt mir in einem hautengen orangefarbenen Overall entgegen und fixierte mich dabei mit einem hypnotischen Blick, Augen wie nachtblaue Fenster, dasselbe Dunkelblau wie seine Turnschuhe. Mit seiner makellosen cappuccinofarbenen Haut und dem glatten Profil war er auf eine utopische Weise schön. Er lief wortlos an mir vorbei, um einige Meter hinter mir seinen Laden zu betreten. Ich folgte ihm nach ein paar Minuten, meine Immungene hatten sich wohl alles Mögliche zusammengerechnet. Im Laden empfing mich dann einer in weitem Hoodie, dessen Kapuze sein halbes Gesicht bedeckte. Erst dachte ich, da stünde so ein Nachahmer-Mönchsverschnitt aus *Der Name der Rose*, deshalb sprach ich ihn vorsichtshalber mit »Bruder« an und wollte gerade nach dem Typ von eben fragen, als ich bei näherem Hinsehen erkannte, dass er es selbst war. Schnell tippte ich auf den nächstbesten Buchrücken vor meiner Nase, einen Band tschetschenischer Lyrik eines gewissen Apti Bisultanov, und gab vor, mich dafür zu interessieren. Ich speicherte kein Wort von dem, was Cosmo mir über ihn erzählte. Ich schaute nur auf seine Zähne, seine Lippen und in seine Augen. Schließlich kaufte ich das Buch und arrangierte ein cooles Selfie, das ich mit »heute ein Tag ungewöhnlicher Ermittlungen« untertitelte.

Von da an ging ich täglich dort vorbei, weil ich den Laden gut als Kulisse verwerten konnte, vor der ich in Selfies und Clips für meine Audience gebildet und wichtig erschien und die auch super ankam. Ich blätterte mit ernster Miene in literaturwissenschaftlichen Fachmagazinen oder schlug demonstrativ einen alten Band über Zukunftstechnologien auf, in denen heute fossil anmutende stromlinienförmige Autos dieses trendige Gefühl von Morgen und Aufbruch vermittelten. Mit flüchtigem Blick zu Cosmo fragte ich routinemäßig: »Was liegt heute an, Bruder?«

»Was zum Einfluss der Akmeisten auf das kollektive Unbewusste am Beispiel lyrischer Codes in der Dichtung Zwetajewas.« So was in der Art kam dann. Er drückte mir immer das entsprechende Heft in die Hand.

»Genau die Sorte Information, die ich wollte«, murmelte ich betont beiläufig und stoppte die Aufnahme. Darunter textete ich für die Audience: »Handfeste Mitteilungen, mit denen sich jemand wie ich den Tag über angemessen beschäftigen kann.«

Diese surreale Sachlichkeit zwischen Cosmo und mir hielt uns auf Abstand, als hätte ich nicht ausreichend Schwerkraft zu bieten, um diesen schmalen Jüngling in meinen Orbit zu ziehen. Ich musste dann auch bald akzeptieren: Cosmo war asexuell, ein kühler Körper unter einem heißen Kopf, was ich intellektuell beruhigend, aber aus hormoneller Sicht enttäuschend fand. Er blieb mein Herold, der mir aus den abgelegensten Raumzeiten Botschaften überbrachte und (eine Absicht sah ich da noch nicht) mich allmählich zu verunsichern begann.

An einem Morgen war ich aus einem Traum aufgewacht, der ein Gefühl der totalen Verlassenheit in mir zurückließ und ein einziges Bild in meinem Bewusstsein abgelegt hatte:

Mein nackter Hintern klemmte zwischen Abertausenden anderer nackter Hintern, die sich dicht aneinanderdrängten. Ich fror, denn es waren durchweg kalte Ärsche, Klamotten trugen wir alle nicht. Als ich die Augen aufschlug und vage Shafts Visage ausmachte, hätte ich mir wenigstens ein paar tröstende Worte von ihm gewünscht. Ich wartete an diesem Morgen nicht ab, bis die anderen aus meiner WG in den Tag verschwunden waren, ich brauchte Nähe und Wärme. So nackt, wie ich aus dem Bett aufstand, schlurfte ich in die Gemeinschaftsküche, um uns ein Frühstück zu machen, erntete aber bloß genervte Blicke. Sie flohen geradezu vor mir.

Als ich später am Tag in Cosmos Laden ankam, trug er keinen Hoodie, sondern wieder seinen hautengen orangefarbenen Overall. Er blickte mir vollmondig in die Augen, grinste mich an und ließ mir im nächsten Moment offenbar eine Art Stammgast-Gratulation angedeihen, mit Küsschen links-rechts-links.

»Mich interessiert dein Interesse, Schwester«, sagte er. »Wenn du willst, können wir uns auch mal über unsere Lektüren austauschen.«

»Klar«, sagte ich und wollte das natürlich rhetorisch verstanden haben.

»So hier, nach Ladenschluss.«

»Klar.« Und verstand, dass er das sachlich gemeint hatte.

Er überreichte mir zwei Erstausgaben eines deutschen Autors vom Beginn des 20. Jahrhunderts, dessen Namen ich noch nie gehört hatte.

Von dem Tag an betrat ich seinen Laden nicht mehr nur zur Tarnung. Ich fing an, ihm zuzuhören und tatsächlich zu lesen, was Cosmo mir empfahl. Hier öffneten sich mir Tore zu den unterschiedlichsten Raumzeiten, hier begann mein Aufstieg mit meinem Abstieg in die Tiefe, in die Schwerkraftfelder Cosmischer Materie. Und hätte er nicht unbedingt in größere Räume umziehen müssen, hätte ich bestimmt noch viel länger nichts bemerkt.

Eine Woche lang sollte sein Geschäft »wegen Umzug in die Münzstraße 11 geschlossen« bleiben. Keine Ahnung, wie er sich mit dem ganzen Kram in dieser kurzen Zeit neu einrichten wollte, aber der liebe Gott soll unsere Welt ja auch in nur sieben Tagen erschaffen haben. Zur Überbrückung hatte mir Cosmo am letzten Tag an der alten Adresse noch einen Karton mit Büchern in die Hand gedrückt, nachdem wir uns über Positionen von links und rechts in die Haare geraten waren. Er meinte, die Lektüre würde das Gespräch wieder in Schwung bringen. Darunter ein Band unbekannter Artikel von Marx und einer mit Erläuterungen zur Münchner Zeitgeschichte von 1919.

In dieser Woche lief ich trotzdem noch täglich am alten Laden vorbei, um davor mit der ledergebundenen Aufsatzsammlung von Marx Selfies zu machen. Ich positionierte mich so, dass meine Audience das Umzugsdatum und die neue Adresse neben mir sehen konnte. Ich wollte Werbung für Cosmo machen, aber in den Kommentaren ging es bloß darum, wie ich dabei rübergekommen war. Diese Reaktionen waren nicht neu, nur plötzlich nervten sie mich. Es sind immer die leisen Dämonen, die sich unbemerkt an einen Menschen heften, um zu der Haut zu werden, mit der du dann heil aus einer blöden Sache wieder herauskommen musst. Aber wenn du Glück hast, wenn du's richtig anstellst, kämpfen diese Dämonen wenigstens an deiner Seite.

4 (ARMIN)

Sei vorsichtig, damit du beim Austreiben deines Dämons nicht das Beste in dir austreibst

Unsere Freundschaft verdankten wir unserer Armut, sie war im Grunde alles, was wir hatten und teilen konnten. Wir hatten uns vor einigen Jahren bei Shin's Karaoke getroffen, wo ein Schnaps nur einen Euro kostete und du ab drei Schnäpsen ein koreanisches Liebeslied nachsingen musstest. Damals versuchte ich mich noch als Studentin und er sich als Schlagersänger. Ich wollte schlau werden und er reich. Als ich damals die Kneipe betrat, sang er gerade eine Schnulze auf Deutsch, die er selbst komponiert hatte. Fünf, sechs Euro hatte er da aber mit Sicherheit schon in Hochprozentigen investiert. Ich fand (und sagte es ihm irgendwann auch), dass diesem *Goldjungen*, wie er sich als zukünftige Schlagerlegende nennen wollte, für eine entsprechende Karriere definitiv die Optik fehlte: Armin von Grumbach hatte eine hohe Stirn, spärliches, fusseliges Haar und mit seinen spargeligen zwei Metern und dunklen Augenrändern einen beunruhigenden Heroin-Chic. Er kam mir vor wie jemand, der den Tag mit Grübeln und Zweifeln verbrachte und seine Gedanken gerne in Daktylen und Trochäen fassen wollte. So jemand kann einem den Sonntagsbraten versalzen. Diese Armut sei seiner unwürdig, meinte er. Das »von« hatte er da gerade wieder, noch ungenehmigt, vor seinen Familiennamen geschoben, er wollte es zurück, dafür brauchte er viel Schotter. Er hasste seinen Vater, dessen Idealismus schuld sei an dieser »linken Armut« seiner Familie, wie Armin sie nannte. Für Armin waren alle Linken arm und alle Armen links, er litt unter dem Schwerkraftverlust, der ihn das Gefühl der Erhabenheit gekostet und ihn zur Machtlosigkeit, zum Spielball der Plutarchie degradiert hatte, von der er selbst so viel verstand und an die er so fest glaubte.

Diesen Abend hatte ich ihm versprochen. Er wohnte in einer Musiker-WG, die vor zwei Jahren in einem Gewerbehaus im Süden der Stadt eine Etage gemietet hatte. Nachdem die Nachtschicht des Pflegedienstes am Abend bei Klara eingetroffen war und ich das Büro verlassen konnte, um mich auf den Weg zu Armin zu machen, fühlte ich mich auf einmal nicht mehr im richtigen Film. Wieder bemerkte ich diese Unbestimmtheit im Magen, die sich jetzt noch mit einem Gefühl der Schwermut solidarisierte. Wo hatte ich meine Leichtigkeit, meinen lässigen Shaft-Schritt gelassen? Ich zog mir den Ledermantel über, aber fühlte mich darin wie das Opfer einer molekularen Störung, eines Terrors der Erdanziehung, von irgendetwas … Übermächtigem. Bei Einbruch der Dunkelheit mutiert meine Wirklichkeit normalerweise zur Lichtershow, vor meinen Augen verschwimmen die Konturen. So verlor ich regelmäßig die Kontrolle und redete mir ein, die Nacht habe die Führung übernommen. Ich lieferte mich ihr aus, fand das geil und kosmisch und wusste nie, was sie mit mir anstellen würde. Aber an diesem Abend sah ich plötzlich trotz oder wegen aller Verschwommenheit im Magen scharf, die Schatten in den Gesichtern unter den Stadtlichtern schnitten asymmetrisch in die dunklen Visagen. Alle sahen krank aus, abgefuckt, entlaufen und getürmt. Auch ohne meine Brille, es half nicht.

Ich nahm den Bus, stieg aber auf halber Strecke bei Shin's Karaoke wieder aus. So nüchtern wollte ich bei Armin nicht aufkreuzen. Das hätte ich nicht durchgestanden. Zwei Euro hatte ich heute Morgen im Geldbeutel gefunden, zu wenig für eine herkömmliche Kneipe. Zum Glück vertrage ich nur wenig Alkohol, schon nach einem Schnaps ist »jakku nuni gane hayan geu eolgure« kein Ding mehr für mich. »Meine Augen hingen an diesem weißen Gesicht« stand auf dem

Bildschirm in deutscher Übersetzung. Meine Augen hofften, niemanden zwischen den Gesichtern im Lokal zu erkennen. Immerhin hatte eine Unschärfe meine Welt endlich wieder an sich gerissen, ich war locker. Ich konnte weiter.

Armins Etage lag unterm Dach des Gebäudes. Noch auf der Straße erreichten mich die Latin-Akkorde, die er seit neuestem übte, durch ein geöffnetes Fenster. Die Etagen darunter schliefen, waren Büros. Erst ab acht Uhr abends durften sie spielen, bis acht Uhr morgens. Tagsüber Nachtruhe. Kaum hatte ich den Fahrstuhl betreten und auf den Knopf mit der Acht gedrückt, fragte ich mich, warum ich mir Abende mit Armin noch antat. Wie immer reichte die Zeit gerade für drei Gedanken: Er war mir fremd und vertraut zugleich. Ich gefiel mir darin, heimlich mit jemandem wie ihm abzuhängen. Ich genoss dabei meine eigene Großzügigkeit.

Als ich in die Wohnung kam, rannte eine Zweijährige mit Trommelstöcken auf mich zu und haute mir damit zur Begrüßung aufs Schienbein. Die Enthemmung durch meinen Schwips war nicht hilfreich. Ich hob die Kleine hoch und blickte ihr ernst in die Augen. »So solltest du Fremde nicht begrüßen. Wenn ich ein Alien wäre, hätte ich dich mit meinem Röntgenblick vernichten können.«

»Spinnst du?« Armin kroch hinter einer großen Trommel hervor. »Hanna versteht's halt noch nicht!« Er nahm ihr die Schlägel aus der Hand. Er hörte sich schon an wie der Spießer, der er einmal werden wollte. Natürlich hatte er recht.

Ich ließ Hanna runter und strich ihr lieb übers Haar. Fremde, Alien, Röntgenblick oder vernichten waren doch bedeutungslose Silbenketten in dem Alter! »Wollten wir nicht kochen und reden?«

Armin hatte spontan zugesagt, auf die Tochter eines Freundes aufzupassen, der eine Spätschicht als Portier übernehmen musste. Hanna griff sich zwei Löffel, stürmte damit durchs Tonstudio und knallte sie gegen alles, was metallisch glänzte. Wir schmierten Brote und wussten nicht, wie wir sie davon abbringen sollten. Immerhin hemmte Hanna Armins üblichen Redeschwall, er sorgte sich um die Ausrüstung, die ihr auf den Kopf fallen könnte. Mit Taschenlampen und Decken gingen wir schließlich mit ihr auf den gegenüberliegenden Tierfriedhof und machten neben Pony Freddy und Kater Blitz ein Abendpicknick, während Armin in seinen stark verschachtelten Sätzen Graf Coudenhove-Kalergis Paneuropa-Vision als pseudolinke Verschwörung verunglimpfte. Durch fremdes Blut vermansche er die europäischen Völker nur zu einem Einheitsbrei und vernichte die Vielfalt, anstatt sie zu fördern.

Ich hatte vor einigen Jahren aufgehört, auf seine Theorien emotional zu reagieren, und meinte bloß: »Armin, du spuckst.«

Hanna lachte deswegen wie verrückt, ihr Brot krümelte aus dem Mund auf den Pullover. »Außerdem verwechselst du kulturelle Vielfalt mit völkischer. Volk hat mit Blut nichts zu tun.«

»Ja, sicherlich hat Blut nichts damit zu tun! Das war ein metaphorischer Kommentar im Stil des 19. Jahrhunderts. Kalergi hatte eine Vision: Der Mensch der fernen Zukunft wird Mischling sein.« Armin sammelte die Krumen von Hannas Pullover.

»Der Mensch war schon immer Mischling, das ist evolutionäre Logik und keine Vision.«

»Du nervst! Du kennst mich doch inzwischen! Kannst du nicht mal kontextbezogen denken? Das wusste damals niemand. Genomics war noch keine Leitwissenschaft.«

»Ach so, das jetzt wieder, sorry.« Damit Armin sich entspannen konnte, drehte ich uns einen Joint. »Es fällt mir leichter, mich in einen Primaten hineinzuversetzen«, murmelte ich eher beiläufig.

»Du bist schon derart von dieser pseudolinken Sprach-Ideologie vereinnahmt, dass du nur noch reflexartig reagieren und nicht mehr selbst denken kannst! Du bist total verkrampft.«

»Ach, und du orthodoxer Plutarch rennst nicht bloß deinen kaputten Träumen hinterher?« Ich leckte am Zigarettenpapier und starrte ihn an. »Kann es sein, dass wir beide gerade so am Arsch sind, weil wir irgendwie nicht ins 21. Jahrhundert passen wollen?« Mit solchen rhetorischen Dämmen versuchte ich immer, seine Sermone zu bremsen. Die Flamme des Feuerzeugs hätte mir fast die Nasenspitze angesengt.

Armin grinste. »Irgendwie sind wir uns doch einig.«

Für einen Moment hatte ich Schiss, er könnte versuchen, mich zu küssen. Ich nahm einen tiefen Zug vom Joint und hielt ihn auf Abstand. Geschlagene dreißig Sekunden peinliche Stille. Auch Hanna kaute leise vor sich hin.

»Was passiert eigentlich, wenn du dein ›von‹ wiederhast?« Auf diesen drei Buchstaben, wie auf einem Gewinner-Treppchen stehend, konnte der Wind sich jedenfalls besser in Armins dünnem Haar verfangen. Ich reichte ihm den Joint und pustete ihm Rauch ins Gesicht. Der Joint war zwar lang, aber nicht unendlich. Ich gähnte, weil ich nicht wusste, was ich noch sagen sollte. Damals, bei Shin, hatte mir Armins altmodische Normalität imponiert, um die er zu kämpfen schien. Nur kam meine Sympathie wohl eher aus inaktiven Bereichen meines Bewusstseins. Wir hatten sogar gevögelt, ein einziges Mal. Für mich war es bloß die Gelegenheit, die sich aus einer nächtlichen Begegnung ergab, für ihn blöderweise mehr. Wir klärten das bald mit Sätzen wie: *Ich liebe dich als Freund*, oder: *Du bist mir zu wichtig für eine schnöde Beziehung*. Mit solchen Ausdrücken nahmen wir eine Abkürzung in die sexfreie Kumpelphase, die, wenn es gut gelaufen ist, sowieso am Ende der meisten Beziehungen wartet. Ich mochte Armin, weil ich mich neben seiner offensichtlichen Miserabilität überlegen fühlte, in dem Glauben, meine eigene ein wenig zum Glänzen zu bringen. Ich mochte ihn wie einen Teddybären, der schon bessere Zeiten gesehen hatte, doch vor allem mochte ich ihn, weil ich einen Teil von mir in ihm wiedererkannte und froh war, dass ich ihn dort erleben durfte und nicht an mir selbst ertragen musste.

Hanna begann zu quengeln, dann weinte sie los wie eine Warnanlage und stapfte mit den Füßen auf. Ich reichte Armin den Stummel und nahm das müde Mädchen auf den Schoß, dabei fiel die Thermoskanne um, und der Tee verwandelte den Boden vor uns in einen Minisumpf. Bevor Armin deswegen meckern konnte, klatschte ich meine Hand in den Matsch und malte mir damit Striche ins Gesicht. Jetzt hatte die Kleine eine kreative Ablenkung, und wir mussten unser Gespräch fortsetzen.

»Erscheint es dir plausibel«, begann er wieder, »dass einfache Bauern einen Teil ihres erarbeiteten Lohns freiwillig und aus eigenem Antrieb in die Entwicklung von Kunst und Wissenschaft investiert hätten?«

Zum Glück begann da Hanna wieder zu wimmern und schlug mit den Händen gegen meine Brust. Ich nahm Armin den Joint wieder ab und zog ein letztes Mal daran. Das Gespräch verlief in den gewohnten Bahnen, aber vergleichsweise milde. Ich war matt vom Gras und hatte keine Lust auf weitere Ausflüge in deutsche Geschichte. Ohne viel nachzudenken, steckte ich Hanna den ausgegangenen Stummel in den Mund. Da war sie plötzlich ruhig.

Armin schüttelte den Kopf. »Dein Gesicht ist voller Modder«, meinte er nur.

Ja, Matsch vom Ponygrab, der schon um den Mund herum getrocknet war. Armin fotografierte uns: mich mit Schlammmaske und zwangsweise ernster Miene und Hanna lachend mit Kippe auf der Lippe.

»Würdest du mich zu einem Empfang nächste Woche begleiten?«

Jetzt verstand ich, warum er sich an dem Abend so viel versöhnlicher gab als sonst. Er brauchte eine Braut mit Potential, die ein Büro im nobelsten Viertel der Stadt hatte. Um seinen Adelstitel zurückzukaufen, fehlte ihm Kapital. Nun suchte er Koalitionäre aus der alten Seilschaft, mit der seine Familie vor langer Zeit verbunden gewesen war, auch weil sein Vater nicht mehr mit ihm sprach. Und ich war die optische Täuschung.

5 (ICH)

Erst die Trümmer gaben meinen Blick frei
auf die Sterne

Eine ungeschriebene Dreier-Regel für Social-Media-Werktätige lautet: Poste nie, wenn du besoffen und / oder bekifft und / oder todmüde bist. Im Bus in Richtung meines Bettes lud ich das Schönste der Matsch-Fotos von mir und Hanna hoch. Darunter textete ich in 55 unschuldigen Zeichen: *Emma*, nein, *Andreas*, nein, *Shaft und Assistentin sind Tag und Nacht bei der Arbeit.* Ich fand's lustig. Sonst verkniff ich mir den Shaft, aber optisch schien er hier besser zu passen. Hanna sah cool aus, ich sah mit Matschgesicht in meinem Mantel cool aus, ein fröhliches Foto als Abendgruß für meine Audience.

Endlich im Bett, wollte ich gerade meine Brille auf dem Bücherstapel ablegen und das Licht ausmachen, als ich aus lauter Eitelkeit mein oberstes Prinzip missachtete, das mir verbot, vor dem Einschlafen einen Blick auf meine Netzwerkseiten zu werfen. Heute nenne ich diesen Moment den Untergang meiner ersten Welt, denn mit nur 55 Zeichen hatte ich meine virtuelle Existenz vernichtet. Anstelle der üblichen Herzchen und Likes brach ein Tsunami aus Hass, Vorwürfen, Erniedrigungen und Drohungen über mich herein, aber nicht, weil die kleine Hanna einen Joint im Mund hatte, das war in der Tat unverantwortlich von mir gewesen, sondern weil ich mich des Blackfacings schuldig gemacht hatte und damit auch noch einen Sexisten wie Shaft darstellen wollte. Den Post zu löschen, brachte nichts mehr, weil er bereits tausendfach geteilt worden war. Ich scrollte durch die Kommentare, niemand war auf meiner Seite. Ich hatte keine Ahnung, wer meine Audience war. Wie hatte ich es geschafft, so lange ohne Shitstorm zu überleben?

Die Nacht über versuchte ich durch Beschwichtigungen, Entschuldigungen und Aufklärung zu retten, was nicht mehr zu retten war. Mit dem dritten Schlag der Wohnungstür, als die letzte Mitbewohnerin in den Tag startete, hatte ich den Großteil meiner Follower verloren. Ich lag auf dem Rücken und starrte in Shafts Visage. Seine Wirklichkeit war meine Wirklichkeit, sein Lebensgefühl war meins gewesen. Als wäre ich bisher durch die Zeiten gerutscht. Für meine Audience war ich nun gestorben. So wie Shaft für seine. Emma und Andreas von Erdling trieben haltlos im Universum, doch davon wusste die nichtvirtuelle Welt nichts. Nur meine Welt war kleiner geworden. Oder größer? Oder einfach anders? Meine Transformation hatte jedenfalls begonnen.

Ich musste kurz eingeschlafen sein, als Klara mich anrief und fragte, wo ich bliebe. »Ich bin krank, Klara. Ich glaube, ich muss heute im Bett bleiben.«

»Krank sein kannst du auch hier. Wir sehen uns zum Kaffee.« Sie legte auf. Diese mitleidlose Muhme!

Den Mantel ließ ich zu Hause. Das erste Mal seit 730 Tagen. Ich kreuzte in Jogginghose und Hoodie auf, was Klara fast die Sprache verschlug. Ich sagte an dem Tag keine zehn Worte. Der Kaffee schmeckte sauer vom Selbstmitleid, aber ich verkniff mir jede Erklärung. Auf keinen Fall sollte meine Großtante von dieser peinlichen Wendung erfahren. Sie könnte den letzten Funken Glauben an mich verlieren und mir den Geldhahn zudrehen. Klara schlürfte ihren Kaffee und starrte mich an. So still war es hier wohl seit zwei Jahren nicht mehr gewesen.

Am Schreibtisch legte ich die Arme übereinander und stützte meinen bleiernen Kopf darauf ab. Schlafen konnte ich nicht, nur träumen mit offenen Augen. Ich dachte an Staub, einfach nur an Staub. So glanzlos und gedemütigt kam ich mir vor. Erste Entzugserscheinungen machten sich als Reflexe bemerkbar, die mich im Abstand von Minuten nach dem Smartphone greifen ließen. Eine leichte Depression äußerte sich in den Gedankenschleifen, in denen ich diesen verdammten Moment im Bus analysierte. Mein Tagesablauf war sinnlos geworden, ich wusste nicht mehr, was ich machen sollte. Bis gestern war ich noch auf der guten Seite, sah mich als Vorbild für progressive Kräfte.

»Macht heute nicht dieser Spinner vom Kiosk seinen neuen Laden auf?«, krächzte Klara plötzlich aus dem Schlafzimmer.

Mit einem Satz stand ich neben ihrem Bett. Sie sah mir an, dass ich Cosmos Neueröffnung vergessen hatte. »Steht er auf diesen …«, ihre Mundwinkel hoben sich leicht, »Fummel, den du da am Körper trägst?«

Ich seufzte. Mein Outfit, das seit einer Woche auf der Kommode bereitlag, hatte ich zu Hause vergessen. Klara bat mich, ihren Kleiderschrank zu öffnen. Mein Das-ist-jetzt-nicht-dein-Ernst-Blick bezog sich nicht auf ihre Garderobe, sondern auf die Hoffnung, dass sie mir etwas aus ihrem Vintage-Koffer anbieten könnte, den sie hinter den Mützen versteckte. Doch prinzipiell war klar: Bei dieser Eröffnung konnte ich auch meinen stinkenden Hoodie tragen, denn Cosmo war egal, wie ich aussah, ich konnte als Andreas oder Emma oder sogar als Shaft teilnehmen, solange ich nur geistreich und wortgewandt war. Trotzdem wählte ich ein Kostüm von Klaras Mutter, das sie in den 1920ern oder 1930ern getragen haben muss. Ein weißes Hemd mit Krawatte, dazu Rock und Sakko in bescheidenem, leicht glänzendem Anthrazit. In der rechten Tasche fand ich ein paar alte Geldscheine. Meine Haare kämmte ich mit Gel streng nach hinten und verbarg sie in einem Zopf. Ich war ungeschminkt, trug weder Schmuck noch Seidenstrümpfe. Statt einer Handtasche wählte ich die ledergebundene Aufsatzsammlung von Marx, in der ich bislang nur geblättert hatte. Das Bändchen über Münchner Zeitgeschichte von 1919 quetschte ich so in meine linke Brusttasche, dass der Titel noch lesbar war. Klara machte sehr schöne Fotos von mir. Nur wusste ich nicht, wo ich die hätte veröffentlichen sollen. Sie sagte, die Zeitreisende, die ich jetzt war, hätte ihre Mutter sein können. Sogar etwas Taschengeld spendierte sie mir noch.

6 (COSMO)

Die Unterscheidung zwischen Vergangenheit, Gegenwart und Zukunft ist nur ein hartnäckiger Eindruck

Auf dem Weg in die Münzstraße 11 textete mir Armin, dass er sich gestern erkältet habe und nicht zur Eröffnung kommen könne. Ich schickte ihm daraufhin stolz eines von Klaras Fotos. Und er darauf: »Alles klar! Die intellektuelle Linke im Einsatz. Kann ich für unseren Empfang vielleicht um Haute

Couture und weniger Proletarierchic bitten?« Die Nachricht kränkte mich, weil er nicht, wie er vom Rest der Welt verlangte, kontextbezogen denken wollte. Ich antwortete ihm: »FCK YOU«. Natürlich wollte er sofort weiterdiskutieren, aber ich blockierte ihn für eine Weile und vertiefte mich bis zur Ankunft in meine Lektüre.

Cosmos neuer Laden lag in einem Plattenbau. Unten auf der Straße drückte mir jemand einen Flyer in die Hand. *Die sieben Ausgänge*, las ich da, *die das ursprüngliche Gebäude vor der Zerstörung im Zweiten Weltkrieg hatte, sind noch in der Grundstruktur erhalten, wenngleich sie eigentlich nicht mehr existieren.* Was bedeutet das für mich als Orientierungsnull?, fragte ich mich, als ich die Treppe in den ersten Stock hochstieg. Den Eingang zum Laden fand ich ohne Probleme. Vielleicht einhundert Menschen verbreiteten leises Gemurmel auf der riesigen Fläche. Die Decke hatte Cosmo mit Spiegeln verkleidet, damit der Raum höher wirkte und eine Halle simulierte. Er war ein geschmeidiger Gastgeber, der wusste, wie er Menschen interessierte, aber nicht überforderte. Im Gegensatz zu Armin dozierte er nicht ununterbrochen oder gab seine Ansichten ungefragt preis, er war aufmerksam und antwortete, egal zu welchem Thema, in knappen, klugen Kommentaren, als wäre er dieser weise alte Ozean aus *Solaris*, der uns endlich erhört hatte.

Zuerst stand ich etwas verloren herum, Cosmo war im Gespräch mit ein paar Gästen und hatte mich noch nicht bemerkt. Ich griff nach einem Glas Wasser und schlenderte die Regale entlang. Selfies oder Clips verkniff ich mir. Wozu auch? Wer wollte die noch sehen? Nach einem dritten Rundgang durch den Laden stellte ich mich neben Cosmo. Ich erwartete nicht, dass er mich vorstellte, hoffte aber, vielleicht über ihn mit jemandem ins Gespräch zu kommen. Leider hatte ich nichts zu frühen Raketenantriebsentwürfen von einem Hermann Oberth oder einem Hermann Noordung gelesen. Die Originalausgaben mit ausgeklappten technischen Zeichnungen aus den 1920ern schienen Cosmos Gesprächspartner derart zu begeistern, dass keiner von ihnen mein Erscheinen wahrgenommen hatte. Ich fürchtete sogar, dass mein Outfit zu überzeugend sein könnte und mich die nach ihrer Zeit riechenden Bücher vollständig in eine Zeitkapsel einhüllen würden. Als einer der beiden Gäste den Mantel auszog, dachte ich, er wollte ihn gleich über meinen Kopf werfen. So authentisch aus den 1920ern musste ich ihm erscheinen, dass ich Gefahr lief, mit einer Kleiderpuppe verwechselt zu werden. Allerdings legte er sich seinen Mantel dann doch nur über den Unterarm. Mit einem freundlichen Lächeln sagte er zu mir: »Die Emporhebung einer solchen Feuerwerksrakete erfolgt durch eine mitgeführte Pulverladung, auch Treibsatz genannt.«

Unbeholfen hielt ich ihm mein leicht geschundenes Buch vor die Nase und entgegnete: »Unbekannte Artikel von Marx«, woraufhin er mich ungläubig anblickte, sich aber leider kein Gespräch entspann. Cosmo legte mir eine Hand in den Nacken und wendete seinen Blick wieder den beiden Gästen zu, wohl um das Gespräch noch zum Geschäft zu machen. Er nickte und ergänzte: »Nun, eine Rakete, die als Fahrzeug für den Weltraum dienen soll, würde allerdings wesentlich anders aussehen müssen als eine einfache Feuerwerksrakete.«

Mein Leben hatte bis dahin mehrheitlich aus Selbstgesprächen, Small Talk auf Partys oder Posts mit begrenzter Zeichenanzahl bestanden, ich hatte keine Ahnung, wie ich mit solchen Bücherwürmern ein Gespräch anfangen sollte. Die meisten von denen waren derart spezialisiert und in von mir noch unentdeckten Raum-Zeit-Kontinuen ansässig, dass sie, nach ihrer kleinkindlichen Faszination für Raketen-Bücher zu urteilen, womöglich noch nicht auf dem Schirm hatten, dass die bemannte Raumfahrt keine Theorie mehr war.

Aber was wusste ich schon? Nachgeprüft hatte ich die Fakten schließlich nicht. Nur Bilder gesehen und Berichte gelesen. Informationen aus zweiter Hand. Noch hatte ich nicht selbst in einem Raumschiff gesessen und mich vergewissert, dass es abheben und mich heil in den Orbit befördern konnte. Selbst Cosmo schien nicht die Absicht zu haben, die Herren, die auch äußerlich irgendwie aus der Zeit gefallen zu sein schienen, über den aktuellen Stand der Raumfahrttechnik zu unterrichten. Er sprach mit ihnen, als wäre er in ihre Zeitkapsel gestiegen. Im Fachgebiet des kontextbezogenen Denkens hatte ich ja nun meinen ersten Seminarschein erworben. Ich hatte erlebt, wie sich ein erwachsener Mensch den Geistesströmungen der Gegenwart verwehren und in anderen Zeiträumen und Zusammenhängen existieren konnte, aber trotzdem hier und heute sichtbar wurde.

Als die Herren schließlich mit fünf Büchern zur Kasse gingen, drehte Cosmo sich plötzlich zu mir. Er blickte mich an, als erwartete er Text von mir. Ich nahm den Laden in Augenschein und sagte: »Das sind heilige Hallen, Bruder. Herzlichen Glückwunsch!«

»Kommst du voran mit der Lektüre?«

»Habe mir gerade diese beiden Bände vorgenommen.«

Er nickte. »Und?«

»Alles cool bislang.«

»Echt jetzt?«

Ich meine, wo Marx draufsteht, sollte er auch drin sein. Alles, was mir in dem Moment dazu einfiel, war ein Zitat, das ich neulich noch von einer Zitate-Webseite kopiert und mir über den Schreibtisch geklebt hatte: »Die Forderung, die Illusionen über seinen Zustand aufzugeben, ist die Forderung, einen Zustand aufzugeben, der der Illusionen bedarf.« Er sollte nicht denken, dass Marx nur ein cooles Label für mich war. Immerhin hatte ich mit ihm quasi in der Wiege gelegen.

»Der Mensch hätte ohne seine Illusionen kein Zuhause«, sagte Cosmo mit dem Blick von Winnetou. »Bist du sicher, dass du in den Band schon reingelesen hast?«

Keine Ahnung, was da drinstand, aber er hatte mich durchschaut. »Ich fange gerade erst an, bin noch nicht weit gekommen.« Cosmo war nicht Armin, auf keinen Fall wollte ich ungereimten Blödsinn erzählen. Außerdem sorgte der Schlafmangel von letzter Nacht dafür, dass ich mich wie ein tonnenschweres Nilpferd fühlte. Ich wollte den Abend nicht in die Länge ziehen. »Danke für die Leihgabe.«

Seine Miene irritierte mich. Er wirkte unschlüssig, als hätte er bereits eine Ahnung von dem, was mir anschließend passieren würde. Ich strich ihm über den Oberarm und verabschiedete mich, auch weil andere Gäste das Gespräch mit ihm suchten. Während ich mein Glas leerte, sah ich, dass einige der Anwesenden sogar Schriften kauften, die sie schon fast ausgelesen hatten. Glücklicherweise hatte ich mich nicht meinem Selbstmitleid überlassen und mich extra nicht betrunken. Ich war bei allem, was anschließend passierte, bei vollem Bewusstsein.

7 (MARX)
Ich bin kein Marxist
(SCHMIDT)
Unser tüchtiger Hitler hier ist im Grunde Marxist

Ich verließ Cosmos Laden und lief gedankenverloren den Flur entlang, bog ab und öffnete einige Türen in der Annahme, gleich auf die Treppe zu stoßen, die nach unten zum Ausgang führte. Doch bald hatte ich das Gefühl, im falschen

Korridor zu sein, der Weg zog sich seltsam lange hin. Ich drehte um und wollte wieder zurück zum Laden, um mich noch einmal neu zu orientieren, denn es war typisch für mich, dass ich erst eine Weile in die falsche Richtung lief. Entweder hatte ich vergessen, nach einer Zwischentür abzubiegen, oder ich hätte gar nicht erst durch eine dieser Türen gehen sollen. Ich konnte mich auch nicht erinnern, vorhin durch eine gegangen zu sein. Der Korridor führte jedenfalls nicht zurück zum Laden, den konnte ich einfach nicht mehr finden, auch weil plötzlich so eine verdammte Stille herrschte. Ich versuchte meine Atmung unter Kontrolle zu bringen. Das aufkommende Panikgefühl war albern und eines von Erdlings nicht würdig. Es musste eine einfache und logische Erklärung für das alles geben. Wahrscheinlich war ich unvorsichtigerweise ins Nebengebäude geraten. Ich lehnte mich an die Wand und rutschte auf den Boden, um nachzudenken. Links und rechts von mir waren Türen, so weit, so gut. Dann ging das Licht aus. Dieser feuchte Kohleofengeruch war mir vorhin gar nicht aufgefallen. Für einen Neubau erschien er mir ungewöhnlich. Ratlos saß ich im Dunkeln, ganz allmählich verstärkte sich ein Lärm hinter der Wohnungstür schräg gegenüber. Jemand öffnete sie von innen. Ich sprang hoch. Er ignorierte mich und verschwand im Dunkeln. Im letzten Moment konnte ich die Tür davon abhalten, ins Schloss zu fallen. Spärlich beleuchtet und vom Zigarrenrauch verqualmt, drängten sich Menschen eng aneinander, sie jubelten, klatschten, schrien. Mehrheitlich Männer, teilweise in miserable Lumpen gekleidet, einige einbeinig oder einarmig, dass ich sofort daran denken musste, wie wenig Armin von Proletarierchic verstand.

»Jeder Tyrann wird von einem Juden unterstützt«, tönte eine sonore Männerstimme, »ebenso wie jeder Papst von einem Jesuiten.«

Die Leute klatschten. Offenbar war ich in die Versammlung einer rechtsradikalen Zelle gestolpert. Ich wollte herausfinden, wer da sprach, quetschte mich durch die Menge und tastete nach meinem Handy, um Beweisfotos zu machen. Ich reckte den Kopf und schob mich so lange nach vorn, bis ich das Hetzschwein endlich sehen konnte. Da stand Marx! Zumindest sah er den Bildern, die ich von ihm im Kopf hatte, verdammt ähnlich.

»Nehmen wir zum Beispiel Amsterdam, eine Stadt, die viele der schlimmsten Nachkommen der Juden beherbergt, die von Ferdinand und Isabella aus Spanien vertrieben wurden und die, nachdem sie sich eine Weile in Portugal aufgehalten hatten, auch von dort vertrieben wurden und schließlich einen Rückzugsort in Holland fanden …«

Ich starrte diesen Mann ungläubig an, den ich bis eben noch vorbehaltlos als moralisch überlegenen Gottvater verehrt und bestimmt dreimal wöchentlich auf meiner Netzwerkseite zitiert hatte.

»Hier und da und überall, wo ein wenig Kapital investiert wird, findet sich immer einer dieser kleinen Juden, der bereit ist, einen kleinen Vorschlag zu machen oder ein kleines Darlehen zu gewähren.«

Plötzlich erinnerte ich mich an Cosmos Gesichtsausdruck eben beim Abschied. Okay, hier wollte er wohl meine Welt verrühren. Links und rechts durcheinanderbringen.

»… Diese kleinen jüdischen Agenten beziehen ihre Vorräte aus den großen jüdischen Häusern … und üben eine große vorgebliche Hingabe an die Religion ihrer Rasse.«

Ich wünschte, Armin wäre jetzt hier, seinen Sermon dazu hätte ich wirklich gerne gehört. Konnte ich hier kontextbezogen irgendetwas zu Marx' Verteidigung vorbringen? Schmälerte diese Erfahrung sein Genie in meinen Augen? Um ehrlich zu sein, hatte ich in letzter Zeit wenig Übung in der Auseinandersetzung mit unliebsamen Fakten, so was Krasses zappte ich weg und Schluss! Warum sollte ich mir das weiter antun? Also beschloss ich, dem Ereignis einfach auszuweichen, bis mir jemand sagen konnte, wie ich das beurteilen sollte. Dieser Marx hier hatte jedenfalls nicht in meiner Wiege gelegen. Ich floh regelrecht, drängelte mich mithilfe rabiater Ellenbogenstöße aus der Menschenmasse und verließ die Wohnung.

Ich lehnte mich wieder an die Wand und rutschte auf den Boden, um nachzudenken. Das Licht verlöschte. Ratlos saß ich im Dunkeln, bis gleich darauf hinter der Tür links am Ende des Korridors Licht anging. Jemand stand dort! Ich konnte die Schatten seiner Schuhe erkennen. Ich erhob mich, ging die paar Schritte und öffnete die Tür. Ein Mann mit Mütze in schäbigem Sakko zu geflickter Hose blickte mich an.

»Bringst du mir endlich die Sore?«, fragte er mich in bayerischem Dialekt.

Ich wusste nicht, was er meinte. »Nee, sorry. Ich suche bloß den Ausgang. Ich war hier auf der Eröffnung und hatte eben eine echt …«

Er griff nach meinem Arm. »Ich steh hier schon fast eine Stunde und warte!«

»Hey, sachte, Bruder! Worauf wartest du denn? Sicher nicht auf mich.«

Er verstand, dass ich keine Ahnung hatte. »Eine Nutte kann ich mir nicht leisten.« Mit einem verächtlichen Gesichtsausdruck ließ er mich los.

Sein Atem, der mich in Stößen traf, war teerlastig von den Zigaretten, deren Stummel auf den Holzdielen zwischen seinen Füßen lagen. Lächelnd blieb ich in der Tür stehen, bis er von mir abrückte. Die Aussicht, dass er mich aus diesem Haus herausführen würde, stieg mit dem Vertrauen, das er offenbar in mich fasste.

Ein Typ habe ihn auf der Straße angesprochen und ihm Hehlerware zum Spottpreis angeboten, teuren Schmuck und so was, den er dann für das Zehnfache verkaufen könne. Er habe ihm seine letzten Kröten gegeben, mit denen die Type dann zwei Stockwerke höher in einer Wohnung verschwunden sei, um einen Diamantring zu holen. Seitdem warte er hier, aber bis jetzt sei niemand zurückgekommen.

»Das hört sich echt scheiße an. Willst du, dass wir zusammen dort mal anklopfen und nachsehen?« Im selben Moment dachte ich: Das kann ich jetzt nicht ernsthaft gesagt haben. Wieso stecke ich meine Nase in Angelegenheiten, für die ich nicht einmal bezahlt werde. Er musterte mich, klopfte mir versöhnlich auf die Schulter und murmelte: »Was würde der alte Milo zu dieser Venus sagen?«

Wir stiegen die Treppen zwei Etagen hoch. Dort gab es zwei Türen ohne Namenschild. Wir klopften an die linke. Nichts. An die rechte. Auch nichts. Mit einer Kopfbewegung bedeutete ich ihm, er solle die rechte Tür öffnen, ich die linke. Wir drückten die Klinken und fanden hinter den Türen Korridore, die offenbar in Nebengebäude führten. In seinem Gesicht spiegelte sich sein seelischer Zusammenbruch. Er habe Freigang bis morgen, gehöre der 2. Demobilmachungskompanie an und könne sich ohne Geld zu Hause nicht blicken lassen. »Schmidt«, antwortete er lakonisch auf meine Frage, wie er heiße.

»Erdling«, gab ich ihm von mir aus zu verstehen.

Glücklicherweise führte er mich aus dem Haus auf eine Straße, die ich allerdings nicht wiedererkannte und die mir wie eine historische Kulisse vorkam.

»Was ist das hier? Filmstudios?«

Schmidt überhörte meine Frage und marschierte los.

Entweder träumte ich gerade oder war in die Dreharbeiten eines Historienschinkens geraten. Ich beschloss, meine Rolle so glaubwürdig wie möglich zu verkörpern und später zu entscheiden, was ich tun sollte und wie das hier zu erklären wäre. »Was willst du jetzt machen?«, fragte ich.

Wenn er sich Geld leihen könne, würde er im Casino ein paar Straßen weiter sein Glück versuchen. Er habe ein Händchen für Karten.

Ich blieb stehen und kramte die alten Scheine von Klaras Mutter hervor, die fünfzig Euro Taschengeld hielt ich zurück. »Kannst du damit was anfangen?«

»Das reicht als Einsatz für uns beide.« Er zog die Mütze und griff sich eine der Banknoten. Wieder musterte er mich, vielleicht kam er sich schäbig vor. »Wenn wir beide spielen, können wir mehr gewinnen.«

»Oder mehr verlieren.«

»Wer so denkt, ist morgen verhungert.«

Er hakte sich bei mir unter und führte mich im Stechschritt durch die Straßen. Hin und wieder begegneten wir anderen historischen Darstellern.

»Wo soll das hier sein?«, fragte ich leise.

Schmidt grinste. »Wonach sieht's denn hier aus?«

Da sah ich das Schild am Odeonsplatz. »Alles klar. Sehr realistisch nachgebaut.«

An der nächsten Straße bogen wir ab und betraten das Café Odeon, in dessen Hinterräumen sich die Spieltische befanden. »Zwei«, sagte Schmidt, als ein Mister Mark ihn mit einem jokerhaften Lächeln vor einem schweren roten Samtvorhang nach der Anzahl der Spieler fragte.

»Entrez, s'il vous plaît.« Er verbeugte sich, aber nur, weil ich anständig angezogen war. Schmidt hätten sie in seinen stinkenden Klamotten und ohne Bakschisch allein sicher keinen Zugang gewährt.

Ich flüsterte: »Eigentlich erlaube ich mir in meiner Realität kein Glücksspiel, eine Ausnahme mache ich nur in Parallelwelten.«

Schmidt meinte darauf: »Wenn ich mir erst eine Parallelwelt leisten kann, dann hör ich dort auch damit auf.«

Schuld war meine Großmutter, bei der ich die ersten

Jahre meines Lebens gewohnt hatte. Wöchentlich versammelte sich um ihren großen Holztisch im Wohnzimmer eine Spielgemeinschaft und zockte stundenlang. Ich saß meistens unterm Tisch, und irgendwann begann ich, die Karten zu verstecken, die meine Großmutter heimlich fallen ließ. Luschen, wie sie sie nannte, die sie Geld und Kragen kosten könnten. Sie war eine Meisterin im Bluff, obwohl ich später, als ich mehr verstand und die Gesellschaft durchschaute, bemerkte, dass dieser Herr Gunkel am Tisch sie absichtlich in dem Glauben ließ, ihn getäuscht zu haben, damit sie des Spiels nicht überdrüssig wurde. Jahrelang, bis zu ihrem Tod und obwohl meine Mutter es mir verboten hatte, zockte ich heimlich mit Großmutter, wenn ich nach der Schule bei ihr vorbeischaute, und verspielte den Großteil meines Taschengelds. Den Gesichtsausdruck meiner Mutter werde ich nie vergessen, als sich nach der Testamentseröffnung herausstellte, dass meine Großmutter mir ein Sparbuch vererbt hatte mit all meinen verlorenen Einsätzen und ihren Gewinnen bei unseren Partien obendrauf.

Schmidt führte mich an einen Tisch, an dem gerade zwei Plätze frei geworden waren. Während wir uns grüßend reihum zunickten, erklärte er mir das Spiel, von dem ich noch nie gehört hatte. Sie spielten Écarté mit Bankhalter. Ich spendierte Zigaretten, wir machten unsere Einsätze. Eine Flasche Selbstgebrannter kreiste wie ein Mond um den Tisch. Marx' Worte von vorhin schlugen mir schwer aufs Gemüt, und ich versuchte sie zu ertränken, indem ich einen Schluck von dem scharfsüßen Gesöff so lange im Mund behielt und durch die Zähne zog, bis die Flasche wieder bei mir ankam. Ich war unkonzentriert, trotzdem hatte ich Glück, vielleicht weil ich nicht zu viel nachdachte. Ich spielte aus dem Ärmel, wie meine Großmutter sagen würde, und knallte die Karten mit Karacho auf den Stapel. Das Spiel musste in einem Affentempo gespielt werden. Schmidt klopfte mir auf die Schulter. Auch er hatte schon einen kleinen Gewinn eingestrichen.

Hinter Schmidt tauchte ein Freund von ihm aus der Kompanie auf, er setzte sich uns gegenüber, als ein Stuhl frei wurde. Zuerst blieb er eine Weile hinter dem Zigarettenqualm verborgen, der in Stößen meinen Mundwinkeln entwich. Eine Sekunde Ablenkung konnte sofort einen Verlust nach sich ziehen. Wie die anderen hier gleichzeitig reden und spielen konnten, war mir schleierhaft.

»Wie lief's bei der Versammlung?«, fragte Schmidt und nuckelte hörbar an einer kalten Zigarette, die Frage war offenbar an seinen Freund gerichtet.

»Ich werde SPD-Mitglied.«

»Und wirst du jetzt auch unser Vertrauensmann?«

»Was bleibt mir anderes übrig? Sonst schmeißen die mich aus der Kompanie auf die Straße.«

Schmidt lachte. »Am Ende wird noch mal ein echter Anführer aus unserem tüchtigen Sozialisten hier. So ein Marx vielleicht.«

»Dafür braucht der Hänfling aber einen ordentlichen Bart«, meinte sein Tischnachbar.

»Und eine reiche Mutter, die ihn verhungern lässt.«

Es dauerte, bis ich begriff, dass ich hier auch meine Großmutter hätte verpfänden können, denn ich spielte scheinbar in einer Parallelwelt, aus der ich zwar noch keinen Weg hinaus kannte, in der ich mit dem Spiritus intus aber ordentlich Selbstvertrauen hatte. Deshalb riskierte ich einen Blick vorbei an meiner Zigarettenqualmwolke auf Schmidts Freund. Ich blickte in knallblau strahlende Fenster, die mir bekannt vorkamen, über seinen Lippen wippte ein kräftiger Schnauzbart, der sich ungepflegt von einem zum anderen Mundwinkel zog. Ich legte schnell ab und schaute noch einmal hin. Er redete wenig, wirkte seltsam kleinlaut.

»Marx hätte den schnöden Mammon leicht selbst verdienen können. Eine faule Judensau war der! Der scheute nichts mehr als Arbeit, deshalb hat er das Kapital verteufelt und den Kommunismus erfunden.«

»Schreib du erst mal so viel theoretisches Zeug auf«, mischte ich mich ein, »dann sprechen wir noch mal übers Faulsein. Das ist Knochenarbeit, Mann.«

»Sachte, Bruder«, meinte Schmidt. »Wenn du die Arbeiterklasse vom Zwang der Arbeit befreien willst, dann muss sie erst mal Arbeit haben, damit sie eine Arbeiterklasse sein kann.« Alle am Tisch lachten, aber viel von Marx hatten auch sie nicht gelesen. »Wenn wir nur Arbeit hätten, bräuchte uns keiner zu befreien«, murmelte er und knallte eine Karte auf den Stapel.

»Ich habe vorhin Leute getroffen, die das aber anders sahen«, entgegnete ich. »Und Kinder sollten lernen und nicht arbeiten.«

»Meine Kinder könnten lernen, wenn ich anständige Arbeit hätte.« Schmidt wedelte mit ein paar Scheinen. Er hatte keinen großen Gewinn gemacht, aber verdiente zurück, was er verloren hatte.

Ich ahnte die ganze Zeit über, dass er es sein musste, war mir jedoch nicht sicher, vielleicht wegen des ungestylten Schnauzers, der ihm ein ganz anderes Image gab, oder wegen der schäbigen Klamotten. Erst als Schmidt sagte: »Mein Freund Hitler hier hat kein gutes Händchen«, bestätigte sich der Verdacht. Schmidts Freund war ein miserabler Kartenspieler, er verstand nichts vom blitzschnellen Trumpfen. Er schuldete der Spielbank Geld.

Schmidt war dabei, mir sein Darlehen zurückzugeben, er drückte mir den Schein in die Hand, als er mich zur Seite nahm. »Hör mal, Erdling, mein Spezi steckt in Schwierigkeiten.« Er wollte, dass ich seinem Freund für eine Woche Geld lieh.

Ich blickte Hitler an. In diesen Sekunden verfluchte ich

das gesamte Universum einschließlich aller Raumkrümmungen und Zeitdilatationen sowie aller darin errechenbaren Wurmlöcher. Was wurde hier von mir erwartet? War das jetzt so eine Art Prüfung? Was, wenn ich mich weigerte? Schließlich hatte ich seinem Freund Schmidt bereits Geld geliehen. Er wusste nicht, was ich schon wusste. War es unfair, ihn mit seiner Zukunft zu bestrafen? Hätte ich ihn vielleicht lieber töten sollen? Wäre an seine Stelle dann nicht jemand anderes mit Charisma, einer der vielen Radikalen da draußen, getreten? Sein Tod zu diesem Zeitpunkt hätte womöglich noch keine Konsequenzen für die Zukunft gehabt, es sei denn, ich glaubte an Vorsehung. Ich lächelte und reichte ihm die Banknote. »Klar, kein Problem«, sagte ich.

Hitler wirkte sogar beim Lächeln ernst und irgendwie eingeschüchtert. Eine leichte Verbeugung. »Vielen Dank.« Mehr nicht.

Schmidt und Hitler sollten in zwei Stunden wieder bei ihrer Kompanie sein. »Wir müssen nachher auf Eisners Beerdigung«, sagte Schmidt. »Auf bald, Erdling.« Und ein einfaches Winken, so formlos schön.

Ich spielte noch eine Runde, weil's so gemütlich war, und nippte am Selbstgebrannten, obwohl mir fast die Blase platzte. Leider verlor ich meinen letzten Einsatz, ich hatte zu viel nachgedacht. Ich erhob mich und verließ den Klub. Die Straßen waren menschenleer. In einer dunklen Nische hockte ich mich zum Pinkeln hin, denn die längste Strecke hatte ich noch vor mir: meinen Weg zurück ins Bett. Ich hatte nicht die geringste Ahnung, in welcher Richtung sich das befinden könnte. Aber wo ein Wille ist, ist auch ein Wurmloch.

8 (HANUSSEN)

Das Zeichen Skorpion als Wiedergeburtszeichen wird uns noch ein drittes Reich bescheren

Ich überließ mich der Münchner Nacht. Immer wieder knickte ich um, weil ich an das unebene Kopfsteinpflaster nicht gewöhnt war. Einmal so stark, dass ich mir den linken Knöchel verstauchte. Am Klappern meiner Sohlen hörte ich, dass ich leicht hinkte.

Ein Stück vor mir auf der Straße lehnte ein gut gekleideter Mann einsam an einer Laterne. Als ich näher kam, sah ich, dass er für ein paar Groschen die kosmischen Profile der Kommunisten mithilfe ihrer Horoskope vorhersagte. Ich warf ihm das Geld in die Mütze. »Marx, Lenin, Stalin, Thälmann, Trotzki, Sowjetunion oder KPD?«, fragte er.

»Marx, bitte.« Ich hoffte, so vielleicht mein kognitives Gleichgewicht angesichts seiner antisemitischen Hetze wiederherstellen zu können.

Der Hellseher, dessen Gesicht ich irgendwo schon einmal gesehen hatte, schien sich zu konzentrieren, blickte leicht jenseitig zum Horizont, indem er seine Hände an die Stirn presste. »Dieser außergewöhnliche und eigenartige Mensch, dessen Äußeres schon große Exzentrik verrät, hat ein seiner Natur entsprechendes, seltsames Horoskop«, begann er. »Er ist im Aszendenten Wassermann geboren, dem Zeichen des kommenden Zeitalters, des geistigen Fortschritts und der Erfinder, und untersteht dem Einfluss des rebellierenden, reformierenden und querulierenden Uranus, der sich in Konjunktur mit dem sozialen Neptun durch das im Zeichen Schütze stehende zehnte Haus bewegt. Die Uranus-Neptun-Konjunktion ist ein Kuriosum, das die kosmischen Möglichkeiten in einem magisch bizarren Licht beleuchtet, und erklärt die unerklärliche Anziehungskraft genialer

Menschen, denen eine besondere Mission zufällt, auf die breite Masse. Marx wurde zum Verkünder einer proletarischen Diktatur. Jupiter und Steinbock brachten ihm Gönner und Anhänger unter der werktätigen Bevölkerung, aber die Zeit war damals noch nicht reif dafür.« Er schloss die Augen.

»Okay, vielen Da…« Mir war übel vom Selbstgebrannten, ich schwitzte.

»Aber als Uranus«, setzte er wieder an und fuchtelte mit den Händen, er hatte die Augen weit aufgerissen, war wie in Trance, seine Pupillen waren fast unter den Lidern verschwunden, »als Uranus, sein Geburtstagsgebieter, einhundert Jahre nach seiner Geburt ins Zeichen Wassermann gekommen war und somit Marx' Aszendenten erreicht hatte, geschah das Wunder, dass sein Geist in Russland lebendig wurde, und dieses Land bescherte der Welt vier Jahre später das größte Geschenk: die Geburt der Union der Sozialistischen Sowjetrepubliken. Merkwürdig ist, dass sich Marx' Sonne in der Opposition zur Sonne der Sowjetrepublik widerspiegelt, und zwar exakt 14 Grad im Stier, dort 14 Grad im Skorpion, und Saturn steht 14 Grad im Löwen! Auch Uranus und Jupiter liegen innerhalb ihrer Oppositionsachse.« Er brachte sein Gesicht nah an meines. »Die Wucht des Saturns lastet wie Blei auf der russischen Seele, will man es auch nicht eingestehen.«

Ich wollte weiter, die paar Groschen hatte er mehr als abgearbeitet, aber er hielt mich am Jackenzipfel fest. »Wird ein solches Volk den Völkern der Welt Vorbild eines Idealstaates werden können? Ich wüsste nicht, wodurch dies kosmische Begründung finden könnte. Das Zeichen Skorpion als Wiedergeburtszeichen wird uns und vielleicht auch Russland noch ein drittes Reich bescheren.« Er lächelte. Er wollte mir wohl noch etwas Optimismus mit auf den Weg geben.

Ich bin gut darin, aus Situationen herauszukommen, in

die sich sonst niemand bringen würde. Für diese letzten Worte schenkte ich ihm aus Verzweiflung meine fünfzig Euro, die ihn eine Weile beschäftigten und mir die Möglichkeit gaben, das Weite zu suchen. Ich stolperte in eine Seitenstraße, es dämmerte bereits. Auf der gegenüberliegenden Straßenseite bog ich in eine Gasse, an deren Ende ich auf die Berliner Koenigsallee gelangte, die mich zwar nicht direkt in mein Bett brachte, aber an einen Ort, den ich wiedererkannte. So einfach, als wäre ich über eine Einstein-Rosen-Brücke spaziert, mit dem Unterschied, dass mir die Zentrifugalkräfte erspart geblieben waren, was ich mir nur damit erklären konnte, dass die Brücke genauso fiktiv war wie die Welt, durch die ich mich bewegte.

Auch erkannte ich die Koenigsallee besser, wenn ich meine Brille abnahm, denn irgendetwas stimmte hier noch nicht. Ich redete mir ein, dass das mit meinen ausgehebelten Links-rechts-Achsen zu tun hatte. Marx konnte zu seiner Zeit nicht wissen, wie die jüdische Geschichte in Deutschland und Europa weiterging und wie sehr er mit seiner offen antisemitischen Haltung zur Vergiftung der modernen Seele beigetragen hatte. Mit seiner Kälte auch der Mutter gegenüber, weil sie ihn mit vielen Gefühlen, aber nicht mit ausreichend *Cash* unterstützte. Womöglich auch mit dem Gefühl der Selbstentwertung, weil er, der Durchschauer des Kapitals, die einfachsten Börsengeschäfte nicht verstand, um sich *Cash* in ausreichendem Maße zu beschaffen, was ihn in Armut und Verschuldung getrieben hatte. Hätte er gewusst, wie er sich im 21. Jahrhundert, ja schon einhundert Jahre nach seinem Tod anhören würde, ich wollte wirklich glauben, er hätte sich lieber die Zunge abgebissen.

Hitler, damals 30-jährig, war noch ein Rädchen in den sozialistischen Getrieben in München, einsilbig, gehorsam und scheu. Hätte Hitler sich nicht zum Vertrauensmann seiner Einheit wählen lassen, um nicht auf der Straße zu landen, hätte er womöglich nicht sein Talent als Sprecher und Anführer entdeckt.

Ich hinkte die Koenigsallee entlang, die in dieser Frühe wie ausgestorben war. Auf dem Sofa in meinem Büro wollte ich noch ein paar Stunden schlafen. Mein linker Knöchel brannte bei jedem Schritt. Ein Taxi konnte ich mir nicht mehr leisten. Außerdem war mir speiübel. Hinkend schleppte ich mich voran. Ein protziger Oldtimer mit offenem Verdeck kam mir entgegen, hinter dem ein zweiter Wagen drängelte. Ich dachte noch: *typisch*, bis jemand plötzlich Schüsse auf den Mann auf dem Rücksitz des Cabrios abfeuerte. Ich warf mich auf den Boden und wartete, bis der zweite Wagen außer Sichtweite war. Dann flüchtete ich, so schnell ich konnte, bis zu meinem Gartentor. Wo war mein Schild? Ich stieg über den Zaun und übergab mich im Vorgarten. Mein Schlüssel passte nicht ins Türschloss! Nichts sah so aus, wie ich es kannte. Ich legte mich unter die Linde, blickte noch eine Zeit lang mit leerem Kopf in den Morgenhimmel und schlief ein.

Als ich meine Lider aufschlug, konnte ich jedes einzelne Blatt an den Zweigen über mir erkennen. Offenbar trug ich noch meine Brille. Ich lag tatsächlich unter der Linde im Vorgarten meines Büros. Mein linker Knöchel pulsierte und schmerzte. Die Dinge um mich herum kamen mir wieder bekannt vor. Langsam stand ich auf und humpelte zum Gartentor, um mich zu vergewissern, dass mein Firmenschild dort in der Sonne glänzte. Natürlich dachte ich, dass ich bloß eine miserable Nacht gehabt und alles geträumt hatte. Keine Ahnung, ob die Wirkung dieses Traums ihre Ursache in der Realität hatte oder umgekehrt. Auch wenn mir die Erlebnisse der letzten Nacht wie billige Lektionen vorkamen, stand ich da schon kopf auf meinen lädierten Links-rechts-Achsen und landete ahnungslos in der nächsten Phase meiner Transformation.

Noch verstand ich mich als Opfer einer übermächtigen Störung, von erhöhter Sonnenaktivität, vielleicht sogar kosmischer Stürme aus elektrischen Ladungen. Irgendwo hatte ich einmal gelesen, dass der Widerstand eines Menschen gegen elektrische Schläge je nach Situation sehr verschieden sein kann. Ein Schlag, der stark genug ist, einen nüchternen Menschen sofort zu töten, soll wohl bei einem Betrunkenen oder Schlafenden eine schwächere Wirkung haben. Damit will ich nicht sagen, es wäre sicherer, ständig zu trinken oder zu schlafen. In jedem Fall aber musste gelten, dass die Dinge, die einem betrunkenen Menschen zustoßen, zunächst auf einer separaten Gedächtnisspur abgelegt werden, zu seiner Sicherheit, bis klar ist, ob sie so ins Bewusstsein kommen dürfen oder ob sie eine Postproduktion nötig haben. Wie wäre sonst ein Blackout zu erklären? Das Universum meinte es doch gut mit uns und hatte wieder mal an alles gedacht. Allerdings waren meine Erinnerungen an die letzten Stunden klar und ungefiltert. Niemand schien mich beschützen zu wollen. Ich konnte also nicht wirklich betrunken gewesen sein. Natürlich nicht, denn ich war offenbar in einer Parallelwelt betrunken gewesen, hatte dort sogar uriniert und mich übergeben.

Ich betrat Klaras Wohnung früher als sonst. Sie schien noch zu schlafen. Mit einer Kleiderbürste säuberte ich Sakko und Rock und hängte die geliehenen Sachen zurück in den Schrank. Nach einer Dusche verkroch ich mich in Jogginghose und Hoodie, die die Nachtschicht des Pflegedienstes gewaschen und getrocknet haben musste. Beim Kaffeekochen hing mir meine Desorientierung schon zum Hals heraus. Ich wusste nicht mehr, wozu ich das Spiel *Andreas von Erdling* weiterspielen sollte. Was hatte ich noch davon? Mein Kindergeburtstag war vorbei, und alle waren nach Hause gegangen.

Mit dem Kaffee ging ich leise zu Klaras Bett. Sie war wach,

ihr war schwindelig, sie glaubte, sie sei blass. Was nicht stimmte. Aber dafür war ich blass. Wenigstens das konnte ich für sie tun.

»Soll ich dir nicht lieber einen Tee kochen?«

»Nee, Kaffee«, krächzte sie.

Ich entschied, mich heute nur um Klara zu kümmern, damit ich mich nicht mit meiner Realität beschäftigen musste. Ich las ihr vor, ich kochte für uns Gemüsesuppe. Sie wollte wissen, wie die Eröffnung gelaufen war und ob dieser Spinner mein Outfit anständig gewürdigt hatte. Ich erzählte ihr, was sie hören wollte, um sie nicht aufzuregen. Nach dem Geld fragte sie glücklicherweise nicht. Mit ihr auch noch darüber zu streiten, ob es logisch war, dass sich in der Tasche einer Jacke aus den 1920ern Geldscheine befunden hatten, die nicht schon bei der ersten Reinigung entdeckt und entnommen worden wären, hätte ich nicht durchgestanden. Der Tag verlief so ruhig und unspektakulär, dass es eine Wohltat war und sich das Gefühl einstellte, mein Bewusstsein würde wieder an meine alte Normalität herangeführt.

9 (ARMIN)

Versinke, denn ich könnt' auch sagen: steige!

Als die Nachtschicht des Pflegedienstes kam, rief ich Armin an. Ihm konnte ich von letzter Nacht erzählen, ich fühlte mich bereit für seine Erklärungen. Ich setzte mich in den Bus und stieg diesmal nicht bei Shin's Karaoke aus. Ich wollte unbedingt nüchtern und wach sein. Mir war nämlich die Idee gekommen, dass der Cocktail aus Alkohol, Nikotin und Gras gestern Abend psychotische Zustände in mir ausgelöst und Situationen vorgetäuscht haben könnte, die mir vollkommen real vorkamen, aber nie passiert waren. Schließlich bin ich spezialisiert auf das Gebiet der Täuschung und Hochstapelei. Warum hätte sich mit dem Verlust meiner Audience das Blatt nicht wenden sollen? Mein hochgetuntes Bewusstsein hatte sich gegen meine Realität gewandt. Ich wurde jetzt selbst getäuscht. Von mir. Irgendwie beruhigte mich dieser Befund, weil der Zustand episodisch sein konnte und nicht von mir verlangte, mich und mein Leben umzukrempeln.

Aus Armins Haus drang eine beklemmende Stille, obwohl die Fenster in seiner Etage hell erleuchtet waren und eines sogar sperrangelweit offen stand. Der Haupteingang war eigenartigerweise abgeschlossen, was bisher nie der Fall gewesen war. Ich lief durch die Hofeinfahrt, um den Hintereingang zu nehmen. Da wurde diese seltsame Stille so laut, dass ich hörte, was nicht hörbar war. Kein Herzschlag, kein Beat, die Schallwellen irgendwie abgeschirmt, gestört. Ich merkte nicht, wie etwas aus der Dunkelheit auf mich zuraste. Wenn in Filmen etwas aus großer Höhe fällt, dann hörst du es fallen, es grummelt, oder du hörst die Luftreibung, einen Schrei, irgendetwas. Aber ich setzte ahnungslos einen Fuß vor den nächsten, auch wenn mir die Schritte jetzt als mühsam und stockend in Erinnerung sind, ich setzte einen Fuß vor den nächsten, und noch einen … Den Eingang erreichte ich nicht mehr, weil ein Menschenkörper zehn Zentimeter vor mir rücklings auf dem Beton aufschlug. Ich spürte den Luftzug, der mich fast umgehauen hätte. Er raste so knapp an mir vorbei, dass ich mich nur mühsam stabilisierte. Reflexartig kippte ich nach hinten. Ich hatte klar vor Augen, wie er verdreht und zerbrochen auf dem Rücken lag: ein Mann, zertrümmert, der Schädel in Scherben, Hirnmasse entwich, kleine Stücke Fleisch schwammen mit der karmesinroten Strömung am Hinterkopf heraus. Sein Gesicht war schlaff, entleert, der Mund nach links oben zu einem Dreieck verzerrt. Die perfekte Umsetzung kubistischer Formvariablen. Die Augen waren geöffnet, das linke quoll heraus, sie starrten mich an. Ich sah seine Angst und sein Joch und fragte mich, wie viel Koks er nötig gehabt hatte, um sich diesen zwei Supermächten entgegenzustellen und vom Dach zu springen. Aus den aufgerissenen Augen las ich es deutlich: Er hatte diesen Aufprall kommen sehen, er hatte ihn gewollt! Mich konnte er nicht kommen sehen, denn er hatte dabei in die Sterne geblickt. Erst hier unten fing mich sein kristallisierter Blick ein. Das Gebäude war 33 Meter hoch. Bei gleichmäßiger Fallbeschleunigung war er drei Sekunden lang mit 30 m / s auf mich zugerast, das waren ungefähr 100 km / h. Er schlug auf dem Beton auf und lag da wie das zerschlagene Geschirr am Polterabend. Das mir Glück bringen sollte. Das Verhältnis Hirn- zu Gesichtsschädel beträgt bei erwachsenen Menschen 2:1, bei ihm war es jetzt umgekehrt.

Mein Körper schlingerte eine Weile, ich zitterte, dann spie ich zwei Schüsseln Gemüsesuppe aus. Wann schaute ich schon mal nach oben? Vor allem in der Dunkelheit. Ich schaute nach vorn, manchmal nach unten, hin und wieder nach hinten oder nach rechts und links, ich blickte in meine Reichweite.

Ich glaubte, bei Armin von Grumbach geklingelt zu haben. Ich erinnere mich noch genau an sein beleuchtetes Klingelschild. Aber ich stand nur da, jemand kam angelaufen, und ich stand da, jemand rief die Polizei, und ich hörte nur dieser unwirklichen Stille zu, aus der er gefallen war, dieser Stummheit, einer Sphäre abgeschirmter Geräusche, nicht einfach nur eine Stille, mir schien darin etwas Absichtliches zu liegen, als hätte jemand auf stumm geschaltet, um Aufmerksamkeit auf etwas zu lenken. Wieder so eine Raum-Zeit-Anomalie. Ich wagte damals noch nicht, dabei an mich zu denken, wie selbstsüchtig und vermessen kam mir das vor. Aber die Stummheit blieb, ich kann sie bis heute hören. Dieser freie Fall war mein erster Fall, und er hätte mein letzter sein können. Lange dachte ich, es sei halt Suizid gewesen. Heute nenne ich es: den mutwilligen Auftakt einer ungeheuerlichen Verschwörung.

Armin begleitete mich nach Hause. Während der Fahrt lauschte ich jeder Schallwelle nach. Reden wollte ich mich nicht hören, war unfähig, über die letzte Nacht zu sprechen. Selbst Armin, der auch in den unpassendsten Augenblicken spontan druckreife Parlamentsreden, gesellschaftspolitische Vorträge und anderes Geschwurbel von sich geben konnte, schwieg und suchte nur hin und wieder nach Worten, die er einbringen konnte. Der abgestürzte Desperado erwies sich als Freund eines Mitbewohners, ein Drummer, der gerade noch mit ihnen Musik gemacht hatte. Er war pissen gegangen und aus dem Fenster im Bad gesprungen. Nein, Koks hatten sie keines. Er sei nüchtern gewesen, nicht mal betrunken, nicht mal bekifft, nein, er war so nüchtern gewesen wie ich.

Erst wollte Armin über Nacht bei mir bleiben, aber ich hatte nur noch das Bedürfnis, allein in eine andere Welt zu flüchten. Ich suchte nach Stabilisierung. Den Rest der Nacht wollte ich träumen oder Karten spielen, aber die Klarheit von vorhin randalierte noch in meinem Kopf. Ich war wach, und ich empfing nichts, oder niemand sendete oder niemand kam zu mir durch. Ich probierte alles Mögliche: meditierte, trank einen doppelten Kamillentee, ich kiffte, ich zählte, nahm schließlich eine Mirtazepin. Danach hörte ich wenigstens auf zu zittern, schlafen konnte ich trotzdem nicht, mein Körper war noch randvoll mit Adrenalin. Bis in den Morgen las ich. Ich wusste jetzt, warum Literatur mir echter vorkam als Filme, weil die Geräusche beim Lesen authentischer waren, es waren meine. Wenn ein Mensch sich in einer Geschichte vom Hochhaus stürzt, dann bei mir nur aus einer Stille heraus.

10 (COSMO)

Natürlich hättest du wissen müssen, dass deine eigene Realität von der Struktur deines Bewusstseins abhängt

Am nächsten Morgen stand ich als Erste in der Küche, noch in denselben Klamotten wie gestern, mit Blutspritzern auf meiner Jogginghose. Als ich die Tasse mit dem doppelten Espresso in der Hand hielt und an der Kippe zog, begannen meine Lippen wieder zu zittern. Wenn mich jemand an der Schulter berührt hätte, wäre ich heulend zusammengebrochen, weil ich spürte, wie sehr ich aus meiner Bahn geworfen war. Ich kriegte meine Gedanken nicht geordnet, meine Stimmung war in Schieflage geraten. Ich hatte minutenlang auf das Poster an der Decke gestarrt und nichts gefühlt bei Shafts Anblick, nichts beim Anblick des Ledermantels, er war nicht mehr cool, er inspirierte mich nicht mehr. Meine Träume waren am Horizont verschwunden. Ich erkannte nur noch eine flache Visage auf Papier, die mich nervte und die ich von der Decke riss. Ich brauchte einen neuen Kontext, in dem ich existieren konnte. Meine Art, frei zu sein, hieß damals, mich einer Geschichte zu unterwerfen. Ich wollte nicht denken, nur fühlen, mich wieder in mein Leben, in meine Geschichte einfühlen. Welcher Idiot hängt sich das Poster eines Schauspielers an die Decke, der seine Rolle so täuschend echt spielt, dass er sie nun selbst versucht zu leben? Plötzlich erkannte ich mich nicht mehr wieder. War ich tot? Ich war gestorben. Dieser Freund hatte mich und nicht sich umgebracht. Dieses Matschhirn auf dem Beton war mein Leben! Das waren meine verfickten Träume!

Ich musste mich krankmelden. Für Klaras Schwäche war ich heute wirklich zu schwach. Ich rief sie an und erzählte ihr, was gestern Nacht »fast passiert« sei. Dafür musste sie

Mitleid aufbringen. Meine Stimme war dünner als ihre, aber sie antwortete: »Dass dieser Ikarus heute nicht zur Arbeit erscheint, klingt logisch, aber du bist am Leben und ich auch, also such nicht nach Ausreden.«

»… Klara! … Mir geht's elend, ich hab null geschlafen! Ich bin total kaputt!«

»Du kannst Sätze bilden, rauchen und Kaffee trinken. Mit dir ist alles in Ordnung.«

Eigentlich bin ich tot, Klara, hörte ich mich denken. »Ich versuch's«, sagte ich und legte auf. Wäre ich damals nicht zur Arbeit gegangen, wäre ich womöglich wirklich »gestorben«, hätte alles aufgegeben und mir am Ende noch einen Job gesucht. Aber Klara hatte recht. Eigentlich war alles in Ordnung mit mir.

Ich verließ die Wohnung und marschierte im Rhythmus meines Herzschlags zu Cosmos neuem Laden. Das Klappern meiner Schuhe nervte mich. Von Cosmo versprach ich mir Trost und Zuwendung. Diesmal betrat ich seinen Laden dramaturgisch gestaltet. Ich riss die Tür auf, blieb im Rahmen stehen und fixierte ihn. Erst als er meinen Blick erwiderte und überrascht die Augenbrauen hochzog, schloss ich die Tür hinter mir und schritt betont langsam auf den Tresen zu.

»Wo ist dein Mantel, Schwester?«, fragte er.

»Heute hab ich die Story für dich.«

Cosmo sah mich an, als wüsste er schon, was ich sagen würde. Ich entdeckte das Dreieck in seinem Gesicht, vom spitzen Kinn bis zur Augenpartie. Dasselbe Dreieck wie gestern. Mein Bewusstsein dekonstruierte an dem Tag alle Visagen nach kubistischen Formvariablen. Ich faselte etwas von »radikaler Zertrümmerung einer subjektiven Weltanschauung durch affirmative Nachahmung eines archetypischen Handlungsmusters wie des Absturzes des Ikarus«.

»Du siehst echt scheiße aus, Schwester.« Cosmo legte die

Hand auf meine Schulter. Endlich! Er gab mir das, was ich am meisten brauchte. Keine guten Ratschläge und Trost.

»Du hast ein Dreieck im Gesicht, Mann.«

»Du siehst Gespenster, du bist okay. Hier hab ich was für dich.« Er drückte mir ein Heft in die Hand, aufgeschlagen auf Seite zehn. Die Überschrift dort lautete: »Zur Souveränität und zum schöpferischen Recht des Autors, Welten eigener Ordnung zu erfinden, verbunden mit allen Chancen und Gefahren für die Allgemeinheit.« Das Heft war bald dreißig Jahre alt. Eigentlich hatte ich nie auf die Aktualität von Schriften geachtet. Ich hielt Konzepte wie Aktualität für unwissenschaftlich angesichts der Tatsache, dass uns immer dieselben Probleme in regelmäßigen Abständen heimsuchten. Cosmo gab mir das Gefühl, dass mir nur ein paar Erzählfäden gerissen seien, die ich bald wieder verknüpft haben würde.

»Kannst du mich nach draußen begleiten?«, fragte ich vorsichtshalber, weil ich keine Lust auf weitere Parallelwelten hatte.

Auf dem Weg in mein Büro kehrte der coole Rhythmus zaghaft in meinen Körper zurück. Zumindest lief ich leichter. An der Gartentür in der Koenigsallee angekommen, blickte ich mein Schild an und blieb für einen Moment stehen. Mit dem Ärmel polierte ich den mattsilbrigen Schriftzug. Wie froh war ich, dass ich keinen stressigen Tag mit Terminen und Fällen vor mir hatte.

11 (KLARA)

Die wichtigste Redensart im Deutschen ist:
Spaß beiseite, jetzt wird's ernst.

Die Gartentür quietschte, ich zog die Schuhe aus, damit ich das Klappern nicht hören musste. Als ich eintrat, kam von Klara nichts.

»Klara? Ich bin's«, rief ich extra laut. Sie reagierte nicht. »Ich mach dir einen Kaffee.« Ich bewegte mich besonders geräuschvoll in die Küche. Mit zwei Tassen auf einem Tablett betrat ich ihr Zimmer. Klara schlief. Sonst schlief sie nie um diese Uhrzeit. Ich vergewisserte mich, dass sie nicht tot war, aber nein, sie schlief. Ihre Hand war warm, ihr Brustkorb bewegte sich regelmäßig auf und ab. Ihr Bett war frisch bezogen, sie war gewaschen worden, trug ein sauberes Nachthemd, alles schien zu sein wie immer. Die Pflegekraft war bereits gegangen und würde nicht vor Mittag zurück sein. Ich stellte eine Tasse auf den Nachttisch und betrachtete Klaras Gesicht. Auch bei ihr entdeckte ich dieses Dreieck. Ihr weißes Haar trug sie sehr kurz, schon ihr ganzes Leben lang, auch als es noch braun gewesen war. Obwohl sie oft behauptete: »Je älter du wirst, desto kürzer wird dein Haar.« Damit meinte sie, dass Frauen mit kurzem Haar jünger aussahen. Aber Klara hatte immer kurzes Haar, weil sie angeblich schon alt auf die Welt gekommen war.

Ich setzte mich neben die Glastür, die zum Vorgarten und zur Straße ging, las in dem Artikel, den Cosmo mir empfohlen hatte, und nippte an meinem Kaffee. *Wenn ein Autor eine Welt eigener Ordnung erschafft, sei sie in jedem Fall in sich logisch und hätte ihre eigene Mathematik. Dieser neue Raum sei nun erschlossen und für die Allgemeinheit betretbar. Jedoch auf eigene Gefahr. Wahrscheinlichkeiten seien genauso real wie faktische Realität, selbst wenn sie zunächst jeder Logik zu ent-*

behren scheinen. Fiktion sei Expansion. Alles, was ein Mensch sich vorstellen könne, beginne ab diesem Moment zu existieren. Ich glaubte zu verstehen, warum Cosmo mir diesen Artikel nahegelegt hatte. Offenbar hatte ich die Mathematik meiner Welt, meiner Geschichte, in der ich lebte, noch nicht verstanden.

Als mein Blick nach draußen auf die Straße wanderte, sah ich einen Mann vor dem Gartentor stehen und auf mein Schild starren. Er kam mir bekannt vor. Ich sprang auf und rannte zur Tür. Natürlich war ich ausgerechnet heute nicht darauf vorbereitet, meinen ersten Klienten zu empfangen. Und mit einem Mann hatte ich schon gar nicht gerechnet. Ich blickte an mir herab. Da klopfte es. Es klopfte endlich! Ich sagte: »Herein.«

Die Tür öffnete sich. Ich war noch außer Atem. Der Mann trat ein. Möglichst lässig warf ich ihm einen fragenden Blick zu. Jetzt wusste ich auch, wer er war.

»Ich muss mit Ihrem Chef sprechen.«

»Verstehe, Herr Lafontaine. Herr von Erdling ist gerade sehr beschäftigt.«

Er rührte sich nicht von der Stelle und nahm mich ins Visier. »Wir sind alle sehr beschäftigt. Nur ist mein Anliegen von außerordentlicher Brisanz. Es kann nicht warten.«

Ich fürchtete, er könnte ins Büro stürzen und sehen, dass dort niemand war. »Bitte, nehmen Sie einen Moment Platz, ich frage mal nach, ob er Sie so kurzfristig empfangen kann.«

»Gut, aber ich verlange äußerste Diskretion.«

Ich verließ das Vorzimmer, wechselte in einem Nebenraum meine Kleidung so geräuschlos wie möglich, band mein Haar streng zurück, entfernte die Mascara von den Wimpern und trug ein herbes Parfüm auf. Dann ging ich in mein Büro, übte noch einmal die Falte zwischen meinen Brauen und öffnete die Tür.

»Bitte, Herr Lafontaine.« Ich winkte ihn herein.

An meinem Schreibtisch warf ich mich in den abgewetzten Lederstuhl. »Was führt Sie zu mir?«

»Bitte, gehen wir gleich zum Du über, Andreas, das spart Zeit.«

Ich machte eine zustimmende Geste, griff nach meinen Zigaretten, bot ihm eine an und gab ihm Feuer.

»Ich komme in einer heiklen Angelegenheit.«

Ich beugte mich nach vorn. »Für mich ist nichts mehr heikel, Oskar«, sagte ich mit einem leichten Lächeln. Ich hatte ja keine Ahnung, was mir bevorstand.

Er blickte mich prüfend an. »Abwarten, bis du die ganze Geschichte kennst.«

»Ich bin ganz Ohr.« Ich lehnte mich zurück.

»Sahra, also meine Freundin, ist gestern am späten Abend entführt worden –«

»*Die* Sahra?«

Er nickte.

»Ich fürchte, das fällt nicht in meinen Zuständigkeitsbereich. Damit solltest du zur Polizei gehen.«

Er schüttelte den Kopf. »Hier handelt es sich nicht um eine herkömmliche Entführung. Ob entführt überhaupt das richtige Wort ist, weiß ich gar nicht, vielleicht ist sie auch abgeholt worden.« Oskar verschränkte die Arme. Die Muskeln an seinem Kiefer zuckten einige Male. Seine Lippen hatte er zu einem Schlitz zusammengepresst, er brachte kaum noch etwas heraus.

»Ich sehe nicht, was ich da tun kann, Oskar. Falls du eine Vermisstenanzeige aufgeben willst …, du vermisst sie doch?«

»Ja, klar, und wie.«

»Das geht nur bei der Polizei. Ich kann dir da nicht helfen.«

Er senkte die Stimme. »Das waren wahrscheinlich … keine Menschen, die sie entführt haben.«

»Entführer haben immer etwas Unmenschliches an sich.«

Ich sah ihm an, wie schwer ihm das hier fiel. »Beschreib doch einfach, was du gesehen hast.«

Er seufzte. »Der ganze Tag war schon so komisch. Sahra war richtig aufgekratzt.«

»Warum ist das seltsam für dich, dass deine Freundin aufgekratzt war? Das ist doch ein Zeichen für gute Laune?«

»Sie hatte gerade Stress mit ihrem Ex. 'ne blöde Sache.«

»Worum ging es dabei?

Er reagierte genervt. »Ach, ihr Selbstzerfleischungsdrama war völlig überzogen.«

»Verstehe. Bitte sprich weiter.«

»Dann wollte sie plötzlich mitten in der Nacht raus aus der Stadt, sie wollte einen Spaziergang durch den Königswald machen. Völlig verrückt! Also fuhren wir dorthin. Sie war die ganze Fahrt über so ausgelassen, als freute sie sich auf etwas. Sie stellte das Radio laut und sang aus voller Kehle mit.«

»Was passierte weiter?«

»Wir parkten und liefen eine Weile durch den Wald. Sahra wollte nicht, dass wir eine Taschenlampe benutzen. Also taperten wir in stockdusterer Nacht durchs Gehölz. Sie schien ein bestimmtes Ziel anzusteuern, hantierte andauernd mit dem Handy. Ehrlich gesagt, weiß ich nicht mehr, wo genau es passiert ist. Es wurde plötzlich ganz still um uns herum. Ich bekam Gänsehaut davon, flüsterte nur noch. Dann griff ich nach ihrer Hand. Ihr Puls raste, er schlug bis in die Fingerspitzen. Dann merkte ich, wie von oben etwas oder jemand auf uns zukam. Plötzlich war da so ein grelles Licht. Ich musste mir die Arme vors Gesicht halten, dabei ließ ich Sahra los. Ich sah nur noch dieses Leuchten. Ich wollte verstehen, was das ist! Es machte keine Geräusche, eher schluckte es sie. Und als das Licht wieder aufstieg und verschwand, war auch Sahra verschwunden.« Oskar suchte in meinem Blick nach einer Reaktion, nach einem Anzeichen, wie ich auf diese Geschichte reagieren würde.

»Hast du nach ihr gesucht, vielleicht hat sie sich im Wald verlaufen?«

Er nickte. »Ich habe an der Stelle übernachtet, Andreas. Und alles abgesucht. Ich habe versucht, ihr Telefon zu orten, sie ist von der Bildfläche verschwunden.«

»Und bei ihrem Ex? Nach dieser blöden Sache?«

Kopfschütteln.

»Glaubst du an Außerirdische, Oskar?«

»Wenn das so wäre, säße ich nicht hier. Ich würde selbstverständlich diplomatische Beziehungen zu ihnen aufnehmen.« Er grinste vorsichtig.

Ich nickte wortlos, beobachtete die Regungen in seinem Gesicht. Diese Stille. Diese Anomalie. Und wieder kam etwas von oben. Was sollte ich dazu sagen? Ich verkniff mir, über meine eigene Erfahrung zu sprechen, wir waren hier nicht in einer Selbsthilfegruppe. »Gut. Wie lautet dein Auftrag, Oskar?«

»Finde Sahra.«

Ich musterte ihn. »Billig wird das nicht.«

»Am Geld soll's nicht scheitern.« Er zog einen adipösen Umschlag aus seiner Manteltasche. »Eine Anzahlung.«

Wenn ich nur behaupten könnte, ich tat es bewusst, ich wollte es oder war scharf auf die Kohle. Aber nichts von alldem brachte mich dazu, zu nicken, ja, ich nickte zustimmend und steckte mir vor lauter Unsicherheit eine neue Zigarette an. Spielte ich bloß eine Rolle, oder meinte ich es ernst? Ich wusste nicht einmal, ob ich ihm ein einziges Wort von der Geschichte abnehmen sollte. Aber meine Zustimmung schien die plausibelste Reaktion zu sein. »Wie erreiche ich dich? Ich muss mehr über deine Freundin wissen.«

Er schrieb E-Mail-Adresse und Telefonnummer auf einen Notizzettel und legte ihn vor mir auf den Tisch. »Jederzeit. Aber bitte Kontakt nur über diese beiden Kanäle. Dir ist klar, dass keine Silbe davon an die Öffentlichkeit dringen darf. Dieses Treffen hier hat praktisch nicht stattgefunden, okay?«

»Schon klar. Darf ich noch fragen, wie du auf mich gekommen bist?«

»Ich bin letztes Jahr deinem Profil gefolgt, unter einem Pseudonym. Du nimmst es mit dunklen Mächten auf und kämpfst auf der richtigen Seite. Ich habe das Gefühl, ich kann dir vertrauen.«

Er erhob sich, schüttelte mir die Hand und verließ das Büro. Fünfunddreißig Schritte bis zur Haustür. Ich weiß noch, wie ich mich fragte, ob er sich wunderte, warum meine Sekretärin nicht an ihrem Platz war. Aber Männer achten oft nicht auf solche Details. Die Tür fiel ins Schloss. Seine Schuhsohlen klapperten gleichmäßig über die Steine des Vorgartens, dann quietschte das Gartentor.

Meine Augen fixierten den Umschlag. Hatte sich die Fallenergie von gestern umgewandelt und als komplexe Teilchenverbindung in Form von Geldscheinen materialisiert? Lag das Ergebnis nun in diesem Umschlag? Energie, die sich immer wieder transformiert, windet, dreht und wendet, Fäden, die sich in der Matrix weiterspinnen und neue Muster bilden. Das Rinnsal von irgendwoher verzweigt sich zu einem Delta und reißt mich mit sich. Ein Trauma wird durch Absäbeln eines einzigen Buchstabens zu einem Traum.

STUFE 2

… auf der Cosmo verschwand und im selben Moment Angelika in mein Leben trat, der ich offenbar nicht zufällig begegnete und die sich bald in meinen Fall einmischte,

… auf der ich meine Suche nach der Entführten mit Klaras Vernunft und Armins Kontakten voranzubringen versuchte,

… auf der Angelika mich schließlich überzeugte, ihr zu vertrauen, wenn ich jemals eine Spur zur Entführten aufnehmen wollte …

12 (KLARA)

Du verlässt die Zone der deutschen Vernunft

Noch eine halbe Ewigkeit, die sich zwischen die nächsten Minuten quetschte, starrte ich auf das Kuvert. Mit dem Zigarettenqualm im Mund beulte ich mehrmals meine Wangen aus, bis ich ihn durch die Lippen pfeifend entließ. Ja, ich litt eindeutig auf hohem Niveau, wie es sich in dieser feinen Gegend gehörte. Der stramme Geldhaufen lag so selbstverständlich auf dem Tisch, er musste schon beim Urknall eingeplant und an mich gesendet worden sein. Bisher dachte ich, Armut sei mein Problem. Aber das Kuvert beunruhigte mich. Es verlangte viel von mir. Was sollte das bedeuten: Finde Sahra? Das hörte sich an, als ginge es um mich. Als wäre das hier ein Spiel.

Dass ausgerechnet an mich nun ein Fall kosmischen Ausmaßes herangetragen wurde, musste doch mit Freud zu erklären sein. Die Ursachen dafür mussten in meiner Kindheit liegen, oder in meiner Libido, oder wahrscheinlich war mein Vater schuld, Väter sind oft schuld, wenn irgendwas schiefläuft bei ihren Töchtern. Dabei glaubte ich keine Sekunde an diese Ufo- und Aliengeschichte. Glaubte Sahra denn daran?

»Zeig mal die Moneten her«, krächzte Klara. Sie war offenbar aufgewacht. Sie klang auch etwas frischer. Ich blätterte die druckfrischen Scheine vor ihr auf die Bettdecke. Natürlich hatte sie alles mitgehört. »Gib mal den Spickzettel.« Sie studierte die Kontaktinformationen mit der Lupe und mit kritischem Blick, dann grinste sie. »Alles klar.«

»Was ist klar?«

»Du täuschst jetzt eine Weile eine Ermittlung vor, lieferst ihm ein paar obskure Spuren und kassierst weitere Umschläge.«

»Und was, wenn Sahra wirklich entführt wurde?«

»Wer bei den Linken von Außerirdischen entführt wird, ist so gut wie tot. Arbeitsunfähig, klar? Dafür gibt's saftige Entschädigungen. Und du bist bei der Sache vielleicht des Teufels Werkzeug. Die Kohle hier ist womöglich kein Honorar, Schätzchen, das könnte ordentlich Bakschisch sein.« Klara gab mir unmissverständlich zu verstehen, dass in Deutschland kein vernünftiger Mensch von Außerirdischen entführt würde, dass wir hier nicht in Amerika seien, wo jede gelangweilte Vorstadtfamilie einen Alf oder einen E. T. in der Garage habe, und dass ich mich auf so einen Unsinn eigentlich nicht einlassen sollte, und wenn doch, dann wenigstens, um anständig abzukassieren.

»Warum würde er denn zu mir kommen, wenn dieser Vorfall verschwiegen werden soll?«

»Er will sie zurück und braucht Hilfe.«

»Ich dachte, du glaubst nicht an die Entführung?«

»Du hast es hier mit Linken zu tun, Schätzchen, nicht mit Rechten, also fang an, in Widersprüchen zu denken, dialektisch.«

»Das ist doch Wahnsinn! Das kann er doch nicht von mir verlangen! Wo soll ich da anfangen?«

»Beruhig dich. Schau einfach, was passiert. Manchmal kommt die Lösung von allein. Für diesen Schlamassel gibt es mit Sicherheit eine einfache, logische Erklärung.«

Was ich an Klara immer schätzte, war ihre pragmatische Art, Logik in unüberschaubaren Situationen zu finden. Das schien mir, in der Tat, die richtige Herangehensweise zu sein.

»Ich habe dich gewarnt«, Klara stopfte das Geld zurück ins Kuvert. »Heutzutage hängt keiner leichtfertig so ein

Schild an die Straße.« Wenn es doch nur mein Schild gewesen wäre!

Mit *heutzutage* spielte sie auf die Tatsache an, dass mittlerweile jeder halbgebackene Algorithmus die meisten Fälle von Eifersucht, Neid oder kleinerem Betrugsverdacht mit wenigen Klicks aufklären konnte und die Welt Typen wie mich nur noch für die durchgeknallten Sachen brauchte.

Nun gab es einen Grund, an meinen Schreibtisch zurückzukehren, es gab Anlass zu einer neuen Routine. Wenn ich glaubwürdig vortäuschen und etwas liefern wollte, brauchte ich mehr Informationen, echtes Hintergrundwissen. Der Sturz von gestern, die Anomalie von vorgestern, mein Absturz von letzter Woche verschwanden hinter der Horizontlinie. Meine Aufmerksamkeit suchte nach anderen Mustern und erschuf unbemerkt meine neue Wirklichkeit.

Ich gab *Sahra Wagenknecht* in die Suchmaschine ein und sammelte die spärlichen Informationen, die sich zu ihrem Privatleben finden ließen. Bevor ich Fragen an Oskar schicken konnte, musste ich mehr über die angebliche Entführung wissen, also gab ich alle möglichen Begriffe rund um *Entführung Außerirdische Deutschland* ein. Die dürftigen Ergebnisse stellten gleich zu Anfang klar: Du verlässt die Zone der deutschen Vernunft. Ab jetzt bewegst du dich im Bereich von Verschwörungstheorien, mit denen sich nur pubertäre Spinner, rechte Vollidioten, windige Populisten und B-Movie-Fetischisten beschäftigen. Dementsprechend unergiebig waren die deutschsprachigen Seiten zu diesen Stichwörtern. Ich fand zwar eine Ufo-Datenbank, die von deutschen Ufo-Gruppen akribisch geführt wurde, aber keine Entführungen in Deutschland verzeichnete. Ich versuchte es auf Englisch, und eine Lawine von *serious hard facts* rollte heran. *Abductions* gehörten in den USA demnach zum Alltag, sie waren ein Teil der amerikanischen Mentalität. Wer einen amerikanischen Pass hatte, wurde offenbar mindestens einmal in seinem Leben von Aliens entführt oder wenigstens von ihnen beobachtet, selbst wenn er oder sie es abstritt. Außerirdische schienen sich besser in die amerikanische Realität integriert zu haben als in die deutsche. Weil die Amerikaner ihnen Raum in der Wirklichkeit einräumten oder weil die Aliens ihn sich dort leichter erobern konnten oder beides? Ein News-Kanal verwies mich auf eine französische Webseite, die Opfer von Entführungen durch Außerirdische beriet. Die Franzosen also auch! Und nicht nur die Franzosen – überall auf der Erde wurden allein im Laufe des 20. Jahrhunderts Menschen jeden Geschlechts, jeden Alters, jeder Hautfarbe, jeder Sprache von Aliens entführt. Fast jeder Sprache, wenn wir das Schweizerdeutsche und das Österreichische mal beiseitelassen. Denn das Spektakuläre daran waren nicht die Entführungen selbst oder die Extraterrestrischen, sondern dass die Deutschen offenbar die Einzigen auf diesem Planeten zu sein scheinen, die nicht von Aliens entführt werden. Sind sie etwa nicht interessant genug? An den Außerirdischen kann es doch nicht liegen! Wollen die Deutschen ihre Realität nicht teilen? Mit welchen Konsequenzen? Oder sprechen Deutsche nur nicht gern über ihre Entführungen? Hatten sie vielleicht noch nicht darüber nachgedacht? Schämen sie sich? Nehmen sie sich zu ernst? Oder nehmen sie sich überhaupt nicht ernst? Und wie ungeheuerlich kam mir auf einmal die Entführung einer Sahra Wagenknecht vor, falls es sich um eine Entführung handelte. War sie nun der erste deutsche Mensch in einem Ufo? Warum ausgerechnet sie? Warum hatten die Aliens nicht schon Werner Heisenberg oder Käthe Kruse oder vielleicht Else Lasker-Schüler oder auch Gerhard Richter entführt? Ich meine, Karlheinz Stockhausen behauptete ständig, er komme vom Stern Sirius. Aber so was behaupten eben nur Künstler, und in Deutschland weiß jedes Kind, dass Künstler verrückt sind. Aber das dürfen sie ja auch sein, nicht?

Mit Klara darüber zu sprechen schien mir sinnlos, solange ich nicht genügend Argumente hatte. Sie war zu vernünftig für eine solche Diskussion, in der die sachliche Erörterung meiner Fragen zumindest eine Chance haben sollte. Nicht, dass ich das Lager gewechselt hätte! Plötzlich wollte ich keinem Lager mehr angehören. Wieder diese leisen Dämonen! Die Stofflichkeit meiner Wirklichkeit hatte sich schon neu verwoben.

Nur die Deutsche Welle bemängelte einmal in einem englischsprachigen Artikel im Zusammenhang mit der Öffnung der Ufo-Archive der französischen Raumfahrtbehörde, dass die deutsche Regierung konsequent zu dem Thema schweige. Selbst als offizielle amerikanische Quellen Ufo-Sichtungen in Deutschland öffentlich machten, reagierte sie nicht. Vielleicht noch nicht.

13 (VOLTAIRE)

Mit Hegels Vereidigung als deutscher Generalgeist
haben die Deutschen ihren Anspruch auf den
Weltraum vorerst verwirkt

Klaras Pflegekraft kam heute früher, weil der Arzt wegen ihrer Schwäche Überwachung und Messungen angeordnet hatte. Ich wollte zu Cosmo. Ich wollte wissen, was er über Entführungen durch Außerirdische dachte. Wer, wenn nicht er, hatte dazu Material. Noch wusste er nichts von meinem Fall. Bei der Gelegenheit konnte ich ihm auch seine Bücher zurückgeben.

Doch als ich seinen Laden betrat, war er nicht da. »Cosmo?« Nichts. Kein Rascheln, keine Schritte. Auch im

Büro keine Spur von ihm, niemand im WC-Bereich. Keine Jacke am Garderobenständer. In den Spiegeln an der Decke suchte ich den Laden nach ihm ab. Seltsam, dass er die Tür nicht abgeschlossen hatte. Andererseits Glück für ihn, dass ich gerade hier war und auf den Laden aufpassen konnte. Warum sollte ich die Zeit nicht nutzen und schon mal ein bisschen stöbern. Langsam lief ich die Regale entlang. Cosmo sortierte die Materie wie ein Chemiker, nämlich danach, wie die Elemente miteinander reagierten. Er verstand, was Literatur schlimmstenfalls und bestenfalls in der Wirklichkeit anrichtete. Er glaubte, dass Menschen literarischen Stoffen zur richtigen Zeit begegnen müssen, die bei jedem anders tickt. Schilder oder Beschriftungen gab es keine. Formale Bezeichnungen wie Fiktion oder Sachbuch, Genre- oder Zielgruppenangaben interessierten ihn nicht. Deshalb brauchte ich nicht erst nach *Aliens*, *Sci-Fi* oder *Philosophie* zu suchen, so dachte Cosmo nicht. Die Materien gingen ineinander über und wurden von ihm in bestimmten Abständen neu sortiert. Cosmos Laden war ständig in Bewegung. Ein Mensch konnte hier an einem Tag Jahrhunderte verbringen. Eilige und Ungeduldige, die dafür keine Zeit hatten, konnten sich natürlich an Cosmo wenden. Allerdings frage ich mich heute, ob sie wissen, was sie dann verpassen, und ob ihnen die Bücher, die sie zu wollen glauben, überhaupt etwas bringen. Nach allem, was mir passiert ist, weiß ich, was viele Menschen nicht wissen, nämlich, dass sie sich ihre Materie nicht aussuchen können, sie heftet sich von selbst an sie, wenn sie es zulassen.

Irgendwo im Laden blieb ich stehen. Hier sammelten sich alte und neuere Bände zu Astronomie und Raumfahrt, Götter-Sagen aus aller Welt, Romane und Erzählungen. Ein schmaler Band von Voltaire drängte sich mir in den Blick, ich zog ihn heraus und fing an zu blättern. Plötzlich glaubte ich, Geräusche zu hören, drehte mich um, aber niemand war zu sehen. Mit den Fingerkuppen glitt ich über die Buchrücken im Regal. Ganz deutlich spürte ich jemanden dicht hinter mir, seinen Atem. Langsam wendete ich mich dem Raum zu, drehte mich dreimal um die eigene Achse, aber das, was ich spürte, blieb immer hinter mir.

»Auf einem der Planeten«, begann eine Stimme mit französischem Akzent in einem schauderhaften Flüsterton, »die um den Fixstern Sirius kreisen, lebte ein geistig hochbegabter junger Mann.«

Mein Herz klopfte bis in die Zähne. Ich spürte Finger an meinem Rücken auf und ab gleiten.

»Ich hatte die Ehre«, setzte die Stimme fort, »ihn auf seiner letzten Reise zu unserem kleinen Ameisenhaufen kennenzulernen. Er hieß Mikromegas, war acht Meilen hoch und gehörte seinen geistigen Fähigkeiten nach zu den gebildetsten Menschen, die wir haben, gegen den unser Blaise Pascal blass und euer Ca-Fri Gauß ganz grau aussehen.«

Meine Wangen glühten, und meine Achseln erst. »Äh, hallo ...?«

»Mikromegas suchte verzweifelt«, unterbrach er mich, »Erleuchtung auf anderen Planeten. Er ist etwas umhergereist und hat Sterbliche gesehen, die weit unter uns standen, und andere, die uns sehr überlegen waren, aber nirgends hat er welche getroffen, die nicht mehr Wünsche als tatsächliche Bedürfnisse und mehr Bedürfnisse als Befriedigung hatten. Egal wie lange die Bewohner lebten, nirgendwo reichte ihnen die Lebenszeit aus. Der Schöpfer der Natur hat über dieses Weltall eine Überfülle von Mannigfaltigkeiten in einer wunderbaren Einheitlichkeit ausgeschüttet. Dort sind alle denkenden Wesen verschieden, und doch sind sie im Grunde gleich durch ihr Denken und Wünschen.« Sein Atem streifte meinen Nacken, ich hatte Gänsehaut.

»Ich bin noch nie einem Wesen von einem anderen Planeten begegnet«, flüsterte ich. Er schien mich zu ignorieren.

»Mikromegas traf auf dem Saturn den Sekretär der Saturn-Akademie, gemeinsam reisten sie durch den Kosmos und landeten schließlich auf der Erde. Und beide gaben sich alle erdenkliche Mühe, um herauszubekommen, ob diese Kugel bewohnt war. Sie bückten sich, legten sich nieder und tasteten überall herum, aber ihre Augen und ihre Hände standen in keinem Verhältnis zu den kleinen Wesen, die da herumkrochen. Der Zwerg, der Deutscher hätte sein können, urteilte voreilig, dass es auf der Erde kein einziges Lebewesen gebe, weil er niemanden gesehen hatte. Mikromegas gab ihm höflich zu verstehen, dass sein Urteil schlecht begründet sei. Der Zwerg rechtfertigte sich, diese Weltkugel sei schlecht gebaut, alles sei unregelmäßig, chaotisch und schlecht geformt. Kein vernünftiges Wesen könne hier leben. Nun gut, meinte Mikromegas, vielleicht seien es auch keine vernünftigen Wesen, die hier wohnten.« Er verstummte, atmete.

Ich versuchte, um die Ecke zu sehen, schielte hoch zum Spiegel. »Ich glaube nicht an irgendwelche Wesen auf anderen Planeten.«

»Natürlich nicht! Mit Hegel als Nationalphilosoph! Mit dem Tag seiner Vereidigung als deutscher Generalgeist haben die Deutschen ihren Anspruch auf den Weltraum vorerst verwirkt. Wie heißt es auf der Webseite: Das Deutsche Zentrum für Luft- und Raumfahrt ist das Forschungszentrum der Bundesrepublik Deutschland für Luft- und Raumfahrt.« Er lachte.

»Verstehe ich nicht. Was ist daran lustig?«, fragte ich.

»Abscheulich, wie du vorhin im Zusammenhang mit der Öffnung der Ufo-Archive von einer französischen Raumfahrtbehörde geschrieben hast.«

Wieder fühlte ich seine Hand, diesmal an meiner Arschfalte. Blitzschnell griff ich nach hinten, aber da war nichts.

»Behörde! Ein hässlicher, beschämender Begriff. Wir

nennen sie Centre national d'études spatiales. Nationales Zentrum für Weltraumstudien. Die Japaner nennen sie Japan Aerospace Exploration Agency. Agentur für Weltraumerkundung. Die Israelis sagen Israel Space Agency, sie brauchen nicht einmal mehr zu erkunden, sie sehen sich selbstverständlich als Miteigentümer. Die Weltraumorganisation der Russischen Föderation nennt sich Roskosmos, sie beanspruchen die Führung. So wie auch die National Aeronautics and Space Administration, die sich als Regierung bezeichnet. Aber die Deutschen? Der hegelianische Geist spukt in euren Köpfen. Ohne den Weltraum lebt ihr auf sehr kleinem, endlichem Raum. Ein Volk ohne Spielraum! Wovor fürchtet ihr euch? Ihr wollt ihn nicht erkunden, ihn nicht an euch reißen. Nur befahren. Die scheuen Techniker sein! Was dachte Hegel denn über außerirdisches Leben? Na? Eine Deutsche sollte das im Schlaf aufsagen können!«

Ich zuckte mit den Schultern. Wieder versuchte ich, die Stimme abzuwerfen.

»Du weißt es nicht?«

»Nö.«

»Er dachte, außerhalb unseres Sonnensystems sei das Weltall unvernünftig, deshalb gehe ihn das nichts an.« Die Stimme schüttelte sich vor Lachen. »Aber er war nur nicht in der Lage, sich den Weltraum vernünftig zu erschließen. Am Zaun unseres Sonnensystemgartens hört Hegels Denken auf. Ihm war bange vor den Außerirdischen, deshalb schwieg er sich über sie aus. Das ist doch verdächtig! Vielleicht fürchtete er, sie könnten seine Pax hegeliana, seinen selbstgefälligen Seelenfrieden stören. Sie könnten ihm überlegen sein. Sie könnten ihn nicht genial oder einfach nicht so geil finden. Wie heißt es noch gleich: Weise Führer lassen gewisse Gebiete unerobert, weil sie fürchten, dort eine Quelle für systemgefährdenden Aufruhr zu finden.« Wieder brach er in Gelächter aus. »Diese Integrations-Merde soll sich einer mal im modernen Teutonien vorstellen! Jetzt auch noch Außerirdische aufnehmen und eingliedern.«

Ich fuchtelte mit dem Buch, schlug damit um mich.

»Aber so weit hätte es mit euch nicht kommen müssen! Nach Kepler, der als erster Europäer eine Reise zum Mond beschrieb und fest an Aliens glaubte, nach Leibniz, nach Kant mit seinem beinah lyrischen Darwinismus zu außerirdischer Intelligenz, der annahm, dass außerirdisches Genie umso vollkommener sei, je weiter entfernt sich ein Planet von der Sonne befinde, wodurch die Körperstofflichkeit leichter und der Geist größer würde. Oder wenigstens Schopenhauer, dessen Glaube an Außerirdische ihn allerdings schwermütig machte, da er keinen Anhalt dafür sah, dass sie intelligenter und weniger gelangweilt sein könnten als wir. Er wäre besser als Nationalphilosoph der Deutschen geeignet! Wie wunderbar hätte mit ihm eure Raumfahrtbehörde klingen können? Die Deutsche Intelligente Weltraum-Agentur – die DIWA!«

Ich spürte seinen Atem an meinem Rücken hinuntergleiten. »Cosmo, das reicht jetzt, lass den Quatsch endlich!«, sagte ich laut. Da hörte ich jemanden die Tür aufschließen.

14 (COSMO)

Du brauchst dringend jemanden an deiner Seite

Die Ladentür öffnete sich, und Cosmo kam mit zwei Bechern Kaffee herein. Ich klappte das Buch zu, die Stimme verstummte, der Atem stockte.

»Hey! Wie bist du hier reingekommen?« Cosmo schaute mich verdutzt an.

Ich verstand, dass ich schon wieder in der Realität ausgerutscht war. »Die Tür war offen.«

»Nope. Ich habe sie gerade aufgeschlossen.«

»Verarsch mich nicht, Bruder. Ich glaube, ich hatte gerade eine Begegnung der x-ten Art.«

Er zeigte auf das Bändchen in meiner Hand. »Voltaire?«

»Niemals. Er hat mir in den Nacken geatmet und an meiner Arschfalte rumgespielt.«

»Sag ich doch.« Er reichte mir einen Becher.

Ich richtete meinen Blick wie einen Dolch auf Cosmo. Er wich nicht aus. Warum war er mir plötzlich unheimlich? Wieso kam er hier mit zwei Bechern an? Er wusste also, dass ich im Laden war. »Für wen hast du den zweiten Kaffee gebracht?«

Ich sah an seinen Augenbewegungen, wie er seine Antwort ultraschnell abwägte. »Eigentlich für mich … Für später.« Er stellte sich vor mich und legte eine Hand an meine Wange, worüber ich mich unter anderen Umständen gefreut hätte, was mich jetzt aber kaltließ, weil ich offenbar gerade von Voltaire begrapscht worden war. Oder war es sein gigantischer Außerirdischer vom Stern Sirius gewesen? Mundgeruch hatte er nicht gehabt, obwohl nach so langer Zeit, nach so langer Reise …

Kein Wort glaubte ich Cosmo, ich war sicher, dass er den zweiten Kaffee für mich gekauft hatte, ich konnte bloß noch nicht logisch erklären, wie er wissen konnte, dass er mich im Laden antreffen würde. Und wenn diese Stimme wirklich Voltaire gewesen war, wie konnte er von Hegel oder Schopenhauer oder Gauß wissen, die erst nach seinem Tod Karriere gemacht hatten? Vom DLR mal abgesehen.

Langsam verstand ich, dass mein chronologisches Bewusstsein mir nur den Weg zu anderen Wahrheiten, Weisheiten und Welten verstellte. Wenn ich damit recht hatte, dann könnte Voltaires außerirdische Traumerfahrung mit

Mikromegas eine Art von vorkognitiven Zukunfts-Fragmenten aus der Vergangenheit geworden sein und locker das überirdische Gefühl der Surrealisten erklären, das sie überkam, als die Nationalsozialisten Paris besetzten. Schließlich war Voltaire das Darknet-Betriebssystem eines jeden französischen Gehirns. Aus dieser Traumquelle produzierten sie damals sagenhafte Geisterpunks, reine Manifestationen, die die sachlichen Deutschen nicht kontrollieren konnten. Fauvistische Gestalten, wichtigtuerische Pfaue, schwarze Kräfte, flugzeugfressende Pflanzen, Riesenhände oder personifizierte Nervenschwächen, die nicht gehorchten und den Nationalsozialisten furchtlos entgegentraten, die mithalfen, einen Endsieg in der Stadt unmöglich zu machen. Voltaire erinnerte mich daran: Jede Erscheinung, die von außen zu mir spricht, wird durch meine Aufmerksamkeit aktiviert, sie ist Teil meines Programms und nie nur äußerlich. Wie also konnte ich an Sahra Wagenknechts Entführung durch Außerirdische zweifeln, wenn Oskar sie erlebt und mir glaubhaft mitgeteilt hatte? Aber wie sollte ich eine Spur zu ihr aufnehmen, wenn ich selbst noch keinem außerirdischen Wesen begegnet war, ja, wenn ich kein Stück an sie glaube. Ich meine, ich bin links! Was erwartet der Weltraum von mir?

Ich erzählte Cosmo von meinem Fall. Und von Klaras Zweifeln. Und davon, wie ich die Sache angehen könnte. Dass ich da keine großen Chancen für eine Aufklärung sähe, aber ein bisschen abkassieren und dann hier in gute Bücher investieren würde.

»Und wenn Klara falschliegt?«, fragte er. »Wenn es hier um mehr geht? Vielleicht eigentlich um dich?« Dabei lief er unablässig kreuz und quer durch den Laden und sammelte für mich Materie, die ich in zwei Leben nicht bewältigen konnte.

»Wieso um mich?«

Er knallte einen Stapel Bücher vor mir auf die Tischplatte. »Wenn du mich schon fragst, dann glaube ich, dass es jedenfalls nicht nur um die Entführte gehen kann.«

»Glaubst du allen Ernstes an eine Entführung durch Außerirdische?«

»Ich glaube, dass es hier sogar um uns beide geht. Vor allem glaube ich, dass du dringend jemanden an deiner Seite brauchst.«

»Du meinst, jetzt bin ich endgültig reif für die Klapse.«

Er stand mit verschränkten Armen hinter dem Kassentisch, auf dem seine Bücherauslese für mich in drei Türmen aufragte, und blickte mich aus diesen dunkelblauen Fenstern an.

»Wollen wir nach Ladenschluss auf einen Drink, Bruder von Erdling?«

Wie lange hatte ich auf eine Einladung außerhalb seines Ladens gewartet! Heute sehe ich das ganze Bild. Ich hätte ihm vorher besser zuhören müssen. Natürlich hätte ich da schon ahnen können, dass es ihm nicht um einen Drink mit mir ging und dass für mich danach nichts so sein würde wie vorher. Ich blickte an mir hinab. Stimmt, ich hatte ja noch den Andreas am Leib. Diese Arschfalte musste Voltaire richtig heiß gemacht haben. Ich wollte nicht wissen, was er mit dem Preußenkönig alles angestellt und in seinen Aufzeichnungen in beiderseitigem Einvernehmen ausgelassen hatte, in welchen Sonnensystemen er ihn vernascht und manipuliert hatte. Wer, wenn nicht er, konnte wissen, was Friedrich Zwei so goutierte.

Als Cosmo und ich nebeneinander durch die abendlichen Straßen stromerten, warf ich ihm immer wieder verstohlene Blicke zu. Vielleicht weil ich mich überzeugen wollte, dass er echt war, dass das hier wirklich passierte, dass ich ihn mir nicht nur eingebildet hatte. Und wenn schon! Im Bereich des Geistes wird das wahr, was er für wahr hält. Hier gilt ja auch, was ich für wahr halte. Die Grenzen in meinem Geist sollte schon ich setzen. Denn an diesen Grenzen musste ich leiden, und nur ich sollte diese Grenzen in meinem Geist transzendieren können. Cosmo lief doch in ganz lässigem Schritt neben mir her. Also! Mich bei ihm einzuhaken, scheute ich mich allerdings.

Die drei Stapel Bücher, von denen ich erst einen bezahlt hatte, wollte ich auf dem Rückweg mit dem Taxi abholen. Das Bändchen von Voltaire war eine Originalausgabe aus der Sammlung fantastischer, weil inspirierender und grandioser Literatur, natürlich herausgegeben von Jorge Luis Borges höchstpersönlich. Cosmo wollte es mir erst schenken, aber ich bestand auf einem überteuerten Kaufpreis, auch weil ich mir einredete, damit die kleine Lese-Performance, die er mir aufgedrängt hatte, ordentlich zu vergüten und zu vergelten.

Irgendwie war mein Bewusstsein erweitert, als blickte ich zugleich von innen und aus der Vogelperspektive auf das Treiben in den Straßen. Auf einmal nahm ich Dinge wahr, die mir vorher nicht aufgefallen waren, meine Welt war reicher und größer, bewegter, ich sah viel mehr Kräfte walten, ich fühlte mich selbst größer, großartiger. Sichtbar wurden für mich die zigmal verschobenen Linien der Fronten, hinter denen seit jeher das Marketing für die eigenen Ideen zur Verbesserung der Menschheit betrieben wurde. Uralte Grabenkämpfe mit immer moderneren Waffen. Der utopische Mensch im ewigen Wettbewerb zwischen links und rechts, gut und böse, heilig und profan, zwischen gestrig und modern, zwischen arm und reich, gesund und krank, alt und jung, gebildet und ungebildet, zwischen Führer und Untertan, Influencer und Audience.

»Ich höre bald mit dem Rauchen auf«, sagte ich zu Cosmo.

»Und kommst dir dabei genauso cool vor?«

Ich nickte.

»Wenn du verloren bist in Widersprüchen und nicht

mehr weißt, was du glauben sollst, dann fühlst du endlich, wer du alles sein könntest«, meinte er nah an meinem Ohr.

»Wer dich programmiert hat, Bruder, der hatte einen richtig guten Tag«, flüsterte ich zurück.

Dann kam plötzlich dieser ernste Blick, den er mir schräg von der Seite zuwarf und den ich bis heute deutlich in Erinnerung habe, der kein Stück dankbar oder nett oder zärtlich war, sondern auf eine Weise erniedrigend, nein, niederschmetternd, dass ich mich fragte, wie wir den Rest des Abends zusammen überstehen sollten. Zumal ich schon jetzt bereute, ihn zu Shin's Karaoke überredet zu haben. Ich wusste nicht mal, ob er diesen Humor verstand und ertragen konnte. Cosmo schien mir damals unnahbar und unberechenbar, er war der glaubwürdigste und unbestechlichste Mensch, den ich je getroffen hatte. Er war gütig, großzügig, aber auch kühl und trotzdem irgendwie warm. Er war mir ein Rätsel. Ich fühlte mich, als schleppte ich den hohen Abgesandten einer fernen Galaxie mit zum Nachbarschaftstreff.

15 (ANGELIKA)

Ein rein verstandesmäßiges Weltbild ganz ohne Mystik ist ein Unding

Nachdem wir die Bar betreten hatten, scannte Cosmo jeden Winkel, starrte kurz auf den singenden Gast an der Karaoke-Maschine und meinte dann: »Die zwei Schnäpse gehen auf dich.«

»So schlimm?«

»Nein, wieso?« Er ging zum Tresen und setzte sich.

»Ab drei Schnäpsen musst du hier ein koreanisches Liebeslied nachsingen«, bemerkte ich vorsichtshalber. »Deshalb sind sie so günstig.«

»Ist das ein Förderkonzept des koreanischen Außenministeriums?«

»Nirgendwo in Deutschland kennen arme Studenten und abgebrannte Intellektuelle so viele koreanische Liebeslieder.«

»Dann bestell doch gleich drei Schnäpse.«

»Wenn du singst.«

»Kein Ding.«

Ich bestellte die Schnäpse, wir prosteten uns zu und kippten jeder einen.

»Den dritten wirst du gleich noch brauchen«, sagte er, stand auf und ging an die Karaoke-Maschine. Ich beobachtete ihn, wie er auf dem Bildschirm ein Lied aussuchte. Dabei registrierte ich noch nicht, wie jemand mich von der Seite anstarrte. Erst als Cosmo die Anfangstakte nachgesungen hatte und vor allem die anwesenden Koreaner zu klatschen begannen (er schien richtig gut darin zu sein), warf ich einige Blicke durch den Raum und entdeckte keine zwei Meter schräg hinter mir eine überirdisch schöne Frau mit denselben dunkelblauen Augen wie Cosmo, die mich anlächelte. Ich blickte wieder nach vorne. Ich war zu scheu und emotional zu unterentwickelt, um zurückzulächeln. Meine linke Wange wurde heiß, weil ich ihren Blick regelrecht spürte. Entgegen meinem vorhin geäußerten Vorsatz, zog ich eine Zigarette aus der Packung, ohne die ich meine Nervosität nicht kontrollieren konnte. Eine Hand gab mir Feuer.

»Hallo, Erdling«, sagte eine Frauenstimme. Sie stand jetzt direkt neben mir.

»Kennen wir uns?«

»Noch nicht.«

»Woher kennst du meinen Namen?«

»Wieso? Heißt du Erdling?«

»Familienname.«

Sie war amüsiert, mir fielen ihre tollen Zähne auf. »Ich nenne einfach jeden so.«

»Zigarette?«

»Ich nehme den Schnaps, danke.«

»Bitte, bedien dich.« Ich bestellte leichtsinnigerweise noch einen für mich.

»Und? Wie soll ich dich nennen?« Ich musste zugeben, dass ich mich nicht erinnern konnte, jemals jemanden mit derart symmetrischen, großen und leuchtenden Augen gesehen zu haben. Offenbar war meine Glückssträhne mit schönen Frauen angebrochen. Wer hätte das vor einer Woche schon gedacht? Als Andreas konnte ich ganz andere Fische angeln, als es Emma bisher beschieden war.

»Wenn du willst, kannst du mich Angelika nennen.«

»Aha.« Wer heißt heute noch Angelika, dachte ich. »Also … Angelika.« Wir kippten noch zwei. Ihre langen, blonden Haare und die fehlenden Bartstoppeln täuschten mich über die verblüffende Ähnlichkeit mit Cosmo hinweg. »Dann stammst du wohl direkt von den Göttern ab«, erwiderte ich zwinkernd und ekelte mich noch im selben Moment vor meiner billigen Anmache. Ich wollte meine Bemerkung natürlich rhetorisch gemeint wissen, das heißt ironisch. Selbstironie wird einem in Deutschland nicht in die Wiege gelegt, deshalb muss Rhetorik herhalten gegen unsere Anfälle von Miserabilität. Echte Erfahrungen als Mann hatte ich keine. Bisher simulierte ich hier nur, womit ich kaum mehr als stereotype Gesten erreichte. Verlangten die Ereignisse der letzten Tage nicht ein bisschen viel von mir?

Zum Glück lachte Angelika, sie hatte meine Rhetorik verstanden. »Genau, Erdling«, sagte sie. »Also nenn mich, wie du willst, das macht für mich keinen Unterschied.«

Ich erwiderte ihren Blick eine Sekunde länger, als ich es normalerweise aushalten würde. »Für mich dann aber schon.«

»Eben. Nur für dich.«

Da hätte ich doch erkennen müssen, was hier los war, aber ich war noch nicht bereit, so weit zu sehen. Allerdings hielt mich meine Skepsis, nein, meine Minderwertigkeitskomplexe, auf Abstand und hinderte mich daran, wenigstens zu ahnen, in welcher Situation ich mich befand. Ich glaubte nicht, dass so eine Klasse-Frau (sie war etwa in meinem Alter) an jemandem wie mir interessiert sein könnte. Deshalb schlug ich mich mit albernen Zweifeln herum und fragte mich, ob sie vielleicht eine Prostituierte sei. Ich spürte ja schon, dass hier etwas Absichtliches passierte, als verfolgte sie ein bestimmtes Ziel. Während ich mit den Augen flirtete und sie anlächelte, fragte ich mich, wie oft sie diese Show in der Woche wohl abzog. Aber hier bei Shin's Karaoke? Arme Schlucker abschleppen? Danach sah sie nicht aus.

»Was machst du so, wenn du nicht Erdlinge in Kneipen ansprichst?«

Sie betrachtete mein Gesicht. »Beratung. Consulting, so was.«

»Cool.« Sie fragte mich nichts. Und ich war lausig im Small Talk. Entweder langweilte oder überforderte ich meine Gesprächspartner. Aber irgendetwas musste ich auf ihr Grinsen antworten. »Wusstest du, dass Gandhi beim Schreiben seiner Autobiografie einen heftigen Krampf in seiner rechten Hand bekam und sie für einige Wochen schonen musste? Deshalb hat er mit der linken weitergeschrieben.«

Sie schwieg, blickte mich aber sehr freundlich an, um mir zu zeigen, dass sie zuhörte. Jeder Mensch, den ich vorher unter solchen Umständen getroffen hatte, hätte spätestens jetzt nach Alternativen Ausschau gehalten. Diesen hässlichen Moment fürchtete ich mehr als Einsamkeit, wenn jemand, der eben noch Interesse an mir gezeigt und mich mit seiner Aufmerksamkeit aufgewertet hatte, sie mir im nächsten Moment für alle sichtbar entzog, nur weil ich vielleicht keine überraschende Antwort gegeben oder ein Gespräch über etwas begonnen hatte, das mein Gegenüber nicht interessierte. So wie die Nerds in Cosmos Laden, die über retro-futuristische Raumfahrt schwadronierten; niemand außer Cosmo würde denen länger als eine halbe Minute geben. Aber Angelika schien sich entschlossen an mich geheftet zu haben, welche seltsame Silbenkette ich auch absonderte. Wie weit konnte ich gehen, wie langweilig konnte ich sein, bis sie sich nach einer anderen Gelegenheit umsah?

»Glaubst du an Außerirdische?«

»Aber klar, Erdling«, sagte sie. »Wo hört denn bei dir das Irdische auf?«

Darüber hatte ich noch nicht nachgedacht. Mit dieser Frage führte sie mich hinter die Horizontlinie, hinter der sich bislang Esoterik, Fantasy und Astrophysik die Ränge abliefen. Ich dachte keine Sekunde mehr an Cosmo. Er war völlig aus meinem Sichtfeld verschwunden.

Als Angelika und ich die Kneipe zusammen verließen, war er nicht mehr da. Sie lud mich noch auf einen Absacker in ihre Wohnung am Landwehrkanal ein. Wie bei Oskar ließ ich mich auch jetzt wieder mit diesem unwirklichen Gefühl darauf ein. Es war die plausibelste Reaktion. Ich sah die Begegnung mit Angelika da noch unabhängig von meinem Fall oder von Cosmo oder von dem, was mir in den letzten Tagen passiert war. In ihrem Wintergarten leerten wir eine Kanne Tee und blickten hoch über dem Kanal auf die Stadtlichter. Zuerst rauchte ich noch viel, aber nach einer Weile fand ich die Stille zwischen uns nicht mehr unangenehm, ich war total entspannt.

Kurz vor Morgengrauen verließ ich ihre Wohnung. Plötzlich erinnerte ich mich an Cosmo und an die Bücher. Wieso hatte er sich nicht verabschiedet, bevor er ging? Hoffentlich war er nicht sauer. Ich nahm ein Taxi zu seinem Laden, diesmal war die Tür abgeschlossen. Meine Bücher konnte ich auch später holen. Ich lief in der blauen Morgenstunde in Richtung meines Bettes.

16 (ICH)

Ich habe Wirklichkeit verloren und Träume gewonnen

In meinem Bett dann dachte ich jede Sekunde in den Tiefschlaf zu fallen, falls die Hochspannung in meinen Muskeln endlich nachlassen würde, aber immer wieder erreichten mich Angstimpulse, als hielte mich mein bleiern gewordenes Bewusstsein aus einer Vorahnung heraus mit seinen letzten Kräften wach. Als ich sicher war, endlich eingeschlafen zu sein, überkam mich eine Übelkeit, wie wenn ich in ein Luftloch fallen oder mit rasender Geschwindigkeit aufsteigen würde. Es war nicht der Schwindel aus Trunkenheit. Die Ursache war mir unklar, ich wusste nur, dass ich eher gezogen als geschoben wurde. Ich dachte, ich sei davon aufgewacht, so bewusst und klar erlebte ich diesen Moment. Irgendwann hörte das Ziehen im Magen auf, und ich fühlte mich schweben. Keine Ahnung, ob und wie hoch ich über dem Boden hing. Ich bekam die Augen nicht auf, als wären meine Lider vernäht. Plötzlich berührten lauwarme, trockene Hände meine Füße. Ich spürte, dass diese Hände keine menschlichen waren, auch keine tierischen. Es waren Hände mit sehr langen Fingern, wahrscheinlich mehr als fünf an jeder Hand. Sie tasteten sich meinen Körper hoch, die Stoppeln an meinen Beinen (ich kam seit drei Tagen nicht zum Rasieren) schmerzten bei jedem Kontakt. Es roch nach Glut, nach heißen Steinen, nicht nach Kohleofen. Und wieder war es vollkommen still, eine totalitäre Tonlosigkeit, die auf mein Trommelfell drückte. Als die Hände meinen Hals umfassten, glühte meine Haut.

Warum ich keine Panikattacke bekam, konnte ich mir nur damit erklären, dass ich ja schlief und mein Bewusstsein auch. Dass dieses bewusste Unbewusste die Sache hier in Ordnung fand und sich fügte, als wäre das bloße Routine, ließ mich an Angelikas Frage von vorhin denken. Passierte hier überhaupt etwas Überirdisches? Etwas Ungewöhnliches? Nach den Erlebnissen der letzten Tage von einer Entführung durch Außerirdische zu träumen schien mit Jung oder Freud eine logische Diagnose. Komisch nur, dass ich diese Hände und überhaupt diesen Moment gar nicht als außerirdisch empfand.

Der moderne, rationale Mensch muss zwischen Traum und Wirklichkeit unterscheiden. Ihm wurde eingetrichtert, dass sich Träume dem Bewusstsein entziehen, weil sie seine an die Erde gefesselte Psyche verhöhnen. Seine Sinne sind in tragikomischer Weise erdgebunden, sie sind träge, und er benutzt sie, als wäre Schwerkraft eine Strafe. Das macht sein Leben hin und wieder halb lustig. Wenn er wach ist, steht ihm seine Aufmerksamkeit dabei im Weg, über den Augenblick hinauszuschauen. Zu seinem eigenen Schutz! Diese Aufmerksamkeit gibt endlich nach, wenn er schläft, dann lösen sich auf einmal die Grenzen seines bisher gekannten Seins auf. Er kann fliegen, er sieht Dinge, die er nicht kennt oder vergessen hat. Sein Gedächtnis scheint dann schwerelos und hängt nicht mehr an der Leine der Chronologie. Plötzlich erlebt der Mensch neu zusammengesetzte Situationen, in denen ihm Fetzen möglicher Wahrnehmungen aus seiner Zukunft präsentiert werden, gemischt mit Erlebtem und Gefühltem aus Gegenwart oder Vergangenheit. Er fühlt im Traum eher, als dass er sieht. Und was er glaubt zu sehen, wurde von seinen erinnerten oder gespeicherten Gefühlen neu gestaltet und seinem gegenwärtigen Gefühlszustand angepasst, denn das Gedächtnis ist dynamisch. Das würde erklären, warum sogar meine Mutter in meinen Träumen immer anders aussieht. Weil ich sie so sehe, wie ich sie gerade fühle und sich dieses Gefühl immer wieder an andere Physiognomien heftet.

Ich erwachte nicht aus meinem Traum, sondern aus einer angenehmen Dunkelheit, als wäre nichts weiter passiert. Keine Ahnung, wie ich wieder in mein Bett zurückgekommen war. Wahrscheinlich in einer Rakete. Ich schlurfte ins Bad. Im Spiegel sah ich, dass mein Hals gerötet war, die Haut juckte. Ich gab die sechs Beutel Kamillentee, die ich im Küchenschrank finden konnte, in kochendes Wasser, tränkte mit dem Sud ein kleines Handtuch und legte es mir um den Hals. Erst dann machte ich mir einen Espresso. Die Morgen-Zigarette blieb hinter meinem Ohr stecken. Im Suchfeld auf meinem Handy gab ich die Begriffe *Aliens Begegnung Hautausschlag* ein, gleichzeitig ärgerte ich mich, dass ich hier in Deutschland mit solchen Problemen alleingelassen wurde, wenn es für alles Mögliche eine Senatsverwaltung gab. Unter den ersten Suchergebnissen war ein Film gelistet, den ich einmal als Kind mit meinem Vater gesehen hatte. *Eolomea*, eine DEFA-Science-Fiction-Produktion aus den 1970ern über den Mythos einer zweiten Erde, zu der eine Gruppe Abtrünniger heimlich aufbricht, um dort eine neue Welt aufzubauen. Einer der leitenden Ingenieure hatte auf einer Raumstation, auf der er eingesetzt war, trotz Warnung eine Begegnung mit Aliens, weswegen er kurz darauf an einer schweren Hautkrankheit zu leiden begann und bald daran starb. Ich weiß noch, wie sauer ich war, dass sie seine Begegnung mit den Aliens nicht gezeigt hatten. Okay, er war eine Nebenfigur, aber nicht für mich. Mein Vater klärte mich darüber auf, dass Außerirdische im sozialistischen Film nicht gezeigt werden dürften. Außerdem wurden sie im Gegensatz zum amerikanischen Film nie als aggressiv oder feindlich wahrgenommen, sondern als Retter vor dem Kapitalismus und Befürworter des Kommunismus. Diese intergalaktische Hochrechnung klang fast schon religiös und könnte die feindselige Darstellung in Hollywoodfilmen erklären, in denen Aliens vorwiegend als hässliche, manchmal hyperschlaue, manchmal zurückgebliebene Bösewichte dargestellt wurden, die von durch kapitalistische Produktionsmittel hochgetunter amerikanischer Intelligenz abgewehrt wurden. Blieb nur noch die Frage, wer zuerst da war: die unsichtbaren, kommunistischen, quasi göttlichen Außerirdischen oder die sichtbar hässlichen, meist unheiligen Angreifer?

Allerdings gab mir der tödliche Hautausschlag des Ingenieurs zu denken. Wie konnten unsere extraterrestrischen kommunistischen Brüder oder Schwestern für uns im irdischen Sozialismus so ungesund sein? Waren meine Lider von diesem Sozialismus, in dessen totaler Rauminstallation ich meine zugegeben unbeschwerte Kindheit verbracht hatte, noch verschlossen wie die Taschen eines nagelneuen Sakkos? Störte etwa die angenommene optische Andersartigkeit der Aliens den Wir-sind-alle-gleich-Seelenfrieden, die pax communistarum? Hatte ich deswegen den Hautausschlag des Ingenieurs abbekommen, damit ich mir den Film ins Bewusstsein rufen konnte? Hatte ich gerade meine erste intergalaktische Botschaft erhalten? War ich zu einem kosmischen Teilchen in Form einer Teilhabenden geworden? Mit Sahra verschränkt, von der mich mehr zu trennen als mit ihr zu verbinden schien? War ich ihre Komplizin oder ihre Jägerin? Das hing wohl davon ab, in welchem Film ich hier spielen sollte.

Ich versuchte zunächst, mich mit dem Ausschlag abzufinden, und hoffte, dass ich nicht daran sterben würde. Cosmo hatte mir ein Taxi mit den Büchern geschickt. Er brauche ein paar Tage Urlaub, freue sich, dass ich jetzt in so guter Gesellschaft sei, und ließ mich grüßen. Na toll, dachte ich nur. Ich schickte eine Nachricht an Oskar mit der Bitte, Sahras Arbeitszimmer durchsuchen zu dürfen.

17 (ICH)

Wussten die Aliens, wen sie da abgeholt hatten?

Auf dem Weg zu Sahras Wohnung in Berlin informierte ich Klara, dass ich heute erst gegen Nachmittag bei ihr aufkreuzen würde. Sie klang schwach und grummelte, aber wusste ja, warum. Außerdem besorgte ich mir eine antiallergische Salbe, die ich auf meinem Hals verteilte, unter den Hemdkragen steckte ich ein leichtes Baumwolltuch. Auf die Frage des Apothekers, ob ich wisse, was die Allergie ausgelöst habe, schüttelte ich lieber den Kopf. Im Bus dann dachte ich darüber nach, was Voltaire erzählt hatte: Die Art der Hände stand in keinem Verhältnis zu denen der Erdbewohner, sie konnten sie deshalb nicht ertasten. Hatten die Hände in meinem Traum überhaupt mich gemeint und etwas über mich erfahren, hatten sie mich entdeckt? War ich heute Nacht entführt worden? Oder war ich von meinem allmächtigen Bewusstsein im Traum gewarnt worden, dass eine solche Entführung bevorstand? Sollte ich das melden? Meinen außerirdischen Hautausschlag wenigstens dem Robert-Koch-Institut? Aber es war doch bloß geträumt! Nur war das Erlebnis deswegen weniger wahr? Mein Hals juckte jedenfalls fürchterlich.

Die verzierten Altbauten, an denen ich vorbeilief, wirkten herrschaftlich. In solchen Gemäuern wohnen Menschen, die auf ihre Art herrschen. Bei den wenigsten hier, zumindest dort, wo ich durch die Fenster ins Innere schauen konnte, wurde dieser Herrschaftsanspruch durch vergoldete Treppengeländer, prunkvolles Mobiliar oder ein sauteures Heimkino sichtbar, selten durch gewaltige Kronleuchter. Ihr Herrschaftsanspruch steckte im Geist, in der Kultur. Deckenhohe Bücherregale, randvoll mit Literatur, ganze Laufmeter belegt von deutscher Klassik. In der Mitte eines Raums sah ich einen polierten weißen Flügel, daneben ein Cello auf einem Ständer und eine schulterhohe Bronzeplastik. An jeder freien Wandfläche hingen Malereien. Deutsche Gelehrte sortieren ihren Geist akademisch, mit gebührendem Respekt und in Leder gebundenen Originalausgaben in tadellosem Zustand. Selbst eine kleine Sammlung an Comics war wohl eher der Kunst zuzuordnen als dem Trash oder der schnellen Unterhaltung. Diese Haltung kannte ich noch aus der Uni, in der einer angehenden Akademikerin erst einmal Abstand beigebracht wurde. Und Ernsthaftigkeit. Und dass es Hohes und Niederes gibt, Kunst und Kitsch unterschieden werden müssen. Und Bildungsnähe und -ferne. Geist ist in Deutschland ein Besitz und keine Selbstverständlichkeit. Wer ihn hat, wer ihn bekommen oder erkämpft hat, will ihn behalten, macht ihn dezent sichtbar und schützt ihn mit einer Festung. Der deutsche Geist wirkt abweisend, unnahbar und auf den ersten Blick spaßfrei. Vielleicht war er bisher sogar für die Aliens zu hoch? Oder zu fern? Was mich allerdings oft erstaunte, war, dass er denen, die von ihm erfüllt sind, eine Menge Genuss zu bereiten scheint. Ja, Menschen können sich offenbar mit ihm amüsieren, das wissen viele nicht, die ihn nicht haben oder nicht erobern wollen.

Durch ein offenes Fenster im Erdgeschoss sah ich zwischen den Büschen hindurch eine Frau Dr. X wahrscheinlich mit Herrn Dr. X oder mit Prof. Y aus der Nachbarschaft gemeinsam musizieren und singen. Dabei wirkten sie nicht stocksteif, sondern erregt und begeistert, sie genossen und feierten sich auf einer schwindelerregenden deutschen Geisteshöhe. Wer sich dieses selbstgewisse Genießen nicht frühzeitig abschauen und aneignen kann, wird den Zugang zum deutschen Geist jedoch mühsam finden und ihn meiden, ihn zum Erhalt des Selbstwertgefühls als exklusiv und versnobt abwerten müssen. Wussten diese Aliens eigentlich vorher, dass sie eine Deutsche abgeholt hatten?

Vorsichtig näherte ich mich dem Gebäude, in dem Sahras Wohnung lag. Ich klingelte, jemand öffnete, ich stieg die Treppen hoch. Oskar empfing mich und bat mich einzutreten. Er sei im Begriff, zu einer Reise aufzubrechen, die Wohnung stehe mir aber offen. Für die Zeit meiner Ermittlungen gab er mir sogar einen Zweitschlüssel.

»Ich bin wahrscheinlich erst in ein paar Tagen zurück, dann kann ich dir weitere Fragen beantworten. Dort auf der Karte habe ich die ungefähre Strecke im Königswald eingezeichnet, ganz sicher bin ich mir aber nicht«, sagte er, verabschiedete sich und ließ mich allein.

Ich stand mit meinen Milliarden Fragen herum und wusste nicht, wo beginnen. Erst einmal schaute ich mich in der Wohnung um, die angenehm unbürgerlich eingerichtet war, bis auf die deckenhohen Bücherregale, vollgestopft mit europäischer Literatur aller Epochen: ost- und westdeutsche, russische und sowjetische, französische, englische, tschechische Literatur, auch einige polnische Autoren neben unzähligen Bänden der deutschen Klassik und Romantik. Allein die europäische Philosophie, darunter Kant, Hegel, Arendt, Heidegger, Locke etc., ellenlang natürlich Marx, Engels und Lenin, erstreckte sich sibirienhaft über die Regalwand im Wohnzimmer. Fotografien und Poster überall, wo sie Platz hatten, aber auf keinem einzigen waren Außerirdische abgebildet. Wussten die Aliens vorher, wen genau sie da abgeholt hatten? Waren sie Gleichgesinnte oder Feinde? Daran schloss sich die Frage an: Handelte es sich bei der Entführung um eine besondere Auszeichnung oder um ein Verbrechen? Und wenn beides zutraf: Für wen von uns war was bestimmt?

Ich betrat das Arbeitszimmer, in dem ein angenehmes Chaos herrschte. Die Papierhaufen auf dem Schreibtisch passten weder thematisch zueinander, noch waren sie auf Kante gestapelt. Der Tisch sah aus wie bei jemandem, der mitten in der kreativen Arbeit gestört worden war. Jemand, dem eine Begegnung mit Aliens dazwischengekommen war. Die Pinnwand quoll über von Notizen, die aber nicht im Zusammenhang mit dem Ereignis zu stehen schienen. Oder doch? Ich konnte das noch nicht beurteilen. Zur Sicherheit fotografierte ich sie ab. Auf dem Tisch lag Sahras Buch über die Hegelkritik des jungen Marx. Wie hätte die DDR mit Marx' latentem Antisemitismus umgehen können, die durch ihre eigenen Widersprüche und Leugnungen gelähmt war, keine echten Dialektiken mehr hinbekam und gerade noch rechtzeitig vor Aufkommen des Internets untergegangen war? Was hat Sozialismus mit unkritischem Verhalten zu tun? Was hat Sozialismus mit einer Diktatur des Denkens zu tun? Was mit quasi religiösen Dogmen? Was hat Sozialismus damit zu tun, Intelligenz zu begrenzen, um damit eine Klasse der Arbeiter und Bauern aufzuwerten? Was hatte Sozialismus eigentlich mit dieser DDR zu tun, wie ich sie erlebt habe? Ich erinnerte mich plötzlich an meinen Vortrag im Staatsbürgerkundeunterricht 1988 über die zwei Phasen des Untergangs des Kapitalismus, denn ich hatte damals noch ernsthaft geglaubt, in einem Sozialismus zu leben und aufgewachsen zu sein, wie er mir gebetsmühlenartig eingeredet worden war. Jetzt stand ich am Schreibtisch quasi symbolisch vor dieser linken Ideologie, vor der ich im Frühsommer 1989 geflüchtet war. Natürlich war ich nicht vor Sahra geflüchtet, aber vor dem System, das sie noch immer vehement rechtfertigte. Ich sah mich einer DDR-Verteidigerin gegenüber, mit der ich kaum sachlich über die DDR hätte reden können. Wobei ... schon früh hatte sie den jungen Marx entdeckt, der seine Studien über den Menschen mit der Annahme begonnen hatte, dass *die freie Entwicklung eines jeden die Bedingung für die freie Entwicklung aller sei.* Wie konnte sie dann noch so vorbehaltlos an die DDR glauben? Ausgerechnet sie und mich hatte das Universum auf blöde Weise verschränkt. Als wäre es ein dialektisches Manöver – aber wozu?

Gerade steckte ich mir Sahras Notizbuch in die Tasche, als mit einem lauten Quietschen die Zimmertür aufging, mein Puls wäre fast eingefroren. Eine schneeweiße Maine-Coon-Katze stand im Türrahmen, der Größe nach wahrscheinlich ein Kater, er wog bestimmt an die zehn Kilo. Der Riese starrte mich mit seinen blauen Augen an, miaute dann in einem feinen, kastrierten Ton und lief schnurrend um meine Beine. Ich setzte mich auf den Bürostuhl, er sprang auf meinen Schoß und machte es sich bequem. Ich hoffte, später eine Kleiderbürste zu finden, meine Hosenbeine sahen aus, als lebte ich zwischen Yetis. Auf der Plakette am Halsband des Tieres stand Marx. Wie musste dir das hier vorkommen, Marx? Die Vorstellung, unter zweibeinigen, gottähnlichen Giganten zu leben, die für einen sorgen und die Verantwortung tragen, während man sich selbst wie Gott vorkommt und auch so behandelt wird, schien mir, evolutionstechnisch und gesellschaftspolitisch gedacht, eine besonders schlaue Lösung in der sonst anstrengenden Nahrungskette.

Ich fand eine Mobilfunkrechnung auf Sahras Namen und wählte ihre Nummer, aber der Teilnehmer, so wurde mir mitgeteilt, sei im Moment nicht erreichbar. Der Vertrag lief also noch, sonst wäre die Nummer nicht mehr vergeben.

Ich hielt das Handy noch in der Hand, als Klaras Pflegekraft anrief, sie hatte den Notarzt verständigen müssen.

Klara brauchte mich. Ihr Zustand hatte sich verschlechtert. Ich machte ein paar Fotos von der Wohnung, hinterließ Oskar eine Notiz mit Bitte um Rückmeldung am Spiegel im Flur und verließ anschließend das Gebäude.

18 (HANUSSEN)

Das Medium geht auf in der Psyche seines Beherrschers

Klara lag geschwächt im Bett und hing am Tropf. Diesmal war sie wirklich blass. Ihr Mund war trocken, ihre Stimme sprang nicht an. Ich brachte ihr Apfelsaft und setzte mich zu ihr ans Bett.

Sie bat mich, mit meinem Ohr nah an ihren Mund zu kommen. »Erzähl mal«, hauchte sie.

Ich schüttelte den Kopf. »Keine Leiche im Garten, Klara.« Ich berichtete, was ich wusste, und zeigte ihr das Notizbuch.

Sie nickte schwach. Ich hörte: »Klapse. Die hat sich eingewiesen.« Sie grinste.

Hm, dachte ich, das könnte tatsächlich eine Spur sein. Vielleicht hatten sie die undankbaren Stimmen, die ständigen Angriffe wahnsinnig gemacht, und sie wollte das vor ihrem Mann und der Öffentlichkeit geheim halten. Andernfalls würde sich das herumsprechen, Oskar würde sie regelmäßig besuchen müssen, ihre Beziehung ginge kaputt, ihr Selbstwertgefühl auch, weil sie sich in den Augen der anderen beschädigt sah, die sie nun bemitleideten. Ihre soziale Existenz und ihre Karriere standen auf dem Spiel. Die Inszenierung einer Entführung durch Außerirdische wäre doch ein Geniestreich und der sauberste Ausweg aus dieser Situation!

Ich küsste Klara auf die Stirn, holte Kaffee aus der Küche, meinen Laptop aus dem Büro, setzte mich wieder zu ihr ans Bett und begann, mich durch die psychiatrischen Anstalten in Deutschland zu telefonieren, um herauszufinden, ob sich vorgestern eine weibliche Person in Sahras Alter hatte einweisen lassen. Zwischendurch versuchte ich wieder, sie auf dem Handy zu erreichen. Leider blieb meine Recherche auf ganzer Linie erfolglos.

Klara schlief, etwas Farbe war in ihr Gesicht zurückgekehrt. Was auch immer durch den Schlauch in ihre Venen tropfte, es belebte sie. Ich hatte noch drei Stunden, bis die Nachtschicht kommen würde. Angelika hatte mir eine Nachricht geschickt, sie wollte mich treffen. Ich schrieb zurück: »Abendspaziergang im Königswald? Aliens jagen?« Sie schickte mir einen Daumen hoch.

Die verbleibende Zeit nutzte ich, um mehr über die bisher bekannten Umstände bei *Abductions* zu erfahren. Bei Psychiatern und Psychotherapeuten häuften sich die Aussagen, dass die Betroffenen sich für Medien oder Hochbegabte hielten. Unter dem Stichwort *Medium* bekam ich zunächst seitenweise Informationen zur Medienwelt. Newsfeed und soziale Netzwerke sind die moderne Version spiritueller Kollektivität in der freien Marktwirtschaft. Die zeitgenössische altdeutsche Mystik im Internet richtet sich nicht an gebildete Menschen, denn gebildete Menschen in Deutschland glauben an so etwas offiziell nicht mehr.

Was mir jedoch weiterhalf, war ein Zeitungsartikel eines gewissen Erik Jan Hanussen, des größten österreichischen Hellsehers und Hochstaplers des 20. Jahrhunderts, den ich in einem einhundert Jahre alten Schmierblättchen auf der Webseite eines Archivs aufgestöbert hatte. Er fragte die Leser rhetorisch, was denn ein Medium sei, und erklärte: *ein Mensch, der einen schwachen Willen hat und deshalb leicht dem Willen einer willensstärkeren Person unterliegt. Diese*

Hörigkeit führt zum vollständigen Aufgehen des eigenen Ichs. Das Medium denkt, fühlt und tut nur das, was ihm durch den fremden Willen aufoktroyiert wird. Es geht förmlich auf in der Psyche seines Beherrschers und kann sich aus diesem Zustand durch eigene Kraft niemals befreien. Um es zu erlösen, muss ein noch stärkerer Wille als der des ersten Beherrschers eingreifen und das Medium aus den Fesseln dieser Abhängigkeit befreien.

OMG, dachte ich. Dieser Hanussen war der Durchschauer der deutschen mystischen Seele, die anfällig ist für charismatische Heilsversprecher und Ideologen. Er hat selbst lange Zeit mit allen geflirtet. Am Ende war seine Sympathie für Hitler mehr Tarnung als Überzeugung. In jeder Ausgabe der von ihm herausgegebenen Berliner Woche bot er vor allem Jugendlichen ein Training zur Willensstärkung an! In einer Zeit, in der alle paar Jahre der Himmel mitsamt Universum aufgebrochen und neu zusammengesetzt wurde, war Mystik ein willkommener Notbehelf für die unverstandenen physikalischen Verhältnisse geworden. Und Hanussen wusste, wie er daraus Kapital schlagen konnte, und wurde nebenbei zum First-Class-Connaisseur des deutschen Geistes, der tiefer in die Träume eindringen konnte, als Freud es vermochte. Für alle Fälle notierte ich mir die am Ende des Artikels angegebenen Kontaktdaten und die dazugehörigen Koordinaten.

Dann erkannte ich plötzlich auf dem Autorenfoto von Hanussen den Wahrsager von neulich wieder, dem ich nach Cosmos Ladeneröffnung in dieser Parallelwelt in München begegnet war. Der Typ hatte mir doch Marx' Horoskop gelesen! War das Zufall? Sollte mir Hanussen etwa weiterhelfen können? Dass diese Überlegung in einer chronologisch verstandenen Welt paradox war, ja, für Blödsinn gehalten werden würde, störte mich da schon nicht mehr. Was gingen mich noch die Grenzen im Geist anderer Menschen an, an denen ich nicht mehr zu leiden gedachte. War Sahra eigentlich ein Medium? Ihrer Analyse der Hegelkritik des jungen

Marx zufolge schien sie eher dem Kreis der Hochbegabten anzugehören. Aber was wollten die Aliens von einer deutschen ultralinken Hochbegabten? Ich meine, sie hätten ja auch mich entführen können! Da blitzte gleich der nächste Gedanke auf: War ich Angelika nur zufällig begegnet?

19 (ANGELIKA)

Real ist nur, was wir beobachten und erkennen können, und nicht, was angeblich da sein soll

Mit Angelika war ich am S-Bahnhof Heerstraße verabredet. Obwohl ich ein paar Minuten zu früh war, empfing sie mich am vereinbarten Treffpunkt. Ich kannte wenige Frauen, eigentlich nur mich selbst, die notorisch zu früh zu Verabredungen erschienen.

»Hallo, Erdling.«

Ich war nur mit Mühe von Klara losgekommen, weil die Pflegekraft meine Hilfe brauchte. Deshalb hatte ich keine Zeit mehr gehabt, mich zurechtzumachen, kreuzte halb als Andreas und halb als Emma auf. Wir küssten uns wie Liebende, ganz anders als letzte Nacht, als der Kuss beim Abschied nur flüchtig gewesen war. Ganz in der Nähe fand ich einen Mietwagen. Wie Sahra und Oskar fuhren wir bis zum äußersten Zipfel in Seeburg und gingen von dort aus zu Fuß den Weg, den Oskar in die Karte eingezeichnet hatte.

Als Angelika und ich so durch die Dunkelheit schlenderten, hatte ich plötzlich das bizarre Gefühl, als erwartete mich etwas. Obwohl ich mir Sorgen um Klara machte und ratlos in der Sache Sahra war, erfasste mich auf einmal eine euphorische Welle, die von Angelika auszugehen schien. Für mich damals eine unbekannte Empfindung inmitten meiner unterkühlt ideologisierten, pseudocoolen und intellektuell psychotischen Menschmaschinerie. Sie trug ihr Haar offen, das ihr bis zur Hüfte reichte. Die Situation mit ihr wirkte wie aus Zeit und Raum gefallen. Wir spazierten Hand in Hand durch den finsteren Königswald. In ihrer Nähe fühlte ich mich erhaben. Ich hätte, ohne mit der Wimper zu zucken, mit ihr das Firmament hochlaufen und diesen Planeten verlassen können. Selbst das kosmische Vakuum hätte mich nicht vom Atmen abgehalten.

»Du fragst dich bestimmt, was wir hier machen, oder?«, begann ich.

»Wieso? Du hast es mir doch geschrieben.«

»Das war rhetorisch gemeint.«

»Schade, ich dachte metaphorisch. Deine Sonne ist auch nur ein Stern an einem anderen Himmel.«

»Wenn die den Stern von dort überhaupt sehen können …«

»Falsch. Himmel war das starke Wort in meinem Satz.«

Keine Ahnung, was sie meinte.

»Siehst du etwa nicht gut, Erdling?«

»Nachts kann ich keine Maus von einer Ratte unterscheiden. Dafür höre ich ausgezeichnet.«

»Ich meinte nicht dein Augenlicht.«

»Sondern?«

»Du hörst nur akustisch.«

»Ich hab keinen Schimmer, worauf du hinauswillst.«

»Erzähl mir einfach von dir.«

»Was genau willst du wissen?«

»Was ist letzte Nacht passiert? Und was davor und was davor und was davor? Alles.«

»Bist du sicher, dass du das hören willst?«

Angelika nickte. Da bemerkte ich, dass ich sie im Dunkeln klar erkennen konnte, jede Kontur, sogar jedes Haar, das sich aus ihrer blonden Mähne abspreizte. Ich sah sie so gestochen scharf, wie ich seit der Nacht mit Armin und Hanna immer sah, der Nacht, die mein letztes Leben beendet hatte. Ich erzählte ihr von meinem Entführungstraum, von meiner Begegnung mit Voltaire in Cosmos Laden, von Cosmo, von meinem kuriosen Fall, ich erzählte ihr alles, was mir seit der Nacht, als ich meine Follower verlor, passiert war, und noch ein Stück vom Leben davor. Ich machte auch keinen Hehl daraus, dass ich eine Hochstaplerin war.

Sie blickte mich an. »Du bist in einer sehr ernsten Lage, Erdling, weißt du das?«

»Du denkst, ich bin reif für die Klapse?«

Sie schüttelte den Kopf. »Nein, aber du brauchst Rat und Unterstützung.«

»Mach dir keine Sorgen. Ich habe Tante Klara. Oder willst du mir ein billigeres Consulting-Angebot verkaufen?«

Sie meinte es ernst. Ihr Blick war spitz und stach mir in die Augen. Überdies waren wir offenbar vom Weg abgekommen. Während sie mich weiter anstarrte, fuchtelte ich mit dem Handy herum. Ich hatte keine Ahnung, in welcher Richtung die Döberitzer Heide lag. Nicht weit davon musste das Licht aufgetaucht sein.

»Mein GPS spinnt. Ich hab hier keinen Empfang. Wenn du mir helfen willst, dann sag mir, in welcher Richtung die Döberitzer Heide liegt.«

»Was denkst du denn dort zu finden, Erdling? Das Licht? Diese Sahra?« Sie war plötzlich richtig eklig. Ich spürte ihre Kühle, sie übertrug sich auf mich. »Wo, glaubst du, bist du hier? In einem schnöden Krimi? In einem billigen Sci-Fi-Splatter-Film? Hier geht es nicht um die angeblich Entführte! Wieder verstehst du die Rolle nicht, die du spielen sollst. Du verstehst die einfachsten Anspielungen nicht mehr, Erdling. Du bist in großer Gefahr!«

»Okay. Ich habe verstanden, dass ich nichts verstanden

habe. Und was soll ich deiner Meinung nach tun? Ich glaube, auf den Rat von Klara zu hören ist sehr vernünftig.«

Sie schüttelte den Kopf. »Du musst auf dich selbst hören.«

»Das mache ich ja. Ich wollte nachher sowieso noch eine andere Spur verfolgen.«

Wieder schüttelte sie den Kopf. »Solange du nicht verstehst, worum es hier wirklich geht, wirst du dich nur unnötig in Gefahr bringen. Die Sache ist eine Nummer zu groß für dich allein.«

»Bist du vom BND?«

Kopfschütteln. Sie war auch nicht vom DLR oder von einer anderen Behörde geschickt worden. Angelikas Miene drückte so intensiv Sorge um mich aus, dass mir die Ohren heiß wurden.

Ich kannte sie doch erst seit einem Tag! Wieso mischte sie sich mit dieser Vehemenz in mein Leben ein? Was hatte sie davon? »Ich komme klar, wirklich.«

Aus irgendeinem Grund liefen wir den Weg einfach weiter. Stumm. Jede für sich. Meine Gedanken kreisten in x-facher Erdbeschleunigung um mein Gehirn, so dass ich nicht merkte, wie wir bald darauf wieder Seeburg erreichten. Als wir im Auto saßen, war um uns herum alles dunkel und still. Durch die Heckscheibe funkelte der Sternenhimmel. Mir ging der Satz nicht aus dem Kopf, den sie vorhin gesagt hatte: *Deine Sonne ist auch nur ein Stern an einem anderen Himmel.* Himmel, meinte sie, sei das Schlüsselwort gewesen. »Hast du mit ›anderer Himmel‹ auf einen anderen Glauben der Aliens angespielt?«

»Was sie zu erkennen glauben, was dieser Glaube von der Welt, in der sie zu leben glauben, konstruiert hat. Himmel ist ein aufgeladener Begriff, Erdling. Begriffe oder Wörter, die in der Vergangenheit durch das Zusammenspiel von Welt und uns entstanden sind, sind in Bezug auf ihre Bedeutung im Jetzt nie scharf definiert. Wir wissen nicht genau, inwieweit sie uns helfen, unseren Weg in der Welt zu finden. Aber Begriffe, Wörter transportieren uns durch den Raum, den es im Grunde nicht gibt, der nur durch unsere Bedeutungen, mit denen wir die Wörter aufladen, und durch das, was wir durch sie empfinden, entsteht. Damit wir weiterkommen, müssen wir Wörtern immer wieder neue Bedeutung geben und dürfen abgeworfene Bedeutungen nicht mitschleppen. Wir sind von ihnen abhängig und sie von uns.«

»Du meinst, wenn irgendwelche Aliens auf irgendeinem Planeten also nach oben schauen und unsere Sonne dort funkeln sehen, dann heißt das nicht, dass sie darin ein Sonnensystem erkennen müssten oder dass ihnen überhaupt in den Sinn käme, dass außer ihnen noch jemand existiert?«

»Oder, dass diese Sonne, obwohl sie dort theoretisch am …«, sie kratzte Anführungsstriche in die Luft, »… Nachthimmel funkelt, für sie überhaupt sichtbar wäre, weil sie vielleicht keine Bedeutung für sie hätte, weil Sterne im Allgemeinen für sie keine Bedeutung hätten oder diese Aliens gar nicht oder anders wahrnehmen und sie gar keinen Himmel haben. Real ist nur, was wir beobachten und erkennen können, und nicht, was angeblich da sein soll.«

»Verstehe.« Ich starrte in den Sternenhimmel. »Ich frage mich halt nur, wo ich da oben suchen soll.«

»Womit hat dieser Oskar dich beauftragt?«

»›Finde Sahra‹, hat er gesagt«, sagte ich. Ich startete den Motor und setzte den Wagen in Bewegung.

»Nimmst du seine Worte nicht zu wörtlich? Nach allem, was dir in den letzten Tagen zugestoßen ist? Womöglich ist Sahra Wagenknecht ein Köder, um dich zu locken. Vielleicht geht es hier um dich, Erdling, und nicht um sie.«

Komisch, dachte ich, dasselbe hat Cosmo auch gesagt. »Wie soll ich diesen Auftrag sonst verstehen?«

»Ich kann dir dabei helfen.«

»Ich denke darüber nach … Wo soll ich dich absetzen?«

»Wollen wir noch auf einen Tee zu mir?«

»Ich muss noch was erledigen.«

»Soll ich dich begleiten?«

Ich schüttelte den Kopf.

Angelika hatte mich verunsichert. Nachdem ich sie am Lützowufer abgesetzt hatte, fuhr ich wie auf Automat Richtung Münzstraße, parkte das Auto in der Nähe und lief den Rest des Wegs zu Fuß. Cosmos Laden war natürlich abgeschlossen. An der Tür hing ein Schild: *Vorübergehend geschlossen.* Darunter eine Telefonnummer für Notfälle, die zu einem Anrufbeantworter führte. Ich hinterließ bloß Grüße. Cosmo fehlte mir. Ich brauchte Beistand! Wieso ließ er mich ausgerechnet jetzt allein? Zigmal rief ich mir den Moment ins Gedächtnis, als Oskar mich im Büro aufgesucht hatte. Blöderweise hatte ich dabei mehr auf meine Coolness geachtet und wie authentisch ich als Privatdetektiv Andreas von Erdling rüberkam als auf meinen Mandanten. Okay, ich war vielleicht zu nervös gewesen, um auf jedes Wort zu achten. Aber ich glaubte, mich genau zu erinnern, dass er *Finde Sahra* gesagt hatte. Warum sollte er mich sonst ihre Wohnung durchsuchen lassen? Und Klara hatte es doch auch gehört! Vielleicht war Angelika nicht die, für die sie sich ausgab! Da tauchte sie einfach in dieser Spelunke auf und quatschte mich an. Woher kannte sie überhaupt meinen Namen? Das stank doch zum Himmel! Was wollte sie von mir? Dann plötzlich glaubte ich zu verstehen, was sie wollte: Wahrscheinlich arbeitete sie für die größte Detektei der Stadt, mein Fall und Oskars Anzahlung hatten sich herumgesprochen, und jetzt wollte sie ihn mir abspenstig machen. Als ich aus dem Hauseingang unter Cosmos Laden trat, beschloss ich, eine Weile Abstand zu Angelika zu halten.

20 (ARMIN)

Man muss Flügel haben, wenn man den Abgrund liebt

Armin hatte mir lange kein Kompliment mehr gemacht. Ich ihm ja auch nicht. Immerhin fand er mein Outfit, ein weiteres Erbstück aus Tante Klaras Koffer, in dem ich ihn auf den Empfang begleiten wollte, »nicht übel«. Über eine Autovermietung im Internet hatte ich einen schneidigen Zweisitzer reservieren können, mit dem wir jetzt zu einem Anwesen außerhalb der Stadt unterwegs waren. Wir hatten noch nicht viel gesprochen. Den Tag über hatte ich nur an Klaras Bett gesessen und ihr beim Schlafen zugesehen. Meine Stimme war ganz verschleimt, als ich anhob:

»Muss ich was wissen, damit dir das heute Abend was bringt?«

»Verschwörungstheorien sind Realität, und die Welt da draußen ist eine Verschwörung.«

»Wow. Du kannst dich ja richtig in mich hineinversetzen.« Ich nahm ihn kurz in Augenschein, aber er erwiderte meinen Blick nicht. Offenbar machte ihn seine Nervosität einsilbig, was mir ganz recht war. Dieser Abend sollte ihn zurück in »jene Gesellschaft« bringen, von der er sich so viel erhoffte. Wir fuhren eine Weile schweigend auf einer Landstraße, und noch immer traute ich mich nicht, von meinen Problemen zu erzählen. Er wusste nichts von meinem Fall und von allem, was mir in letzter Zeit passiert war. Ich wusste nicht, wo anfangen. Und ich sah ihm an, dass er seinen Kopf woanders hatte, wahrscheinlich malte er sich Konversationen aus, übte in Gedanken sein neues Selbst.

Bald bogen wir ab, und meine Scheinwerfer erfassten eine lange Reihe parkender Autos, nein, eine lange Reihe parkender geiler Schlitten. Sie waren in fast gleichen Abständen im Dunkeln abgestellt. Ich zog im Rückspiegel noch einmal meine Lippen nach, klimperte Armin mit den Wimpern zu, aber anstatt zu lächeln (denn ich fand, dass ich überzeugend weltfraulich und umwerfend aussah), sagte er, ich solle mich »oben« denken, also mich als Teil der Herrscherklasse sehen, selbstbeherrscht und selbstsicher sein und nicht von den Bedürfnissen anderer reden. Und nicht rülpsen. Alles Mögliche hätte ich ihm an den Kopf werfen wollen, aber ich blickte ihn nur ernst an, nickte einmal und sagte: »Wenn das alles ist, was ich für dich tun kann.« Ich wollte nicht sauer auf ihn sein, hatte ich doch als Andreas von Erdling mit Angelika an meiner Seite mehr Klasse als er mit mir. Obwohl ich beim Gedanken an sie das mulmige Gefühl herunterschlucken musste, dass sie hier plötzlich irgendwo auftauchen könnte.

Das Anwesen war zur Straße hin kaum beleuchtet, dieses Treffen war nicht öffentlich, niemand wollte Aufsehen erregen. Wir standen auf der Gästeliste. Armin kannte die Namen beinah aller Anwesenden, die nicht nur alten deutschen Adelsfamilien entstammten. Auch Wirtschaftsleute und Investoren sowie hochrangiges politisches Personal aus dem gesamten Spektrum hatte sich hier versammelt. Ich war wohl die Einzige, die mit keiner offiziellen Namenserweiterung aufwarten konnte. Wer kein »von« oder »zu« oder keinen Doktortitel trug und nicht schwerreich war, hatte wenigstens einen Abgeordnetensitz zu bieten, oder einen ähnlichen Hochsitz, der ihn auf diese Ebene hob.

Armin nahm mich mit zu einer größeren Gruppe, die repräsentativ für den ganzen Abend stehen konnte. Es gab hier keine zwei gleichen Meinungen. Die Erhaltung des Widerspruchs war das Spiel der Mächtigen, ihr Treibstoff. Die abweichende Meinung des anderen war dessen Besitz und unantastbar. Einen Konsens brauchten sie nicht – wozu auch? Er war nur dann erwünscht, wenn eigene Verluste vermieden oder gemeinsam Gewinne eingefahren werden sollten.

Ein Typ im dunkelgrünem Cord-Janker redete über die Jugend von heute. Ich versuchte, mich nicht angesprochen zu fühlen. Er sagte, ihre Gefühle seien gepfefferter als die seiner Generation damals. Sie wollten wieder Blut sehen, tauschten Mystik gegen Mystik, das rote und braune Gift fließe jetzt wieder in den Netzwerken. Der Mythos der Freiheit zöge gegen den Mythos der Gerechtigkeit in den Kampf. Und sie trügen ihre Überzeugungen mit in Eisen gegossenen Fäusten vor sich her und mischten die lethargischen Massen auf. Es mache sie wieder stolz, sozialen Kampf zu spielen; einer Bewegung anzugehören sei ihr großes Abenteuer, weil der lange Frieden sie vergesslich gemacht habe. Was wollten sie mehr von der Jugend!

Die Frau neben ihm mit zeitaufwändiger Hochsteckfrisur und schlicht gehaltenem Designerkostüm meinte, nichts wäre trauriger, als eine mörderische Hassrevolte von rechts und von links, die uns weiter spalten würde. Rotfront oder Hakenkreuz! In Deutschland seien die Menschen zu großen Taten fähig, im Guten wie im Bösen. Die Stimmungslagen auf allen Seiten müssten abrüsten. Verständnis und Güte müssten wieder in die Gesellschaft einziehen, Deutschland müsse menschlicher werden.

Der Mann ihr gegenüber hatte sein Sakko ausgezogen, die oberen zwei Knöpfe am Hemd geöffnet und den Hemdkragen hochgeklappt, er meinte darauf: »Mitnichten, Teure!« Wir müssten das gute Gewissen zur Grausamkeit wiedergewinnen. Nur so könnten wir unserem Volk die Gemütlichkeit und die sentimentale Schoppenseligkeit austreiben. Wir hätten keine Zeit mehr für schöne Gefühle! Wir müssten unser Volk zur Größe zwingen, wenn es von den Spiegeln des selbstgefälligen Amerikanismus nicht geblendet werden solle.

Die »Teure« von eben: »Aber Deutschland, wie es jetzt ist, ist doch keine biologische Einheit!« Deutschland sei Europa.

Sie würde wetten, wenn alle mitmachten, gäbe es keine Arbeitslosigkeit mehr in Europa.

Ein Unternehmer wahrscheinlich, dem unauffällig gehaltenen Anzug in Anthrazit nach zu urteilen, der ihr gegenüber stand, erwiderte, kein europäisches Land sei mehr ein Ganzes.

Der Rechte lachte und sagte: »Sogar der Teufel hat in Deutschland seinen Stammbaum. Wenn mich nicht alles täuscht, müsste in einer finsteren Ecke der deutschen Seele noch seine Wiege stehen.«

Armin: »Die Antifa jedenfalls glaubt fest daran und hat mit drei Worten einen Schutzschild aus Hass gebildet: Nie wieder Deutschland!«

Darauf meinte der Unternehmer, diesmal mit Blick zu mir, alle Menschen, die vor leeren Tellern säßen, egal welcher Kultur, glichen einander. Sie fingen erst an, sich zu unterscheiden, wenn sich ihre Teller füllten: der eine mit Würstchen und Kartoffelsalat, der Nächste mit Curryreis und ein anderer mit Pommes frites und Beefsteak. Erst dann verstünden sie, dass sie nicht gleich sein wollten. Kulturen unterschieden sich doch hauptsächlich im Vergnügen.

Das Karussell aus links, rechts, oben und unten drehte sich immer weiter. Ich hütete mich, mit einem Gesichtsausdruck irgendeine der Positionen zu kommentieren. Das hatte ich Armin versprochen. Ich nippte an meinem Wein und verfolgte das Gespräch schweigsam. Meine Gedanken kreisten um die Frage, ob ich die Entführung der Linken-Politikerin ansprechen könnte. Aber was erwartete ich mir davon? Außerdem hatte Oskar mich um Diskretion gebeten.

»Ach, nach einem Anfall mörderischen Hasses gerät dieses Land doch regelmäßig in einen Liebestaumel. Mitleid, Gerechtigkeit, Gleichheit steht dann wieder über allen Bedürfnissen. Du musst bloß die T-Shirts neu beschriften.« Der Unternehmer blickte mich erneut an und kam auf mich zu.

Er war so ein Typ, dem Hegel schon im frühreifen Alter bestätigt hatte, dass der deutsche Geist unangefochten über allen anderen Geistern stehe. Wahrscheinlich entzifferte er nachts die sibyllinischen Metren der Edda und hörte dabei Walthers von der Vogelweide Nachtigallen trällern. »Ich habe ein Vaterland und eine Muttersprache. Was haben Sie?«

Ich war ihm offenbar suspekt, weil ich mich noch nicht geäußert hatte und er deshalb nicht wusste, wer ich war und wo ich stand. »Ich habe Walhalla, das Unternehmen meiner erwerbsunfähigen Urgroßväter, das Insolvenz anmelden musste«, antwortete ich.

Er grinste und reichte mir die Hand. Da erst sah ich den blonden Moustache über seinen Lippen. »Dr. Wolfgang Schneider. Ich bin erfreut, Sie kennenzulernen.« Er sei Investor und stamme aus Hamburg, fügte er noch hinzu.

»Ebenfalls erfreut, Herr Dr. Schneider. Ich stamme direkt von den Göttern ab. Sie können mich nennen, wie es Ihnen beliebt, das macht für mich keinen Unterschied.« Ich konnte spüren, wie Armin die Stirn runzelte. Mir kam das so automatisch über die Lippen, als würde es abgespielt, aber ich hatte die Lacher auf meiner Seite.

»In Deutschland gibt es nur Metaphysiker«, fuhr der Unternehmer in angenehmem Hanseatisch fort, »Träumer, egal wie intensiv sich jemand mit Realpolitik beschäftigt, er muss seine Tätigkeit gleich auf eine Bühne bringen.«

»Ich fürchte«, entgegnete ich ihm, »die Welt fällt bald wieder an den nächsten Schwätzer mit der größten Vorstellungskraft und der längsten Zunge. Bald werden die Dinge wieder auf Basis einer Weltanschauung geregelt.«

»Das glaube ich gern. Wir Deutschen stürzen uns auf jede neue Idee, wenn sie nur zur Sophistik oder Metaphysik taugt. Hauptsache, es springt was für unsere Kultur raus.«

»Weltanschauung?«, fiel jemand ein. »Gerade jetzt, wo wir endlich frei sein können in der Wahl unserer Begierden, wo wir endlich wieder links oder rechts sein können, packt uns auf einmal diese Scheißangst?«

Armin meinte: »Ich glaube nicht an die Weltanschauungsherrschertheorie.« Natürlich nicht, was sollte Armin auch sonst sagen. »Die Welt heute ist dafür zu einfach, zu schön«, fuhr er fort. »Ein Mensch braucht nur Geld, um frei zu sein, um Gerechtigkeit zu empfinden.«

»Stimmt.« Ich unterbrach ihn. »Aber um Geld zu haben, muss er es sich zumindest vorstellen können. Viele Menschen stellen sich aber vor, dass sie kein Geld haben, dass sie arm sind, das bringt ihnen heute Aufmerksamkeit und einen sozialen Mehrwert ein. Und sie verstehen nicht, dass ihr fehlendes Vermögen an Fantasie ein großes Problem darstellt. Reich und damit frei und damit gerecht behandelt wird ein Mensch nicht nur mit Rechnen- oder Schreibenkönnen, sondern mit Inspiration, habe ich recht, Dr. Schneider?«, sagte ich, wohl wissend, gerade über die Bedürfnisse anderer gesprochen zu haben. Ich hatte das Gefühl, dass mir jemand das alles souffliert hatte. Mit flüchtigen Blicken suchte ich den Saal nach Angelika ab, während Armin das Karussell weiterdrehte, das Deutschland in seinem gesamten Farbenspektrum prächtig erstrahlen ließ. Die Positionen von links und rechts klangen hier sanfter, Wettkampftöne waren unangebracht, denn der Sinn dieses Abends war es ausschließlich, im Gedächtnis zu bleiben und sich die nächste Einladung zu sichern.

Der Empfang zog sich nicht etwa bis tief in die Nacht. Diese Menschen mussten, behaupteten sie jedenfalls, in der Regel zwischen fünf und sechs Uhr aufstehen, nicht wie bei Künstlerpartys, wo wir oft noch gemeinsam frühstückten und mit vom Alkohol bleierner oder vom Schlafmangel leiernder und vom Gras eiernder Zunge auf den Scheißkapitalisten herumhackten.

Armin hatte sich jedenfalls der Unterstützung alter Seilschaften versichern können, auch wenn er mich am Ende zu schlaumeierhaft fand. Immerhin gab er zu, dass ich manchmal überraschend witzig war. Bis zum Schluss kannte niemand meinen Namen, auf der Gästeliste war ich als *Armin von Grumbach mit Begleitung* vermerkt gewesen, und vielleicht würde ich gerade deswegen den stärksten Eindruck hinterlassen.

Als wir zum Mietwagen gingen, traf mich noch einmal der Blick von Dr. Schneider, der sein Autofenster herunterließ und mich offenbar einlud, bei ihm einzusteigen. Seine unverhohlene Neugier hatte seine Nase spitz gemacht. Wann hatte ich das letzte Mal bewusst wahrgenommen, eine Wahl zu haben? Ich schenkte ihm ein kurzes Lächeln und setzte mich neben Armin ans Steuer.

Auf der Rückfahrt kommentierte er jede einzelne Wortmeldung des Abends. An Schneider ließ er kein gutes Haar, auch nicht an den Abgeordneten von links und rechts oder den Konservativen. Die meisten Adelsfamilien seien stil- und arschlose Immobilienknechte geworden. Bei einigen reiche es gerade noch zum Kulturfuzzi. Armins Deutschland lag seit 1918 unverändert in Schutt und Asche, ein Aufbau in seinem Sinn hatte nie stattgefunden. Ich ließ seine Tiraden über meinem Schirm aus Gedanken abregnen und fragte mich nur, wie sich die anderen Gäste wohl gerade in ihren heißen Schlitten abreagierten.

Irgendwann verließ ich die Landstraße und fuhr über einen Feldweg in den Wald hinein, so weit, bis wir auf einer Lichtung standen. Ich stellte den Motor ab und ließ das Sternenlicht in Armins Bewusstsein vordringen. Bis er schwieg. Vor dem Himmel schweigt der Mensch.

»Glaubst du an Außerirdische?«, fragte ich.

»Haunebus«, sagte er.

»Wer oder was ist das?«

»Deutsche Ufotechnik. Die Russen und die Amerikaner

haben sie sich gleich nach dem Krieg unter den Nagel gerissen und waren zusammen schon Anfang der 50er auf dem Mond. Die erste Nacht haben sie dort als Gäste auf der geheimen Nazi-Basis verbracht.«

»Willst du mich verarschen?« Ich erzählte ihm von meinem Fall und von allem, was seit unserem letzten Treffen vorgefallen war. Er nickte, als ergebe das Sinn für ihn, als könnte es gar nicht anders sein.

»Das waren eindeutig Arier, die sie entführt haben. Die hat doch einen persischen Vater. Ganz klar Aldebaraner, wenn du mich fragst.«

Armin sprach davon in einer Selbstverständlichkeit, als hätte ich mein bisheriges Leben bei einer weltabgewandten Sekte oder in der *Truman Show* verbracht. Jedes Schulkind schien darüber informiert zu sein, dass sich auf der dunklen Seite des Mondes ein arischer Stamm angesiedelt habe. Er sagte, er könne mich ein paar Kontaktpersonen aus der Aldebaranerszene vorstellen. »Eine andere Gruppe, die ich kenne, beherrscht Teleportation schon seit den 50ern. Das mit der Wagenknecht klären die rasch auf.«

»Na supi!«, sagte ich und startete den Motor. Erst als wir über die Heerstraße fuhren, erzählte ich ihm noch von Angelika und meinen gemischten Gefühlen ihr gegenüber. Auch dabei nickte und grinste Armin wieder allwissend.

»Ganz klar. Unbedingt die Finger von ihr lassen.«

»Ich weiß nur nicht, ob sie die Finger von mir lässt. Irgendwie kann ich sie nicht einschätzen.«

»Egal wie du's anstellst: Werde sie unter allen Umständen los.«

21 (ALDEBARAN)

Jeder Mensch dient einem Geist, der sich seiner bemächtigt

Die folgenden zwei Nächte vergingen traumlos, was verdächtig, aber super war. Entspannt öffnete ich die Augen, und nachdem die Wohnungstür das dritte Mal ins Schloss gefallen war, starrte ich kurz an die wohltuend leere Decke, griff nach meiner Brille, setzte sie auf und erhob mich. Ich ging wie immer nackt in die Küche, ließ seit einer gefühlten Ewigkeit mal wieder Hayes' Beat durch meinen Körper zucken und bereitete mir dabei meinen Schuss Koffein zu. Der Espresso hatte die perfekte Crema und genau die richtige Temperatur. Die Zigarette schmeckte, wenngleich ich dachte, dass sie meine letzte sein sollte. Cosmo fehlte mir, aber die metropolisartigen Büchertürme, die neben meinem Bett aufragten, erinnerten mich an ihn. Ich hätte mit ihm gern über Armins Vorschläge gesprochen. Eigentlich hatte ich Armin nie ernst genommen. Warum sollte ich das jetzt tun? Wir waren wie zwei unverschränkte Teilchen, die ohne größere Anziehungsverhältnisse nebeneinanderher trieben. Vielleicht, weil ich nichts in der Hand hatte und auch Klaras vernünftige Vorschläge mich zu keinem Ergebnis geführt hatten. Vielleicht, weil ich für die Lösung dieses Falls Parallelwelten betreten musste. Vielleicht aber auch, weil der Abend mit ihm neulich mein Gehirn einbalsamiert hatte, es roch jetzt nach frischer Bergnatur, ich hatte den Blick eines Adlers, der alles unter sich mit Appetit und Jagdinstinkt betrachtete.

Im Bad stand ich eine Weile vor dem Spiegel. Ich fragte mich, ob ich als Emma Erdling oder als Andreas von Erdling bei den Aldebaranern aufkreuzen sollte. Letzte Nacht hatte ich das Internet nach ihnen durchforstet und mir ein halbes Gigabyte PDFs heruntergeladen. Keine dieser oder ähnlicher Schriften fand ich in Cosmos Büchern. Wusste er nichts über sie? Lebten sie in einem anderen Universum?

Neu für mich war, dass ich bei der Recherche zu den Aldebaranern keinen moralinsauren Abwertungsanfall bekam, sondern gespannt auf ihre Geschichte war, die anscheinend nicht als Science-Fiction abgetan, sondern als Bedrohung angesehen und also derart ernst genommen wurde, dass keiner über sie sprechen wollte, als könnte sie als eine ernsthafte Konkurrenz zu unserem modernen Bewusstsein verstanden werden. Ich war gespannt darauf, womit die Aldebaraner die Grundfesten unserer allgemein anerkannten Weltanschauung in Deutschland bedrohten. Wie würden sie mir ihr Universum erklären?

Beim Überfliegen der Texte dachte ich erst an ein Matriarchat. Überall tauchten langhaarige Frauen auf, die offenbar Schlüsselfiguren in ihren Erzählungen waren. Ich entschied mich also, als Emma Erdling zu gehen, wusch mir extra die Haare und föhnte und kämmte sie so lange, bis sie tadellos glatt waren. Ich war im diplomatischen Dienst, ich stellte mich auf ein Treffen mit einer unbekannten Kultur ein, kam in Frieden und versuchte durch optische Unauffälligkeit ihr Vertrauen zu gewinnen.

Armin von Grumbach stand nie vor dem frühen Nachmittag auf, weil er nachts Musik machte oder Brotjobs erledigte. Außerdem hatte er keinen Führerschein. Er würde sich erst ein Auto zulegen, wenn er sich den Chauffeur dazu leisten konnte. Deshalb nutzte ich den Vormittag, um nach Klara zu sehen, die so schwach war, dass sie kaum sprechen konnte. Sie hörte nur, was ich zu erzählen hatte. Ich log ihr vor, alles im Griff zu haben.

»Wie gehst du vor?«, flüsterte sie.

Ich deutete Armins Kontakte an, ohne ins Detail zu gehen. Ich wollte sie nicht aufregen. Dabei drückte sie leicht meine Hand und schluchzte leise. Zwei Pflegekräfte kümmerten sich jetzt rund um die Uhr um sie, das ging an ihre Ersparnisse, weshalb sie mir nicht mehr unter die Arme greifen konnte.

»Mach dir keinen Kopf um mich, ich verdiene mein Geld schon selbst«, sagte ich, weil ich schlecht sagen konnte: Du kannst mich doch in diesem Mist nicht hängenlassen! Eine Brücke nach der anderen stürzte hinter mir ein, Quellen versiegten und neue taten sich auf, die verborgene Dinge sichtbar machten, von denen ich bisher nichts wusste. Mein Universum war nicht mehr dasselbe.

Während ich in meinem Büro aus dem Fenster sah und mir Gedanken machte, was mich heute erwarten könnte, überkam mich das Gefühl, dass diese nicht nur meine Gedanken waren. Als ich einen Blick über die Schulter warf, stand Angelika im Raum und starrte mich an.

»Was machst du hier?«, flüsterte ich.

»Ich stehe dir bei, Erdling. Ich stand dir auch gestern bei. Und vorgestern. Und vorvorgestern.«

»Aber ich will deinen Beistand nicht.«

»Du brauchst dringend meine Hilfe. Du verschwendest deine Zeit mit Armin. So wirst du die Entführte nicht finden.«

»Du brauchst nicht zu versuchen, mich zu verunsichern. Du kannst mir den Fall nicht wegnehmen.«

»Wie kommst du denn auf so was?«

»Bitte geh jetzt.«

»Ich kann dich zu ihr führen.«

Ich drehte mich zum Fenster und schwieg.

»Ich stehe dir bei, so oder so.«

Sie sah umwerfend aus. Ich war unfähig, sie harsch abzuweisen. »Bitte geh, ich melde mich, wenn ich dich brauche.«

»Heute Abend Tee bei mir?«

»Okay, aber jetzt raus hier.«

Ich musste Armin ganz im Süden der Stadt abholen, um dann mit ihm ans andere Ende zu fahren. Deshalb entschied ich mich wieder für einen Mietwagen, wenngleich ich meinem ersten Honorar beim Schmelzen zusehen konnte.

Heute war Armin heiter und aufgekratzt, sein Geist stand schon auf dem dreilettrigen Treppchen seiner Ahnen. Dass er jetzt zwar wieder ein »von« tragen durfte und sich auch so benahm, aber nicht einmal den Mietwagen bezahlen konnte, sondern es für selbstverständlich hielt, dass seine plebejische Freundin die Kosten übernahm, nervte mich weniger als die unappetitliche Geschichte seiner neusten Cybersexerfahrung, die er mir während der Fahrt ausbreitete. Ich überdeckte sie mit meinen Gedanken.

Meine Tagesspesen waren viel zu hoch, vor allem jetzt, da ich mit diesem Grafen jeden Tag andere Kontakte aufsuchen sollte. Klara konnte ich nicht mehr anpumpen. Außerdem hatte ich seit heute Morgen das Gefühl, dass Oskar mir auswich. Er sollte eigentlich von seiner Reise zurückgekehrt sein, drückte mich aber jedes Mal weg, wenn ich anrief. Was wusste ich eigentlich über ihn? Wie sollte ich ohne seine Informationen mit dem Fall weiterkommen? Die Entführung hatte er miterlebt. Aber hatte Sahra den Moment auch als Entführung erlebt? Durch Außerirdische? Vielleicht war ihm die Situation bloß außerirdisch vorgekommen. Und für sie war es ein Ausflug mit Freunden. Vielleicht hatte er ihr nicht zugehört, als sie ihm mitteilte, dass sie für ein paar Tage verreisen wollte. Ich war erleichtert, dass mein vernünftiges Denken auch ohne Klara noch funktionierte. Trotzdem konnte es nicht schaden, Armins Kontakte abzuklopfen und wenigstens meine Spurensuche weiter vorzutäuschen. Für alle Fälle. Nur hätte ich mir eigentlich denken können, wo er mich da wieder reinreiten würde.

»Woher kennst du diesen Kontaktmann, zu dem wir fahren?«

»Ich kenne ihn nicht. Er kennt mich«, sagte er.

»Erklär's mir lieber nicht.«

Der Kontaktmann wohnte im ersten Stock eines unscheinbaren Mietshauses in Berlin-Tegel. Er hieß Ernst Haber, kein »von«, kein »zu«, einfach Haber. Insofern waren wir auf Augenhöhe. Auf den ersten Blick ein netter Mann, zuvorkommend, nicht hochnäsig. Glücklicherweise machte er auch nicht auf magische Aura oder Schamanen, auch nicht auf Ideologen. Er wirkte eher schüchtern und sanft. Armin kannte er über dessen Vater, der ein alter Schulfreund und später eine Zeit lang Mitglied dieser Szene gewesen war.

»Herr Haber, Armin war so freundlich, mich zu Ihnen zu führen, weil ich ein … Problem lösen muss, bei dem Sie mir vielleicht helfen können.«

Haber blickte ernst zu Armin, dann zu mir. »Was wissen Sie über uns?«

»Ehrlich gesagt, nicht viel. Heute Nacht habe ich ein paar Stunden im Internet recherchiert.«

Er nickte und lächelte.

»Darf ich Ihnen eine Frage stellen?«

»Bitte.«

»Sind Sie schon einmal von Außerirdischen entführt worden?«

Wieder der Blick zu Armin. »Du hast ihr gar nichts von uns erzählt, oder?«

Armin schüttelte den Kopf. »Davon verstehst du mehr.«

»Es wäre vollkommen unnötig, mich zu entführen«, sagte Haber an mich gerichtet, »es sei denn, ich wäre eine wichtige Geisel im interstellaren Krieg, was ich nicht bin.«

Ich hatte keine Ahnung, was er meinte. »Können Sie mir mehr über die Aldebaraner erzählen?«

»Aldebaran ist unser Heimat-Sternensystem.«

»Dann sind Sie … also selbst ein Außerirdischer?«

»So wie Sie, Emma. So wie alle Deutschen.«

Wenn er gesagt hätte, die Aldebaraner wären die Vorfahren der gesamten Menschheit gewesen, hätte ich das glaubwürdiger und witziger gefunden, aber nur der Deutschen, das erschien mir zu kleinteilig für die kosmische Makroebene mit ihrer Unbestimmtheitslogik. Ich meine, das Universum könnte schon auf der Ebene unserer biologischen Programme keinen Menschen von einer Maus unterscheiden. Und vor Nationalitäten oder Staatsgrenzen macht nicht einmal ein irdisches Virus Halt. »Woher wissen Sie das?«

»Jeder Mensch dient einem Geist, den er selten bewusst wählen kann, der sich einfach seiner bemächtigt. Ich weiß zwar nicht, worum es bei Ihrem Problem geht, aber auch Sie dürften nicht ohne Grund jetzt hier bei mir sitzen.«

»Sie meinen, dieser Geist ... der Aldebaraner, nehme ich an, hat sich auch meiner bemächtigt?«

Er zuckte mit den Schultern.

»Bitte erzählen Sie mir mehr.«

»Aldebaran ist das Zentrum der Galaktischen Föderation.«

»Echt? Ich dachte bisher, dass es die Galaktische Föderation nur in *Star Wars* & Co. gibt.«

»Wir wissen all das durch mediale Botschaften, die über das 20. Jahrhundert hinweg bis heute gut dokumentiert sind. Ich will nicht zu sehr ins Detail gehen, aber noch immer herrscht ein interstellarer Krieg zwischen den Achsenmächten und der feindlichen Allianz, der auch auf der Erde ausgetragen wird. Hier geht es um hegemoniale Ansprüche auf unsere Galaxie.«

Er sprach mit ernster Miene, wie ein Historiker oder der Leiter der Abteilung AFD (Aldebaran Fach-Dienst) beim BND im Tagesschau-Interview in der ARD. Armin nickte bestätigend.

»Verzeihung, aber welche Mächte führen denn diesen Krieg?«

»Wir, also die Aldebaraner, die nur für das Gute kämpfen, gegen die Nibiruaner, die behaupten, ebenfalls für das Gute zu kämpfen.«

»Wer sind die Nibiruaner? Woher kommen sie?«

»Sie sind Nomaden, die zeitweise auf den Plejaden siedeln mussten. Sie behaupten, schon vor der Entstehung von Atlantis einmal auf der Erde gewesen zu sein und später in Mesopotamien die sumerische Kultur entwickelt zu haben. Vielleicht sagt Ihnen Anunnaki was?«

»Leider nein. Aber wir sind dann doch auch Nomaden?«

»Na ja, wir sind eher Vertriebene und Umsiedler. Der Aldebaran war sehr lange Zeit unser Heimatstern, ist aber heute nicht mehr bewohnbar, weil er sich zu einem Roten Riesen aufgebläht hat. Das Sonnensystem war unsere Zuflucht.«

»Sie meinen, die Nibiruaner könnten auch woanders leben, wir aber nicht?«

»Wir waren zuerst hier und sind nicht nur die Urahnen der Atlantiker, sondern haben die Erde mit den wichtigsten Technologien ausgestattet und zivilisiert.«

»Aber Platz gibt es doch reichlich.«

»Das ist richtig, aber nicht in den Köpfen der Menschen. Der Krieg brach aus, als die Nibiruaner begannen, die Menschen zu Sklaven ihrer Ideologie zu machen und nach der Weltherrschaft zu greifen.«

»Hat dieser interstellare Krieg irgendetwas mit dem Zweiten Weltkrieg oder mit den Kriegen auf diesem Planeten allgemein zu tun?«

Er lachte. »Mit dem Nationalsozialismus und seinem Vernichtungskrieg haben wir nichts zu tun, falls Sie das jetzt dachten. Ein befreundeter Zeitreisender, mit dem ich unlängst gesprochen habe, brachte Beweise dafür vor, dass die Deutschen bereits lange vor den Amerikanern und allen anderen Kontakte zu Außerirdischen hatten.«

Er wendete sich an Armin. »Du kannst sie gerne mit unseren Kontaktpersonen bei den Vril-Leuten bekannt machen.« Er schaute auf den Tisch. »Außerdem haben wir von ihm gesicherte Informationen erhalten, dass eine kleine Gruppe Zeitreisender in die Vergangenheit geschickt wurde, um den Verlauf des Zweiten Weltkriegs zu korrigieren. Bei meinem letzten Treffen im Templerorden hörte ich, dass die Amerikaner vor Kurzem durch Zeitreisen versucht haben, Hitler im Säuglingsalter zu ermorden. Die Sache ist schiefgegangen, was uns nicht wundert, stattdessen wurden seine beiden Brüder getötet. Ich denke, es sollte klar sein, dass die Amerikaner es uns Deutschen überlassen müssen, Hitler zu töten. Wir haben ein starkes Bündnis mit unserem Heimatvolk, den Sumeranern, mit deren Intelligenz und militärischer Macht können wir jeden Feind besiegen.«

»Hitler ist euer Feind?«

»Natürlich. Hitler hat uns verraten und beschädigt. Er hatte nie unsere Unterstützung. Er hat unsere hochentwickelte Technik für seinen schmutzigen Krieg missbraucht. Transmutation, Antigravitation und Zeitreisen sind nicht auf seinem Mist gewachsen. Hitler aus der Geschichte des deutschen Volks zu radieren ist eine unserer wichtigsten Missionen in nächster Zeit. Und auch die schwierigste, denn vor allem von links wird man versuchen, unsere Mission zu verhindern.«

»Wieso sollten Linke der Ermordung Hitlers im Wege stehen?«

»Sie stehen nicht seiner Ermordung im Weg, sondern uns in unserem Vorgehen. Wir werden von links einfach nicht ernst genommen. Ihre Diskreditierung schadet unserer Mission.«

»Verstehe.« Ich wunderte mich vielleicht eine Sekunde darüber, warum ich mich nicht wunderte, dass er über Zeitreisen sprach. Dass er über Linke sprach, brauchte mich natürlich auch nicht zu wundern. »Warum, glauben Sie, werden Deutsche nicht von Außerirdischen entführt?«

Er prustete los und bekam einen Hustenanfall. »Wo haben Sie denn diesen Unsinn her? Viele Deutsche wurden seit Kriegsende von den Aldebaranern geholt. Nur können sie darüber nicht sprechen, weil sie nicht mehr da sind. Es gibt Millionen so genannter Schläfer im germanischen Sprachraum, alle mit Schnittstelle. Die meisten werden sich dessen erst bewusst, wenn sie entführt werden. Fakt ist, dass sich die Schumannfrequenz erhöht hat, das Erdmagnetfeld ändert sich. Immer mehr Deutsche werden sich ihrer Ur-Erinnerung bewusst, der ILU-Strahl, das ist ein Synchronisationsstrahl aus dem Zentrum unserer Galaxie, der ursprünglich vom Aldebaran ausging, wird ein großes Erwachen hierzulande bewirken.«

»Und dann?«

»Dann möge Gott uns beistehen.«

»Sie glauben an Gott?«

»An meinen Gott, der auch an mich glaubt.«

»Entführen die Nibiruaner niemanden?«

»Natürlich, ständig. Die Medien sind doch voll davon.«

»Warum sind die Ufos immer so unscharf? Es gibt keine einzige ordentliche Aufnahme.«

»Emma, die Schiffe sind getarnt, weil sie nicht provozieren wollen.« Er fixierte mich für einen Moment.

Armin nickte wieder.

»Darf ich Sie noch fragen, worum es sich bei Ihrem Problem handelt?«

Natürlich hatte ich heute Morgen noch beim Gedanken an Aldebaraner Absurdes erwartet, aber dieses Gespräch war auf einmal so wirklich, ich verlor jeden Abstand. Vielleicht war es die Sprache, das Sprechen, das Gespräch selbst, das diese Geschichte mir gerade so wirklich vorkommen ließ. Ich berichtete Haber so knapp wie noch logisch von meinem Fall. Als er den Namen Sahra Wagenknecht hörte, hob er die Augenbrauen.

»Die Lage hat sich schneller verschärft, als ich dachte«, sagte Haber. »Das ist ein klares Signal. Und wenn ich mich nicht täusche, von Maria selbst.«

»Wie meinen Sie das? Und wer ist Maria?«

»Die Vril-Chefin. Sie war das Hauptmedium, sie hat die Baupläne für die Haunebus empfangen und umgesetzt. Sie war eine der leitenden Ingenieurinnen der Weltraummission am 17. April 1945, als das Vril-Raumschiff ›Odin‹ nach Aldebaran aufbrach.«

»Gibt es darüber Unterlagen? Haben Sie Beweise dafür?«

»Armin wird Sie in den nächsten Tagen damit vertraut machen. Nehmen Sie's mir nicht übel, aber mir wäre wohler, wenn Sie nicht allein bei meinen Kontaktleuten auftauchen würden.« Er erhob sich. »Leider muss ich mich jetzt verabschieden, ich habe noch einen Termin.« Er begleitete uns nach draußen. »Dass ausgerechnet Sie, Emma, für dieses Unternehmen ausgewählt wurden, sollte Sie aufwecken. Es wundert mich im Übrigen nicht, wenn ich mir ihre Haare anschaue.«

»Vielen Dank für Ihre Zeit, Herr Haber.«

»Wir sehen uns bestimmt wieder.« Er schloss die Tür.

In Habers Ausführungen erkannte ich zunächst nur den Selbstwertverlust, den humanitären Schaden, der eine außerirdische Macht nötig hatte, um ihn zu begrenzen, der Zeitreisen nötig hatte, um das Übel zu beseitigen. Nur Magie hat die Kraft, einen Menschen zu erhöhen und gleichzeitig seine Intelligenz zu beleidigen.

22 (ANGELIKA)

Es gibt kein selbes Jetzt für alle!

Ich setzte Armin vor seinem Studio ab, ich hatte keine Kraft, seine Eloquenz und Grandiosität noch länger zu ertragen. Ich hatte selbst ein Wiederaufbauprogramm nötig. Die Aldebaraner-Theorie verschlimmerte meine depressive Stimmung, gegen die ich seit heute früh anzukommen versuchte. Jetzt fiel mir auch noch der Himmel auf den Kopf! Eine Weile beobachtete ich das Gefunkel der Sterne, das zur Triggerwarnung mutiert war. Ich versuchte, konzentriert in einen fast leeren, lebensfeindlichen Weltraum zu blicken, dessen Existenz so sinnfrei erschien wie unsere eigene, um Habers interstellares Kriegsgelaber zu verdrängen.

Da ich Oskar immer noch nicht erreichen konnte, beschloss ich, mich und alles, was ich heute gehört hatte, erst einmal zu sortieren. Ich startete den Motor und fuhr wie ferngesteuert zu Angelika ans Lützowufer.

Es hätte mich da schon nicht mehr gewundert, wenn sie durch die geschlossene Wohnungstür gekommen wäre, um mich zu begrüßen. Aber sie öffnete mir wohltuend konventionell und wirkte auf mich zum ersten Mal wie ein Mensch. Wir aßen und tranken, wechselten Blicke, ich versuchte, über Belanglosigkeiten zu sprechen, scheiterte aber.

»Was hast du heute über Aldebaran in Erfahrung gebracht, Erdling?«, fragte sie.

»Gefallen dir meine Haare?«, antwortete ich.

Sie schenkte mir ein breites Lächeln. »Du hast dir ein Video dazu angeschaut. Und jetzt bist du wieder ratlos, stimmt's?«

Bei Angelika hatte es keinen Sinn, zu versuchen, sie mit Trivialitäten abzulenken. »Dieser Wissenschafts-Fuzzi aus dem Fernsehen, der bei allen möglichen Phänomenen seinen Senf dazugibt, hat diese Theorie mal überprüft und verworfen.«

Sie lachte. »Womit hat er sie denn überprüft? Dieser Wissenschaftler aus dem Fernsehen bezieht sich auf eine Momentaufnahme, von der er keine seiner Schlussfolgerungen mit hoher Sicherheit ableiten könnte. Zumal die Begriffe Leben und Intelligenz hier wirklich sehr eng gesteckt sind. An seiner Stelle hätte ich die Theorie zu beweisen versucht, das wäre aus meiner Sicht aufschlussreicher gewesen.«

»Quatsch, er ist Astrophysiker. Er wird's schon wissen. Seit wann kennst du dich mit Astronomie aus?«

»Wenn du durch ein Teleskop schaust, Erdling, siehst du einen Moment, den du zeitlich nicht objektiv beziehungsweise nur in Beziehung zu deinem Trägheitssystem bestimmen kannst. Den Weg, den sein Licht zurücklegen musste, kannst du nicht absolut kennen. Denn alles, was in den Sternenkarten fest eingezeichnet ist, verhält sich zueinander eigentlich asynchron und dynamisch. Spontane Veränderungen und Bewegungen werden dort nicht abgebildet – wie auch? Das Licht und damit die Information über den kosmischen Körper könnte von Supergravitationsfeldern um Millionen oder Milliarden von Jahren auf seinem Weg abgelenkt worden sein. Der Physiker aus dem Fernsehen hat die quantenphysikalische Natur des Weltalls in seine Überlegungen nicht mit einbezogen. Er behauptet, der Stern Aldebaran, über den er Informationen aus zweiter Hand zusammengetragen hat, sei am Sterben, weil der Blick durchs Teleskop ihm diesen Eindruck vermittelt. Doch was wir jetzt erleben, ist kein universelles Jetzt außerhalb unserer Welt. Schon auf der Erde läuft das Leben relativ asynchron ab, diese Ungleichzeitigkeiten sind aber vergleichsweise minimal und mit irdischen Messverfahren und linearer Chronologie gerade noch zu bewältigen und innerhalb dieses Sonnensystems oder sogar noch ein Stück darüber hinaus einigermaßen bestimmbar. Im restlichen Universum dagegen nicht, weil die Beziehungen zueinander zu veränderlich, zwar irgendwie messbar, aber trotzdem unbekannt sind und zeitlich nicht in unserem Jetzt erfasst werden können, oder mit irdischem Bezugssystem gesprochen: zu weit beziehungsweise zu lang sind. Dort gehen Körper Beziehungen zueinander ein mit ungeheuren Verzögerungen, Verzerrungen, Täuschungen, Brechungen, Umleitungen, Anziehungen, Abstoßungen und noch vielem mehr.«

»Du willst damit allen Ernstes sagen, Haber könnte recht haben?«

»Nein, auch Haber kann nicht wissen, ob Aldebaran heute ein Roter Riese ist und ob es dort bewohnbare Planeten gab oder erst geben wird, es sei denn, er hat den Kontext.«

»Wie die Infos vom Volk dieser Sumeraner, mit dem er angeblich eine enge Beziehung hat?«

»Zum Beispiel. Nehmen wir an, das Bild, das wir uns heute von diesem Sternensystem machen, zeigt einen vergangenen Moment, dessen Zeitpunkt in der Vergangenheit zunächst einmal mit dem Erdzeitalter in Beziehung gesetzt werden müsste, dann gibt es die Möglichkeit, dass Aldebaran heute schon nicht mehr existiert, aber vor 750 000 Erdenjahren noch da war, also hätte theoretisch auch Habers Volk der Sumeraner auf der Erde landen können.«

»Meine Fresse!«

»Das Aldebaran-Sternensystem wird mit 65,23 Lichtjahren Entfernung angegeben. Und nach eurer bisherigen Annahme entspricht ein Lichtjahr ungefähr 9,5 Billionen Kilometer, stimmt's?« Sie schüttelte langsam den Kopf und löste dabei ihr Haar. Von hinten sahen wir jetzt fast identisch aus. »Aldebaran wäre also fast 620 Billionen Kilometer von der Erde entfernt, was zwar keinen Sinn ergibt, aber anders würde es niemand verstehen, denn Kilometer gibt es nur hier, aber nicht im Universum. Um ein irdisches Bezugssystem zu nehmen: Wenn du mit deinem Auto mit 100 km/h dorthin aufbrechen würdest, wie lang bräuchtest du dann bis Aldebaran, Erdling?«

»Keine Ahnung. In Mathe bin ich eine Null.«

»Das wären über 70 Milliarden Erdenjahre, wenn du konstant 100 km/h fahren könntest, was du nicht kannst.« Sie lachte schallend. »Aber du würdest das Sternensystem Aldebaran niemals erreichen, denn es bewegt sich immer schneller von deiner errechneten Stelle weg. Und du kannst nicht wissen, wie viele Ablenkungen, Umleitungen, Verzerrungen, Krümmungen es auf seinem Weg durchläuft. Es könnte eine Weile in deiner Zukunft reisen oder auch in deiner Vergangenheit, es könnte dich überholen und wieder auf dich zurasen. Zur richtigen Zeit am richtigen Ort zu sein ist in diesem Universum die größte Herausforderung. Selbst wenn du mit dem schnellsten Raumschiff noch heute losfliegst, kann es sein, dass du Aldebaran nicht dort findest, wo du es vermutest, so wie die Voyager 1 womöglich niemals auf Proxima Centauri treffen wird, für dessen Erreichen sie angeblich 74 500 Erdenjahre brauchen soll.«

Ich war richtig sauer. Diese Verlorenheit hatte niemand verdient. »Warum soll ich dir das glauben? Wer bist du überhaupt?«

»Das Universum ist ein Spekulationsraum, Erdling. Mehr kann ich dir im Moment noch nicht sagen. Aber wenn du meine Hilfe annimmst, dann wirst du am Ende dieser Reise viel mehr verstehen.« Angelika griff nach meiner Hand, stand auf und zog mich hoch. »Es gibt kein selbes Jetzt für alle.«

Ihre Lippen kribbelten an meinem Ohr, eine energetische Welle durchzog meinen Körper und entlud sich unter meinen Fußsohlen. Meine Ohren sind meistens kühl, aber die Wärme ihrer Zunge weckte jedes Atom in meinem Körper. Meine Fingerkuppen standen unter Strom, als ich ihre Haut berührte. Zuerst dachte ich, dass sie neue Waffen im Kampf um die Deutungshoheit einsetzte, dann dachte ich: Warum sollte ich nicht auch Spaß haben? Wer sagte denn, dass ich mich so einfach von ihr einwickeln lassen würde und nicht trotzdem meinen Weg weiter verfolgte.

So viele Narrative im Weltraum, die die Entwicklung der Menschheit herausgefordert und strukturiert hatten, passten sich gleichzeitig wie Schablonen in die kosmische Supermatrix ein. Der englische Zoologe Sandon meinte, unser gesamtes Universum würde nicht ausreichen, um nur auf einem weiteren Planeten intelligentes Leben zu finden. Dem widerspricht die Drake-Gleichung, mit der die Anzahl technologisch fortgeschrittener Zivilisationen in der Milchstraße berechnet werden soll und die Intelligenz als übliche Folge der Evolution annimmt. Wahrscheinlich scheint, dass beide Ansätze falsch sind.

Locke meinte, all unser Wissen beruhe auf Erfahrung, egal ob sinnlich oder intellektuell. Und Berkeley erwiderte, würde unser Wissen tatsächlich auf Wahrnehmung fußen, wäre die Aussage, dass Dinge wirklich existierten, sinnlos. Denn wenn etwas wahrgenommen werde, dann mache es auch keinen Unterschied mehr, ob es faktisch existierte oder nicht. Deshalb sei Wahrnehmung und Existenz das Gleiche. Demnach muss es wohl auch Außerirdische geben, wenn so viele Menschen sie gesehen, berührt und mit ihnen interagiert haben. Jedenfalls in deren multiplen Jetzts. Dann ging es in meinem Fall also nur darum, nach der richtigen Geschichte zu suchen, um Sahra wiederzufinden. Es ging hier also um ihre Fantasie. Oder um meine.

23 (VRIL)

Wahres Verstehen ist glauben

Als ich am nächsten Morgen Angelikas Wohnung verlassen wollte, stellte sie sich mir in den Weg.

»Du setzt deine Suche mit Armin fort?«

»Klar. Das ist meine einzige Spur.«

»Verschwende deine Zeit nicht unter deinem Niveau.«

»Ich dachte, Zeit sei relativ.« Ich drückte mich an ihr vorbei und verließ die Wohnung.

Ausnahmsweise durfte ich Armin schon am Vormittag abholen. Vor unserem Termin mit Habers Kontakten aus der Vril-Szene im westlichen Brandenburg sollte er mich zum Gelände eines Zweigwerks der ehemaligen Arado Flugzeugwerke GmbH in Brandenburg an der Havel führen, wo in den 1940ern die deutschen Ufos vom Typ Haunebu gebaut worden sein sollen. Von dort aus soll auch das Vril-Raumschiff »Odin« gestartet sein. Da das Werk von den Alliierten bombardiert und schließlich abgerissen worden war, musste ich mir die exakten Koordinaten von einer amerikanischen Webseite holen, die die Angriffsziele in Deutschland akribisch aufgelistet hatte.

Armin war eingenickt und schnarchte leise. Endlich konnte ich mal reden. »Weißt du, Armin, nach unserem Gespräch mit Haber habe ich im Internet noch in französischen Entführungsberichten gelesen. Komisch ist, dass immer etwas gesehen wird, aber niemand weiß, was es ist. Und das Wahrgenommene verhält sich nie wie Körper, wie Dinge, sondern eher schwerelos, wie Träume, als bestünden die Aliens nur aus unseren Gefühlen. Vielleicht reisen sie durch unsere Gefühle und nutzen deren Energiefelder oder Frequenzen, um sich zu manifestieren.«

»Jung schreibt, Ufos seien ein visionäres Gerücht, und

Voraussetzung für ein visionäres Gerücht sei eine ungewöhnliche Emotion.«

»Siehst du? Ich dachte, du schläfst!«

»Ich powernäppe. Immer mit einem offenen Ohr.«

»Das würde heißen, dass hyperrationalen oder gefühlsärmeren Menschen die Außerirdischen nicht begegnen können. Sie liefern nicht die richtigen Energiefelder dafür.«

»Wenn du das beweisen kannst, hast du in zwei Jahren den Nobelpreis.«

»Schlaf, du Graf.«

Mir war nicht klar, was Armin von Habers Wahnvorstellungen hielt. »Glaubst du an diesen Aldebaran-Schwachsinn? Würdest du dich etwa selbst als Aldebaraner bezeichnen?«

Nichts. Er schnarchte. Ich war da schon ganz bei Voltaire. Warum nicht gleich das gesamte Universum an sich reißen? Schließlich war ich ein Erdling. Hatten mein Geist und ich etwa kein Recht darauf? Wer war in Deutschland prädestinierter dafür, von Außerirdischen entführt zu werden, als ostdeutsche Kommunistinnen? Aber warum von den Aldebaranern? Welche Aliens im Film *Eolomea* dem Ingenieur den Hautausschlag verpasst hatten, wurde vom nationalen Verteidigungsrat der DDR geheim gehalten. Wie hatten denn unsere extraterrestrischen Verbündeten geheißen? Und in der BRD? Waren es da auch Aliens gewesen, die die soziale Marktwirtschaft förderten? Vermittelte Sahra am Ende vielleicht zwischen Ost- und West-Aliens?

Mein Navi schickte mich auf einen Schotterweg. Tiefer im Wald stießen wir auf die Überreste der ehemaligen Arado Flugzeugwerke. Armin zeigte mir den angeblichen Startplatz der »Odin«, von wo aus sie nach Aldebaran oder, wie eine andere Theorie besagte, zum Mars aufgebrochen sein soll. Wie verrückt fotografierte ich eine leere Betonfläche, auf der alles Mögliche hätte passiert sein können und die auf einmal von unbestimmt zu bestimmt, von belanglos zu bedeutend wurde. Hoffnungen schüren war momentan meine einzige Geschäftsgrundlage. Ich starrte noch eine Weile auf den Beton, doch die Zeit drängte, wir mussten zu unserem Treffen mit den Vril-Leuten.

Die ganze Fahrt über wurde ich das Gefühl nicht los, dass Armin versuchte, mich gefühlsmäßig auf etwas vorzubereiten. Immer wieder fiel der Satz: »Bleib einfach locker und lass erst mal alles auf dich wirken.«

»Für wen hältst du mich?«

»Mit deinen Registern gesprochen treffen wir jetzt eine noch schrägere Variante von Reichsbürgern.«

»Ich bin hier, um zu ermitteln, nicht um zu urteilen.«

Armin sagte darauf nichts, sondern schaute nur kurz durch die Heckscheibe.

»Muss ich irgendeine Grußformel kennen oder irgendwelche Rituale, die sie von mir erwarten, damit ich sie nicht gleich einschüchtere? Ich will, dass sie offen reden.«

»Niemand spricht mit Fremden offen.«

»Bin ich fremder als ihre Außerirdischen?«

»Bleib einfach locker und lass erst mal alles auf dich wirken.«

Als wir das abgelegene Grundstück nach einer langen Irrfahrt durch Wald, Wiesen und Felder erreicht und den Wagen geparkt hatten, folgte ich Armin noch einige Minuten einen schmalen Weg entlang, bis wir, an einem Zaun vorbei, zu einem Tor kamen. Er klingelte, ein Licht neben der Kamera leuchtete auf, wir blickten hinein, der Türöffner summte. Ein Mann mit amerikanischem Akzent empfing und führte uns in einen Raum.

»Bitte, setzt euch.«

Wir nahmen Platz. Er stellte sich uns als Carsten vor und nahm uns beide nacheinander in Augenschein. Vielleicht war ich wegen Armins nervigen Anweisungen so erwartungsvoll. Erst jetzt nahm ich wahr, dass der Mann ganz blond war mit blasser Haut und stechend blauen Augen, wobei ich nicht sagen konnte, ob er Kontaktlinsen trug und sich die Haare gefärbt hatte.

»Hat Haber Ihnen erzählt, warum wir hier sind?«, fragte Armin.

»Ich bin im Bilde.« Er lächelte mich an. »Schöne Haare, Emma.«

»Herr Haber hatte leider wenig Zeit«, begann ich. »Er erwähnte das Vril-Ufo ›Odin‹, das 1945 zum Mars gestartet sein soll. Was kannst du mir über das Raumfahrtprogramm der Nazis sagen?«

»Die Nazis hatten nie ein Raumfahrtprogramm. Wie hätten sie sonst den Krieg verlieren können? Aber wir hatten eins. Die ›Odin‹ war das Ergebnis der Ingenieurskunst unseres Ordens, der seit Anbeginn im Untergrund arbeitet und eine lange Tradition auf dem Gebiet der technologischen Entwicklung hat. Sie reicht bis ins sumerische Reich und noch Hunderte Millionen Erdenjahre darüber hinaus. Wir haben kein Interesse an Öffentlichkeit. Die Webseiten, die ihr im Internet über uns findet, stammen nicht von uns. Das dort hochgeladene Material ist entweder gefaked oder gestohlen. Das Arado-Zweigwerk in Brandenburg allerdings war allein unser Täuschungsmanöver, das verdanken wir Erich Serno. Dafür haben wir ihm einen Platz auf der ›Odin‹ reserviert. Wenn Hitler davon Wind bekommen hätte, wäre sein Endsieg nicht mehr weit gewesen und unsere Botschaft sinnlos geworden. Heisenberg hat ihm die Atombombe vereitelt und wir ihm die Raumfahrt.«

»Welche Botschaft?«

»Wir sind Schwestern und Brüder des Lichts und keine schwarzen Ritter oder ein Todeskommando, wie es auf einigen Webseiten behauptet wird.«

»Aber ihr kämpft doch auch gegen die Nibiruaner?«

»Nein, wir kämpfen nicht gegen sie. Wer behauptet denn so etwas?«

»Oh, dann habe ich Haber falsch verstanden.«

»Wir kämpfen nur *für* etwas: für den Schutz der lichten Gottmenschen. Wir versuchen mittels unserer ausgefeilten Technologien die Erde vor dem Untergang zu bewahren.«

»Ich habe leider nur Informationen aus dem Internet, deshalb weiß ich nicht, was stimmt und was nicht. Mit lichte Gottmenschen meinst du die Aldebaraner?«

Er nickte.

»Mit der Maka'ara-Technologie können wir dir helfen, Kontakt zu der Entführten aufzunehmen. Wenn unsere Leute die gesuchte Person abgeholt haben, dann wissen wir das bis heute Abend. Unser Archivleiter Hubert wird dich nachher zu unserer leitenden Ingenieurin bringen.«

»Im Internet steht auf einer Seite, dass die Aldebaraner so eine Art hellhäutige und blauäugige Herrscherkaste im sumerischen Reich gewesen seien. Im Wikipedia-Artikel über die Sumerer steht aber, dass die sich selbst *saggiga* genannt haben.«

»Nun, wem glauben, Emma? Niemand weiß wirklich etwas, man hat alles nur gehört oder eingetrichtert bekommen. Oder wie Edgar Dacqué sagt: Wahres Verstehen ist glauben. Man hat sich auf eine Version geeinigt. Es gibt wenige Beweise aus Mesopotamien, die belegen, wie genau sich die sumerische Bevölkerung zusammengesetzt hat. Aber die Eigenbezeichnung *saggiga* ist für uns von großem Wert. Sie bedeutet *die Schwarzköpfigen*, die schwarzen Menschen. Warum sollte sich jemand so nennen, wenn alle Menschen dort schwarze Haut und schwarze Haare hatten? Aber offenbar wollte jemand auf seine optische Besonderheit hinweisen, oder? Und wer sagt, dass sich die sumeranischen Aldebaraner zu dieser Zeit noch in der Herrscherposition befanden? Sie könnten von den Saggiga versklavt worden sein. Das könnte ihre Flucht aus diesem Paradies in den kalten Norden erklären.«

Armin nickte und sah mich an. Ich wusste nicht, was ich sagen sollte. Dann legte der Examerikaner Carsten noch »die Scheibe Wurst auf den Käse«. Stanley Kubricks *2001: Odyssee im Weltraum* sei nicht zufällig 1968 erschienen, er habe bloß die perfekte Kulisse vorgefunden, denn die Amerikaner seien schon 1952 zusammen mit den Sowjets auf dem Mond gelandet. Aber aus Wettbewerbsgründen um die Hegemonialmacht und um die Bevölkerung abzulenken, hätten sie die offizielle Mondlandung gefaked und selbst Gerüchte darüber gestreut, damit die Öffentlichkeit ausreichend Spekulationsraum zum Streiten habe und die eigentliche Geschichte im Dunkeln blieb.

»Aha … Dann frage ich mich nur, warum die Amerikaner und die Russen heute so großen technischen Aufwand betreiben, um noch einmal auf dem Mond oder auch auf dem Mars zu landen, wenn sie eure hochentwickelte Ufo-Technologie besitzen, mit der sie, soweit ich das verstanden habe, den gesamten Weltraum in kürzester Zeit mal eben so durchqueren könnten.«

»Emma, sie können sie nicht bedienen. Es fehlt ihnen der Geist dazu, sie denken zu materialistisch. Ihre Technik besteht aus Apparaten, sie arbeiten mit Explosion statt Implosion. Sie verstehen die biomagischen Grundlagen der Vril-Technik nicht. Denkst du, sie sind damals selbst geflogen? Nach unseren Informationen haben die Russen und die Amerikaner dafür deutsche Ingenieurinnen in Geiselhaft genommen. Die Kraft des menschlichen Geistes ist integraler Bestandteil des Antriebs, es muss der passende Geist sein, einer, wie ihn die materialistische westliche Gesellschaft nicht kennt. Das Vril-Triebwerk ist eine bioenergetische Apparatur, die durch Schwingungserzeuger bewegt wird. Für den Flug zu anderen Sternen muss eine Verbindung zur

Generalschwingungsebene des Überkosmos hergestellt werden, damit der Interkosmos zugänglich wird, in dem sich ein Schwingungskanal bildet, durch den das Vril-Schiff reist. Er ist für Menschen unsichtbar. Als Deutsche erachten wir es jedoch als unsere vornehmste Pflicht, Errungenschaften deutschen Geistes zuerst nur dem deutschen Volk zur Verfügung zu stellen. Unter bestimmten Voraussetzungen wird das Vril dann irgendwann der ganzen Menschheit dienstbar sein und die große Versöhnung aller Völker hier und im interstellaren Raum verwirklichen.«

»Welche Voraussetzungen sind das?«

»Zunächst muss der Mensch zum strahlenden Menschen transformiert werden.«

Strahlend? Was könnten sie damit meinen? Blond, blauäugig? Das wäre mit Massenhaartönung und Milliarden von Kontaktlinsen, die der Aldebaran Fach-Dienst kostenlos der Weltgemeinschaft zur Verfügung stellen könnte, bald erledigt. Die Sinnlosigkeit meiner sarkastischen Gedanken stank mir in der Nase und ließ mich vor mir selbst dumm erscheinen. Angelika hatte natürlich recht, ich verschwendete hier meine Zeit unter meinem Niveau, aber ich war zu neugierig, um die Ermittlungen einfach abzubrechen. »Gestern meinte Herr Haber, dass die medialen Botschaften und andere Informationen zu den Ufos gut dokumentiert sind. Könnten wir einen Blick auf die Unterlagen werfen?«

Die Tür wurde geöffnet. Eine Frau, ebenfalls blond, blauäugig und mit Hochsteckfrisur, kam ins Zimmer. »Das ist Gudrun, unsere Sicherheitschefin. Sie bringt euch jetzt zu unserem Archivleiter Hubert, der euch später für die Kontaktaufnahme mit unserem Leitmedium Waltraud bekannt machen wird.« Er verabschiedete sich.

Gudrun verband uns die Augen. Sie nahm uns an der Hand und führte uns durch einige Korridore und Treppen hinab. Hubert wartete im Souterrain auf uns. Er bat um

Verständnis, dass er uns nur wenige ausgewählte und teils geschwärzte Dokumente zeigen könne, da es sich um sehr altes und sensibles Material handele. Wir bekamen verschwommene Fotos der Haunebu-Typen zu sehen sowie unleserliche Mitschriften und technische Zeichnungen, die Maria als Botschaften empfangen haben soll.

»Man erzählt sich«, erläuterte Hubert, »dass die lichten Gottmenschen vor etwa einer Milliarde Jahren das Sternensystem Aldebaran verlassen mussten. Sie sollen gezielt in Richtung unseres Sonnensystems aufgebrochen sein, weil ihre Astronomen hier bewohnbare Planeten ausgemacht hatten. Es heißt, dass sie zuerst auf Mallona siedelten, auch Phaeton genannt, einem Planetoiden, der sich damals zwischen Mars und Jupiter befunden haben soll. Über den Mars sind sie dann vor 735 Millionen Jahren auf die Erde gekommen. Aus den Protokollen der Vril-Telepathen ergibt sich, dass die spätere sumerische Sprache wie das heutige Deutsch nicht nur mit dem Aldebaranischen verwandt war, sondern alle drei Sprachen fast dieselbe Frequenz nutzen. Diese Annahme mag vielleicht etwas gewagt erscheinen, doch es gibt starke Hinweise darauf.«

Hubert verschlüsselte seine Erzählung wie seine Dokumente: undeutlich verwissenschaftlicht und spekulativ.

»Wer heute als Wissenschaftler sagt, es sei möglich, technisch nutzbare interkosmische Schwingungen durch Willensmagnetismus zu gewinnen und in Frauenhaaren abzuspeichern, der würde ausgelacht, obwohl diese Methode längst bewiesen ist.«

»Verzeihung«, unterbrach ich ihn, »kannst du mir sagen, wer diese Studie durchgeführt hat?«

»Die wenigen zugänglichen Unterlagen dazu sind alle verschlüsselt. Vieles ist in Formulierungen gehüllt, die mit Sicherheit anderes meinen, als man denken würde. Und darüber liegt eine weitere Verschlüsselungsstufe zur Abwehr,

Emma. Insofern ist davon auszugehen, dass viele Worte in dieser Studie gleich um mehrere Ecken gedacht sind und nicht das bedeuten, was sie zu bedeuten scheinen. Den Schlüssel, mit dem sich die richtigen Bedeutungen ermitteln lassen, hat bisher noch keine unbefugte Person zu finden vermocht.«

»Woher weißt du dann, dass darin die Methode bewiesen wurde?«

»Weil wir sie erfolgreich anwenden.«

»Das führst du uns noch vor, stimmt's?« Darauf war ich wirklich gespannt.

»Maka'ara-Kräfte, die du für die Kontaktaufnahme brauchst, existieren der Überlieferung nach nur in der weiblichen Hälfte der göttlichen Allschöpferkraftquelle, dem Ilu-Lahamu. Daher können nur Menschen mit weiblichem Hormonhaushalt die Kraft anwenden. Früher sprach man auch von Frauenhaarmagie.«

»Das heißt, auch trans Frauen verfügen über diese Kräfte?«

»Dazu läuft gerade eine Studie bei uns, die sehr vielversprechend ist. Für die klassische Befragung der Kraftquelle brauchst du erst einmal sehr lange Haare, mit denen du die Verbindung zwischen grobstofflicher und feinstofflicher Ebene herstellen kannst. Du eignest dich also hervorragend, Emma.«

Ich warf Armin einen Blick zu.

»Das Maka'ara ist eine spirituell-bioenergetische Feinstoffsubstanz, die im Universum in rauen Mengen vorhanden ist und die im Prinzip jede Frau jederzeit empfängt, die aber ohne besondere Vorbereitung nichts bedeutet oder bewirkt. Vor der Befragung musst du deine Gedanken für eine gewisse Zeit bewusst schwingen lassen, bis sich die Schwingungen auf deine Haare und deine inneren Astralhaare verteilt haben. Dann brauchst du einen Schwingungskörper in Form eines geeigneten, persönlichen Steins, auf den du deine Schwingungen überträgst. Er kann die Schwingungen für kurze Zeit speichern. Dann legst du ihn auf eine unserer polierten Dekodier-Scheiben, mit der die gespeicherte Information dechiffriert wird.«

»Hast du gerade Astralhaare gesagt?«, fragte ich.

»Ja, sie sind ein Teil deiner feinstofflichen Existenz, die für das grobstoffliche menschliche Auge nicht sichtbar ist. Deine kosmischen Antennen sozusagen. Der Informationsaustausch zwischen den äußeren Kopf- und den inneren Astralhaaren läuft aber nur reibungslos, wenn die Haare gesund sind. Also auf keinen Fall ondulieren oder färben, wenn du einen sauberen Kontakt willst, sonst versengst du die Schwingungsfähigkeit deines Haars.«

»Aber Shampoo ist okay?«, fragte ich.

»Waltraud, unsere leitende Ingenieurin, wird sich deine Haare gleich anschauen. Sie wartet schon.«

Mit verbundenen Augen verließen wir das Archiv.

»Was weißt du über Maria?«, fragte ich Hubert auf dem Weg nach oben, während ich mich schrittweise vortastete.

»Maria war in den 1920ern die Vril-Chefin und leitende Ingenieurin. Das Hauptmedium, das die Baupläne der ersten Haunebu empfangen und dechiffriert hat. Zu ihrer Gruppe gehörten damals etwa 60 Frauen. Langes glattes Haar war Pflicht bei den Medien. So, hier sind wir.« Er verabschiedete sich.

Waltraud nahm uns in Empfang und bat mich, ihr in den Übertragungsraum zu folgen. Armin musste draußen bleiben, damit es zu keinen Schwingungsinterferenzen kam. Oder was auch immer Astralhaare auf männlicher Hormonbasis im Universum anzurichten vermögen.

»Jedes Medium kann nur mit Ebenen umgehen, die seiner individuellen Eigenschwingung entsprechen. Medien haben daher eine relativ schmale Bandbreite. Also bleib bei deinen Sachen, denn sobald es um etwas geht, was außerhalb dieser

Bandbreite liegt, kannst du als Medium nicht weiterhelfen, klar?«, sagte sie.

»Woher weißt du, dass ich ein Medium bin?«

»Jede Frau ist ein Medium, wenn sie weiß, dass sie ein Medium ist. Such dir einen Stein hier aus dem Regal aus. Nicht so viel nachdenken, nimm den, der dir als erster ins Auge fällt.«

Ich wusste damals noch nicht, was ich später wusste, nachdem ich Hanussen noch einmal getroffen hatte. Nach seinen Tests soll ich mitnichten ein Medium sein. »Kann das hier irgendwie gefährlich werden?«, fragte ich.

»Nicht, wenn du machst, was ich sage. Deine Haare sind 71 cm lang. Das ist okay, nicht optimal, aber es reicht für die Übertragung. Nur die Spitzen müssen vorher noch geschnitten werden.« Sie griff nach der Schere.

»Ich habe gestern ein Shampoo auf Hanfbasis benutzt, wollte ich nur vorsichtshalber sagen.«

»Hanf geht, solange es silikonfrei ist.«

»Ich glaube, ja. Wieso? Was könnte da passieren?«

»Sendeklumpen.«

Waltraud ermahnte mich, eine saubere Gedankenspur aufzubauen. Sie hielt den Stein, den ich mir ausgesucht hatte, an meine Haare. Mit größter Konzentration versuchte ich, nur an Sahra zu denken, aber das Bild aus meinem Traum, das Bild dieser kalten Ärsche funkte immer wieder dazwischen. Ich buchstabierte den Namen der Entführten wie ein Mantra. Mein Puls stieg. Was ich auch versuchte, ich verschwand in diesem Traum, drückte mich an einen Hintern neben mir und begann, ihn zu küssen.

Als ich aufwachte, war ich in ein Wesen mit Volahiku verwandelt. Ich hing auf einem Sessel in einer Art Séparée. Angelika saß auf mir und küsste mich. Waltraud, oder wer auch immer, musste meine Haare am Hinterkopf kurz über dem Haaransatz abgeschnitten haben.

»Was hast du hier zu suchen?« Ich schob Angelika von mir und schaute in den Spiegel. »Haben diese Frauenhaarmagierinnen keine Friseurausbildung?«

In einer dunklen Ecke des Raums sah ich Armin mit verschränkten Armen auf einem Stuhl sitzen. »Sieh's mal so, mit Vokuhila würde ich denken, du bist in der Antifa«, sagte Armin.

»Lieber das, als auszusehen wie die Schwiegersöhnchen aus den Achtzigern in der *Bravo*. Hätten die nicht wenigstens auch vorne kürzen können?«

»Angelika, ich wusste nicht, dass du sogar Kontakte in der Vril-Szene hast. Die du offenbar auch körperlich kontaktierst.«

Angelika und Armin wechselten einen Blick.

Dann verabschiedete sie sich, sie müsse los. Mir flüsterte sie noch zu: »Heute Abend erklär ich dir alles. Bitte komm. Es ist wichtig.«

»Ich hatte dir doch geraten, sie loszuwerden.«

Ich schwieg, weil ich ihm sonst eine reingehauen hätte.

»Als sie mich hier in den Raum brachten, hockte sie schon auf dir. Sie sagten, du hättest mit offenen Augen das Bewusstsein verloren. Irgendwas Blödes muss da passiert sein.«

»Ich erinnere mich an nichts. Und eine Spur von Sahra habe ich bei diesem Schwachsinn auch nicht gefunden.«

»Sie ist ein Todesengel«, erwiderte Armin.

»An so einen Quatsch glaube ich nicht. Ich glaube, ich suche mir eine anständige Arbeit. Ich werde Oskar sagen, er soll seine Sahra gefälligst selber suchen.«

So dumm war ich mir lange nicht vorgekommen. Als wir das Anwesen der Vril-Leute verließen, rief Carsten uns hinterher, dass die Stirnhaare lang bleiben müssten, weil sie die bewussten Willenskräfte steuerten. Ich knallte die Wagentür zu und startete den Motor. Er rannte auf uns zu, ich öffnete das Fenster. »Alles klar, danke!«

»Emma, die Haare mussten abgeschnitten werden, weil die Botschaft zu komplex war. So kann sie sich einige Tage im Haar-Speicher halten und in Ruhe entziffert werden. Wir stehen hier vielleicht vor einem Neuanfang.«

»Ich dachte, ihr steht mit den Sumeranern in Verbindung.«

»Die Dinge liegen komplizierter.«

»Klar. Also … dann haltet mich auf dem Laufenden, wenn ihr die Botschaft entschlüsselt habt.« Ich trat aufs Gaspedal. Die Vorderreifen drehten durch und quietschten, wir zischten ab.

24 (VRIL-YA)

Vril-ya war bloß ein cooles feeling,
es war fashion, future, feathers, and a great fantasy

Kaum hatte ich Armin abgesetzt, rief mich Klaras Pflegekraft an. Der Zustand meiner Großtante sei besorgniserregend. Sie werde ins Krankenhaus und auf die Intensivstation verlegt. Wenn ich in den letzten Tagen mit Klara hätte sprechen können, wäre ich wahrscheinlich nie zu diesen Vril-Leuten gefahren, sie hätte mir vernünftige Vorschläge gemacht, vielleicht sogar auf echte Spuren gebracht. Auch Cosmos Verschwinden erschien mir merkwürdig. Er meldete sich nicht mehr. Ich wusste nicht, wo er war und wann er wiederkommen würde. Er war einfach weg – und ich hatte seitdem Angelika. Oder andersherum: Kaum hatte ich Angelika getroffen, waren Cosmo und irgendwie auch Klara aus meinem Leben verschwunden.

Ich fuhr in die Koenigsallee und stand eine Zeit lang an

Klaras leerem Bett. Ihr Kissen roch nach Frisiercreme. Lief ich Gefahr, ohne Klara meinen Verstand zu verlieren? Einen Zusammenhang zwischen der Verschlechterung ihres Zustands und Angelikas Auftauchen wollte ich zu diesem Zeitpunkt noch nicht wahrhaben. Aber nur weil ihr Bett leer war, war Klara nicht weg und ihr Verstand auch nicht.

Ich war gespannt, was Angelika mir Wichtiges zu erzählen hatte. Den Wagen parkte ich am Lützowufer auf dem Gehweg. Als ich zu ihrem Wintergarten im obersten Stock hochschaute, konnte ich die Silhouette ihres Körpers ausmachen, sie stand da eingehüllt in ein Badetuch und beobachtete mich. Kurz darauf ertönte der Summer an der Haustür. Ich nahm den Fahrstuhl. Sie empfing mich nackt. Sie sagte, ich solle mich ausziehen, wir seien spät dran. Ich sagte, Oskar rufe nicht zurück, er sei verschwunden.

»Du wirst ihn später treffen.« Angelika führte mich ins Bad. Ich zog meine Klamotten aus. Sie stand mit Haarbürste in der einen Hand und Schere in der anderen vor mir. »Frisieren oder schneiden?«

Sie schnitt mir einen Bubikopf, der mir meine Arbeit als Andreas von Erdling erleichtern würde. »Bist du mir nicht wegen heute eine Erklärung schuldig?«

»Deswegen sind wir verabredet. Du wirst noch alles erfahren.«

»Wieso habe ich das Gefühl, im falschen Film zu sein?«

»Endlich verstehst du, dass du den Fall nicht verstanden hast. Aber wie kommst du darauf, dass du im falschen Film sein könntest? Deine Welt lief bisher einspurig ab, als gäbe es nur eine einzige Richtung auf deinem Lebensweg. Du bist immer im richtigen Film, Erdling, du hast keine Ahnung, wie veränderlich deine Welt sein kann, du bist nur auf einer anderen der möglichen Spuren gelandet. Und nun veränderst du dich und deine Beziehungen. Und deine Welt sieht plötzlich anders aus. Und du jetzt auch.«

»Aber wieso will Oskar dann, dass ich Sahra finde, die angeblich von Außerirdischen entführt wurde?«

Angelika lachte. »Warum denn nicht? Eine mysteriöse, unbestimmte Ausgangssituation, nicht wahr? Sie hat offenbar etwas mit dir zu tun, mit deinem Unbewussten. Sei kreativ, Erdling! Es geht darum, dass du dabei alles für dich herausholst. Das ist dein Geschenk, das du annehmen musst, sonst wird diese Geschichte hier sehr schlecht für dich ausgehen.«

»Geht's um Geld?«

»Ums Geld geht's doch nie, Geld ist bloß Psychologie –«

»Das sagst du so. Ich brauche dringend einen weiteren Vorschuss.«

»Das erledigen wir nachher.« Sie hielt mir eine Perücke hin, dazu sollte ich ein Gewand mit Flügeln tragen. Zur Erklärung sagte sie nur: »Wir sind auf eine Benefizveranstaltung eingeladen. Im Jahr 1891.«

Als wir, verkleidet wie menschliches Geflügel, mit Fittichen auf dem Rücken und Federn auf dem Hut, die Wohnungstür öffneten, standen wir nicht im Treppenhaus, sondern in einer Halle voller kostümierter Menschen, nein, voller gefiederter Euphorie. Es roch nach indischem Weihrauch und dem Schweiß der gesteigerten Selbstwahrnehmung, nach dem Schwindel der Sublimation, der jeden Menschen sogleich ergriff, der sich schon immer lieber mit Flügeln gesehen hätte und sie nun mit mesmeristischer Überzeugung zur Schau stellte. Doch Karneval oder etwa Vogelschutz waren nicht der Anlass dieser Kostümierung, auch die Wohltätigkeit schien nur Vorwand für diesen orientalischen Bazar zu sein. In der Royal Albert Hall, in der wir uns offenbar befanden, feierte sich die Londoner High Society selbst, unter dem Slogan: *The Coming Race or the Advent of the People of the Vril-ya.*

Ich tänzelte hinter Angelika her, umklammerte ihre Hand, wir schlängelten uns durch die Menge, vorbei an Ständen für persische Fußmassagen, vedische Handlesekunst, Meditation, Wahrsagerei, krachbunte Tücher und haufenweise Edelsteinglücksbringer. Ein Jahrmarkt eben, um den ich heute einen Bogen machen würde. Erst jetzt fiel mir auf, dass nur wenige Gefiederte und Betuchte männlich waren, soweit ich eine Vermutung über ihr Geschlecht anstellen konnte. In der Mitte der Halle gelangten wir an den *Stupa der Vril-ya*, um den mich Angelika einmal demonstrativ im Uhrzeigersinn herumführte, um mich dann ernst anzublicken.

»Siehst du? Dieses Vril ist ganz anders. Das Vril hier ist bloß ein cooles *feeling*, es ist *fashion, future, feathers, and a great fantasy*, es ist geil, Party, Community, es ist ultramoderne Power, die keiner hat, aber jeder will und braucht. Es ist die dunkle Ahnung von Macht, von einer neuen Welt, es verleiht Flügel! Dabei war es anfangs nur eine Idee in einem Buch. Eine Geschichte, eine sehr traurige Geschichte, die diese Menschen betreten, aber nicht verstanden haben.«

Plötzlich kam mir der Artikel in den Sinn, den Cosmo mir an dem Tag, als Oskar plötzlich in meinem Büro aufgekreuzt war, mitgegeben hatte. Was stand dort? *Wenn ein Autor eine Welt eigener Ordnung erschafft, sei sie in jedem Fall in sich logisch und hätte ihre eigene Mathematik. Dieser neue Raum sei nun erschlossen und für die Allgemeinheit betretbar. Jedoch auf eigene Gefahr. Wahrscheinlichkeiten seien genauso real wie faktische Realität, selbst wenn sie zunächst jeder Logik zu entbehren scheinen. Fiktion sei Expansion. Alles, was ein Mensch sich vorstellen könne, beginne ab diesem Moment zu existieren.*

»Wo auch immer das Vril angefangen hat, Leute wie Haber und Carsten haben schon einen Raketenantrieb daraus gemacht«, sagte ich.

Angelika lachte. »Die Utopie ist zur Antriebsenergie geworden, das ist nicht ungefährlich, sie wird sich noch mehr verstärken und sich immer weiter transformieren, bis sie …«

»… uns tatsächlich die Ahnen vom Aldebaran bringt?«

»Vorsicht mit deinen Gedanken! Sie rasen wie Photonen durchs All. Stell dir die gebündelte Energie vor, wenn alle in Deutschland jeden Abend zur selben Zeit ihrer vermeintlichen Ahnen auf Aldebaran gedenken würden. Quasi als religiöses Gemeinschaftsritual. Die Druckwelle könnte schon kleinere Interferenzen verursachen. Und je mehr Menschen daran denken würden, desto heftiger wären die Teilchenbewegungen. Was erst in einer bestimmten Konzentration in einer bestimmten Frequenz schwingt, materialisiert sich unter Umständen auch.«

»Daran glaube ich nicht.«

»Das spielt keine Rolle. Es glaubt an dich, Erdling. Deshalb sind wir jetzt hier.« Sie drückte mir einen Kuss aufs dritte Auge und zog mich auf die andere Seite der Royal Albert Hall. »Sieh sie dir doch an, diese Snobs. Sie lesen ein Buch und verstehen es nicht. Du könntest ihnen das Gehirn amputieren und ihnen stattdessen einen *hard drive* einsetzen, sie würden den Unterschied nicht bemerken, weil sie faktengetrieben sind und nur sichtbare Zeichen lesen und oberflächliche Bedeutungen abspeichern, aber das ganze Ausmaß nicht erkennen können. Sie würden nie zugeben, Opfer zu sein, Menschen auf der Flucht vor der Kälte des rationalen Zeitgeistes, vor seiner negativen Bewertung, vor seiner ständigen Demütigung und Bevormundung, vor seinem andauernden Zugriff auf die schönen Gefühle. Sie flüchten sich lieber in die Arme geheimer Kräfte, selbst wenn sie sich dafür in Puten verwandeln müssen. Hier beginnt der Mensch. Hier beginnt sein Geist die Materie zu verhöhnen, hier rebellieren seine heiligen Gefühle gegen die profane Maschine. Hier siehst du schon die Moderne aufblitzen. Diese Leute waren so was von en vogue, ganz Europa, nein, die halbe Welt wollte sein wie sie.«

»War es das, was du mir erklären wolltest?«, fragte ich.

»Warum so ernst? Nein, dazu kommen wir noch. Ich

wollte mich nur ein bisschen mit dir amüsieren. Du hattest einen anstrengenden Tag. Du sollst auch Spaß an deiner Geschichte haben.«

An einem der Stände kaufte sie mir einen Glücksstein und ein paar Sweets. Wir tanzten und tranken Bovril, ein fleischliches Gesöff, das wie Suppenwürze schmeckte und verborgene Kräfte wecken sollte. Die englische Vril-Gesellschaft gab sich zwar nicht vegetarisch, aber antialkoholisch. Später gönnte ich mir noch eine Fußmassage, aber die Wahrsagerei ersparte ich mir.

25 (FRIEDRICH MAX MÜLLER)

Menschen glauben, dass ihre Vernunft ihre Worte kontrolliert

Irgendwann brachte Angelika mich hinauf zur Galerie in den fünften Stock. Sie öffnete eine Tür, auf der *private* stand, dahinter befand sich ein viktorianischer Salon, in dem ein bärtiger, in die Jahre gekommener Mann in einem Sessel saß und uns anblickte, als hätte er auf uns gewartet.

»Angelique«, sagte er. Seine Stimme klang dünn.

»Edward«, sagte sie. Sie stellte mich vor, nannte mich Emma Andreas. »Das ist Baron Edward Bulwer-Lytton in seinen letzten Tagen 1873. Er trinkt zu viel, raucht zu viele Zigarren, schläft zu wenig, das würde ihn noch nicht umbringen, aber er ist außerdem depressiv, ständig besorgt und unbelehrbar konservativ, sein baldiger Tod ist unausweichlich. Als junger Mann, ohne Bart, sah er dir ähnlich.«

Angelika musste wissen, wie unangenehm mir diese Vorstellung war.

»Er hat das Vril erschaffen. Hier in seinem Kopf, in seinen Gedanken keimte diese dunkle Kraft, die Europa in einen utopischen Taumel versetzen sollte. Die Engel und Satane beflügelte. Die Über- und Untermenschen erschuf. Aber Edward, bitte erzähl selbst, warum du diese Geschichte geschrieben hast.«

»Ich muss dich korrigieren, Angelique, das Vril hat nicht direkt in meinem Kopf zu keimen begonnen, es spukte schon als Samen in Form der arischen Sprachfamilie im Kopf von Max Müller herum, dem ich meinen Roman gewidmet habe.«

Auf dem Stuhl neben ihm nahm ein Mann mit weißem Haar und beeindruckenden Koteletten Platz, der, steckte er nicht in einem Anzug und einem Hemd mit schneeweißem, hochgestelltem Kragen, aus einer Kommune aus den 1970ern hätte angereist sein können.

»Die Sprache der Vril-ya«, fuhr Edward fort und zeigte dabei auf seinen Nachbarn, »ist nach Max Müllers Theorie über die Formation der Sprache modelliert. Und das nicht ohne Grund, wie ich gleich noch ausführen werde. Viele der Wörter sind aus dem Sanskrit, andere aus dem Lateinischen oder Griechischen, und den Rest habe ich mir ausgedacht, aber immer entsprechend philologischer Theoriebildung –«

»Aber Sanskrit«, fiel ihm der Mann neben ihm in breitem Sächsisch ins Wort, »steht doch nicht in der gleichen Beziehung zum Griechischen und Lateinischen wie Latein zu Französisch, Italienisch oder Spanisch. Sanskrit ist nicht die Mutter, höchstens die ältere Schwester.«

»Wer ist das?«, fragte ich Angelika leise.

»Max Müller hat die Religionswissenschaft quasi mit erfunden«, flüsterte sie.

»Wenn du schon über mich redest, dann schwurbele nicht!«, fuhr Müller Angelika an. »Mitnichten habe ich so etwas wie die Religionswissenschaft erfunden. Wer schreibt denn so was? Ich habe mich mit Sprache und Erzählung sämtlicher Völker, vorzugsweise derer aus dem Orient beschäftigt.«

»Natürlich, Professor Müller«, sagte Angelika und wandte sich an mich. »Als junger Mann hat er die Silben aller Sprachen x-mal umgedreht, bis er das große sprachgenealogische Puzzle zusammen hatte.«

»Während seiner philologischen Studien«, fuhr Edward fort, »fand er eine arische –«

»Sprechen Sie mir nicht von arisch! Sagen Sie lieber äryan oder indo-germanisch!« Müller stand auf und lief im Raum hin und her.

»– fand er eine arische Sprachfamilie«, sprach Edward unbeirrt weiter, »und glaubte, eine Art gemeinsamen, also arischen Urmythos, eine Urerzählung herausarbeiten zu können, als Unterscheidung von den semitischen Religionen.«

Müller lachte. »Ah, jetzt weiß ich, woher das mit der Religionswissenschaft kommt. Es geht doch lediglich darum, wer mit wem angebandelt hat, also wie die Affären verlaufen sind. Bei der äryan-Sprachfamilie sind die Mythen das Familienoberhaupt geworden, bei den semitischen die Theologie. Das sieht man sehr schön an den Ehen zwischen Liturgien und Volkserzählungen.«

»Ich glaube nicht«, begann Edward erneut, »dass die Leute die Leitidee meines Buches verstanden haben, noch halte ich es für wahrscheinlich, dass sie sie jemals verstehen werden –«

»Verzeihung«, unterbrach ich die beiden, »was ist denn nun dieses Vril-ya?«

»Unterbrechen Sie den Baron nicht in seinen Gedanken, Weibsbild!«, schrie Müller.

WTF, dachte ich, Angelika hielt mir vorsichtshalber den Mund zu. »Später«, flüsterte sie.

»Schreien Sie hier nicht so herum, Müller, wir Engländer

ertragen solche Gefühlsausbrüche nicht, seien sie auch noch so berechtigt. Das müssten Sie aus Oxford doch kennen.«

»Dieses unerträgliche Fleckchen Hochnäsigkeit.«

»Also, die Idee meines Buches ist folgende: Nimmt man an, dass alle Ideen der philosophischen Reformer vereint und praktisch realisiert werden könnten, wäre das Resultat, erstens, eine Rasse, die für uns Menschen fatal wäre, unsere Gesellschaft könnte nicht mit ihr amalgamieren, sie wäre tödlich für uns, nicht wegen ihrer Übel, sondern wegen ihrer Tugenden.«

»Ich warne ausdrücklich davor, Sprachfamilien mit physischer Rasse und Abstammung zu verwechseln oder gleichzusetzen«, sagte Müller mit lauter Stimme. »Ich protestiere aufs Schärfste gegen solchen Unfug! Ihr Buch verstößt gegen jede Logik, wenn Sie von irgendeiner arischen Rasse oder arischen Schädeln oder arischem Blut reden.«

»Mitnichten habe ich davon gesprochen, Müller! Zweitens würde die Realisierung dieser utopischen Ideen eine Gesellschaft hervorbringen, die wir extrem stumpfsinnig fänden und in der die geltende Gleichheit alle Größe verbieten würde.«

»Vril ist eine utopische Kraft, Erdling, die Edward ursprünglich als Metapher für ein Machtinstrument erfunden hat, das Menschen auslöschen kann. Deshalb lebt diese neue Rasse, die Vril-ya, von der restlichen Welt abgeschnitten unter der Erde, weil sie nicht koexistieren können. Wen wundert's? Der Mensch wird in den Religionen und in anderen Utopien seit jeher als Mängelwesen diffamiert, das moralischen Idealen nicht genüge. Bei den Vril-ya stellte sich Edward die Verwirklichung aller utopischen Ideale seiner Zeit vor, angefangen von den Gleichheitsforderungen der Französischen Revolution bis hin zu Darwins Evolutionstheorie.«

»Der utopische Mensch ist immer das Ende der Menschlichkeit«, sagte ich, und alle drei schauten mich an.

»Das mit dem Weibsbild nehme ich zurück. Nichts für ungut«, sagte Müller. »Ein weises Wort muss einer auch von einem Weibsbild annehmen können.«

Edward nickte. »Die Menschen sind von ihrer Zeit überfordert. Themen wie Demokratie, Frauenrechte, Religion, Umweltfragen, Evolutionstheorie, dann noch der technische Fortschritt und die neuen Wissenschaften treiben sie in die Enge. Und in die Arme dunkler Geister.«

»Papperlapapp!«, unterbrach ihn Müller. »Ich halte es da mit dem guten alten Francis Bacon. Menschen glauben, dass ihre Vernunft ihre Worte kontrolliert, aber es kommt auch vor, dass Worte ihrerseits eine reaktionäre Macht über unseren Intellekt ausüben.«

»Das reicht.« Angelika führte mich aus dem Raum zurück auf die Galerie, hinter uns hörten wir die Männer weiter streiten.

»Edward ist zu konservativ für diese Welt. Konservative sind überfordert mit gesellschaftlicher Dynamik, sie fürchten mehr um ihre Idylle, als dass sie die Bedürfnisse der Allgemeinheit wahrnehmen. Edward wollte eine Dystopie entwerfen, um die Menschen zu warnen, er hat es nur gut gemeint, aber sie haben das Buch als Utopie gelesen und wollten werden wie die Vril-ya. Tugendhafte Übermenschen mit Flügeln, die auf alle herabschauen, die den neuen Ansprüchen nicht genügen können. Nietzsche hat sich seine Bleistifte mit den Vril-ya angespitzt.«

Wir blickten einander einige Momente an.

Sobald Menschen an etwas zu glauben beginnen, entstehen Strukturen, die geisterhaft wachsen und weiterentwickelt werden. Das sind nicht unbedingt Fakten, aber andere Wahrscheinlichkeiten unserer Realität, die sie verändern, sogar zerstören können. So wie Geld, Götter und alle sonstigen Kräfte einmal als mächtige Glaubensinstrumente angefangen haben. Nicht viele Historiker würden die Ereignisse in der ersten Hälfte des 20. Jahrhunderts oder auch die von heute auf ein utopisches, eigentlich dystopisches Göttergeschlecht namens Vril-ya zurückführen. Ein Historiker hält sich an Fakten, nicht an Wahrscheinlichkeiten. Er überprüft selten, was im restlichen Quantenuniversum in den Köpfen der Menschen verborgen liegt. Er beschreibt die Oberfläche, er präsentiert nur die Ergebnisse unsichtbarer Prozesse, er zählt Soldaten, Kanonen, Kanonenkugeln, er zitiert Verträge und Absprachen, aber er findet selten die Strippenzieher der Denkmechanismen, deshalb lernt der Mensch wenig aus der Geschichte, wie wir aus der Geschichte gelernt haben, obwohl wir nur in Geschichten leben. Solange die Geister in den Gedanken von einer Generation zur nächsten unbehelligt weiter herumspuken können, werden sie auch weiterhin ihr Unwesen treiben.

»Wollten wir uns nicht amüsieren? Ich hatte wirklich einen anstrengenden Tag«, fragte ich.

»Wir machen zwischendurch noch einen kurzen Abstecher. Ich dachte, du brauchst Geld, Erdling.«

26 (VRIL-FRAUEN)

Maria ist die im Handstand zwischen den gespreizten Beinen von Gudrun, die du da in einer olympiareifen Brücke siehst

Als wir im Erdgeschoss der Royal Albert Hall einen weiteren Raum mit der Aufschrift *private* betraten, stand ich in meinem Büro. Mir gegenüber saß Oskar und sagte gerade: »Ich habe sie geortet, ich habe alles abgesucht. Sie ist von der Bildfläche verschwunden.«

Diesmal beobachtete ich jede Regung in seinem Gesicht. Was war das? Er trug einen Ehering! Seine Hände umklammerten die Autoschlüssel.

»Gut. Wie lautet dein Auftrag, Oskar?«

»Finde sie, bitte.«

Ich blickte an ihm auf und ab. »Billig wird das nicht.«

»Am Geld soll's nicht scheitern.« Er kramte aus der Manteltasche einen adipösen Umschlag heraus und schob ihn über den Tisch.

»Wie kann ich dich erreichen?«

Er hinterließ auf einem Notizzettel seine Kontaktinformationen. »Natürlich, jederzeit, bitte diskret.« Er schob sich die Sonnenbrille auf die Nase und verließ mein Büro.

Ich spürte Angelikas Atem hinter mir. »Jetzt können wir richtig auf den Putz hauen. Komm, Erdling, wir sind spät dran.«

Die restlichen Stunden der Nacht, die ich hätte schlafen wollen, schienen sich über Tage auszudehnen. Diesmal gab es für mich keine Ausflucht.

»Wir sind schon auf dem Weg zurück. Nur noch ein kleiner Zwischenstopp. Du wolltest doch ein bisschen Spaß haben, oder?«

Wir liefen über nasses Kopfsteinpflaster, der warme Nieselregen nervte, aber passte zu meiner Stimmung. An einem verschlossenen Tor, irgendwo in Berlin-Tempelhof, machte Angelika Klopfzeichen. Jemand öffnete und ließ uns hinein. Über einen Hof betraten wir das Souterrain eines leicht heruntergekommenen Altbaus. Zigarettenqualm und feuchter Kohleofengeruch erfüllten den Raum. Ich hörte verschiedene männliche Stimmen durcheinanderreden. Vor uns stand eine Gruppe von Männern, Schulter an Schulter, wir kamen nicht weiter. Mein Kopf wollte platzen von den Ereignissen der letzten Stunden.

»Wo sind wir hier gelandet?«, fragte ich Angelika leise.

»Wir sind in der Loge der Brüder vom Licht. Siehst du den Baphomet dort?« Sie deutete auf die Wandmalerei eines gehörnten Satyrs mit Brüsten, der im Schneidersitz Handzeichen machte. Es mussten die 1910er Jahre sein.

Ein hoher Tenor sprach: »Die allgemeine Anwendung der Vril-Kraft darf nur unter besonderen ethischen Voraussetzungen geschehen. Denn waren einst nicht auch die Atlantiden durch den Missbrauch ihrer ungeheuren Macht untergegangen?«

Ich kniff Angelika in die Hüfte und zog eine Augenbraue hoch, um ihr zu zeigen, dass es mir reichte. »Ich dachte, wir wollten uns amüsieren?« Angelika deutete auf eine Tür, zu der der Weg gerade von düsteren Mienen versperrt war.

Dieser schrille Tenor rief jetzt: »Unsere deutsche Religiosität braucht einen neuen Menschen, der sich durch schöpferisches Schaffen auszeichnet.«

Todmüde, wie ich war, wollte ich diesen okkulten Mist nur noch an mir abprallen lassen. Doch auf einmal dachte ich an Albrecht Dürer, Paula Modersohn-Becker, an Johann Sebastian Bach, Alma Mahler-Werfel, Ludwig van Beethoven, an Lise Meitner, Alexander von Humboldt, Bertha von Suttner oder Johannes Kepler. So viele Genies tauchten plötzlich in meinen Gedanken auf. Dieser schöpferische Glanz deutscher Zungen durch die Jahrhunderte konnte diese finsteren Kapuzen hier offenbar nicht inspirieren. Dieses arische Vril-ya-Virus hatte den deutschen Geist mitsamt Kulturgedächtnis auf dem europäischen Festland angegriffen, hatte ihn offenbar intelligenzgemindert und unsicher gemacht. Zum Glück zog mich Angelika gerade weiter. Die Männermenge hatte sich an einer Stelle aufgelockert.

Sie öffnete die Tür in der hinteren Wand, und wir gelangten über einen Korridor in ein Nebengelass, wo die berüchtigten Vril-Frauen gerade eine Orgie feierten. Während die High Society in London *sophisticated* mit Flügeln und

Bovril den Beginn einer neuen Menschheit ausrief, schwangen sich in Berlin durchtrainierte nackte Blondinen zu erotischem Leistungssport auf. Männer waren nicht anwesend, ich durfte hier nur Emma sein. Die Haare der Frauen waren mindestens einen Meter lang. Das führte durch die sportlichen Posen hin und wieder zu Verknotungen, aber mit Flügeln wäre dieses erotische Körperturnen nicht weniger schwierig gewesen.

»Hier hast du deine Vril-Frauen.« Angelika entkleidete sich und öffnete ihr Haar. »Maria ist die im Handstand zwischen den gespreizten Beinen von Gudrun, die du da in einer olympiareifen Brücke siehst. Komm, mach mit. Zuschauen ist nicht erlaubt.«

Das alles erinnerte mich an den KitKatClub, und ich weiß noch, mir war überhaupt nicht danach. Mein kurzes Haar wurde toleriert oder ignoriert, die Perücke hatte ich abgelegt. Mit meinen schlaffen Armmuskeln bekam ich kaum drei Liegestütze hin, aber zwei Frauen zogen mich bereits aus. Im selben Moment spürte ich, wie sich Hände an meinen Beinen zu den Oberschenkelinnenseiten hocharbeiteten. Da hatte ich ein Déjà-vu! Mein Traum von den außerirdischen Händen! Dieselbe Temperatur, dieselbe Textur. Hart, trocken, lauwarm und ledern. Sie griffen so fest in mein Schenkelfleisch, dass meine Knie weich wurden und ich einknickte vor Schmerz. Jemand verabreichte mir einen Schluck Milch, der irgendetwas beigemischt war, vielleicht Meskalin, Pervitin, Speed oder LSD, mein Bewusstsein wich einer Lust, die ich so bisher nicht erlebt hatte. Zusammen mit dem Adrenalin, das meine Muskeln zu durchfluten, zu straffen und zu elektrisieren schien, übernahm sie die Kontrolle über mich. Jemand pustete auf meine Pofalte, bis ich Gänsehaut bekam. Samtene Fußsohlen fuhren über meinen Körper, der zwar schmerzte, aber regelrecht unter Strom stand. Ich wollte schreien. Zwei Hände stemmten meine

Hüften in die Höhe, damit Maria sich wie eine Schlange mit dem Gesicht nach oben darunterschieben konnte. Im nächsten Moment stand mein Powerhouse in Flammen, ich hätte ausreichend Schubkraft bis zum Mond gehabt. Die Vril-Energie war in Verbindung mit dem milchigen Getränk in der Tat ein Kraftstoff und schien direkt aus der weiblichen Zunge zu kommen. Angelika hatte ich aus den Augen verloren, es ging hier nicht um persönliche Beziehungen, wir waren ein Volksempfinden, das zu einem kollektiven Körper anschwoll. Der Raum füllte sich immer mehr, er war groß, aber nicht unendlich, er schien sich ausgeweitet zu haben. Eben waren wir noch etwa zwanzig, dreißig Frauen gewesen, jetzt zogen wir mit fast achtzig dieser hellhaarigen Medien in die Schlacht. Mit unseren stahlharten Körpern kämpften wir um Macht, um eine neue Welt und den deutschen Übermenschen. Das war harter, vegetarischer und alkoholfreier Sex, wir erbrachten Höchstleistungen, denn nur der beste Sex würde den neuen Menschen hervorbringen.

Ich weiß nicht mehr, wie lange wir so durchhielten, aber natürlich hielten wir durch. Erst dann kam der Höhepunkt. Die Sexualmagie in Form eines abschließenden Umtrunks. Das Sperma war vorher abgezapft, anonymisiert in kleine Tumbler gefüllt und gekühlt *on the rocks* serviert worden. Wir hockten dicht nebeneinander, fast aufeinander. Mein Herz schlug schnelle Beats, ich war die reinste Technoparty. Meine Augen fühlten sich an, als wären sie eine einzige schwarze Pupille, ich sah gestochen scharf. Mechanisch griff ich nach einem Glas. Allein der Gedanke, dass ich das Glibberzeug eines der Typen von draußen abgekriegt haben könnte, löste einen Würgereiz aus. Ich brachte das Zeug nicht hinunter, ich hielt das Glas in der Hand und beobachtete die anderen. Meine Haut war nass vom Schweiß. Noch nie hatte es in meiner Umgebung so gerochen. Wie Ursuppe, salzig, fischig, nussig, mit einer leicht süß-säuerlichen Note, die, ausgedünstet aus unserem Gewebe, überall im Raum kondensiert war und die Fenster erblinden ließ. Angelikas Blicke fingen mich ein. Sie hatte auch diese außerirdisch schwarzen Pupillen. Ihr Glas war leer, sie lutschte die Eiswürfel. Die Blicke der anderen waren ebenfalls auf mich gerichtet, ich wollte die Soiree nicht versauen, also schüttete ich mir die Flüssigkeit kurzerhand aufs Haar und verteilte sie dort. Mein Ekel, nicht wegen des Spermas selbst, sondern wegen seiner vermeintlichen Herkunft, wurde von den Eiswürfeln gedämpft, die eine Wohltat waren und mit denen ich meinen Nacken und mein Dekolleté benetzte.

Angelika und ich legten uns in eine Ecke und starrten an die Decke. Von diesem Trip wieder herunterzukommen war gar nicht so leicht.

»Du hast das Ritual nicht verstanden, stimmt's?«

»Gab's da was zu verstehen?«

Angelika lachte. »Überhaupt nichts.«

Sie erzählte mir, dass Maria, eine Kroatin, eine der vielen Frauen war, die in Deutschland nach dem Ersten Weltkrieg in den Arado Flugzeugwerken eine Anstellung als Ingenieurin bekommen hatte, weil es nicht ausreichend arbeitsfähige Männer gab. Wir schwiegen uns eine Weile an.

»Dieser Planet ist clever gebaut, weißt du das, Erdling?«

»Ich denke schon.«

»Der Weizen ist sich nicht bewusst, dass das Geflügel seine Körner pickt. Hühner picken Generationen seines Nachwuchses zum Frühstück. Wenn der Weizen das wüsste, würde er ihn nicht mehr offen nachwachsen lassen, er würde ihn gut verstecken. Und die Hühner sind sich nicht bewusst, dass der Mensch ihre Eier isst, sonst würden sie sie gut vor uns verstecken. Menschen essen ganze Hühner-Generationen zum Frühstück, das heißt eigentlich ihre Perioden.« Sie genoss meinen Ekel, diese Sadistin. »Und der Mensch ist sich nicht bewusst, wem er seine Keimzellen zum Fraß reicht. Oder vielleicht sind wir auch die Nahrung für etwas anderes, das uns noch unbekannt ist. Die Evolution hier auf der Erde und auch die im Universum bringt immer Symmetrien hervor, also wie geht es weiter? Wem schulden wir unsere Existenz, wen oder was ernähren wir?«

»Keine Ahnung«, sagte ich. Mein Gehirn war noch nicht autonom genug, um nachzudenken.

»Das ist eine Denkaufgabe für dich, Erdling.«

»Vielleicht sind wir ja das Ende von etwas. Oder dessen Anfang.«

Darauf strich sie mir die Haare aus dem Gesicht und kuschelte sich an mich.

»Kannst du mir sagen, wo ich anfangen soll, um Sahra zu finden?«

»Du vertraust mir endlich?«

»Warum sollte ich das?«

»Weil du keine andere Wahl hast. Mit Armin oder Klara kommst du nicht weiter.«

»Und wenn ich den Fall lieber abgeben will?«

»Dafür ist es zu spät.«

»Sie und ich sind so verschieden, wo soll ich nach ihr suchen? Ich habe wirklich keine Ahnung.«

»Vertrau mir. Es ist eine lange Reise.«

27 (KLARA)

Halte dir diese Dämonen vom Leib

Als ich erwachte, lag ich allein in Angelikas Bett. Meine Muskeln zuckten an einigen Stellen vor Überanstrengung. Ich konnte die Zimmerdecke klar erkennen, obwohl sie weit weg schien. Wo meine Brille abgeblieben war, wusste ich nicht. Wozu brauchte ich sie noch? Hatte ich überhaupt eine Brille, oder erlag ich bei dieser Erinnerung bloß einer kognitiven Täuschung oder einem kreativen Einfall, der mir in einem meiner Träume gekommen war? Als ich aufstehen wollte, fühlte ich allerdings die Nachwirkungen der gestrigen Orgie, die offenbar keine Einbildung gewesen war. Ich stellte mich auf die Beine und knickte sofort ein, fiel aufs Bett zurück, weil meine Muskeln sich in einer Weise verausgabt haben mussten, als hätten sie sich Kraft aus der Zukunft geholt, damit ich eine utopische Welt durchturnen konnte. Meine Nackenmuskeln waren so verspannt, als wollten sie meinen Kopf absprengen und ihn ins Weltall befördern, meine Ohren fühlten sich steifer an als vorher, gespitzter. Gestern hatte ich diese ungewöhnliche Spannung nur in meinem Körper empfunden, jetzt hatte sie sich auf meinen Geist übertragen, er war elektrisiert und mit einem mächtigen Magnetfeld ausgestattet. Er war es, der meinen Körper anstrengte, auslaugte und schwächte. Wer auch immer Angelika war, sie war die, die ich brauchte. Mein Geist war olympisch, bereit zu Schandtaten und offen für die unbekannten Mächte.

Als ich mir durch die Haare fuhr, roch ich das Sperma. Ich erhob mich wieder, stützte mich kurz an der Wand ab, bis ich mich stabilisiert hatte, und schlurfte ins Bad. Ich setzte mich in die Wanne und ließ warmes Wasser über meinen Körper laufen, seifte mich ein und schrubbte den Glibber von mir ab. Da klingelte mein Handy. Ich dachte sofort an Angelika. Vorsichtig stieg ich aus der Wanne. Klaras Pflegekraft rief mich an, meine Großtante war aus dem Krankenhaus entlassen worden und hatte nach mir gefragt.

Ich kippte einen Espresso, sammelte mental Kraft und verließ die Wohnung. Auf dem Weg in die Koenigsallee besorgte ich einen großen Blumenstrauß und starrte ihn die gesamte Busfahrt über an. Ich freute mich darauf, Klara wiederzusehen. Ich brauchte ihren Rat, ihren Beistand. Die Gartentür quietschte, meine Schuhe klapperten über den Steinplattenweg, die Wohnungstür knarrte.

»Klara?« Keine Antwort.

Sie lag in ihrem Bett und lächelte. Ihre Stimme war zusammengeschrumpft. Sie winkte mich nah zu sich heran. »Bring mir Kaffee, du Graf.«

Ich küsste sie auf die Wange. »Jetzt bringen wir dich erst mal auf Vorderfrau.« Geräuschvoll schlurfte ich in die Küche und bereitete uns eine Kanne zu. Bis zum Mittag saß ich an ihrem Bett und erzählte ihr, was mir seit unserem letzten Gespräch zugestoßen war.

Sie schüttelte leicht den Kopf. »Lass dich nicht in solche Sachen reinziehen. Gib den Fall ab, Emma. Da stimmt was nicht.«

Ich wusste, dass Klara recht hatte. Angelika meinte auch, ich hätte alles falsch verstanden, es ginge hier um etwas ganz anderes. In dem Augenblick erreichte mich eine Nachricht von Oskar: »Lieber Andreas, habe deine Notiz am Spiegel gefunden. Aus familiären Gründen musste ich einige Tage aufs Land, hatte schlechten Empfang. Schön, dass du Neuigkeiten hast. Heute Abend bei mir? O.«

Bestand der Wahnsinn darin, dass die vorher gefühlte Normalität immer dann zurückkehrte, wenn ich sie aufgegeben hatte? Als ich heute Morgen aufgewacht war, hatte ich zwar noch immer keinen Schimmer davon, worum es bei diesem rätselhaften Auftrag eigentlich ging, aber ich hatte die vage Hoffnung, dass ich mich nicht mehr mit Außerirdischen beschäftigen und Sahra doch nicht im Weltall suchen musste. Nur, was konnte ich Oskar über meine Recherchen während der letzten Tage berichten? Meine heiße Spur bei Armins Vril-Leuten hatte Angelika komplett lächerlich gemacht. Ich erinnerte mich nicht einmal an die Fragen, die ich an sie hatte.

Klara war eingeschlafen. Leise ging ich in mein Büro. Ich sehnte mich nach meiner alten Routine, nach der Ruhe, nach der Einfachheit meines früheren Lebens, nach klaren Links-rechts-Achsen, guten und bösen Mächten, alles war eindeutig und an seinem Platz gewesen.

Ich warf mich in meinen Stuhl und textete Armin: »Hast du Neuigkeiten über die Botschaft an die Aldebaraner aus meinen Haaren?« Dann starrte ich noch einmal kurz auf meine eben gesendete Nachricht. Was war mit mir passiert? Diese Buchstabenkette war absurd! Wie konnte ich so etwas schreiben? Vielleicht lag Angelika doch falsch, und es ging hier nicht um mich, vielleicht hatte sie recht damit, dass es auch nicht um Sahra ging. Vielleicht hatte Klara recht, und ich wurde hier in etwas Krasses reingezogen. Konnte ich in Gefahr sein, weil ich nach Sahra suchte? War diese Gefahr rhetorischer oder metaphorischer Art? Aus der Nummer kam ich nicht mehr heraus. Jedenfalls konnte ich nicht mit leeren Händen bei Oskar aufkreuzen.

Ich beschloss, meinen Mandanten mit einer Fülle an Material zu beeindrucken. Deutsche schätzen einen gut sortierten Papierstapel, der am besten noch mit handschriftlichen Kommentaren und Telefonnummern aufgewertet wurde. Sie haben Respekt vor der pedantischen Suche nach der einzig wahren Wahrheit. Egal, ob die Sinn ergibt oder nicht.

Ich öffnete meinen Browser und gab wahllos verschiedene Begriffskombinationen ins Suchfeld ein, um so viel Dateien wie möglich zusammenzukriegen und auszudrucken. Es musste nach harter Arbeit aussehen. Einige Blätter knickte und beschmutzte ich. Bei *Opfer Aliens Entführung Deutschland* stieß ich zu meinem Erstaunen auf einen Dresdner Anwalt, der Opfer von Entführungen durch Außerirdische vertrat. Na also, dachte ich. Er hatte einen jungen Koch vor der Zwangsunterbringung in der Geschlossenen bewahrt, der eines Nachts durch ein kreuzförmiges Raumschiff in

Spiralbewegungen ins All gesogen und erst am nächsten Tag, als Schamane in Ausbildung, wieder in der Stadt abgesetzt worden sein soll, die er auf außerirdischen Befehl durch weihende Handlungen mithilfe seines nackten Körpers auf die Ankunft der Aliens vorbereiten sollte. Ich musste an die Vril-Frauen denken. Der nackte Körper im Einsatz für eine neue Welt. O-Ton des Anwalts: »Es gibt keine rechtliche Handhabe, jemanden in die Psychiatrie zu stecken, der denkt, Alien-Opfer zu sein.« Er behauptete auf seiner Webseite, Renten, Kuren und Heilbehandlungen für Ufo-Opfer erstreiten zu können. Wieso war er mir nicht schon vorher aufgefallen? Leider hatte er durch einen Mandanten Verstrickungen in die rechte Szene, was linke Alien-Opfer davon abhalten könnte, bei ihm Rat zu suchen. Aber gab es, mit Ausnahme von Sahra, überhaupt linke Ufo-Geschädigte in Deutschland? Laut der *Bild*-Zeitung anscheinend nicht. Ich las Artikel in der *jungen Welt*, im *neuen deutschland*, im *Spiegel*. Nichts.

In einem weiteren Artikel fand ich einen Briten namens Thomas Carpenter, ehemaliger Stadtrat in einer Ortschaft irgendwo in Mittelengland, der heute geschieden in Berlin lebte und behauptete, seit vielen Jahren eine Affäre mit einer Alien-Frau und sogar ein uneheliches Kind mit ihr zu haben. War ich hier etwa auf eine mögliche Analogie zu Sahras Verschwinden gestoßen? Konnte ich Oskar eine solche Affäre verkaufen und trotzdem noch einen prallen Umschlag einstreichen? Überraschend leicht fand ich eine E-Mail-Adresse und bat Carpenter um ein Gespräch.

Da rief Armin an. Die Vril-Leute konnten nicht weiterhelfen. Die Kontaktaufnahme habe zu keinem Ergebnis geführt. Das wunderte mich allerdings nicht.

»Und meine Haare? Wann kriege ich die zurück?«

»Wozu brauchst du die noch? Die sind längst vernichtet.«

»Ohne meine Erlaubnis?«

»Die sind verbraucht, damit können die nichts mehr empfangen.«

»Und wenn doch? Wenn mich die Aldebaraner plötzlich in ihr Raumschiff saugen und mich unter Hypnose mit Bärtchen als neuen Hitler wieder in Berlin aussetzen, damit ich mich zum ersten trans Bundeskanzler wählen lasse und auf der ganzen Welt Vril-Kraftwerke baue? Na? Was dann?«

»Mit Hitler haben die nichts zu tun, hast du doch gehört! Hitler wollte mit Außerirdischen nichts zu tun haben. Das haben er und die heutige Linke übrigens gemeinsam.«

»Ach. Wie kannst du da so sicher sein?«

»Schau dich doch an!«

Für einen Moment schwieg ich verärgert und stellte mir vor, wie meine Haare den Aldebaranern übergeben wurden, die mich zu Forschungszwecken vervielfältigen, und wie die vielen Ichs dann in meinem Namen unzählige Alternativleben führten, für die ich verantwortlich gemacht werden könnte. Wie sollte ich dann noch wissen, ob ich ich war?

»Das Zweite, was ich noch sagen wollte: Das mit dem Treffen heute klappt nicht«, setzte Armin erneut an.

»Wohin wollten wir heute noch mal?«

»Teleportation.«

»Mist. So was hätte mir heute Abend vielleicht helfen können. Wieso nicht, haben die gesagt, warum?«

»Elektromagnetische Störungen. Im Augenblick geht da nichts.«

Mein Postfach zeigte den Eingang einer Nachricht an. Carpenter schrieb, er könne mich in drei Stunden treffen, dann sei er eine Weile außer Landes. »Hör mal. Ich treffe nachher jemanden, der mit einer Alien-Frau zusammenlebt. Hast du Lust mitzukommen?« Dass Armin darüber lachte, hätte ich nicht erwartet. Er wusste viel, und er glaubte viel, er kannte jede Theorie auswendig, nur aus Selbstschutz, wie er immer sagte. Ich wollte ihn noch ein bisschen ausfragen, um für das Treffen mit Oskar später vorbereitet zu sein.

»Klar komme ich mit, vielleicht hat sie ja noch 'ne Schwester.«

Bis ich Armin abholen musste, wollte ich mich ausruhen und spielte ein paar Runden Solitär. Als ich versuchte, Angelika anzurufen, bekam ich kein Freizeichen. War Angelika jetzt auch verschwunden? War sie bloß eine Einbildung gewesen? Vielleicht besser so, sie lenkte mich nur ab. Eigentlich war sie keine große Hilfe. Trotzdem hatte ich Angst, ihre Abwesenheit könnte wieder ein deutliches Zeichen dafür sein, dass meine Welt sehr bald noch mehr aus den Fugen geraten würde. Ich ahnte, dass ich unaufhaltsam auf dem Weg in die nächste Phase meiner Transformation war.

Gerade wollte ich losfahren, da meldete sich Klara aus dem Nebenzimmer. Sie wirkte nach ihrem Nickerchen wieder frischer. Woher hätte ich wissen sollen, dass ich sie zum letzten Mal sah? »Ich muss los, Klara. Ich komme später wieder.«

Sie winkte mich zu sich heran. »Halte dir diese Dämonen vom Leib. Fürchte dich nicht und kämpfe nicht gegen sie, sonst machst du sie stark, und sie werden größer, als sie eigentlich sind. Denk einfach nicht so viel an sie.«

Ich hatte keine Ahnung, was sie meinte. Zum Abschied drückte ich ihr einen Kuss auf die Stirn.

28 (THE GERMAN GENIUS)

Nur das Übermächtige kann den Menschen als Ganzes herausfordern

Carpenter lebte am äußersten Rand von Spandau, was vielleicht ein Hinweis war, denn laut deutscher Ufo-Datenbank fanden die Sichtungen im Raum Berlin am häufigsten im Umland hinter der westlichen Stadtgrenze statt, und auch Sahra war ja angeblich im Königswald entführt worden. Carpenter war ein Mann Mitte sechzig, so groß und schlaksig wie Armin, nur mit rundem Gesicht. Er empfing uns in einer Single-Wohnung im dritten Stock eines Mietshauses.

»Herr Carpenter, danke, dass Sie sich so spontan auf ein Gespräch über diese sehr intime Angelegenheit einlassen«, sagte ich, nachdem wir uns an den Esstisch gesetzt hatten.

»My dear, fünfzig Zeitungen haben weltweit darüber berichtet. Intimität ist nichts, womit ein Mensch heute noch etwas anfangen kann.«

»Darf ich Sie fragen, ob Ihre Ehe an dieser Affäre gescheitert ist?«

»Natürlich nicht. Meine Exfrau hat sich einfach in einen irdischen Mann verliebt und mich verlassen.«

»Aber sie wusste von Ihrer Liaison?«

»Ja, gleich nachdem ich Solaia begegnet bin, habe ich ihr davon erzählt. Eifersucht war da nie im Spiel. Zuerst ekelte sie sich, als ich ihr sagte, dass sie nur vier Finger an der Hand und einen Schwanz hat, aber das verging. Sie nahm sie nie als Rivalin wahr. Eine Außerirdische konnte meiner Frau nicht die Kerze halten, wie wir zu sagen pflegen.«

»Nein? Hätten Sie Ihre Frau denn für Solaia verlassen?«

»My dear, wir Engländer leben auf mehreren Ebenen. Es gibt keinen Grund, jemand auf der einen Ebene zu enttäuschen, nur weil man auf einer anderen eine neue Beziehung eingeht. Das eine hat mit dem anderen nichts zu tun.«

»Verstehe. Was mich natürlich besonders interessiert, ist, wie Sie sich kennengelernt haben. Also, wie und wo? Wurden Sie abgeholt?«

»Sie hatte schon einige Tage vor unserer Begegnung zu mir gesprochen. Allerdings kann sie schlecht Englisch.«

»Welche Sprache spricht sie?«

»Eine mir gänzlich unbekannte.«

»Wie hörte sich das an?«

»Ich verstand nur meinen Namen und ein paar Koordinaten.« Er starrte in die Luft.

»Woher wussten Sie, dass es sich dabei um eine Liebesbotschaft handelte? Hätte hier nicht auch ein anderes Interesse vorliegen können?«

»Natürlich. Ich war sehr besorgt, weil ich dachte, ich wäre schizophren. Als ich den Standort ermittelt hatte, gleich hier im Königswald, ...«

Ich warf Armin einen bedeutsamen Blick zu.

»... da habe ich zuerst an eine Verschwörung oder eine politische Sache gedacht. Wieso Berlin? Wieso Deutschland? Ich wohnte damals ja noch in England.«

»Und wieso hier?«

»Sie hat gesagt, wir seien hier unbeobachtet. Hier gebe es kaum Kontaktierungen.«

»Ach so?«

»Ja. Die Deutschen pflegen keine außerirdischen Beziehungen mehr wie wir Engländer. Oder die Franzosen, oh dear! Paris ist das reinste Sodom geworden. Italien wäre auch gegangen, dort gibt es nur noch selten Kontaktierungen durch Einheimische, allerdings haben die Skandinavier dort überall schon ihre Zweit-Stationen, deren intergalaktische Familienverhältnisse, wie Sie vielleicht wissen, inzwischen völlig aus dem Ruder laufen.«

»Was denken Sie, woran es liegt, dass die Deutschen und die Italiener keine Beziehungen mehr zu außerirdischen Familienmitgliedern oder zu Außerirdischen generell haben?«

»Darling, ich mische mich ungern in diplomatische Angelegenheiten anderer Souveränitäten ein …«

»Ach, kommen Sie, Herr Carpenter, wir sind hier ganz unter uns. Ich habe einen komplizierten Auftrag am Hals und bin für jede Information dankbar.«

»Also, wenn Sie mich fragen, liegt das am Vakuum, das durch die absolutistische nationalsozialistische Staatsideologie entstanden ist. Die Faschisten haben alle Zugänge gekappt und den Himmel ideologisch abgeriegelt. Dazu haben sie sich Spinner wie diesen Hörbiger mit seinem kosmischen Neptunismus und der Glacial-Kosmogonie geholt, später noch die Kirche, vor allem die Protestanten, um den Himmel nach ihren Wünschen umzubauen.«

»Solche Theorien hätte man mit den Haunebus doch leicht widerlegen können.«

Carpenter schüttelte sich vor Lachen. »Die Nazis hatten keine Raumfahrt, diese Legende von den Haunebus ist ein kläglicher und, wie ich finde, verständlicher Versuch einiger Gruppen in Deutschland, den großen Raum wieder an sich zu reißen. Die Nazis mussten aus den Deutschen erst ein ›Volk ohne Raum‹ machen, sie mussten aus ihnen erst Nationalsozialisten machen. Vor der Naziherrschaft hatten die Deutschen noch Spitzenverbindungen, denken Sie nur an die Quantenphysik! Das gesamte Quantenuniversum stand ihnen noch eine Zeit weit offen. Die humanistischen Deutschen waren einmal die großräumigsten Geister in Europa, die wir Briten bis auf die Knochen fürchteten, aber auch respektierten.« Er holte ein paarmal tief Luft. »Diesem Deutschland hat übrigens ausgerechnet ein Brite eine umfangreiche Hommage gewidmet.« Er warf ein ziegelsteinartiges Buch mit dem Titel *The German Genius* auf den Tisch.

»Die Deutschen haben es sogar geschafft, es ins Deutsche zu übersetzen. Jetzt erraten Sie mal den deutschen Titel.«

Ich zuckte mit den Schultern. »Das deutsche Genie?«

»Ja, so hätte die Übersetzung richtig heißen müssen. Aber die Deutschen haben es geschafft, ihr Geschenk zu verunstalten, zu verkleinern, zu latinisieren, diese akademischen Postnazis! *Der deutsche Genius* lautet der Titel auf Deutsch. War nicht einmal besonders erfolgreich. Die Deutschen sind wirklich eine merkwürdige Kultur, entweder benehmen sie sich wie die letzten englischen Snobs, oder sie halten nichts von sich.«

»Besser, die Deutschen halten nichts mehr von sich, finden Sie nicht?«, sagte ich eher, als dass ich fragte.

Carpenter schüttelte den Kopf. »Umgekehrt, wenn die Deutschen nicht wollen, dass ihre Geschichte sich wiederholt.«

»Der maligne Narzissmus hat die Deutschen zu Mördern gemacht.«

»Stimmt. Ihre Minderwertigkeitskomplexe haben sich gegen sie selbst gerichtet. Merken Sie eigentlich, Emma, dass Sie von den Deutschen sprechen, als gehörten Sie nicht dazu?«

»Ich glaube, wir sind vom Thema abgekommen.«

»Goebbels' Propaganda klingt sogar noch in Ihren Ohren, Emma. Sie glauben ihm bis heute, Nationalsozialismus hätte was mit Deutschsein zu tun. Dabei hätte die Linke bei der Rückgewinnung und Weiterentwicklung der deutschen humanistischen Idee in Europa wirklich hilfreich sein können. Stattdessen verstrickten sie sich weiter in Links-rechts-Kriege, die in die europäische Mottenkiste gehören. Und vergiftet so ihre neuen Denker, Denker wie Sie, Emma. Nicht mal die Linken mit ihren humanitären Werten und dem sozialen Menschenverständnis, die ja früher selbst zu den Genies gehörten, wollen die gute alte deutsche Mentalität verstehen, mit deren wir Engländer gern kokettieren.« Carpenter lachte gehässig und tätschelte das Buch auf dem Tisch. »So lässt sich natürlich leichter Geld verdienen, nicht?« Er blickte mich an. »Mit absolutistischem, diktatorischem Denken lenkt es sich leichter. Auf Denkschienen rast es sich aber schneller ins Verderben. Der Humanismus ist leider überall ins Hintertreffen geraten und verliert sich gerade in zweifelhafter Sektiererei. Tja. Die Europäer sitzen fest im Kerker ihres 20. Jahrhunderts. Und wir Engländer werden uns noch komplett von Europa abwenden und uns selbst in ein dunkles Verlies verbannen.«

»Ich würde jetzt lieber noch mal auf meine Frage von vorhin zurückkommen.« Ich schaute auf meine Notizen. »Sie sagten, Sie hätten den Standort im Königswald ermittelt. Was passierte dann?«

Er blickte mich noch einige Sekunden stumm an, versuchte zu grinsen und schüttelte schließlich ein paarmal den Kopf. Dann setzte er sich wieder. »Ich beschloss, dorthin zu fahren. Meiner Frau erzählte ich nichts davon, sie sollte sich nicht unnötig Sorgen machen. Ich nahm mir ein Hotelzimmer in Dallgow-Döberitz und wartete auf die Stimme ... Es war nachts, ich lag im Bett, als sie wieder meinen Namen rief.« Er schluckte. »Ich habe nur gesagt: I am ready. Und sie sagte: Close your eyes. Dann spürte ich, wie eine ungeheure Kraft mich anzog.«

»Zog oder schob?«

»Zog.«

»Und war da ein grelles Licht?«

»Ja, später hat mich immer ein grelles Licht abgeholt.«

»Im Königswald?«

»Ja.«

Bingo!, dachte ich. »Wie oft?«

»Einmal im Quartal.«

»Als Sie Solaia das erste Mal begegnet sind, wie war das? Sie spürten diese ungeheure Zugkraft – und dann?«

»Als der Sog nachließ und ich die Augen öffnete, fand ich mich in einem Gewölbe wieder. Ich lag auf einer Art Strohbett. Und Solaia stand neben mir.«

»Woher wussten Sie, dass Solaia weiblich ist? Sie sagten doch, sie habe einen Schwanz.«

Carpenter grinste. »Ja, aber nicht so einen. Allerdings kann sie damit eine Menge bewerkstelligen, wenn Sie verstehen, was ich meine.«

»Habe ich Sie richtig verstanden, dass Sie Solaia von da an über Jahre hinweg alle drei Monate trafen?«

»Ja.«

»Und Sie haben ein gemeinsames Kind?«

»Ja.«

»Was sagen Ihre anderen Kinder dazu?«

»Sie freuen sich, sind aber auch traurig, dass sie ihren Halbbruder nicht treffen können. Leider geht das noch nicht. Aber wir arbeiten dran.«

»Darf ich noch eine letzte Frage stellen, falls sie nicht zu intim ist … Was reizt Sie so an Solaia?«

»Sie ist hervorragend ausgestattet, in meinen Augen ist sie vollkommen. Sie verfügt über gewisse Techniken, die eine irdische Frau gar nicht kennen kann, von denen die meisten Männer nicht zu träumen wagen.«

»Verstehe. Vielen Dank, Herr Carpenter.«

Armin und er tauschten Kontaktdaten aus. Dann verabschiedeten wir uns.

Wir fuhren über die Heerstraße Richtung Innenstadt. »Glaubst du Carpenter?«

»Was ändert das? Wichtig ist nur, was er glaubt.«

»Wie erklärst du dir so eine Geschichte?«

»Jung sagt: Nur das Übermächtige kann den Menschen als Ganzes herausfordern und ihn zwingen, als Ganzheit zu reagieren. Das Unbewusste ist der Gegenspieler des Bewusstseins. Aber das Bewusstsein allein kann den Menschen auch in Gefahr bringen, deshalb sollten in unserer Urzeit Riten dabei helfen, mit dem Unbewussten in Kontakt zu treten. Menschen handelten früher ganzheitlich, zugleich bewusst und unbewusst. Von der Last des Unbewussten versuchte sich erst der zivilisierte Mensch freizumachen, meint Jung. Für alles andere sei er zu träge. Da gehe ich voll mit. Denn der bewusste Wille ist nur ein Bruchteil der magischen Eigenschaften von Raum und Zeit. Unsere Instinkte sind genauso Teil der lebendigen Ganzheit. Es kann nicht Aufgabe der Erziehung sein, Rationalisten, Materialisten, Spezialisten, also Existenzen hervorzubringen, die sich ihres Ursprungs unbewusst sind und bloß die Gegenwart wahrnehmen, weil sonst das kollektive Unbewusste mitsamt Individuum zerstört und unverständlich wird. Mit Ufo-Visionen schützt sich das Individuum vor totaler Zerstörung durch Nichtigkeit oder durch Leere.«

»Oder durch emotionale Kälte. Über Carpenters Frau wissen wir so gut wie nichts. Die Engländer machen es sich nicht leicht mit Gefühlsausbrüchen.«

»Unsere Psyche ist der einzige Gegenspieler zur Gravitation. Sie ist eine Art Antigravitation. Und das Individuum schützt sich durch Visionen vor dem Untergang, sie heilen und verbinden es wieder mit dem kollektiven Unbewussten.«

Ufos als Waffen des kollektiven Unbewussten gegen politische Tyrannei, gegen archaische Ordnung, für die Freiheit des Individuums? Damit konnte ich leben.

29 (ICH)

Als wären Zufälle bloß Fallen für den unreifen menschlichen Geist

Ich parkte den Wagen nicht direkt vor Sahras und Oskars Wohnhaus. Welch ein seltsamer Zufall, dass ich ausgerechnet heute auf Carpenter getroffen war, der mir dazu noch eine ähnliche Entführungsgeschichte aufgetischt hatte. Das unangenehme Gefühl dabei ließ mich nicht los. Als wären Zufälle bloß Fallen für den menschlichen Geist, der sich bestimmte Phänomene nicht erklären kann, vielleicht waren sie neuronale Firewalls, die erst fallen, wenn unser Gehirn bereit dafür ist, um sicherzustellen, dass wir mit unserem noch unreifen quantenmechanischen Geist nicht gleich die Raumzeit mitsamt Universum in den Abgrund reißen.

Durch eine Baumkrone konnte ich Licht im Wohnzimmer sehen. Ich sammelte mich, klemmte mir meine Notizen unter den Arm und ging zum Hauseingang. Klingeln, Türsummer. Mental war ich auf alles vorbereitet. Mich hätte nicht gewundert, wenn gleich ein Alien die Tür geöffnet hätte und sich der Fall Sahra als eine lang angelegte Verführung durch Außerirdische entpuppte, die nun in letzter Instanz und mit allen Mitteln versuchten, auch noch die deutsche Linke herumzukriegen.

Als ich die Wohnung betrat, begrüßte mich Oskar in Hose und Shirt mit einem Glas Wasser in der Hand. Zugegeben, ich hatte mehr erwartet.

»Bitte, Andreas, setzen wir uns ins Wohnzimmer. Einen Drink?«

Er war in der Tat beeindruckt von meiner Recherche. Zunächst vermittelte ich ihm den Kontakt zu dem Dresdner Opferanwalt. Sollten wir in diesem Fall erfolglos bleiben, sollte er wenigstens Schadenersatzansprüche beim Bund, beim Land, beim DLR oder bei wem auch immer erheben können. Aber natürlich sei ich nicht untätig gewesen, es gebe neue Erkenntnisse. Ich sprach unter anderem von einem Hinweis auf Teleportation und von den Vril-Leuten, fragte, ob er davon schon einmal gehört habe oder ob politische Motive bei Sahras Verschwinden eine Rolle spielen könnten.

»Vielleicht Erpressung von rechten Spinnern, meinst du?«

»Das müssen wir abwarten.« Dennoch wollte ich diese Spur weiterverfolgen. Schließlich kam ich auf die Möglichkeit einer Affäre zu sprechen. Vielleicht sei sie deshalb verschwunden?

Oskar grinste und leerte sein Glas. »Klar. Damit muss man immer rechnen, aber das scheint mir ausgeschlossen.« Er sah mich eindringlich an.

»Sicher. Selbstverständlich.«

Er stand auf, ging zum Sideboard, öffnete eine Schublade, holte einen Umschlag heraus und kam damit zu mir. »Ich bin dir sehr dankbar für deine Mühen, Andreas, und dass du mich ernst nimmst. Erstaunlich, wie viele Spuren du in so kurzer Zeit gefunden hast. Ich wusste, dass ich mich auf dich verlassen kann.«

Ich hörte Schritte und ein kurzes Poltern aus dem Schlafzimmer.

Er warf einen Blick zur Tür. »Ich werde gebraucht. Wenn du sonst keine weiteren Fragen hast, dann würde ich mich jetzt verabschieden.«

»Bist du die nächsten Tage erreichbar, falls ich Fragen habe?«

»Jederzeit.« Er begleitete mich nach draußen. Wir hatten uns schon verabschiedet, da griff er nach meiner Hand, blickte mich an und sagte: »Du hast eine lange Reise vor dir, so wie ich Sahra kenne. Also sehen wir uns ab jetzt regelmäßig.«

Ich entzog ihm meine Hand und versicherte, dass ich meine Aufträge gern schnell erledigte.

»Keine Eile.« Tür zu. Dunkelheit.

Ich stand einige Sekunden verwirrt in der hereingebrochenen Nacht. Dann ging ich zum Auto und schaute noch einmal zurück zum Fenster, hinter dessen Gardinen ich die Silhouetten zweier Personen ausmachen konnte. Was wusste ich über die Beziehung zwischen Oskar und Sahra?

Ich fuhr zum Lützowufer, aber Angelika war nicht da. Ich ließ den Wagen stehen und schlenderte langsam am Landwehrkanal entlang, bog dann rechts in die Potsdamer Straße ein und wollte mir endlich in einer anständigen Bar einen anständigen Drink zu einem anständigen Preis genehmigen. Die Nacht verbarg nichts mehr vor mir, die Konturen waren scharf. Sie lud alles auf mich ab, so viel traute sie mir schon zu. War ich erwachsen geworden? Meine Sicherheiten waren weg, meine Identität war auch weg, nur meine Überzeugungen waren noch da. Ich fühlte mich Mensch wie nie zuvor. Aber ich war nicht mehr cool, was blöd war, ich wollte wieder cool sein. Ich brauchte eine neue Identität!

Dann, kurz hinter dem Wintergarten Varieté, tauchte keine zwei Meter von mir eine Maus auf. War ich vielleicht diese Maus gewesen vor meiner Transformation, bevor das alles passiert war? Oder blickte ich da gerade in meine Zukunft? Die Maus rannte los, den Bordstein entlang, ich folgte ihr, bis sie an der Kreuzung Pohlstraße in einem Gullyloch verschwand. Ich fingerte mit meiner rechten Hand darin herum, tastete im Dunkeln nach ihr, als jemand neben mich trat. Von der gegenüberliegenden Straßenseite hörte ich laute Stimmen. Ein nackter Mann und ein zweiter in Unterhose starrten mich an.

»Hast du etwas verloren?«, fragte der Nackte in rheinischem Dialekt und kicherte albern.

»Eventuell mich selbst«, antwortete ich, blickte über die

Kreuzung und sah, dass aus dem Café Zimt & Zucker, das jetzt Struppe & Winckler hieß, eine Gruppe halb bekleideter oder nackter, extrem gut gelaunter Menschen vor der Polizei flüchtete, die sich über einige nahende Martinshörner ankündigte.

»Es wäre kolossal hilfreich, wenn wir alle auch dort verschwinden könnten«, meinte der in Unterhose mit leicht norddeutscher Zunge und zeigte dabei auf den Gully. Beide kicherten wieder, sie waren so was von zugedröhnt.

»Ich kenne nicht weit von hier einen gemütlicheren Platz, Jungs«, sagte ich lässig und erhob mich. Die beiden Typen, die etwa zehn Jahre älter waren als ich, folgten mir ohne Zögern und mit ihnen der Rest der unbekleideten Meute, ungefähr dreißig Leute. Wir flüchteten uns in die Nebenstraßen. Am Magdeburger Platz klingelte plötzlich mein Handy. Klaras Pflegekraft war dran und teilte mir mit, dass meine Großtante soeben das Atmen eingestellt habe. Klara war tot.

STUFE 3

… auf der der Jurist und Schriftsteller Hanns Heinz Ewers sich an meine Fersen heftete,

… auf der Angelika die Führung übernahm und uns drei auf der Suche nach der Entführten auf eine ungeheuerliche Reise durch historische deutsche Raumzeiten schickte …

30 (H. H. EWERS & TH. MANN)
Nur die Kunst kann dem Leben Schwere verleihen

Unfähig, auch nur einen weiteren Schritt zu machen, stand ich in der Lützowstraße auf dem Gehweg und starrte auf mein Handy. Die Nachricht von Klaras Tod isolierte mein Gehirn anscheinend vollständig aus der Raumzeit. Aber die Schwingungen der albernen Stimmen der Nacktparty-Brigade hüllten mich in einen hoch- bis tieffrequenten Käfig, mit dem diese Leute mich sicher durch die Straßen schoben. Jemand – ich war zu vegetativ, um zu erkennen, wer es war – verabreichte mir eine Flüssigkeit, damit ich mich besser fühlte oder wenigstens das Heulen einstellte und aufhörte, ihnen den Spaß zu verderben. Keine fünf Minuten später kehrte mein Ich als Muskelprotz zurück. *Klara ist tot* war bloß noch eine bedeutungslose Silbenkette. Ich war jetzt genauso dicht wie die anderen, undurchlässig für Empathie, wie sie trug ich einen Schutzschild aus Heiterkeit und Feierzorn. Es ging, so viel hatte ich schon verstanden, um einen Text von Vicki Baum, in dem das Aufstreben rechtsradikaler Verbände in den 1920er Jahren durch einen genialen Subplot illustriert wurde, in dem ein Serienkiller junge Männer ermordet und zu Konservenfleisch verarbeitet, das er dann zu Wucherpreisen auf dem Schwarzmarkt verkauft.

Glücklicherweise hatte Angelika mir einen Schlüssel zu ihrer Wohnung überlassen. Dort ging die Party dann richtig los. Erst jetzt schaute ich meinen Gästen ins Gesicht. Sie fragten, wie ich heiße, ich sagte, Andreas und Emma. Der Nackte mit der rheinischen Zunge, der mich vorhin auf der Straße angesprochen hatte, stellte sich als Hanns Heinz Ewers vor und küsste mich aus Dankbarkeit für diese Zuflucht auf den Mund.

»Haha«, riefen einige demonstrativ und amüsierten sich über seine Initialen. Ich glaube, er ging davon aus, dass ich wüsste, wer er sei, denn ihn kannte offenbar jede Maus in Berlin. Von da an nannte ich ihn immer bloß Hanns, den Ewers. Ich erinnerte mich, dass ein Buch von ihm auf einem von Cosmos Stapeln lag. Also waren diese Begegnung und auch die Maus von vorhin wieder kein Zufall? Den Typen in der weißen Baumwollunterhose glaubte ich sofort zu erkennen, wollte es aber erst nicht wahrhaben. Ich zögerte, ihn als Thomas Mann zu identifizieren, weil er in der öffentlichen Wahrnehmung immer nur ernst oder nachdenklich mit Zigarre in die deutsche Kulturerinnerungsmaschine eingegangen war, hier aber einen auf lustigen Draufgänger machte und sich nun, Liedchen trällernd, eines von Angelikas Spitzennachthemden anzog. Hier tobte der Mensch Thomas, hier tobte seine junge, von den Zeichen der Zeit und der Bildungsferne der meisten Leser schon belastete Seele. Er wusste da noch nicht, was ich wusste. Es mussten die 1920er sein. Warum sollte ich uns den Spaß verderben? Thomas verkörperte gerade aufs Feinste einen pathetischen Gegensatz zu jenem Künstler- und Bildungsbürgertum, um das er in *Doktor Faustus* auf endlos erscheinenden Seiten rang, in dem er selbst feststeckte und das ihn daran hinderte, auch noch seine Unterhose auszuziehen und wie die anderen sein Geschlechtsteil auf die Öffentlichkeit zu richten. Nur der Kraftstoff, den wir alle geschluckt hatten, erlaubte ihm, kichernd im Negligé herumzutanzen und den Anwesenden mit seinen knallrot nachgezogenen Lippen Kussmünder zuzuwerfen. Und ich sollte ihm jetzt mit dem Literaturnobelpreis kommen? Ihm wäre seine Ausgelassenheit doch peinlich geworden, wenn er gewusst hätte, was ich schon wusste, er hätte nur noch verkrampft posiert und doziert. Und Hanns, dieser unverhüllte, saubegabte Erzähler-Faust, der noch einen blauäugigen Glauben an den deutschen Blick fürs Künstlergenie hatte, das sie eines Tages in ihm erkennen würden, hätte diese Nachricht nicht verkraftet und vielleicht *Fundvogel*, seinen Roman über eine Geschlechtsumwandlung, nicht vollendet, in dessen Entwicklung er gerade sein gesamtes Geistesblut steckte und von dem er sich breite, auch akademische Anerkennung erhoffte. Eine solche Geschichte kannst du heute so nicht mehr erzählen, vor einhundert Jahren galt sie allerdings zweifelsfrei als genial und provozierte einen Skandal in Deutschland, so dass schließlich ein dilettantischer Regisseur namens Hoffmann-Harnisch, noch ein Haha, den Roman in einem schlechten Stummfilm verunstaltete und umdeutete, damit die öffentliche deutsche Moral keinen Schaden nahm und der Film die Zensur passieren konnte.

Die Partygesellschaft stellte sich nun reihum vor. Ich war zu dicht, um mir alle Namen zu merken, aber Rudolf, der Herzog, wie sie ihn nannten, war der dritte Autor, der momentan im Ehrenausschuss der Autorenabende in der Fachbuchhandlung Struppe & Winckler saß, die 1920 die Wasserglas-Lesung in Deutschland eingeführt hatte. Vicki Baum war natürlich die Hauptfigur des Abends, deren Ironiebegabung vor allem von den deutschen Kulturbiedermännern und -frauen nicht verstanden wurde. Thomas war ihr literarisches Talent aber sofort ins Auge gesprungen, und Hanns hatte sie mit einem Auszug aus ihrem Manuskript, an dem sie arbeitete, mit dem Titel *Feme* prompt eingeladen.

»Männer in Konserven«, schmetterte Hanns splitternackt, »ist ab jetzt unser Synonym für rechtsradikal.« Leider sollte es sein letzter Abend im Ehrenausschuss sein, denn diese Art perverser Entgleisung des Autorenabends, die zum wiederholten Mal hinter unverschlossenen Türen vonstatten gegangen war und in einem Polizeieinsatz geendet hatte, musste Struppe & Winckler, weithin bekannt für ihr juristisches Fachsortiment, im Hinblick auf die konservative Klientel nur entwürdigend finden und in der Folge den Bestsellerautor Ewers um Rücktritt bitten.

»Und Frauen in Konserven etwa nicht?« Vicki hatte recht, Gleichbehandlung musste sein.

»Leute, die sich zurückgesetzt und nicht nach Gebühr wertgeschätzt fühlen«, reagierte Thomas, »und sich dabei einer edlen Physis zu erfreuen glauben, suchen oft ihre Genugtuung in rassischem Selbstgefühl.«

»In Konserven, in Konserven!«, grölte Vicki.

»Genau! Und nur die Kunst«, fuhr Thomas fort und verpasste Hanns einen roten Kussmund auf die Wange, »kann dem Leben Schwere verleihen, das sich sonst an seiner Fazilität zu Tode langweilen würde.«

»Und die Kunst des Verbrechens«, murmelte Erika.

Thomas war in Begleitung seiner beiden Kinder Erika und Klaus, die Pamela, eine Tochter Frank Wedekinds, mitgeschleppt hatten. Die meisten anderen Namen sind mir nicht im Gedächtnis geblieben. Ich hielt Ausschau, ob Angelika mittlerweile aufgetaucht war, ich klingelte sie an, aber erreichte sie immer noch nicht. Vicki stimmte einen Kanon an, der mich sofort mitriss, beim Singen geriet ich in einen quasi heiligen Taumel. »Ooo wie wooohl ist mir am Aaaabend«, schmetterte ich gemeinsam mit den anderen, die nicht nur perfekt in ihrer Tonlage sangen, sondern sogar noch eine zweite Stimme dazunahmen. Diese Menschen schienen jede Gelegenheit zum Zusammensingen und Zusammenschwingen zu nutzen. Jede Gelegenheit zu körperlichem Kontakt, zur Berührung, zum Kampf, zum Kuss. Wir sangen, kämpften, tanzten, küssten und berührten uns bis zum Morgengrauen, bis auch die letzte Stimme und der letzte Muskel vor Müdigkeit schlappmachte. Zwischendurch hatte die Mehrheit der Gäste sich mit einem Kleidungsstück aus Angelikas Schrank bedeckt und unbemerkt die Soiree verlassen.

Wir schliefen bis zum frühen Nachmittag. Zwischen Hanns und Thomas liegend, spürte ich, wie mein Geist energisch gegen meine geschlossenen Lider hämmerte, die ich mit aller Kraft geschlossen hielt, weil ich Angst hatte, in einem Sanatorium in Davos zu erwachen, vielleicht verwandelt in eine Figur aus Thomas' *Zauberberg*. Oder ich könnte zu Andrea Woyland im Plaza Hotel in New York geworden sein, die mit ihrem Leben als Frau abschließen musste. Dann erinnerte ich mich, dass Klara gestern gestorben war. Ich schreckte hoch und bereute schon, nicht im Sanatorium oder im Plaza zu sein.

31 (TH. MANN & H. H. EWERS)

Th.: Deutsche denken doppelgleisig, ein reiches, aber konfuses Volk.
H. H.: Reich, aber pubertierend.

Angelikas Kleiderschrank war fast leer, die Gäste waren, bis auf uns drei, verschwunden, die Wohnungstür stand noch offen. Auf einem Stuhl fand ich einen Pizzakarton, darin eine unberührte Margherita mit viel Käse und Basilikumblättern, die wohl jemand bestellt und vergessen haben musste. Ich schob sie in den Backofen und machte uns Kaffee.

Thomas tauschte das Spitzennachthemd gegen eine helle Bluse und fand im Schrank noch eine passende Bundfaltenhose, er genierte sich, unbekleidet zu frühstücken. Hanns warf er einen BH und einen Slip an den Kopf und bat ihn, so anständig zu sein, sich ebenfalls etwas anzuziehen.

»Wegen mir aber nicht, Jungs«, sagte ich, denn mir war nichts mehr peinlich, doch da legte mir Thomas bereits Angelikas Leopardenpelz um die Schultern, er wusste ja nicht, dass sich ein Mensch im 21. Jahrhundert anständiger fühlte, wenn er nackt frühstückte, als in einem echten Fell. Hanns blieb schweigsam. Er nahm ein Stück Pizza in die Hand, biss ab und spülte es mit Kaffee hinunter. Thomas aß mit Messer und Gabel und betrachtete mich beim Kauen.

»Woran arbeitest du, Emma Andreas?«, fragte er.

»Ich arbeite an einem unlösbaren Fall, der an mich als Privatdetektiv, der ich vorgetäuscht habe zu sein, herangetragen wurde und den ich mir voraussichtlich mitsamt dem Auftraggeber und der Entführten durch Niederschreiben und Transformation in Literatur vom Hals schaffen werde.«

»Hochinteressante Konstruktion, die ich mir merken werde. Wann wirst du diese Arbeit beendet haben?«

»Sollte ich heil aus dieser Sache herauskommen, 99 Jahre nach deinem *Zauberlehrling* …«

Er lachte. »Da bleibt uns ausreichend Zeit, gemeinsam darüber zu sprechen. Was ist denn so unlösbar an deinem Fall?« Thomas sprach nie mit vollem Mund und nippte nur vorsichtig an seinem Kaffee.

»Eine deutsche Kommunistin, so ein Rosa-Luxemburg-Verschnitt, circa in meinem Alter und überaus kultiviert und belesen, wurde angeblich von Außerirdischen entführt, obwohl, wie mir ein Engländer nun ebenfalls bestätigte und wie ich schon vermutet hatte, die Deutschen, vor allem aus bildungsnahen und aufgeklärten Kreisen und aus dem linken Spektrum, in meiner Raumzeit gar keine Kontakte zu Außerirdischen mehr haben, das heißt, gar nicht an Außerirdische glauben.«

»Oh«, sagte Thomas, trank einen Schluck und blickte

zu Hanns, der offenbar gedachte, sich nun endlich am Gespräch zu beteiligen. »Meine Vermutung ist, dass sie dann nicht links sein kann.«

»Soweit ich das überprüfen konnte, ist sie aber auch nicht rechts. Also muss es doch noch etwas geben, wo ich sie ideologisch einordnen kann, um dort eine Spur aufzunehmen?«

Thomas schüttelte leicht den Kopf. »Der eine wählt den Sozialismus und der andere das Völkische. Das sind die beiden Extreme, zwischen denen wir heute die Wahl haben. Ich leugne, dass es ein Überangebot an Ideologien gibt, seit die Freiheitsphrase keinen Hund mehr, pardon, nur noch bestimmte Hunde hinterm Ofen hervorlockt. Es gibt tatsächlich nur diese beiden Möglichkeiten religiösen Gehorsams und religiöser Verwirklichung: die soziale und die nationale. Das Unglück will aber, dass beide ihre Gefahren haben, und zwar sehr ernste.«

»Ach, wo bitte soll das Soziale gefährlich sein, Thomas?«, fragte Hanns.

»Wenn im ökonomischen Raum alles bestmöglich reguliert ist, bleibt die Frage nach Sinnerfüllung des Daseins und nach würdiger Lebensführung noch genau so offen wie heute. Wenn auch der letzte Rest der Erinnerung an die Gefährdung des Lebens getilgt ist, könnte man sich fragen: wozu dann noch leben?«

»Auf einem neuen Level natürlich«, sagte ich. »Deshalb transzendieren wir die Biologie und schaffen uns eine andere Umgebung, damit die alten Programme in uns umgeschrieben werden können und wir endlich mal was Neues erleben.«

Thomas wirkte erstaunt. Er verstand offensichtlich nicht, wovon ich sprach, nur Hanns grinste. »Dieses Level, von dem du da sprichst«, er sah kopfschüttelnd zu Hanns, »soll eine Art Sozialismus sein?«

»Nicht unbedingt, jedenfalls mal was anderes als fressen

und gefressen werden. Sozialismus ist auch nur ein Schutzmechanismus davor. Ich meine etwas ganz Neues.«

Thomas nickte erst, schüttelte dann wieder den Kopf, schob den Teller von sich und wischte sich mit einem Geschirrtuch den Mund. »Die Deutschen haben eine doppelgleisige und unerlaubt kombinatorische Art des Denkens, sie wollen immer eins und das andere, sie wollen alles haben. Sie sind imstande, antithetische Denk- und Daseinsprinzipien in großen Persönlichkeiten kühn herauszustellen. Aber dann vermantschen sie sie, gebrauchen Prägungen der einen im Sinn der andern, bringen alles durcheinander und meinen, sie können Freiheit und Vornehmheit, Idealismus und Naturkindlichkeit unter einen Hut bringen. Ein reiches, aber konfuses Volk.« Ich hatte den Eindruck, er nahm sich da nicht aus.

»Ein reiches, aber pubertierendes Volk, das sich noch nicht gefunden hat«, warf Hanns ein.

»Eine reiche, aber konfuse und pubertierende Gesellschaft, meint ihr wohl«, sagte ich, denn mir widerstrebte das im Deutschen zu einem Begriffskarzinom gewordene *Volk*, das beide hier so unbeschwert benutzten, bei dem meine Ganzheit, also mein Bewusstsein mitsamt dem Unbewussten, reflexartig schmerzhafte Bedeutungsimpulse mit Scham und Schuld amalgamierte.

»Jugend ist eine metaphysische Gabe, etwas Essenzielles, eine Struktur und Bestimmung. Hast du nie vom deutschen Werden gehört, von deutscher Wanderschaft, vom unendlichen Unterwegssein des deutschen Wesens? Wenn du willst, ist der Deutsche der ewige Student, der ewig Strebende unter den Völkern. Der Jugendgedanke ist ein Vorrecht und Vorzug unseres Volkes, des deutschen, – die andern kennen ihn kaum, Jugend als Selbstsinn ist ihnen so gut wie unbekannt. Die deutsche Jugend repräsentiert, eben als Jugend, den Volksgeist selbst, den deutschen Geist, der jung ist und zukunftsvoll, – unreif, wenn man will, aber was will das besagen! Die deutschen Taten geschahen immer aus einer gewissen gewaltigen Unreife. Reif war der florentinische Renaissance-Bürger, aber wir sind nicht umsonst das Volk der Reformation. Wo bliebe die Welt, wenn Reife das letzte Wort wäre! Wir werden ihr in unserer Unreife noch manche Erneuerung, manche Revolution bescheren.«

Ich verschluckte mich und hustete ein Basilikumblatt aus. »Okay, Themenwechsel: Glaubt jemand von euch eigentlich an Außerirdische?«

Hanns nickte und hob die Hand. »Unsere Milchstraße ist voll von ihnen.«

»Echt?«

Thomas schüttelte wieder leicht den Kopf, aber lächelte. »Unsere Milchstraße«, sagte er voller Pathos. »Das Wort ›unsere‹ verleiht der Ungeheuerlichkeit, auf die es sich bezieht, eine gewisse Intimität, es vergrößert auf eine fast komische Weise den Begriff des Heimatlichen ins sinnbenehmend Ausgedehnte, als dessen bescheiden, aber sicher untergebrachte Bürger wir uns zu fühlen haben.« Er erhob sich, ging zur Spüle und wusch sich die Hände. »Die Daten der kosmischen Schöpfung sind ein nichts als betäubendes Bombardement unserer Intelligenz mit Zahlen, ausgestattet mit einem Kometenschweif von zwei Dutzend Nullen, die so tun, als ob sie mit Maß und Verstand noch irgendetwas zu tun hätten. Ich muss mich jetzt meinen Schriften widmen.« Angelikas Hose stand ihm ausgezeichnet, passte ihm wie angegossen. »Wir sehen uns«, sagte er in unsere Richtung und verließ die Wohnung.

Hanns seufzte. »Sein gebildetes Sprechen macht mich matt, ich ertrage das nicht, weil ich so nicht sprechen kann.«

»Niemand spricht so, keine Sorge.«

»Er verachtet mich.«

»Nein, er schützt sich.«

»Er sagt, bei mir werde alles zu fettigem Schwulst, wenn ich zu dozieren versuche. Ich sei ein Künstler, ich müsse mich fernhalten von der Akademie, ich sei ein Zauberer, der Banalität zum Leuchten bringe.«

»Das ist doch ein Kompliment.«

»So habe ich das nie verstanden.«

Ich sagte Hanns, dass ich mich jetzt dringend um ein paar Angelegenheiten kümmern müsste.

Er wollte mich begleiten. »Ich kann dir bei deinem Fall behilflich sein, ich habe hier die besten Kontakte.«

»Meine Großtante ist gestern gestorben, ich muss mich jetzt erst mal um andere Dinge kümmern.«

»Auch da kenne ich mich aus. Gestatten: Dr. jur. H. H. Ewers. Das Thema meiner Dissertation war die Testamentsanfechtung. Die Verhandlung mit dem Nachlassverwalter kannst du getrost mir überlassen.«

32 (ANGELIKA)

Unsere größte Herausforderung in diesem Universum ist, zur richtigen Zeit am richtigen Ort zu sein

Ich verstand, dass ich Hanns nicht loswurde. Der Einfachheit halber mietete ich meinen Wagen von gestern Abend wieder an. Hanns trug den letzten Fummel, der in Angelikas Kleiderschrank zu finden war, einen Wickelrock und eine lange Bluse darüber, mit einem weißen Schal band er sich einen Turban.

Als wir in der Koenigsallee ankamen, wartete der Testamentsvollstrecker auf mich. Er habe gehört, dass ich hier täglich arbeite, und wolle die Angelegenheit daher schnell über die Bühne bringen. Er warte schon seit zehn Uhr. Eine Augenbraue ging nach oben.

»Ich bin sehr beschäftigt«, sagte ich und setzte mich an den Schreibtisch.

Klara hatte noch zu Lebzeiten alles arrangiert. Die Beerdigung war organisiert und bezahlt. Der Bestatter hatte sie für mich auf dem Bett aufgebahrt und würde sie in zwei Stunden abholen. Noch heute Abend sollte sie beigesetzt werden. Alles ging schnell, zu schnell. Ich bat den Juristen um ein wenig Geduld, ich wollte mit Klara erst einmal einen Moment allein sein, ich hatte ihren Tod noch gar nicht begriffen.

Aber darauf wollte er sich nicht einlassen, er habe schon zu lange gewartet, müsse zum nächsten Termin und bestand auf der sofortigen Verlesung des kürzesten Testaments seiner Amtszeit. Ein Satz: »Meine Großnichte Emma alias Andreas Erdling ist die alleinige Erbin aller meiner Wertgüter und allen Krams, den ich in meinem Leben angesammelt habe. Unterzeichnet Klara Erdling.« Plötzlich blickte er freundlich.

Keine Bedingung? Einfach so? Später verstand ich: Klara hatte wohl auf das sofortige Einsetzen meiner Wohlstandsverwahrlosung gesetzt, in deren Konsequenz ich diesen ominösen Fall Sahra vergessen oder wenigstens aufgeben würde. Aber dafür schien es bereits zu spät zu sein, ich steckte zu tief im Narrativ. Nicht ich allein entschied mehr, worum es hier ging. Und allein der Gedanke, dass ich, also mein unbewusstes Ich, Klara getötet haben könnte, um an ihr Vermögen zu kommen, reichte, um zu verstehen, was Klara damit gemeint haben könnte, als sie sagte: *Du bist in großer Gefahr.* Mein Bewusstsein wusste, dass ich Klara nicht umgebracht hatte, trotzdem überkam mich beim Gedanken an ihren Tod ein schlechtes Gewissen. Denn es war der Tod ihrer Vernunft in meinem Bewusstsein, den ich offenbar unbewusst gewollt hatte.

Der Jurist übergab mir demonstrativ den Wohnungsschlüssel und einen Umschlag mit einem Kontoauszug nebst Vollmachten. Ich quittierte mit meiner Unterschrift. »Auf Wiedersehen.«

»Ich empfehle mich.«

»Tschaui, darling.«

»Bye, byechen.«

Ich drehte mich um. Tschaui kam natürlich von Hanns. Neben ihm stand Angelika und winkte dem Testamentsvollstrecker hinterher, den anderen Arm hatte sie um Hanns' Schultern gelegt.

Wortlos ging ich in Klaras Zimmer, schloss die Tür hinter mir und heulte für einige Minuten eher aus Verzweiflung als aus Trauer. Klaras Tod war rational gesehen: vernünftig. Und Vernunft war immer in Klaras Sinn gewesen. Ihre Vernunft brauchte keine Gefühle. Während ich Klaras leblosen Körper anblickte, füllte ihre geistige Abwesenheit mein Unbewusstes vollständig aus. Bald hatte ich die Angstimpulse dieser paradoxen Mängellage wegrationalisiert und ausreichend banalisiert. Ich schwieg in die neue vernünftige Leere des Raums hinein, atmete sie, bis der Bestatter kam. Die Vernunft half mir, den Boden unter den Füßen nicht zu verlieren, aber hinderte mich am Fliegen. Und starke Flügel brauchte ich für den Abgrund, der mich erwartete.

Nachdem ich die quietschende Wohnungstür hinter dem Bestatter zugeknallt hatte, blickte ich zu Angelika und Hanns. »Und? Was kommt jetzt?«

Beide zuckten mit den Schultern. Sie konnten es nicht wissen, natürlich nicht, das war rhetorisch gemeint.

Ich sagte Angelika, dass ihr Kleiderschrank leider leer sei.

»Erdling, du verfügst doch jetzt über ausreichend Wertgüter, um mich zu entschädigen.« Klaras Kontoguthaben war eher dürftig. Die Menschenwürde ist in der geriatrischen Lebensphase äußerst kostspielig. Früher hätte ich entgegnet, dass diese Party wohl wieder ihre Idee gewesen war und sie das selbst ausbaden solle, aber ich wusste inzwischen, dass nur ich und mein Bewusstsein, nein, die Programme aus meinem Unbewussten für diesen ganzen Schlamassel verantwortlich sein und sich gegen mich gestellt haben mussten. Oder arbeiteten sie doch für mich? Sie würden hoffentlich nicht so weit gehen, mich in den Freitod oder in den Wahnsinn zu treiben. Jedenfalls leuchtete mir nach Klaras Tod endlich ein, dass diese Geschichte von dort gesendet wurde, weil ich sie verdrängt hatte und sie in mein Bewusstsein vordringen wollte. Und Sahra war offensichtlich mein Köder.

»Besser, du überlässt mir in Zukunft deine Geldumschläge, ich kümmere mich um unsere Finanzen.« Angelika machte mit dem Kopf eine zeigende Geste auf meine Jackentasche.

Genervt holte ich Oskars Vorschuss heraus und gab ihn ihr. Dann nahm sie Hanns an die Hand und zog ihn in Klaras Zimmer, wo sie den Kleiderschrank öffnete, und bat ihn, sich schon mal etwas Passendes auszusuchen.

»Warum brauchen wir diesen Querulanten, um eine Kommunistin im Weltall zu finden?«, flüsterte ich Angelika zu.

»Er hat eine besondere Künstlerseele, Erdling, er hat die richtigen Instinkte, vertrau ihm, er verkörpert das verborgene, verbotene Deutschland. Und er haut den Stachel in jedes Kulturödem.«

Hanns fand eine Anzughose und ein weißes Hemd, sogar englische Schuhe, die einem von Klaras letzten Lovern gehört haben mussten.

Er schnippte mit den Hosenträgern und sagte: »Heute Nacht bringe ich dich an einen ganz besonderen Ort. Dort stoßen wir auf deine Großtante an, das gehört sich so.«

»Mir ist alles recht, solange ich mir diesen Fall bald vom Hals schaffen kann.«

Angelika griff sich den Koffer mit den alten Kleidungsstücken. »Dein Fall, Erdling, ist kein ungewöhnlicher. Die größte Herausforderung daran ist bloß, zur richtigen Zeit am richtigen Ort zu sein. Und wie du weißt, in diesem Universum fast eine Unmöglichkeit. Aber es läuft doch alles wie geschmiert, wir kommen voran, findest du nicht?«

33 (DER HALLEYSCHE KOMET)

Die Blausäure, die sie da in winzigen Dosen kostprobten, fand im Unbewussten der Deutschen einen Nährboden

Nach Klaras Beisetzung fuhr Angelika den Mietwagen durch die Stadt. Hanns und ich saßen auf der Rückbank und unterhielten uns. Ich sollte ihm alle Einzelheiten über die Entführte und die Entführung erzählen. Irgendwann hielt Angelika an und bat uns, auszusteigen. Wir wechselten den Wagen und stiegen in einen Lightyear 2, eine Limousine mit Solarantrieb aus den Niederlanden, die WeShare allerdings erst in der Zukunft im Sortiment haben würde.

»Du verarschst mich, Angelika.«

»Du siehst das Auto vor dir, Erdling. Wie könnte ich dich verarschen?«

Hanns setzte sich ans Steuer. »Morgen fahren wir nach Gotha, von dort aus klappern wir ein paar Spuren ab. Deine Entführte haben wir bald gefunden, wirst sehen.« Das Lokal, in das er uns einladen wolle, liege auf dem Weg. Auf dem Weg der Zeit.

»Letztens habe ich irgendwo gelesen«, begann ich, »dass Hawking mal eine Party geschmissen, aber die Einladungen erst danach verschickt hat, weil er Gäste aus der Zukunft einladen wollte. Niemand ist gekommen.«

Angelika lachte. »Natürlich nicht, und wir wollen glauben, dass Hawking das wusste und dass er auch wusste, dass dies nicht beweist, dass Zeitreisen nicht möglich sind. Wenn du Menschen aus einer Zukunft zu deiner Party einladen willst, musst du Wahrscheinlichkeitsberechnungen anstellen, zu denen Computer nicht fähig sind. Zukunft ist im Unterschied zur Vergangenheit ja unbestimmt. Unser Bewusstsein braucht noch einige Upgrades, bis wir das verstehen können. Es ist weniger aufwändig, Freunde aus der Vergangenheit in deine Gegenwart einzuladen. Für die Freunde ist es ja die Zukunft.«

»Warum wurde ich dann noch nie in die Zukunft eingeladen?«

»Aus zwei Gründen. Zum einen, weil Zukunft ja nicht auf dieselbe Weise existiert wie Gegenwart oder Vergangenheit. Sie existiert nur rein rechnerisch, also theoretisch, Zukunft bedeutet reine Information. Und Informationen in Gestalt von trockener Numerik und Stochastik wollen nichts, feiern nicht, haben wenig Spaß in diesem Universum. Niemand lädt so etwas auf seine Party ein, und in der Regel erscheinen sie auch nicht. Das wusste Hawking, denn Stochastik und Numerik waren seine besten Freunde. Ich habe aber den Verdacht, die geladenen Gäste sind dort doch als reine Information, als Theorie aufgekreuzt, aber er hat sie nicht bemerkt, weil er auf Menschen mit Körpern eingestellt war und sein Bewusstsein die Information deshalb nicht wahrgenommen und dargestellt hat. Zeitreisen hängen vom einladenden Bewusstsein ab. Zukunft oder Vergangenheit spielen da eine unwesentliche oder keine Rolle. Dir das zu erklären ist weitaus komplizierter. Das alles stützt sich auf den ersten Grundsatz im Quantenuniversum: Paradox ist die Regel. Und auf den zweiten: Wir teilen nicht dasselbe

Jetzt. Leider gibt es auch die Wahrscheinlichkeit, dass die Menschheit in der nahen Zukunft schon nicht mehr existiert, weshalb wir von niemandem hören, der in die Zukunft eingeladen wurde. Es könnte aber auch sehr gut sein, dass niemand, der in die Zukunft eingeladen wurde, wieder in seine Gegenwart zurückgekehrt ist und wir deshalb nichts davon erfahren haben. Hoffentlich weil es dort viel besser und schöner ist als hier und heute. Ich vermute aber eher etwas typisch Menschliches, was mit Grundsatz fünfzehn zu tun hat: Niemand aus der Zukunft darf in der Vergangenheit schlauer sein als die Menschen aus dieser Vergangenheit, wenn er oder sie wieder in seine Gegenwart zurückkehren möchte.«

Als wir wenig später vor einer Bar parkten, liefen Menschen mit Gasmasken in Panik auf der Straße herum. Die Fenster der Mietshäuser waren verbarrikadiert. Kinder mit Mundschutz aus zusammengenähten Socken weinten und wurden von den Eltern in Sicherheit gebracht. Auf den Dächern standen Männer und Frauen, die mit Ferngläsern in den Himmel starrten, trotz der Wolkendecke, hinter der sie den Halleyschen Kometen erahnten, der wie eine funkelnde Stretch-Limousine in Zeitlupe an ihnen vorbeizog. Kometen waren bisher die Hiobsbotschafter aller Völker gewesen. Astronomen hatten frühzeitig gewarnt, dass der Schweif diesmal die Erde streifen würde. Wissenschaftler vermuteten, dass die Menschen an der darin enthaltenen Blausäure ersticken könnten. Die unbewussten Programme vieler Menschen weltweit schickten Warnmeldungen: Weltuntergang! Deutschland stand nur vier Jahre vor dem großspurigen Einstieg in den Ersten Weltkrieg, der die unreifen, jugendlichen Deutschen demütigen und überfordern würde. Der kosmische Hiobsbotschafter überbrachte ihnen das passende Symbolprogramm dazu, denn die Blausäure, die sie da, wenngleich womöglich nur symbolisch, in winzigen, harmlosen Dosen mit diesem typischen Bittermandelaroma kostprobten, lagerte sich anscheinend tief in ihrem kollektiven Unbewussten ab und trat in Stufe zwei der Weltkriegsapplikation als Zyklon B wieder ins Bewusstsein.

Hanns zog Angelika und mich in die Bar, in der sich gerade jeder selbst bediente, im Keller fand er noch eine Flasche Champagner. Wir stiegen damit zu den anderen aufs Dach und starrten wie sie gebannt in den Himmel.

»Auf dem Kometen reist deine Großtante jetzt zum nächsten Rendezvous und sagt uns Valet. Bon voyage. Prost!« Wir tranken nacheinander aus der Flasche.

»Wenn die deutschen Beziehungen zum Weltraum einmal so gut waren, wie ich das eben verstanden habe, dann will ich gar nicht wissen, was mir noch alles bevorsteht«, sagte ich und genehmigte mir ein paar weitere Schlucke.

»Erdling, Magie und Wissenschaft haben eines gemeinsam: Sie versuchen der Natur ihren Willen aufzuzwingen. Die Kunst besteht darin, zu verstehen, welche von beiden wann wirksam ist.«

Hanns schwieg voller Ehrfurcht, dann meinte er: »Wie würde Thomas im Angesicht dieser Verheißung sagen? Ja, wir sind ein gänzlich verschiedenes, dem Nüchtern-Üblichen widersprechendes Volk von mächtig tragischer Seele, und unsere Liebe gehört dem Schicksal, jedem Schicksal, wenn es nur eines ist, sei es auch der den Himmel mit Götterdämmerungsröte entzündende Untergang.«

34 (M. HENRY & H.H. EWERS)

Einer vom Rhein und einer von der Seine! Praktisch dasselbe Schmutzwasser, das durch unsere Zwerchfelle strömt

Als gestern Nacht klar wurde, dass die Wolkendecke den Blick auf den Kometen nicht mehr freigeben würde und sich überall Wut und Enttäuschung breitzumachen begannen, suchte Hanns uns eine verwaiste Wohnung, in der wir zu Klaras Ehren und auf meine Kosten noch einen kleinen Leichenschmaus abhielten und anschließend auf dem reinigungsbedürftigen Teppich übernachteten. Wir schmiegten uns eng aneinander, weil es nachts doch noch kühl war, und schliefen unseren Rausch aus.

Ich wurde erst von einem nervigen Pfeifen wach, obwohl mein Steiß auf dem harten Boden schon eine Weile schmerzte, Angelikas Kopf lag noch auf meinem Bauch. Ich schob sie zur Seite und erhob mich langsam. Hanns saß nackt mit einem Schal über den Schultern am Tisch und schrieb. Sobald er zu schreiben begann, zog er sich aus, im Winter trug er vielleicht noch eine Jubba. Jedenfalls sah ich ihn nur nackt schreiben, unter totaler Hingabe seines Fleisches, als wollte er es opfern. An seinen Wangenknochen konnte ich die Spannung ablesen, die er Wort für Wort mit Bleistift in ein Heft übertrug. Hanns' Umgebung litt unter seinen ständigen Einfällen. Er war eine manische Plotmaschine, die beim Anblick einer Alraune während des täglichen, typisch deutschen Nachmittagsspaziergangs sofort einen faustischen Stoff vor Augen hatte, in dem ein Wissenschaftler mit dem Sperma, das einem zum Tode verurteilten Vergewaltiger und Mörder im Augenblick der Hinrichtung abgenommen wurde, eine Prostituierte künstlich befruchtet und so eine weibliche, menschliche Alraune erschafft, die dann in die dunkelsten Winkel der Psychen ihrer Umgebung eindringt, die Kontrolle über sie übernimmt und sie in Wahn oder Tod treibt. Im Biedermeier-Deutschland Wilhelms II., in dem Außerirdische noch vermuten konnten, dass teutonische Frauenkörper eher pflanzlichen Ursprungs sein mussten und auf einem Stoffsockel wuchsen, weil nur teutonische Männer sichtbare Beine zur Fortbewegung hatten, war dieser Roman eine Sensation. Hanns brauchte nur eine Gazpacho zu sehen und imaginierte gleich eine ganze Geschichte über brutale menschliche Hahnenkämpfe, die er dann in die makabre Novelle *Die Tomatensauce* umsetzte, mit der er 1905 den weltweit ersten Splatter-Text verfasste. Er nahm es mit allem auf, er fürchtete sich nicht davor, abzustürzen, nur weil er hoch fliegen konnte. Seine Texte waren Zeugnisse seiner vielen Abstürze, aber er holte auch einiges von ganz weit oben, zu einer Zeit, in der die reichsdeutsche Morallehre Humanismus und Menschlichkeit bereits in den Schatten stellte und die meisten Menschen an einen angestammten Boden mit feststehenden Fakten zu fesseln versuchte. Hanns' Künstlergeist war zu stark ausgeprägt, er musste mit dem Feuer spielen, ein Gelehrter, wie Thomas, konnte er nicht sein, selbst wenn er es gewollt hätte. Ihm gegenüber saß die Quelle der nervig heiteren Pfeiftöne, ein schlicht gekleideter, dunkelhaariger Lockenkopf mit imposantem Schnauzer.

»Ist das Kaffee da in der Kanne?« Meine Stimme knackte, als hinge sie noch im Traum fest, den der Komet scheinbar mit sich gerissen hatte, die Übertragung war jedenfalls schlecht.

»Voilà, Mademoiselle!« Der Lockenkopf hatte seine Selbstunterhaltung unterbrochen und reichte mir eine Tasse. »Ein Kaffee so mager wie die Zeiten«, sagte er in einem schönen französischen Deutsch.

Ein aromatisiertes Wässerchen auf Basis eines löslichen

Pulvers. Nach dem ersten Schluck war ich von dem grauenhaften Geschmack hellwach. Hanns schaute nicht einmal auf, er kratzte mit dem Stift auf dem Papier herum.

»Heute Nacht, in meinem Traum«, begann der Lockenkopf, »habe ich gelernt, dass *meutrier* auf Deutsch Mörder heißt. Das finde ich so befriedigend, dass ich am liebsten auf die Straße rennen und schreien würde: Ich bin ein Mörder!«

Ich blickte ihn entsetzt an. »Du heißt wie?«, fragte ich.

»Nenn mich Marc, Marc Henry.« Er warf mir einen Handkuss zu. »Hansi meinte, ihr macht eine spannende Reise.« Er war ein alter Freund von Hanns und kam gerade aus Wien, sie arbeiteten gemeinsam an mehreren Libretti, außerdem sammelte er Komisches über die Deutschen für sein politisches Kabarett, wenn er mit Hanns auf Reisen ging. Er schenkte mir Kaffee nach. »Ich gestehe, ich wollte unbedingt wissen, wie die neuen Sirenen von Hansi so sind.« Er spähte zu Angelika. »Wir teilen ja so viel, nicht wahr? Einer vom Rhein und einer von der Seine! Praktisch dasselbe Schmutzwasser, das durch unsere Zwerchfelle strömt.« Er wusste noch nicht, dass sie sogar das Todesjahr teilen würden. Und so wie er Hanns anschmachtete, verstand ich, dass sich unsere Bettgeschichten gerade symmetrisch ausgeweitet hatten. Jetzt war oben und unten gerecht verteilt.

»Ein begnadeter Chansonnier ist unser Marc«, sagte Hanns und klopfte ihm, ohne aufzusehen, mit einer Hand auf den Rücken. »Er wird uns so manches Grauen versüßen.«

»So ein makabrer und versauter Barde wie der«, Angelika war aufgewacht, »hat uns bei dieser intergalaktischen Suche nach einer deutschen Kommunistin wirklich noch gefehlt, Erdling.«

»Ich liebe das, meine Nase in fremde Angelegenheiten zu stecken. Und wenn ich mich dazu noch mit dem deutschen Adler gruseln darf«, er warf einen Blick zu Hanns, »dann fühle ich mich hochgradig tribalistisch.«

Hanns schob eine aufgeschlitzte Sardinendose und steinhartes Pumpernickel zu mir rüber. »Esst was, wir müssen bald weiter.«

Nach dem Frühstück versuchte ich, bei meiner Morgentoilette Marcs Kommentare zu ignorieren. Überhaupt dachte ich, wenn ich ihn ignorierte, dann würde er vielleicht wieder verschwinden.

»Natürlich finden wir Franzosen es nützlich, wenn die Deutschen ihren Körpern neuerdings diese außergewöhnliche Pflege zukommen lassen, um sich auf diese Weise gesünder und freier zu fühlen. Aber wenn die Körperpflege zur Vergötterung wird, sind wir wieder bei Odin.«

»Besser dort als bei den frankophonen Göttern der Filzläuse, meine ich«, meinte Hanns.

»Du hast zu viele Fremdenlegionäre vernascht, mon cher. Das macht dich so fruchtbar für mein politisches Kabarett.«

Ich stellte mich auf Zehenspitzen, um mit dem Wasser aus dem Hahn, ohne große Verluste, mein Schamhaar zu benetzen.

»Wir Franzosen schätzen an Frauen vor allem Güte.«

Hanns prustete los und spie dabei den Kaffee über den Tisch. Auch Angelika amüsierte sich.

»Ach, komm«, antwortete ich, »sogar so ein Durchschnitts-Engländer wie Carpenter, den ich neulich getroffen habe, meinte, Paris ist das reinste Sodom.« Ich berichtete kurz von meinem Treffen mit ihm in Spandau.

»Ein Engländer?! Eine Teutonierin pariert einen Franzosen mit einem Engländer?« Er schaute empört zu Hanns, der den Schal zwischen den Armen verschränkt hielt, damit der sein Gemächt wie hinter einem Bühnenvorhang verbarg.

»Hatte ich dir nicht saftige Ideen für deinen nächsten Scharfrichter versprochen. Et voilà! Eine Hochstaplerin aus dem Deutschland der Zukunft verirrt sich auf ihrer Suche nach einer ominösen Kommunistin mit Namen Wagenknecht in unsere Gegenwart. Wir werden einer Ungeheuerlichkeit gewahr: Sie kollaborieren und sprechen mit Engländern, aber nicht mehr mit Außerirdischen!« Er und Marc schüttelten sich vor Lachen.

35 (MEINE MAUER)

Unsere Utopien sehen von vorn immer besser aus als von hinten

Die Straßen wurden für den Wagen immer schwerer befahrbar, die Reifen ratterten über Schotter, über den ich nicht mit einer Kutsche hätte brettern wollen, ohne vorher meine Organe durchnummeriert zu haben. Ich versuchte vergeblich, meine Gedanken im Kopf zu sortieren und zu planen, wie es in Gotha weitergehen sollte und wie wir dort Spuren zu Sahra oder irgendwelchen Außerirdischen aufnehmen könnten. Doch Hanns und Marc ließen mir keine Ruhe. Seit ich beim Frühstück dieses verdammte Buch *The German Genius* und mein Treffen mit Carpenter erwähnt hatte, schütteten sie eimerweise Häme über die Engländer. Marc war geradezu beleidigt, dass ich das Buch als Geschenk bezeichnet hatte.

»Dieses Buch ist kein Geschenk, du blauäugige Olympia, es ist ein Zeugnis purer Schadenfreude! Pah! Wenn das deutsche Genie, über das diese weltbeherrschenden Antisemiten da so gönnerhaft reden, nur zur kulturellen Verschmelzung mit der jüdischen Selbstironie fähig wäre, dann könnten die Engländer mit ihrem Galgenhumor nämlich einpacken! Nur deshalb haben sie dieses Buch geschrieben, weil sie ihren kolonialen Arsch darauf verwetten können, dass so etwas

Kolossales niemals passieren wird. Denn die ganze Welt ist inzwischen kontaminiert mit Judenhass!«

Angelika warf mir eindringliche Blicke zu, die mich an den Grundsatz 15 erinnern sollten. Nur ganz kurz fragte ich mich, ob ich überhaupt in meine Gegenwart zurückkehren wollte. Im nächsten Moment dachte ich schon, dass diese Kollisionen mit historischen Sprachräumen zumindest dafür gut sind, den eigenen Standpunkt wahrzunehmen, zu fühlen, wie weit ich von Satzbildungen entfernt bin, die schon mindestens zwei antisemitische Stereotypen enthalten. Aber ich erlaubte mir trotz oder wegen meines selbsterklärten Kosmopolitismus, es langsam sattzuhaben, mich in französischem Akzent belehren zu lassen. »Ihr habt eure Revolution versaut«, erwiderte ich. »Ihr habt uns links und rechts erst eingebrockt.«

»Oh là là! Wenn eine Bewegung, die Opferbereitschaft und Kampfgeist fordert, den Sieg erlangt, dann gibt es nur wenige, die davon profitieren. Das Volk bleibt mager. Ja, leider sind wir Franzosen zu dünnhäutig, wir machen aus jedem kleinen Ding gleich eine Metapher. Mit eurer Neuen Sachlichkeit hätten wir die Wirklichkeit niemals ausgehalten. Wir sind nicht so masochistisch wie ihr –«

Angelika trat auf die Bremse. Endlich war es still im Wagen. Hanns hatte die letzten zehn Minuten nur stoisch aus dem Fenster gestarrt. Bereute er etwa, diesen redseligen Barden eingeladen zu haben? Aber ich, die er eine blauäugige Olympia genannt hatte, wollte aus seiner Suada auf keinen Fall ohne Selbstironie herauskommen. Ich musste hier das letzte Wort haben, ich musste meine Zukunft retten!

»Wir Deutschen der Zukunft, lieber Marc, nehmen mit Vorliebe Komplimente von zynischen Engländern entgegen, wenn sie nur mit moralinsaurer Oberlehrermiene vorgetragen werden, damit diese sich im Gegenzug unseres Mitgefühls gewiss sein können, dass sie regelmäßig nach Spandau reisen, um sich dort von einer Außerirdischen durchvögeln zu lassen. Das ist die Art neuhegelianischer Logik, mit der wir den europäischen Pluralismus zu fördern versuchen. Denn die Zukunft unserer Utopien, das haben wir in Deutschland gelernt, sieht für uns von vorn immer besser aus als von hinten.«

»Kolossaler Sprechakt, Emma Andreas! Das würde Marya gefallen. Ach, Hansi, lass uns doch schnell die Abzweigung nach München nehmen und Marya besuchen, sie muss Emma Andreas kennenlernen.«

Marc Henry war 1901 zusammen mit seiner Frau Marya Delvard, Frank Wedekind, Otto Falckenberg und anderen unter den Begründern des ersten politischen Kabaretts im wilhelminischen Deutschland, *Die elf Scharfrichter*, in München, das wegen seiner deftigen politischen Satire immer wieder Ärger mit der Zensurbehörde bekam.

»Marc, sei mir nicht böse«, begann ich, »aber ich würde lieber erst nach Gotha und sehen, ob ich eine Spur aufnehmen kann. Danach können wir Marya in München besuchen, klar, warum nicht.«

»Oh, wie wär's damit?«, schrie er. »Du könntest mit auf die Bühne, unser zwölfter Scharfrichter sein.«

»Ich muss euch unterbrechen, Freunde, aber hier kommen wir nicht weiter.« Angelika zeigte auf eine Mauer vor uns auf der Straße, die nicht auf der Karte vermerkt war. Überrascht starrten wir darauf. Hanns stieg aus und prüfte ihre Echtheit und Standfestigkeit. Wir befanden uns irgendwo hinter Tüttleben, ganz kurz vor Gotha.

Angelika trat vor mich hin und legte mir die Hand auf die Stirn. »Mach den Weg frei, Erdling.« Sie hatte verstanden, dass ich diese Mauer gebaut hatte. Das war meine Grenze, die ich mir nicht erlaubte zu überschreiten, die ich mir selbst gesetzt hatte. Ein Bauwerk aus Verboten, Verleugnung und Ignoranz, Entwertung, Ablehnung und Negierung, Ängsten und totaler intellektueller Abwehr. Die Ziegel hatten verschiedene Färbungen, Perioden, in denen ich an der Mauer weitergebaut hatte, mit dem Material, das gerade zur Verfügung war. Seit meiner Kindheit wurde die Wand Stück für Stück höher und unregelmäßiger. Ich hockte mich hin und fuhr mit der Handfläche über die erste, von der Zeit dunkel verfärbte Partie, ein flaches Fundament, das aussah, als wollte es eine Treppe und keine Mauer werden. Auf der dritten Stufe dann, in meinen späten Teenagerjahren wahrscheinlich, zog ich einen massiven Block aus Realismus ein, aber nur so hoch, dass ich gerade noch hätte darüberklettern können. Danach hatte ich nur noch monolithische Phasen, mit einigen schlampigen Gucklöchern auf der Höhe meiner Mittzwanziger. Der letzte Block ganz oben, ein überstehender Quader, den wir alle vier zu erfassen versuchten, indem wir den Kopf weit in den Nacken legten und die Augen zusammenkniffen, war eine monströse, in Beton gegossene bikamerale Abwehr.

Ich lehnte mich ratlos an meine Mauer und rutschte auf den Boden. Dynamit? Heißluftballon? Ein Ufo? Wie sollte ich dieses Hindernis überwinden?

»Wichtig ist, dass wir deine Psyche nicht gefährden, Erdling!«

»Klettern oder ergeben?«, fragte ich rein rhetorisch.

»Du willst deine Reise nicht abbrechen.« Angelika schüttelte den Kopf. »Deshalb bist du hier. Du willst nicht abbrechen.«

»Und was jetzt?« Ich blickte zu Hanns, der mit verschränkten Armen die Wand begutachtete.

»Wir Franzosen würden so lange die Mauer entlangfahren, bis wir hungrig und durstig sind. Dann würden wir ein Gasthaus aufsuchen, uns die Bäuche vollschlagen, singen und tanzen, bis wir ins Bett fallen. Und am nächsten Tag würden wir feststellen, dass irgendjemand anderes, dessen

Identität uns völlig gleichgültig ist, ein großes Loch in die Mauer gehauen hat, durch das wir mit einer heiteren Melodie auf den Lippen unbeschadet auf die andere Seite gelangen können. Et voilà!«

Hanns schüttelte energisch den Kopf. »Nein, mein Lieber, wir machen das auf deutsche Art. Das bin ich Emma Andreas schuldig.«

Ich war gespannt, was jetzt kam.

»Oh, ich hatte gehofft, dass du das sagst, mon darling!« Marc küsste ihn auf die Wange und klatschte in die Hände.

»Nur weil wir die Mauer sehen, heißt das nicht, dass andere sie auch sehen und dass sie faktisch existiert, zumal sie dem Bewusstsein von Emma Andreas entsprungen zu sein scheint.« Hanns konnte doch, wenn er nicht zu sehr wollte, die Rolle des Besserwissers spielen. »Wir können von ihr und ihm nicht verlangen, sofort eine Mauer einzureißen, an der über Jahrzehnte gebaut wurde. Wir stellen fest, dass wir von dieser Seite aus nicht weiterkommen. Also folgt daraus, dass Kurd uns entgegenkommen muss. So gelingt es uns, die Dynamik der Ereignisse umzukehren, die vorhersehbare Dramaturgie zu durchbrechen und unseren Weg ohne peinliches Fress- und Saufgelage fortzusetzen. Gib mir mal dein Handy.«

»Wer ist Kurd?«, fragte ich.

36 (K. LASSWITZ)

Von der Schwere frei werden heißt das Weltall beherrschen

Erdgeschichtlich befanden wir uns irgendwann in den frühen Nullerjahren des 20. Jahrhunderts. Die Erwartungen an Zeiträume waren andere. Es war normal, ewig lang auf Leute zu warten, weil ein Tag über ausreichend Stunden verfügte und anscheinend jeder Mensch eine Blockflöte oder eine Fiedel dabeihatte. Handlungsleere Momente wurden selbstverständlich mit Musik gefüllt. Denn zum Glück, und das hatten vor allem die Franzosen scharfsinnig beobachtet, gab es unter Wilhelm II. immerhin einen deutschen Frohsinn, eine Gewohnheit, sich gemeinsam zu vergnügen.

Marc, der zunächst noch am meisten Muse zum Singen gehabt hatte, platzte nach drei Stunden der Kragen. »Mon harter Jesus! Wir sind zwanzig Kilometer von der Unterkunft dieses Kurds entfernt. Sogar zu Fuß müsste er schon seit zwei Stunden –«

»Kurd ist keine zwanzig mehr«, unterbrach ihn Hanns.

»Ihm können die drei Stunden wie eine vorkommen, Erdling Marc. Zeit ist relativ.«

»Zeit ist relativ! Zeit ist relativ! Einstein hätte nie Franzose sein können. In Frankreich ist Zeit etwas Absolutes. Wir gehen sparsam mit ihr um! Die Deutschen nehmen sich einfach Zeit, so viel sie wollen, als gehörte ihnen das ganze Universum.«

In diesem Moment durchquerte ein Mann auf einem Fahrrad die Mauer. »Wie eine Schlange bin ich über den Straßenstaub gejagt.« Außer Atem stieg er ab. »Dann hat mir ein guter Mensch sein Fahrrad überlassen.« Erstaunt betrachtete er mich und Angelika und wusste offenbar nicht, wie er uns begrüßen sollte. »Als ich hörte, dass weibliche Gäste aus der Zukunft angereist sind, habe ich mir alles Mögliche ausgemalt.« Er starrte mich und Angelika weiterhin an, als wären wir Außerirdische. Dann streckte er mir die rechte Hand entgegen, zog sie aber wieder zurück, knallte einmal zerstreut die Hacken zusammen und verschränkte verlegen die Hände hinter dem Rücken. »Laßwitz, Kurd, mein Name, wie Mach Scherz, mutiger Ratgeber, hahaha.« Er fasste sich kurz an die Nase und sah zu Hanns und Marc, die verstohlen grinsten.

Angelika und ich hatten den Witz nicht verstanden.

»Ja, schön. Ich freue mich, wenn ich bei der Suche nach dem Wagenknecht in meinem interplanetaren Erzählraum behilflich sein kann. So treten wir Deutschen mit weiblicher Verstärkung also doch noch vor die große Numenheit, nicht wahr? Ob das wiederum Auswirkungen auf den Verlauf der Geschichte, auf unser Sonnensystem, ja, auf das ganze Universum haben wird, ist mir noch unklar. Aber da bin ich ganz bei dir, mein kleiner Hansi, die hoch entwickelten Martier sollen nicht denken, die am höchsten entwickelten Erdbewohner seien ein rückständiger Männerverein, hahaha.«

Angelika und ich wechselten Blicke. Ich konnte mich nur vage an den Plot von Kurd Laßwitz' Roman *Auf zwei Planeten* erinnern, den ich vielleicht mit zwölf verschlungen hatte. Ich wusste nur noch, dass ich mich hinterher ungefähr eine Woche auf außerirdisch schöne Weise beobachtet fühlte, mir schmeichelte das Interesse an mir, weil es mich nicht ausspionierte oder mich bevormunden oder mir etwas verkaufen wollte. Es war pure Liebe und Bewunderung aus dem All. Ich schämte mich, Kurd gestehen zu müssen, dass die Zukunft nicht so gebildet, belesen und friedlich war, wie er das in seinem Roman ersonnen hatte. Doch hier war die Gelegenheit, die Zukunft, auch meine persönliche, in einem besseren Licht erscheinen zu lassen.

Während wir uns wieder in den Mietwagen quetschten,

sagte ich: »Kurd, ich will dich nicht unter Druck setzen, aber *Auf zwei Planeten* ist Schullektüre. Jeder junge Mensch im Deutschland der Zukunft liest deine große Geschichte über das erste Zusammentreffen der Deutschen mit den Martiern.«

Er lachte.

»An jedes Detail kann ich mich aber nicht mehr erinnern. Ist schon eine Weile her. Nicht, dass ich mich nachher blöd anstelle.«

Kurd versicherte, dass er uns in jedem Fall auf die Begegnung vorbereiten werde. Dann begann er, die für uns wesentlichen Ereignisse der Geschichte nachzuerzählen.

Diesmal fuhr ich. So ganz stereotyp französisch an der Mauer entlang. Das gefiel mir. Am besten in Schwarz-Weiß, von melancholisch-heiterer Musik begleitet. Ich war gespannt, ob etwas passieren würde, jetzt, nachdem Kurd meine Wand schon von der anderen Seite durchbrochen hatte. Er war ein notorischer, für seine Zeit typischer Witzemacher und lachte immer zuerst und am lautesten über die eigenen Scherze. Seine selbstironische, humanistische Haltung zum Deutschsein war allerdings wohltuend, wenngleich die Preußen ihn wegen seines militanten Pazifismus ausgewiesen hatten. Aber im Gothaer Umfeld, das noch weitgehend vom aufgeklärten Geist des vorigen Gothaer Herzogs Ernst II. Ludwig geprägt war, der, womöglich um der Schwerkraft seines Namens etwas entgegenzusetzen, ein Faible für Witzbolde und Künstler entwickelt hatte, fand er ein neues Umfeld für sein wissenschaftliches Interesse und letzte Heimstatt für seine Überzeugungen. Endlich gelang es Kurd, seine Lehrtätigkeit, seine Haltungen und sein Schreiben zu verbinden.

»Ein guter Freund, ein rheinländischer Theatermacher«, begann Hanns, als Kurd eine Pause eingelegt hatte, er legte seinen Arm um den großen Schriftsteller. »Du weißt, was ich meine, wenn ich rheinländisch sage?«

Kurd nickte und lachte. »Oha, ja.«

»Der hat mir neulich in Berlin sein Leid geklagt. Reichshumor müsse er jetzt auf die rheinländische Bühne bringen. Die preußischen Stücke seien nicht mal, wie nennst du das, Emma Andreas? Halblustig?«

Kurd lachte und nickte. Ich warf einen Blick in den Rückspiegel.

»Für einen vom Rhein, wie für einen von der Seine, eine Beleidigung!«

»Ja, cherie! Aber jetzt kommt's! Dafür bekommen sie jetzt Honorare!« Kurd und Hanns schüttelten sich.

Marc verstummte und starrte mich durch den Rückspiegel an. »Wir machen französische Revolution, kochen Ratatouille aus den Köpfen der Feudalisten und ihr kassiert Honorare!«

Plötzlich erschien ein Tor in der Mauer! Ich stieg auf die Bremse und setzte das letzte Stück zurück. Kam das von mir?

»Hier, bitte schön«, triumphierte Marc. »Wie ich es vorausgesagt habe.«

War dieser Ausweg die französische Variante einer deutschen Lösung, die Marc angestoßen und ich offenbar ausgeführt hatte? Oder war das Tor überhaupt nicht von mir, sondern von Kurd? Wie konnte das sein, dass jemand in die Mauern meines Unbewussten einfach ein Tor einbaute?

»Ah, da sind wir ja!«, rief Kurd. »Habt ihr noch Wechselgarderobe? Es wäre respektlos, den hohen Abgesandten der Numenheit in schäbigen Hemden und Lumpen gegenüberzutreten.«

»Was verstehst du noch mal unter Numenheit?«, fragte ich.

Kurd fuchtelte mit den Händen in der Luft herum, er wusste nicht, wo anfangen. »Friedlich, kultiviert bis hinter das Komma, aber ohne Scham und Schande, glücklich, das höchste Leben des Geistes im Kampf mit den widerstrebenden Kräften der Natur, also reif und frei. Das Spiel dieser vier Buchstaben auf Martisch. Die Nume eben.«

»Und wie nennen die Nume uns noch mal?«

»Bat.«

Jetzt also Marsmenschen, dachte ich. Reflexe der intellektuellen Abwehr kamen wieder auf, aber meine Neugier überwog. Kindliche Neugier, ich war geradezu euphorisch. Dass diese Außerirdischen sogar etwas Deutsch verstehen sollten, aber kein Englisch, kam mir im 21. Jahrhundert wie ein Wahnsinn vor.

»Ihr werdet an einem offiziellen Empfang der Nume teilnehmen, bei dem den Abenteurern Saltner und Grunthe die Entscheidung der höchsten Kammer der Vereinigten Marsstaaten mitgeteilt wird«, erklärte Kurd. »Leider befinden sie sich gerade in einer blöden Situation, aber ich sehe keine andere Gelegenheit, bei der du dein Anliegen bezüglich der Entführten vortragen könntest. Allerdings ergibt sich da ein Risiko für euch.«

»Welches?«

»Dass du und Angelika, dass ihr anstelle der beiden, na ja, also eventuell, je nachdem, wie die Sache ausgeht … Das hängt natürlich von Saltners und Grunthes Cleverness ab. Und jetzt auch von eurer.«

»Was genau meinst du? Kampf mit fleischfressenden Riesenechsen?«

Er lachte. »Ach du liebe Güte, nein. Mit solchen unterentwickelten Wesen haben die Nume nichts zu tun. Nun, das einzige Risiko besteht darin, dass sie euch mit auf den Mars nehmen könnten.« Kurd hob die Schultern. »Muss nicht sein, wissen wir noch nicht, hängt vom Urteil der Strafkammer ab. Ich wollte euch nur schon mal vorwarnen. Mein Tipp wäre: Kommt den beiden einfach zuvor, seid schneller mit eurem Anliegen als Saltner und Grunthe.«

»Topp, Kurd«, sagte Hanns. »Da könnte ich doch behilflich sein.«

»Dem Empfang sollten nicht zu viele beiwohnen. Und auf keinen Fall jetzt noch einen satirischen Franzosen in die Geschichte einflechten. Wir haben schon genug Ärger mit den Engländern. Emma Andreas und Angelika gehen allein. Ihr wartet draußen.«

»Könnte Sahra Wagenknecht als Vermittlerin zwischen den Engländern und den Nume eingesetzt worden sein? Oder zwischen der probatischen und der antibatischen Bewegung auf dem Mars? Oder als Anführerin einer kriegerischen Erhebung gegen die Martier in Deutschland?«

Kurd wandte sein Gesicht ab. Die Sache mit den Nume war aus dem Ruder gelaufen. Die Eroberungslust der Engländer hatte Kurd einen Strich durch die Rechnung gemacht. Der ursprünglich angestrebte interplanetare Weltenfrieden mit intensivem Kulturaustausch und gegenseitiger Befruchtung war am Ende bloß eine Waffenruhe zwischen Rivalen geworden. Er konnte meine Fragen nicht beantworten, weil er nicht mehr Herr über die Geschichte war. Sie führte längst ein Eigenleben. Wer wen wo und wann auf der Erde entführt und wegdelegiert hatte, davon wurde er nicht mehr in Kenntnis gesetzt. Nur für eine geeignete Einstiegsstelle konnte er noch sorgen. Alles Weitere auf eigene Gefahr.

Glücklicherweise hatte Angelika Klaras Koffer mitgenommen. Ich schlüpfte in das Kostüm mit Rock und Krawatte, in dem ich neulich auf Cosmos Eröffnung aufgekreuzt war.

»Superb, diese hohen deutschen Botschafterinnen, nicht?«, rief Kurd. »Endlich! Als wären wir kulturell gerade eine Stufe auf der Leiter zur Numenheit aufgestiegen. Ach, um mich herum sonst nur Busen und Schürzen. Da hat mir einfach die Fantasie gefehlt, so etwas Intelligentes und Modernes wie euch von Anbeginn herauszuarbeiten. Aber ihr werdet den Blick der Nume auf uns verändern, ihr seht fast moderner aus als sie, vielleicht könnt ihr ja auch Saltner und Grunthe da rausholen, ich will gar nicht wissen, wie sich die Geschichte dann entwickeln wird. Ich verabschiede mich lieber schon mal, gebt acht auf euch. Ich hoffe, ich konnte bei deiner Suche nach der Entführten hilfreich sein, Emma Andreas.«

Er wollte mir die Hand küssen, aber im letzten Moment schüttelte er sie nur kräftig.

37 (ANGELIKA)
Du bist unendlich wandelbar

Das Tor quietschte nicht, zum Glück. Wir traten hindurch. Sofort umschlang uns eine Finsternis, als wollte sie uns beschützen.

»Gib den Blick frei, Erdling.«

»Ich kann nicht! Ich will ja, aber der klägliche Rest meiner Vernunft verhindert das offenbar. Filme über Außerirdische werden doch immer erst dann schlecht, wenn die Aliens gezeigt werden. Billig und peinlich. Oder es wird so *Mars Attacks*-mäßig lustig, weil die Vernunft mir sagt, dass ich nicht an Aliens glaube, also lache ich mich kaputt.« Mutig riss ich die Augen auf, konnte aber nur Angelika erkennen.

»Deine bewusst erlernte Vernunft rebelliert gerade gegen deinen Instinkt, Erdling, sie ist es, die dir den Blick verstellt. Dein Instinkt versucht dir zu sagen, dass uns nichts im dir bekannten Universum fremd und *alien* sein kann, egal welchen schrägen Wesen du begegnest. Fremd kann dir nur jemand werden, den du schon kennst, zu dem du eine Beziehung hast. Dieser Instinkt aus deinem Unbewussten sagt dir, dass das optisch Andere dich, wo auch immer du dich im Universum oder auf dem Planeten aufhältst, bloß an dich selbst erinnern soll. Wenn jeder und jede um dich herum so aussehen würde wie du, dann hieße das: Du bist wertlos. Dein Unbewusstes sagt dir stattdessen: Du bist, genau wie das Leben selbst, unendlich wandelbar durch alle Paradigmen von innen und außen, durch alle planetaren Kräfteeinwirkungen und biochemischen Reaktionen. Du bist ein großes intergalaktisches Spiel, Erdling. Und die hohe Kunst dieses Spiels besteht darin, dich nicht optisch täuschen zu lassen und dich auch noch in dem wiederzuerkennen, dessen Aussehen von allem Bekannten abweicht. Das ist es, was Kurd in den Nume angelegt hat. Also, gib endlich den Blick frei!«

»Es klappt nicht.«

»Fürchte dich nicht. Wenn die Aliens bedrohlich wirken, dann nur, weil sie uns den Spiegel vorhalten und uns zeigen, wie sehr wir uns von uns selbst entfremdet und entmenschlicht haben, wie gefühllos und stumpfsinnig, wie cool wir geworden sind, weil wir uns selbst nicht mehr wiedererkennen und nicht die kleinste Gefühlsregung aufbringen, die nötig ist, damit wir diesen Moment der Erkenntnis abspeichern und uns für immer an ihn erinnern können. Das ist die Gefahr der Kälte, das ist billig. Das ist die Moderne. Die bewusste Vernunft im 21. Jahrhundert ist ihre Folge, und ihre plausibelste Lösung lautet: Eine vermeintlich höhere Zivilisation bedroht die Erde. Aber nicht bei Kurd, vergessen? Und wie komisch und wie unbeschwert deutsch es hier zugehen darf, wie nur pazifistische, vernunftorientierte Deutsche damals Begegnungen mit Außerirdischen haben konnten! Gib – den – Blick – frei, Erdling.«

38 (DIE NUME VOM MARS)

Bis heute war es uns versagt, diejenigen kennenzulernen, die diesen mächtigen Planeten beherrschen als vernünftige Wesen

Im Halbdunkel des zehn Meter hohen Raums saß in einem Sessel vor uns eine hohe, schmale Gestalt mit riesigen leuchtenden Augen, die zwischen Braun und Blau irisierten. Anscheinend war sie weiblich. Unter einem schwarzen, samtenen Talar, der vorne offen war, trug sie ein metallisch schimmerndes Negligé, das der jurisprudenten Ausstrahlung des äußeren Gewands einen unerwartet erotischen Glamour gab. Mich amüsierte der Gedanke, hier Kurds idealer Weiblichkeit zu begegnen, der wie Carpenter offenbar nur mit außerirdischen Frauen etwas anfangen konnte. Eine Mischung aus Richterin und Vamp schien die liberale Version der modernen Frau aus gelehrter Männersicht im Deutschland unter Wilhelm II. zu sein. Die Gestalt war von einem Lichtschleier umgeben, dann kräuselte sich das braune Haar, das im Dunkeln phosphoreszierte. Die Bücherregale, die ringsum vom Boden bis zur Decke reichten, waren Kurds Ansage, auf welchem Niveau diese Begegnung mit Außerirdischen stattzufinden hatte. Keine Waffen, keine Uniformen, keine Wachen. Sie las in einem Buch, offenbar hatte sie uns noch nicht bemerkt. Angelika drückte meine Hand, ich sollte etwas sagen.

»Guten Tag, Emma Andreas von Erdling mein Name. Wir wollen zum Konferenzsaal. Aber vielleicht können Sie mir ja auch weiterhelfen. Ich suche jemanden, den ihr womöglich abgeholt habt.«

Die Gestalt hob die linke Hand auf Kopfhöhe, spreizte die Finger ab und murmelte etwas Unverständliches. Dann drückte sie auf einen Knopf neben der Stuhllehne, und im nächsten Moment schwebten wir durch den Raum. Mein Körper war leicht wie im Wasser, die fehlenden Newton kribbelten im Magen wie enttäuschte Erwartungen meiner Körpermasse. Am Anfang schnappte ich panisch nach Luft, bis Angelika an meiner Seite war, meine Hände nahm und mich beruhigte. Wir stießen gegen das obere Ende eines Regals und hielten uns fest. Das langsame Atmen schützte meine Lungen vor dem Kollaps.

Die hohe martische Gestalt stand auf und nahm uns in Augenschein. Sie war bestimmt fünf Meter groß, ihre Augen waren mächtige, einflussreiche Sphären, hatten aber Pupille und Iris. »Verzeihung, Bat, bei irdischer Schwerkraft kriege ich meine Lippen und Zähne nicht auseinander. Wen sucht ihr denn?«

»Eine deutsche Kommunistin namens Sahra Wagenknecht.«

»Bei uns gibt es inzwischen zig deutsche Kommunist:innen –«

Oh, sie gendert, dachte ich, oder bildete ich mir das bloß ein? Knackte da nur ihre Stimme, war die Übertragung wieder schlecht?

»– aber eine Sahra Wagenknecht kenne ich nicht, Bat-Schwester. Allerdings besteht die Wahrscheinlichkeit, dass wir sie …«, sie suchte offenbar mit den Augen in ihrem Gedächtnis herum, »… abholen gekonnt haben werden. Du verstehst doch, was ich damit meine? Ich konnte das nur direkt übersetzen.«

Ich schüttelte den Kopf.

Sie blickte hilfesuchend zu Angelika.

»Erdling, damit meint sie, dass die Nume, während sie jetzt hier sind, gleichzeitig auch in anderen Jetzts sind, also zum Beispiel in der Zukunft. Dort tun sie Dinge, die bereits passiert sind, über die sie aber hier und jetzt noch nicht sprechen können, weil sie sich zu diesem Zeitpunkt, der ihre Bewegungskoordinaten schneidet, faktisch noch nicht ereignet haben. Wichtig für dich ist bloß die Wahrscheinlichkeit, dass sie etwas tun werden gekonnt haben. Ich muss dich nachher unbedingt über einige Sachverhalte aufklären.« Angelika wandte sich an die Gestalt. »Wer von euch könnte mit höherer Wahrscheinlichkeit sagen, ob ihr sie abholen gekonnt haben werdet?«

»Der Hohe Kommissar, der verfügt immer über aktuelle Berechnungen zu allen Wahrscheinlichkeiten.« Sie zeigte auf eine Tür neben sich. »Das habt ihr gut abgepasst. Im Konferenzsaal hat gerade eine Anhörung begonnen. Bitte leise eintreten.« Dann forderte sie uns auf, uns auf den Boden zu begeben, bevor sie den Knopf erneut drückte. »Ich habe hier nur eine sehr primitive Steuerung.«

Als wir den Saal betraten, erklang Musik. Eine ellenlange gedeckte Tafel, an der kein Platz unbesetzt war, zog sich durch die gesamte Raumzeit der Halle. Kurds Hauptfiguren Saltner und Grunthe saßen am vorderen Kopfende, mit dem Rücken zu uns. Kaum hatten wir die Tür geschlossen, drehten sie sich um. »Wer hat euch geschickt?«, flüsterte einer von beiden.

»Kurd.«

Sie hatten keine Ahnung, wer das war. Saltner und Grunthe boten uns einen ihrer Stühle an, und wir quetschten uns darauf. Sie zeigten auf eine Linie, die vor uns im Raum verlief. Offenbar die Schwerkraftgrenze. Wir nickten. Angelika kicherte und zwitscherte in mein Ohr: »Typisch Mathematiker, blöder Einfall.«

Ich legte den Zeigefinger auf die Lippen.

Die leise Musik kam aus uralten Fernsprechklappen, eine furchtbare Akustik und eine furchtbare Musik, die der Versuch zu sein schien, Zwölftonmusik mit Orgelklängen aus der Zukunft zu verbinden. Ansonsten herrschte vollkommene Stille, niemand sagte etwas, was darauf hindeutete, dass sie darin einen hohen Genuss sahen. Der Saal war abgedunkelt, mit bläulich schimmernder Beleuchtung und fluoreszierenden Arabesken an der Decke. Über die gegenüberliegende Wand spannte sich das leuchtende Banner des Mars, ein weißer Kreis auf schwarzem Grund, umgeben von den Symbolen der 154 Vereinigten Marsstaaten. Davor saß der Hohe Kommissar, eine fast sechs Meter große Gestalt. Er lächelte, ich lächelte, Saltner und Grunthe lächelten. Ach, Kurd. Wie schön, dass die Martier nicht alle gleich aussahen, wie so oft, wenn Menschen versuchen, Außerirdische zu zeigen. Hier glich kein Gesicht und kein Körper dem anderen. Der Kommissar wirkte fast androgyn, hatte volle Lippen und einen fein gearbeiteten Moustache. Bestimmt war Kurd verliebt in ihn, weil er gern so gewesen wäre wie er. Der Kommissar schien so stolz, so glücklich, so mächtig zu sein, er strahlte ein Selbstbewusstsein aus, dem wir uns schwer entziehen konnten. Selbst Grunthe und Saltner, die Kurd, so viel wusste ich von der Lektüre noch, eigentlich hundert Prozent hetero angelegt hatte, konnten ihren Blick nicht von dem freudigen Glanz abwenden, den offenbar die Musik in ihm auslöste. Alle Anwesenden trugen über ihrer glänzenden Unterkleidung diesen in malerische Falten geworfenen samtschwarzen Mantel. Erst jetzt erkannte ich, dass augenscheinlich männliche Nume anstatt des Negligés eine metallene Rüstung anhatten. Mir fiel außerdem auf, dass die Beamten, die links und rechts vom Kommissar die Tafel säumten, alle stereotyp männlich wirken sollten. Dagegen bedienten die weiblichen Nume die Kamera, den Phonographen oder saßen an Schreibmaschinen.

Die Anwesenden repräsentierten eine große und mächtige Gemeinschaft, die gerade zum ersten Mal mit Menschen in Kontakt kam. Und wir waren in dieses Zusammentreffen hineingeraten, standen der Numenheit heute als Mitglieder einer (Kurd schrieb: der am höchsten entwickelten) europäischen Kultur gegenüber.

Als der letzte Akkord endlich verklungen war, erhob sich der Kommissar. Sein Name war Ill. »Grüße vom Nu den Bewohnern der leuchtenden Ba, die sich Menschen nennen«, verkündete er. »Bis heute war es uns versagt, diejenigen kennenzulernen, die diesen mächtigen Planeten beherrschen als vernünftige Wesen.«

Angelika und ich kicherten. Die Männer neben uns runzelten die Stirn. Sie hatten recht, es war respektlos und diskriminierend, aus der sogenannten Zukunft zu kommen und sich über damals vorherrschende Bewusstseinszustände lustig zu machen. Besser, wir studierten sie gründlich. Ich stieß Angelika leicht von der Seite an.

»Es versetzt uns in wahre Freude, dass unser Nachbarplanet von hochgebildeten Völkern bewohnt ist, mit denen wir uns in den Aufgaben der Kultur verständigen können.« Der Kommissar machte eine Geste, dass alle sich erheben sollten. »Kraft des Amtes, das der Wille der Nume mir übertragen hat, enthülle ich das heilige Symbol der Numenheit als das Zeichen des Gesetzes in Vernunft und Arbeit, dem wir gehorchen.« Die Martier schauten nach oben, aber wir sahen nichts. »Vernehmen Sie, Nume und Menschen, nun den Beschluss des Zentralrats.«

Grunthe erhob sich. »Ich bitte ums Wort.«

Erstaunen.

Ich sprang auf. »Ich auch, Hoher Kommissar. Nur eine Frage am Rande, damit wir diese Zeremonie nicht weiter stö–«

Grunthe fiel mir ins Wort. »Ich bitte um Verzeihung, wenn ich Sie ersuche, mich vor der Verlesung des Beschlusses eines hohen Zentralrats der Marsstaaten zu hören, und ich bitte im Voraus um Verzeihung, wenn ich aus Unkenntnis der Sprache mich vielleicht nicht völlig angemessen auszudrücken vermag.«

Der Kommissar lächelte. »Ich sehe keinen Grund, unseren Gästen das Wort zu verweigern, wenngleich ich es ratsam fände, erst unsere Verlesung abzuwarten.«

Grunthe zog Saltner vom Stuhl. »Das verstehen wir, aber wir beantragen, die Verlesung zu unterlassen, wir protestieren gegen die Verlesung, weil wir uns nicht kompetent fühlen, Beschlüsse des Zentralrats der Marsstaaten entgegenzunehmen.«

»Sie protestieren, wir nicht«, sagte ich und zeigte mit dem Finger auf Grunthe. »Wir haben bloß eine Frage an den Hohen Kommissar: Wie hoch ist die Wahrscheinlichkeit, dass Sie eine Sahra Wagenknecht, Philosophin und Kommunistin aus Deutschland, abgeholt werden gekonnt haben?«

Alle lachten. Die Tafel bebte. Die Flüssigkeit in den Gläsern jenseits der Schwerkraftgrenze tanzte schwebend auf und ab, während sie bei uns in schweren Tropfen überschwappte. »Liebe Bat, ich will versuchen, unsere Freude mit dir zu teilen. Nach allem, was die Nume, vorausschauend rückblickend, mit den Bat dieser Kultur von offenbar am höchsten entwickelten Haarspaltern und Rechthabern unseres Nachbarplaneten durchmachen müssen gekonnt haben, wohl wissend, dass wir ihnen gerade zum ersten Mal begegnen, wirst du gleich selbst sehen, warum deine Frage uns so erheitert. Vorsorglich verweise ich auf die heutige Wahrscheinlichkeitsrechnung von dreiunddreißig Prozent.«

Angelika schnalzte mit der Zunge. »Nicht sehr wahrscheinlich, Erdling.«

Ich setzte mich. Die Zeremonie ging weiter, und schon bald leuchtete mir ein, warum sie einen Lachanfall bekommen hatten. Aus lauter Verzweiflung.

»Wie begründen die Menschen ihren Protest?«, fragte der Kommissar.

»Ich fühle tief die große Ehre, welche die Vertreter des Mars durch ihr freundliches Entgegenkommen den Bewohnern der Erde erweisen. Auch bin ich überzeugt, dass die Berührung der Bewohner dieser beiden großen Kulturplaneten ein weltgeschichtliches Ereignis ersten Ranges sein wird. Und wir sind den Nume zu großem Dank verpflichtet für die Rettung.« Grunthe sah zu seinem Freund.

»Ja, das werden wir niemals vergessen«, beteuerte Saltner.

»Als Menschen sprechen wir auch unseren ehrerbietigen Dank der Regierung der Vereinigten Staaten des Mars aus«, fuhr Grunthe fort, »dass sie uns eine Botschaft entbieten will. Aber diese Ehre müssen wir ablehnen!«

Der Kommissar zog die Augenbrauen hoch, er wartete auf eine Erklärung.

Saltner nickte bestimmt. »Wir sind keine Vertreter irgendeiner Regierung. Wir haben kein Mandat und kein Recht, diplomatische Erklärungen entgegenzunehmen oder abzugeben. Wir sind Privatleute, die in ihrer Heimat keine weitere Geltung haben, als Gelehrte zu sein, was uns in politischer Hinsicht nicht zum Empfang dieser interplanetaren Botschaft autorisiert. Und selbst wenn wir uns als Boten betrachten würden, die ihrer Regierung eine Mitteilung überbringen könnten, so gebe ich zu bedenken, dass außer dem Deutschen Reich noch fünf andere europäische Großmächte plus die Vereinigten Staaten von Nordamerika die politische Macht über die Erde in den Händen haben, so dass wir demnach nicht in der Lage sind, für die Staaten der Erde Aufträge entgegenzunehmen.« Grunthe setzte sich.

Der Kommissar zwinkerte mir grinsend zu und wendete sich dann ebenso freundlich an die beiden Männer. »Ihre Worte in allen Ehren, aber die Botschaft bezieht sich nur auf die hier anwesenden Menschen.«

Mitleidige Marsgesichter.

Grunthe sprang wieder auf. »Wir müssen es aber auch für unsere Personen ablehnen, irgendwelche Bestimmungen seitens der Regierung des Mars entgegenzunehmen, und zwar aus formellen Gründen. Wir dürfen es prinzipiell nicht geschehen lassen, dass die Regierung des Mars hier unbefugt und ohne interplanetare Abkommen irgendwelche offiziellen Anordnungen trifft über Bürger des Deutschen Reichs. Über unser Tun und Lassen kann nur diejenige Regierung Verordnungen geben, auf deren Gebiet wir uns befinden.«

Ill und alle anderen Martier im Saal zeigten auf die Flagge der Vereinten Marsstaaten.

Grunthe und Saltner schauten einander an.

»Und auch wenn Sie hier die Flagge gehisst haben«, führte er fort, »so können wir derselben doch nur eine dekorative, aber keine staatsrechtliche Bedeutung zusprechen, denn wir befinden uns hier auf der Erde –«

»In Gotha unter Herzog Ernst II., um genau zu sein«, fügte ich hinzu.

»– und nicht auf dem Mars«, sprach Grunthe weiter. »Auf der Erde gibt es bis jetzt keine völkerrechtlich anerkannte Siedlung der Marsstaaten.«

Die Mienen an der Tafel verdüsterten sich im Verhältnis zu ihrer Größe.

Der Kommissar lehnte sich zurück. »Wir sind an dieser Stelle des Sonnensystems die ersten Ankömmlinge gewesen.«

Ich stand auf. »Das ist noch unklar. Etwa 150 Jahre früher landeten Mikromegas und so ein gelehrter Saturnier auf der Erde, allerdings weiß niemand wo genau.«

Der Kommissar schoss ernste Blicke auf uns ab. »Die Nume sind die einzigen Wesen, welche bislang zwischen den Planeten verkehren, sie schaffen damit das Recht dieses Verkehrs. Kraft dieses Rechts hat die Regierung der Vereinigten Marsstaaten Besitz von diesem narrativen Raum, in dem wir uns befinden und der durch das Tor in der Mauer zu betreten ist, ergriffen. Kraft dessen gilt hier das Gesetz des Mars. Und kraft dieses Gesetzes und des Beschlusses des

Zentralrats vom 603. Tag des Jahres 311 770 werde ich hiermit den Beschluss verkünden.«

Grunthe und Saltner seufzten. Grunthe schmiss sich in den Stuhl. Sie mussten sich geschlagen geben.

OMG, dachte ich, er meint die Mauer aus meinem Unbewussten. Und hier sollte jetzt das Gesetz der Vereinigten Marsstaaten gelten? Ich flüsterte Angelika ins Ohr.

»Sei unbesorgt, Erdling, ich erkläre dir den Sachverhalt später. Wir haben gleich andere Probleme.«

Der Kommissar richtete sich wieder zu ganzer, imposanter Größe auf. »Der Zentralrat des Nu«, begann er die Verlesung, »im Namen der Vereinigten Staaten des Mars, hat beschlossen, wie folgt: Die beiden Menschen, namens Grunthe und Saltner, stehen unter dem Schutz der Marsstaaten. Die Freiheit ihrer Person, ihres Verkehrs und Eigentums wird ihnen gewährleistet im gesamten Gebiet des Mars. Sie werden eingeladen, in sechs Tagen auf einem der Raumschiffe der Erdstation auf dem Nordpol sich nach dem Mars zu begeben als Gäste der Marsstaaten, denen jede Förderung zuteilwerden soll, Einrichtungen und Gesinnungen der Nume zu studieren. Sie werden ersucht, im nächsten Frühjahr der Nordhalbkugel der Erde nach derselben zurückzukehren, um alsdann eine nach den Hauptstädten der Erde aufbrechende Expedition zu begleiten.«

»Wow, Jungs«, raunte ich Grunthe zu, »das ist ein All-Inclusive-Angebot. Ihr Glückspilze.«

Saltner hob die Hand. »Bitte noch ein Wort.«

Ill führte weiter beharrlich aus: »Der Zentralrat garantiert ihnen volle Freiheit. Er kommandiert sie nicht nach dem Mars, er lädt sie ein. Er befiehlt nicht, dass sie uns nach Europa geleiten sollen, er ersucht sie darum. Er setzt dabei voraus, dass es keine berechtigten ethischen Motive gibt, weshalb sie diesen Wünschen nicht nachkommen sollten, und er erwartet daher, dass sie ihnen Folge leisten.«

Saltner ließ die Hand oben.

Der Kommissar machte so etwas wie einen martischen Seufzer und erteilte ihm das Wort.

»Hoher Kommissar, wir wissen Ihre Einladung zu schätzen, nur geben wir zu bedenken, dass unsere Visite auf dem Mars derzeit für beide Seiten keine besonderen Vorteile böte. Mein Freund und ich sind bereits vollständig von der Macht und Leistungfähigkeit der Martier überzeugt. Wir wissen schon derart viel über den Mars, dass wir Mühe haben werden, nur dies unseren Mitbürgern begreiflich zu machen. Wir möchten daher ein Gegenangebot machen. Mein Freund und ich kehren sogleich in unsere Heimat zurück und bereiten unsere Mitbürger behutsam auf das Eintreffen der Martier im nächsten Jahr vor. Und Sie nehmen an unserer statt die beiden Damen hier mit auf den Mars, die dann ihre Studien der Numenheit vertiefen können.«

Ich ergriff das Wort. »Hoher Kommissar, leider stehen Frauen im Deutschen Reich weit unter den Männern, noch haben sie politische Rechte, nicht einmal das Wahlrecht. Wir haben keine Erfahrung mit einem solch anspruchsvollen Studium und wären nicht in der Lage, die hohe Kultur der Martier angemessen und vollumfänglich zu erfassen und ethisch einzuschätzen, da Frauen sich im Deutschen Reich vordergründig mit Familie, Küche und Gerüchten beschäftigen sollen. Wir unterstützen daher den Beschluss des Zentralrats der Vereinigten Marsstaaten, die Männer Saltner und Grunthe für diese ehrenvolle Aufgabe auszuwählen.«

Grunthe erhob sich wieder. »Nur die Anwesenheit der Frauen, verehrter Kommissar, ist doch schon Ausdruck der gesellschaftspolitischen Räson unserer Regierung und zugleich Ermutigung, nun auch ihnen staatspolitische Verantwortung zu übertragen. Etwas, wofür Frauen gerade europaweit kämpfen! Sie hätten hier die einmalige Chance, im Namen des Deutschen Reichs als Vorbild für die europäischen Frauen und die gesamte Menschheit voranzugehen und als erste Menschen den Mars zu betreten.«

Der Kommissar schaute zu mir.

»Wie Sie vielleicht schon erraten haben, sind wir keine Bürgerinnen des Deutschen Reichs. Daher können wir auch nicht in dessen Namen irgendwelche Einladungen und repräsentative Rollen annehmen.«

Grunthe: »Hoher Kommissar, das sind kleine Formalitäten, über die hier gesprochen wird, die Damen bekommen rückwirkend die entsprechenden Mandate.«

Plötzlich wusste ich, wie ich die beiden schachmatt setzen konnte. »Wenn ich das richtig verstanden habe, hoher Nume, ist der freie Wille etwas Unverhandelbares bei der Numenheit.«

Alle nickten entschieden.

»Gut. Denn ich will nicht.«

Natürlich wäre ich neugierig gewesen, die Numenheit auf dem Mars zu studieren, es war ja nicht so, dass Angelika und ich den Kommissar und auch einige andere an der Tafel, vor allem aber diese Nu-Schwester im Vorzimmer nicht extrem heiß fanden und uns einige prächtige Wochen mit ihnen auf dem Mars ausmalen konnten. Dass die Martier uns so konsequent aus der Sache entließen, war nicht nur Ergebnis meines freien Willens, der ihrer Meinung nach von kindlichem Trotz anstatt von Vernunft geleitet wurde, sondern begründete sich auch damit, dass wir (weil aus einer zukünftigen Raumzeit kommend) ihnen bei ihrer ersten Tuchfühlung mit den Menschen hier auf der Erde nicht in die Quere kommen würden.

Als Angelika und ich den Konferenzsaal verließen, hatte ich vor, die Hohe Nu-Schwester, die noch immer im Sessel saß, zu küssen, was sich Saltner in der Geschichte schließlich auch herausgenommen hatte. Ich näherte mich ihrem Gesicht, sie blickte nicht auf, meine Lippen berührten schon fast die ihren, da flog ich durch den Raum. Sie hatte den Knopf gedrückt und blickte mich an.

»Der freie Wille zählt nur, wenn er vernünftig ist. Dass du mich attraktiv findest, wertet mich auf und erfüllt mich mit Freude, wenn ich das mal so pathetisch ausdrücken darf, aber ich bin einfach hetero, das ist alles.« Sie lächelte und winkte mir mit ihren großen, langen, schmalen Händen zu.

39 (ANGELIKA)

Materie ist immer im Widerstand zur Raumzeit

Wir traten durch die Mauer auf einen Platz und blickten auf einen prächtigen kleinen Palast. Eine Kutsche fuhr an uns vorbei.

Ich geriet in Panik. »Wo ist der Mietwagen? Wenn ich den irgendwo in der Raumzeit verloren habe, dann bin ich aber so was von geblechmeiert!«

»Erdling, die Gelackmeierten sind WeShare, beruhig dich. Falls wir erfolgreich sind und die Dinge sich fügen, dann kommen wir so aus dieser Geschichte heraus, dass du den Wagen keine Woche gemietet hast. Du kriegst ihn nachher zurück.«

»Wo sind wir?«

»Wir befinden uns auf der Akademiestraße vor dem Hondheimischen Palais in Düsseldorf.« Sie küsste mich zur Beruhigung.

»Und was machen wir hier?«

»Wir warten auf Dr. Ewers. Er hat eine blöde Klage am Hals wegen Ehrenwortbruch. Später werden wir eine neue

Spur zur Entführten suchen müssen. Wirst sehen. Alles läuft wie geschmiert.« Sagte sie so. »Die Spur, auf der wir uns befinden, können wir nicht so einfach verlassen. Aber wenn meine Berechnungen stimmen, wirst du sie früher oder später, … eher später als früher, finden.«

»Und wenn deine Berechnungen nicht stimmen?«

Angelika lächelte. »Dann bist du am Arsch, Erdling.«

Ich starrte sie an. Sie starrte mich an. Dann tat sie ihre Bemerkung mit einem Lachen ab und streichelte mir übers Haar, sie habe alles unter Kontrolle.

Wir hockten uns auf den Steinsims des Gebäudes gegenüber, und ich ließ meine Gedanken um die letzten Ereignisse kreisen. Wie schön und groß die Martier waren! Diese reizvolle Aussicht auf den Mars öffnete Fenster und Löcher zum gesamten Universum. In einer solch euphorischen Stimmung keimte doch die Quantenphysik in Deutschland und ganz Europa.

»Mir ist vollkommen schleierhaft«, sagte ich irgendwann, »wie so viel Zeit rückwärts vergehen kann, während wir nur ein paar Stunden da drin gewesen sein können.«

»Rückwärts?« Angelika lachte. »Es gibt kein Rückwärts.«

»Eben.«

»Es gibt nur Sichtbarkeit und Unsichtbarkeit. Dein Unbewusstes hat bloß deinen Horizont verschoben. Paradigmatisch, verstehst du? Und jetzt siehst du Dinge, von denen du dachtest, vorher nichts gewusst zu haben.«

Ich kapierte null, und sie sah es mir an.

»Das funktioniert so ähnlich wie mit deinem Zeitgefühl. Hast du dich jemals gefragt, Erdling, warum dir deine Träume immer so kurz vorkommen, obwohl dabei in deiner Umgebung auf der Erde viele Stunden in der Nacht vergangen sind?«

»Wieso? Wenn ich schlafe, dann bin ich ja nicht bewusst, deshalb kann ich die Zeit nicht vergehen spüren.«

»Nicht ganz richtig. Der Schlüssel sind deine Sinne. Nehmen wir ein anderes Beispiel. Warst du schon mal in einer Dunkelbar?«

»Du meinst, in so einem Restaurant, wo ich mir im Stockdusteren das Essen hin und wieder versehentlich in die Augen stecke?«

»Genau. Wie viel Zeit hast du dort vergehen gefühlt? Und wie viel Zeit hast du tatsächlich dort verbracht?«

Ich erinnerte mich, dass Armin mich einmal in so ein Restaurant eingeladen hatte, nachdem er für seinen einzigen Auftritt als Schlagersänger ein anständiges Honorar bekommen hatte. Wir konnten nur Richtungen bestellen. Der Sinn, der dort am besten funktionierte, war der Tastsinn. Ich sah gar nichts. Jemand wusch uns die Hände vor dem Essen. Besteck durften wir nicht benutzen. Wir rochen und schmeckten, wir redeten weniger als sonst, wir tranken auch weniger. Vielleicht weil wir in dieser Finsternis unsicher waren. Für mein Zeitgefühl waren vielleicht neunzig Minuten oder maximal zwei Stunden vergangen. Eigentlich wollten wir danach noch ins Kino, doch kaum hatten wir das Restaurant verlassen, stellten wir fest, dass fünfeinhalb Stunden vorüber und die Kinos längst geschlossen waren.

»Zeit ist nur eine Empfindung, Erdling. Im lichtlosen Raum fühlst du die Zeit nicht so wie bei Tag, weil nachts weniger Sinne aktiv sind, und im Traum siehst du sowieso ohne Augen, hörst ohne Ohren, fühlst ohne Finger, riechst ohne Nase und schmeckst ohne Zunge, weil dein Gedächtnis diese Gefühle gespeichert hat. Die Sinne sind träge, sie verschlingen Informationen, deren Verarbeitung organische Prozesse erfordert, die Zeit kosten, die du verrinnen fühlst, was nur eine Illusion ist. Deshalb müsstest du nachts jünger werden und am Tag älter. Oder nein: Nachts verlängert sich dein Leben, weil du scheinbar weniger Zeit verbrauchst als am Tag. Oder: Das Zeitempfinden deines Geistes synchronisiert sich, während du träumst, mit den Schwingungen der Energieteilchen in deinem Sonnensystem.«

»Das hieße doch, wir müssten unser Alter ganz anders ausrechnen?«

»Relativ gesehen ja. Über welche Zeit reden wir? Bestimmen wir das Alter des Universums im Verhältnis zu unserer zeitraubenden Wahrnehmung? Dann ist das Universum sehr, sehr alt. Aber vielleicht ist es ja so jung wie wir? Denn Zeit ist nur in Frankreich absolut, im Rest des Universums hängt Zeit immer von etwas ab. Und wir haben fünf Sinne zur Verfügung und leben zu einem großen Teil im Licht, Erdling. Aber das Universum ist meistens stockduster.«

»Es verbraucht keine Zeit?«

»Nicht für unsere Sinne. Nicht in Bezug zu uns. Vielleicht in Bezug zu etwas anderem. Wer weiß?«

»Müsste diese Erkenntnis nicht in der Allgemeinen Relativitätstheorie Beachtung finden?«

»Das interessiert mich nicht. Ich will dir bloß klarmachen, dass Sinne träge sind, weil sie über Organe funktionieren, sie sind materiell, die Schleusen zu unserem Geist. Und Materie ist immer im Widerstand zur Raumzeit. Du musst bedenken, dass unser Sonnensystem im Orion-Arm, einem Seitenausläufer der Milchstraße, das Zentrum unserer Galaxie umrundet. Die Trägheit unseres Sonnensystems verursacht Verzögerungen in den Beziehungen zwischen einzelnen kosmischen Körpern, durch die unsere Raumzeit erst zustande kommt. Sie entsteht durch das Beharrungsvermögen der sich bewegenden Massen im Widerstand zu den sie umgebenden Gravitationskräften, die sie anziehen oder mitreißen wollen. Wenn das Universum ein akkurates Uhrwerk wäre, dann wäre das Leben vor lauter Präzision der Teilchenbewegungen vermieden worden. Im Grunde ist das Leben nur die Abweichung von der Präzision. Und jetzt dreht sich auch noch unsere Milchstraße. Aber ohne deine trägen Sinne, die dieses Delay, diese Zeitverschiebung erzeugen, würdest du das gar nicht mitkriegen, du würdest nichts erleben, keinen Raum, keine Zeit, keine Gefühle, keine Liebe, keinen Hass, du würdest keine Entwicklung machen und keine Erkenntnisse gewinnen. Du hättest kein Leben, keine Erfahrung. Du wärst bloß ein rasend schnelles, körper- und gefühlloses Photon, ein Energiebündel, das nichts weiß und niemanden interessiert, weil es keine Beziehungen hat und auch nicht kämpfen muss. Es hat freie Fahrt und kaum Grund zum Widerstand.«

»Okay, aber ich bin ja nicht einige Jahre später zurückgekehrt, sondern befinde mich jetzt so Ende des 19. Jahrhunderts, wenn ich richtigliege.«

Angelika lächelte. »Das ist bloß eine paradigmatische Verschiebung, nennen wir es einen Tonart-Wechsel. Niemand kann dir garantieren, dass, wenn du morgens aus deinem Traum aufwachst, nicht eigentlich einhundert Jahre zwischen dem Einschlafen und dem Aufwachen liegen, nur weil du die Rosen in deinem Vorgarten noch genauso blühen siehst wie gestern oder deine Uhr dir irgendwelche Zahlen anzeigt. Die chronologische Zeitzählung bedeutet im Quantenuniversum nichts, sie hilft vielleicht einigen Historikern, eine mögliche Ordnung in faktische Geschehnisse auf diesem Planeten zu bringen, aber hindert sie gleichzeitig daran, das immense Ausmaß unserer Existenz zu erkennen. Nur weil etwas hinter deiner Horizontlinie liegt und du es nicht wahrnimmst, heißt das nicht, dass es nicht anwesend oder bereits vergangen ist oder in irgendeiner Zukunft liegt.«

In dem Moment öffnete sich die Tür des Palais.

40 (H. H. EWERS)

Mein Heinrich, das linke Bein schmerzt in Deutschland vor Selbstzerfleischung

Hanns trat in einem scheußlich geckenhaften Anzug auf die Straße. Er trug einen roten Frack über einer cremefarbenen Weste und einer hellbraun karierten Hose, dazu eine breite, rosafarbene Seidenfliege und schwarze Lackschuhe. Auf seinem Kopf saß ein braun geblümter Velourzylinder, seine mit weißen Samthandschuhen bezogenen Hände hielten einen schwarzen Gehstock. Er sah aus wie der Hutmacher aus *Alice im Wunderland*, der es hinter den Spiegeln zum Zuhälter gebracht hatte. Als er uns erblickte, zog er den Hut und rief: »Na endlich! Meine Musen sind zurück.« Er schritt uns entgegen. »Und? Erfolg gehabt?« Er wirkte verjüngt.

»Leider nicht. Keine Spur von meiner Kommunistin«, sagte ich.

Er schüttelte den Kopf. »Wir geben nicht auf. Wir rufen sie jetzt an.«

»Sie geht nicht ans Telefon.«

»Ich meinte spiritistisch. Ich werde ihren Geist anrufen und sie hypnotisieren. Ich bin ausgebildet in Hypnose und der Beste in meinem Fach.«

»Du? Seit wann glaubst du denn an so was?«

»Ich bin Künstler! Und was ist ein Künstler? Ein Pionier der Kultur im Neuland des Unbewussten! Über den Briten, den Deutschen, den Russen und den Franzosen steht eine Kulturnation, für sie zu schaffen ist des Künstlers allein würdig. Und wenn eine deutsche Philosophin meine Hilfe benötigt und aus ihrer Zeit eine Muse wie dich zu mir schickt, Emma Andreas, dann helfe ich und rufe sie zurück.«

Er stolzierte davon. Wir folgten. Es bestand kein Zweifel mehr, dass der Fall Sahra das Steuer übernommen hatte und mich gnadenlos durch Zeit und Raum führte, ohne dass mir damals schon klar werden konnte, dass die noch willkürlich erscheinenden Begegnungen, die mich während meiner Suche eher von Sahra wegzuführen schienen, Puzzleteile waren, die ein großes Bild ergaben. Ich hoffte, am Ende nicht bloß ein Spielball in dieser Angelegenheit zu sein. Denn obwohl ich mich Galaxien entfernt von meinem früheren Lebensgefühl empfand, obwohl ich merkte, wie mein Bewusstsein sich ausdehnte, hatte ich noch keine Kontrolle über mein Denken. Gedanken, Gefühle, Ereignisse kamen zu mir, wurden mir zugespielt, und ich musste reagieren. Eigentlich war das gar nicht so viel anders als vorher. Wann hatte ich jemals Kontrolle über meine Gedanken gehabt?

»Wo hast du den Wagen?«

»Gut versteckt.«

»Und Marc? Wo ist der?«

»In München, wir holen ihn später.«

»Was hast du im Gericht gemacht? In diesem Aufzug?«

»Schon mein Vater hat mich der Prahlerei bezichtigt. Jetzt wurde ich des Ehrenwortbruchs angeklagt. Und natürlich freigesprochen!« Er fühlte sich anscheinend prächtig, paradierte voran. »Die Wirklichkeit ist hässlich, und dem Hässlichen fehlt die Berechtigung des Daseins. Die Träume aber sind schön und deshalb wahr. Darum glaube ich an die Träume als das einzig Wirkliche. Die Wahrheit ist nicht das Wirkliche, sondern einzig und allein die Dichtung. Die Fantasie. Das Träumen. Wenn ich's ganz grobschlächtig akademisch ausdrücken müsste, könnte ich auch sagen: die Lüge. Sie und nichts anderes ist das einzig Reale, das greifbar Wirkliche auf dieser Welt.«

»Erdling, Hanns besitzt eine hohe Medialität. Er hat die besten Kontakte. Und ist ein Meister der Gedankenübertragung. Vertrau ihm.«

»Wenn ich ein Kostüm anziehe«, fuhr er fort, »bin ich

ein anderer Mensch. Die Maske macht's. Dieser Aufzug ist der letzte Schrei unter den Dandys in England. Ein trauriger, aber lustiger Versuch, sich barock zu fühlen, ohne den Franzosen zu huldigen. Und er hat den Richter beeindruckt. Ich bot an, unverzüglich in Trance zu fallen, falls jemand Zweifel an meinen medialen Fähigkeiten hätte. Gerade dieser närrischen Optik wegen hat der Richter darauf verzichtet. Jeder dort fürchtete die Entlarvung. Der Bildungsbürger schämt sich für jede Falte in seinem Taschentuch. Ich kenne die deutsche Jurisprudenz, denn meine spiritistischen Sitzungen sind berüchtigt und schonungslos«, sprach Dr. jur. Ewers.

»Liebe Erdlinge, ich mag das Wort Lüge nicht. Es entspringt einem absolutistischen und ganz und gar un-quantenphysikalischen Geist, der euch nicht gut zu Gesicht steht! Dass eine Lüge falsch sei, ist ein völlig unhaltbarer Satz! Falsch und richtig sind Kategorien aus der aristotelischen Weltsicht. Ja und nein, null und eins, alles aristotelisches Denken. Und sprich nicht von Wirklichkeit! Sag lieber: Wirklichkeiten. Und Wahrheiten. Und Wahrscheinlichkeiten. Dichtung ist das einzige Instrument, um unsere Wirklichkeiten in ihren immensen und wandelbaren Erlebnisräumen zu vermessen. Warum so schüchtern? Warum nur an Fakten hängen? Fakten sind Wirklichkeit gewordene Wahrscheinlichkeiten, aber nur minimal und rein rechnerisch wahrer als erdichtete Wirklichkeiten. Warum lebt ihr auf so kleinem Raum?«

»Lügen und Hetze nennst du unsere Wahrscheinlichkeiten und Wahrheiten? Verkleinern sie nicht unsere Realität?«

Hanns blieb abrupt stehen. »Dieses verschwenderische zeitraubende Leben, Angelika, diese Wandelbarkeit ist es, wonach der Künstler strebt. Und wenn jemand eine in den Narrativen des Weltraums verschwundene Akademikerin aufspüren kann, dann der Künstler.«

Ich ahnte, dass ich diesen pathetischen Ton noch eine Zeit würde ertragen müssen.

»Erdling, von deinem aristotelisch-newtonschen Weltbild aus gesprochen gebe ich dir Recht, aber wir leben im Quantenuniversum. Wie du und andere von Lüge und Hetze unberührt bleiben können, dazu kommen wir noch.«

Wir betraten das Hotel Kaiserhof. Die Psychologische Gesellschaft traf sich dort im großen Konferenzsaal einmal im Jahr zur spiritistischen Vollversammlung. Die Erforschungen der Geisteranrufung wurden durch seitenlange Protokolle verwissenschaftlicht. Anwesend waren alle ordentlichen und alle Förder-Mitglieder, eben alle von Rang und Namen. Kaum hatten wir den Saal erreicht, drohte einer, die Polizei zu rufen.

»Natürlich! Der unterlegene Kläger von Beckenrath«, rief Hanns und schritt forsch voran. Der habe ihn aus der Psychologischen Gesellschaft ausgeschlossen, weil er angeblich die Wissenschaft zum Narren gehalten und die Trance nur vorgetäuscht habe. Der Vorstandsvorsitzende von Beckenrath hatte Klage gegen ihn eingereicht. »Ladies and Gentlemen, mein Freispruch hat sich schon herumgesprochen. Hiermit widerspreche ich also dem Ausschluss aus der Gesellschaft und bitte zügig Wunderwald und Hermanns zu mir an den Tisch. Wir haben keine Zeit zu verlieren. Ein Notfall ist eingetreten. Wir rufen heute den Geist einer deutschen Philosophin und Volkswirtschaftlerin aus der Zukunft an, die von Außerirdischen entführt wurde und unverzüglich wiedergefunden werden muss. Es steht viel auf dem Spiel für Dr. Wagenknecht. Emma Andreas, bitte, setz dich mir gegenüber. Ich brauche dich als Komplementär.«

»Du wagst es, in dieser geckenhaften Kostümierung hier hereinzuplatzen und die wissenschaftliche Jahresversammlung zu verspotten!«, rief von Beckenrath.

»Ihr verspottet unsere Geister mit eurer bierernsten Aufmachung, deshalb findet kein Geist zu euch. Bitte vermerkt auch dieses Detail im Protokoll. So! Bitte Hände auflegen. Und Augen schließen.«

Von Beckenrath verließ empört die Versammlung. Ihm folgte zögerlich noch einer der anderen Männer aus dem Vorstand. Die restliche Menge scharte sich um den Tisch. Hermanns grinste, Wunderwald zwinkerte mit betretener Miene in die Runde. »Wunderwald! Augen zu!« Kaum hatte ich meine Hände auf den Tisch gelegt, begann ein seltsames Klopfen an den Tischbeinen. Hanns schloss die Augen. Er fiel in Trance. Zumindest täuschte er sie überzeugend vor. Eine spindeldürre Stimme, die des Dichters Heine, wie ich gleich erfuhr, meldete sich durch ihn.

»Ich weiß nicht, was soll es bedeuten, dass die deutschen Herren hier im Saal sich ihre Affenschwänze ins rechte Hosenbein geschoben haben. Und die prüden Gattinnen sie neuerdings, vor den neuen Götzen schmachtend, wie Geschütze vergöttern. Heute geiern sie um meinen jüdischen Geist wie schwarzbeinigte Vögel todkalten Blickes. Strahlenbuhlende, runde Metze des Weltalls –«

»Mein Heinrich«, fiel Hanns ihm ins Wort, »das linke Bein schmerzt in Deutschland vor Selbstzerfleischung, und die Schwänze stehen im Augenblick wieder schwer vorm deutschen Heer. Aber erspar uns jetzt deine Schmähungen. Und mach, was ich dir sage! Ich ersuche den Geist der deutschen Philosophin Dr. Sahra Wagenknecht.«

Eine kräftige Stimme, die angeblich von Chopin sein sollte, gellte in einem gebrochenen, kaum verständlichen Französisch. »Il manque deux mains! Il manque deux mains!« Zwei Hände sollten fehlen.

Ich konnte mich vor Lachen kaum noch halten, als Angelika mir ins Ohr flüsterte: »Chopin ist Pole. Er hat an alles gedacht.«

»Wunderwald! Hände auf den Tisch!«, befahl Hanns.

»Mir ist übel«, erwiderte er, erhob sich und verließ die Séance.

Hanns ließ sich nicht aus der Trance reißen. »Hans Heinrich«, begann Heine, »den ganzen Tag glühst du für Andre. Ich bin zu schwach auf der Brust für die geschwollenen Kaiserlungen. Ich vertrage den Rauch hier nicht!«

Chopin: »La fumée est ce qu'il y a de mieux dans cet horrible rythme de votre langue allemande.« Er ertrug nicht, wie Heine und Ewers Deutsch sprachen, es klinge hämatomisch, es leiere.

»Schweig! Geh aus dem Kanal!«, schrie Hanns. »Ich rufe den Geist von Dr. Sahra Wagenknecht! Ich fühle ihn hier irgendwo in unserem Sonnensystem.«

Hanns begann, leicht zu zucken. Er arbeitete schwer für seinen Ruf, scine Glaubwürdigkeit stand auf dem Spiel, trotz des Freispruchs. Die gepuderten Gesichter und Affenschwänze der Düsseldorfer Hautevolee waren auf ihn gerichtet und suchten nach dem Moment, ihn doch noch als Prahlhans zu entlarven. Ich hatte Mitleid mit ihm, denn ich wusste, dass er sich über sie lustig machte und alles gab, um sich als Künstler über sie zu erheben. Ich beschloss, ihm zu helfen, so wie er mir zu Hilfe gekommen war. Auch ich gab vor, mit einem deutlichen, rhythmischen Klopfzeichen am Stuhlbein plötzlich in Trance gefallen zu sein. Kurz darauf meldete sich über Hanns eine weibliche Stimme als Dr. Wagenknecht und fragte, warum jemand sie auf ihrer Reise störe. Ein Raunen ging durch den Saal.

»Was wollen Sie von mir?«

»Ihr Mann schickt mich«, sagte ich.

»Ich wusste nicht, dass ich einen habe.«

Wieder Raunen und Gelächter.

»Er will Sie zurück.«

»Ist es der Karl?«

»Nein. Der Oskar.«

»Huch!« Klatschen. Lachen.

»Er ist in Sorge, Sie nicht mehr wiederzusehen. Wann werden Sie zurück sein?«

»Wäre vorgestern eine Option? Das könnte ich irgendwann noch schaffen.«

»Wo sind Sie überhaupt?«

»Das ist schwer zu sagen. Mal hier, mal da. Wohin es mich gerade verschlägt. Im Weltenraum gibt es keine Straßenschilder.«

»Sie reisen doch nicht allein?«

»Eine Frau kann nicht so verrückt sein, allein durchs Universum zu reisen.«

»Wer ist bei Ihnen?«

»Das sage ich nur, wenn Sie's niemandem weitersagen.«

»Versprochen.«

»Schwören Sie's auf das Kommunistische Manifest!«

»Wenn Ihnen das noch etwas bedeutet, dann bitte. Ich schwöre.«

»Ich reise mit einem liebreizenden Freund vom Mars.«

»Etwa eine Affäre?«

»Werden Sie nicht indiskret!«

Ich ließ Heine durch mich sprechen. »Ein Tor ist immer willig, wenn eine Törin will.«

Gelächter und Applaus.

»Wer ist dieser impertinente Mensch?«, fragte Sahras Stimme.

»Seien Sie nicht so dünnhäutig, Dr. Wagenknecht«, sagte ich. »Diskretion ist in unserer Zeit doch aus der Mode. Heinrich, bitte, lass mich fortfahren.« Ich legte noch eine ätherische Schicht obendrauf. »Ach! mich quälet, teure Emma, außer meiner tollen Liebe, außer meiner Liebestollheit, obendrein noch dies Dilemma.«

Raunen. Ich konnte Hanns fast platzen fühlen. Eine weibliche Stimme aus der Menge musste hier natürlich noch einen Judenwitz dazugeben. Gelächter. Nur schwer konnte ich mich auf dem Stuhl halten. Hanns trat mir unbemerkt auf den Fuß. Zwei Männerstimmen mahnten zur Ruhe.

»Dr. Wagenknecht? Sind Sie noch da?«, fuhr ich fort.

»Ja, aber ich muss mich sputen.«

»Also waren Sie auf dem Mars?«, fragte ich.

»Da und dort und wieder da. Wir reisen und kehren zurück.«

»Was machen Sie da und dort?«

»Oh, ich erfülle den Weltenraum mit deutschem Geist.«

Die Menschenmenge im Konferenzsaal raste vor Freude. Einer rief: »Errichten Sie das deutsche Kaiserreich auf dem Mars!«

»Wo denken Sie hin! Wobei! Vielleicht zusammen mit dem Heinrich. Eine Deutsche und ein Jude gemeinsam«, erwiderte die Stimme Wagenknechts über Hanns.

Leise Empörung, einige klatschten. Hüsteln. »Der Mars soll kerndeutsch werden!« Lautes Gelächter.

»Ach, wie gut, dass wir Deutschen der Zukunft in der Zukunft leben können und nicht mehr in einem Kaiserreich! Nicht wahr, Emma Andreas?«, sagte Sahras Stimme.

Ich blinzelte in die Menge hinter Hanns und erkannte Armin. Armin von Grumbach! Oder seinen Urgroßvater? Schnurrbärtig, mit Orden behangen, ein zwei Meter großer Hüne mit stechend blauen Augen und hochmütigem Blick. Ein Templer. Wenn so einer in Palästina über den Strand läuft, werden sogar die Krebse gottesfürchtig. Was war denn das deutsche Kaiserreich? Im Grunde war es ein juristisches, technologisches und ästhetisches Regelwerk. Nach außen hin schien mir das Kaiserreich in unserer Zeit vergangen zu sein, wenn wir von den paar vorkonstitutionellen Gesetzen einmal absehen. Nach innen hin brauchte es eine ungeheure Daueranspannung, um den ordinierten Protz und die moralische Selbstverrenkung auf lange Sicht aufrechtzuerhalten.

Die hart erkämpfte Gleichstellung der Juden, die mit der Etablierung der Reichsgesetze endlich erreicht wurde, war bald nur noch Makulatur. Das Wort *Reich* war das den Selbstwert erhaltende Reinsurance-Versprechen, mit dem das mühselig neudefinierte Deutschsein nach allen Seiten hin abgesichert werden sollte, um niemals unterzugehen. Aber Wilhelm II. hatte kein Händchen für die Zukunft. Er hielt Disziplin für eine deutsche Eigenschaft, die die Deutschen bald mit ihrer Verklemmtheit, Biederkeit und übertriebenen Vorsicht zur *german angst* amalgamierten. So gesehen besteht das ideelle deutsche Kaiserreich in seinem Undeutsch-Sein fort. Was sollte ich auf Sahras Stimme antworten, außer Heine aus mir sprechen zu lassen?

»Schau ich jetzt von meinem Berge in das deutsche Land hinab: Seh ich nur ein Völklein Zwerge, kriechend auf der Riesen Grab.« Das kurze empörte Murmeln unterbrach ich sofort. »Also, Dr. Wagenknecht, was soll ich Ihrem Oskar nun sagen?«

Hanns gab fauchende Geräusche von sich, sein Fuß knallte einige Male gegen das Tischbein. Die Verbindung zu Sahra war offenbar abgebrochen. Er fiel stöhnend vom Stuhl und blieb reglos auf dem Boden liegen. Ich hatte keine Ahnung, wie ich glaubwürdig aus einer Trance aufwachen sollte. Ich spürte, dass alle Augen auf den Bewusstlosen gerichtet sein mussten.

»Einen Arzt!«, rief jemand.

Ich bewegte meinen Oberköper leicht vor und zurück, blinzelte, um zu sehen, ob mich überhaupt noch jemand wahrnahm (ich wollte Hanns auf den letzten Metern nicht auffliegen lassen). Das Publikum hatte sich um ihn geschart, bis auf einen, den Hünen von Grumbach, der mich mit schwertvollem Blick anstarrte. Nur seinetwegen brachte ich diese miese Vorstellung zu einem würdigen Ende. Nachdem ich noch eine halbe Minute lang gewippt und dabei

»Dr. Wagenknecht? Dr. Wagenknecht?« gerufen hatte, ließ ich meine aufgelegten Hände kurz wie elektrisiert erzittern und schlug anschließend im expressionistischen Stil die Augen auf. Natürlich brauchte ich einen Moment, um mich zu orientieren. Als ich Hanns auf dem Boden liegen sah, quetschte ich mich durch die Menge, um dem blauen Blick zu entgehen, an den ich noch lange denken musste.

Ich begleitete Hanns in einer Kutsche zum Krankenhaus. Er spielte das komische Kammerstück konsequent bis zur letzten Note, denn auch Ärzte und Krankenschwestern wären ihm womöglich in den Rücken gefallen, hätten sie seinen Bluff bemerkt.

In der Nacht fuhr uns Angelika mit dem Wagen nach München. Hanns und ich schliefen auf der Rückbank. Wir holten Marc ab, der einen weiteren Kontakt für mich hatte, in irgendeinem schwäbischen Dorf irgendwo in Hohenlohe, über dem ein Wurmloch vermutet wurde.

41 (MARC HENRY)

Euer großspuriges Quantenuniversum überfordert euch, die deutsche Metaphysik ist nichts als deutsche Bürokratie

Ein Glück, dass ich in dieser Geschichte nicht auch noch tanken oder das Auto aufladen musste. Es reichte einfacher Sonnenschein! Ein solarbetriebener Wagen war zu meiner Zeit noch fast eine Utopie, aber im damaligen Elektrizitätsrausch der Nachjahrhundertwende war ein solches Automobil bloß die logische Folge, erregte nur bedingt Aufsehen, als wäre es ein spleeniger Bastelversuch eines spleenigen Erfinders, und wirkte als Entwicklung beinah wahrscheinlicher als Anfang des 21. Jahrhunderts, wo das kollektive Bewusstsein noch immer vom Rausch der Benzinfahnen vernebelt ist.

»Diesmal begleite ich dich, Emma Andreas«, sagte Marc in das unangenehme Schweigen im Wagen hinein.

»Ich auch«, rief Hanns.

»Warum nicht«, antwortete ich, »einen Versuch ist es wert.«

»Da fällt mir ein«, begann Marc, »dieses Wurmloch ist sowieso nur für Knaben.«

»Wieso das?«

»Friedrich Wilhelm denkt da eher … metaphysisch. Er ist ein fanatischer Protestant und Pfarrer. Unsere Unterstützung könnte da hilfreich sein.«

»Altbacken?«, fragte ich.

»Nein, metaphysisch deutsch trifft es besser. Er ist der Ansicht, dass Mädchen und Frauen sich nicht für Raumzeitreisen interessieren, deshalb lässt er es auch nicht darauf ankommen. Diese Ansicht begründet er mit seiner Erfahrung und nicht mit Vorurteilen. Deshalb solltest du eher als Andreas dort aufkreuzen, um Verzögerungen zu vermeiden. Menschen wie er rücken nur sehr langsam von ihren Überzeugungen ab. Und Angelika, fürchte ich, muss draußen warten.«

»Niemals! Ohne sie gehe ich nicht.«

»Erdling, es ist vollkommen ausreichend, dass die beiden dich begleiten.«

»Was genau meinst du mit metaphysisch deutsch?«

Marc gönnte uns Einblicke in die moderne deutsche Seelenqual. Unser großspuriges Quantenuniversum überfordere uns im Grunde, wir seien ihm überhaupt nicht gewachsen. Und die deutsche Metaphysik sei nichts als deutsche Bürokratie.

»Mein lieber Marc, das mag für Philister, Spießer, Gelehrte und sonstige Geistlose gelten«, fiel Hanns ihm ins Wort, »aber nicht für mich, nicht für wahre Künstler! Es gibt nichts, woran ich mehr glaube als an die Koinzidenz aller möglichen Geschehnisse.«

Ich hatte keine Freude an den weiteren Gesprächen, ich fürchtete mich vor dem, was noch vor mir lag, was mich den Rest meines Lebens kosten könnte, wenn ich Sahra nicht finden sollte. Oder noch schlimmer, wenn es nicht aufhörte, auch nachdem ich sie gefunden hatte. Angelika beobachtete mich im Rückspiegel.

»Alles wird gut«, sagte sie. Und ich glaubte ihr, weil sie alles war, was ich hatte.

Irgendwann erreichten wir unser Ziel, ich hatte keine Ahnung, wo genau wir uns befanden, irgendwo im Hohenlohischen, irgendwo am Rand eines Dorfes. Wir standen vor dem Haus eines gewissen Friedrich Wilhelm Mader. Ich schlüpfte in Hemd und Sakko, legte mein Haar mit Gel streng nach hinten und schminkte mich ab. Hanns band mir seine rosafarbene Fliege um.

»Ein kleines Ablenkungsmanöver, Emma Andreas. Wenn du deine feminine Seite betonst, dann siehst du vielleicht schwul aus, aber nicht weiblich.«

Friedrich Wilhelm empfing uns sehr herzlich. Seine Frau, die Martha hieß, war eine exzellente Köchin, sie hatte ein üppiges Essen für uns zubereitet. Mir fiel auf, wie perfekt sie darauf trainiert war, es allen recht zu machen. Ich hätte sie von einem Haushaltsroboter, der 24/7 funktionierte, nicht unterscheiden können. Sie kleidete sich so bieder, jede ihrer Konturen verschwand unter den Stofflagen, dass keiner vermuten würde, es mit einem lebenden Menschen zu tun zu haben. Niemand sollte Anstoß an ihr nehmen, niemand sollte überhaupt mitbekommen, dass sie existierte. Unverhohlen schaute ich ihr auf den Hintern, der nicht breit war, und auf den flachen Busen, dann zwinkerte ich ihr zu. Sie war so irritiert davon, dass ihre Hand zitterte, als sie mir einen Teller Maultaschen hinstellte.

»Vielen Dank, Martha!«, sagte ich. Sie konnte nicht wissen, dass Wikipedia nicht einmal ihren Vornamen kennen, sie nicht einmal erwähnen würde, so sittsam und bescheiden war sie für ihren Mann abgerichtet worden.

Friedrich Wilhelm wollte nichts bemerkt haben. Natürlich fühlte Hanns sich herausgefordert, er durchbohrte mich mit seinem Blick. Sofort begann er, Martha Komplimente für ihre sinnlichen Lippen und ihre gütigen Augen zu machen. Wohl deswegen war das Essen bald vorbei. Friedrich Wilhelm erhob sich und brachte uns ins Obergeschoss. Marc entschuldigte sich für unser Benehmen, wir seien Zeitreisende, die es nicht besser wüssten.

»Ach, daran sind Martha und ich gewöhnt«, entgegnete Friedrich Wilhelm zu meiner Überraschung. Zeitreisende seien für ihn nichts Ungewöhnliches. Alles, was der materialistischen und positivistischen, also wissenschaftlichen Denke der Zeit entgegentrat, passte in sein Weltbild.

»Dann sind Sie schon anderen Zeitreisenden begegnet?«, fragte ich.

Er lachte. »Mehr, als ich zählen kann.«

»Erinnern Sie sich an eine Sahra Wagenknecht?«

»Ich habe ein sehr gutes Namensgedächtnis. An einen solchen Namen erinnere ich mich nicht. Das will aber nichts heißen.« Dann bat er uns, durch die Tür am Ende des Flurs zu treten. Er müsse sich jetzt verabschieden. »Und wenn die Dame Interesse und den Mut dazu hat, kann sie sich den Herren gern anschließen.«

42 (MARC HENRY)

Das schändliche Recht der rohen Gewalt wird verkündet, das Schwert des Mars muss alle versklaven!

Eine Sekunde lang überlegten wir, wer zuerst die Klinke drücken sollte. Angelika preschte vor. Wir folgten ihr über die Schwelle und traten auf eine Anhöhe, von der aus wir in ein Tal blickten. Neben uns standen ein aristokratisch gekleideter Mann und eine ebenso feine Dame, ein Dicker mit Kapitänsmütze, ein einsteinhafter Monokelträger und ein cooler Junge in abgewetzten Lederstiefeln und Cordhose, der je links und rechts einen Schimpansen an der Hand hielt. Angelika und ich prusteten los. Dieses stereotype Casting war also das beliebte deutsche Knabenabenteuer. Allerdings war ich überrascht, dass ich hier auf dem Mars zum ersten Mal einer Frau begegnete, die keine Außerirdische war. So viel Moderne hätte ich dem orthodoxen Protestanten Friedrich Wilhelm gar nicht zugetraut.

»Die Marsbewohner bauen offenbar in die Höhe wie die New Yorker«, ließ der Gelehrte mit Monokel verlautbaren.

Sämtliche Gebäude auf der Hochebene waren schmale hohe dreieckige Türme, die in allen Regenbogenfarben leuchteten. Sie sahen aus wie ein riesiges Denkmal zu Ehren der LGBTQ+-Community.

»Kennt hier jemand von euch eine deutsche Philosophin namens Wagenknecht, Dr. Sahra Wagenknecht?« Ich dachte, ich könnte die Sache vielleicht abkürzen.

Kopfschütteln.

»Bitte folgen Sie mir, Lord und Lady Flitmore«, sprach der Professor.

Als wir vor einem der Türme standen, öffnete der junge Mann, der Friedung hieß, die Tür. Ein gewundener Gang führte hoch in ein dreieckiges Verlies. Als wir oben ankamen, lagen dort mehrere mumifizierte Leichen auf Matten. Ihre Körper waren menschenartig, nur für die schwachen Schwerkraftverhältnisse viel zu klein, dafür zierlich und in hauchdünne farbige Gewänder gehüllt. Wie Puppen sahen sie aus, und so bunt war ihr Tod. Ihre Schädel wirkten doppelstöckig, als trügen sie eine Kappe, ein bisschen wie die Ferengi aus *Star Trek*, nur haariger.

»Ein zweistöckiges Gehirn haben diese Marsiten besessen! Nein, müssen die gescheit gewesen sein!«, sagte der dicke Kapitän, der Münchhausen hieß. Ihre Gummihaut sollte vor der Unbill des Planeten, den schrecklichen Tieren mit Hörnern, schützen.

»Morbide!«, zischte Marc und schüttelte den Kopf.

Im selben Moment trat ein sehr alter, bärtiger Mann im leuchtend roten Gewand ein. Ich betete, dass es nicht Gott und nicht der Weihnachtsmann war. Uns mit Händen und Füßen verständigend, erfuhren wir, dass er der letzte lebende Marsite war. Er fragte nicht, woher wir kamen, er wusste es.

»Im Sonnensystem«, begann Marc, »gibt es zwischen Mars und Venus einen seltsamen Planeten, der zwei gegensätzlichen Einflüssen unterliegt. Manchmal hüllt Venus ihn in eine Atmosphäre der Anmut und Schönheit, durchdringt alle Wesen mit den Schauern der Liebe und des Glücks, setzt die Seelen mit unendlichem Wagemut in Flammen, verbreitet Leben, fruchtbare Aktivität, Licht, und wenn sie Venus Urania genannt wird, hebt sie die Geister in unbegrenztem idealen Fortschritt gen Himmel. Manchmal kommt Mars und zerstört brutal alles, was die Göttin geschaffen hat, und stürzt die Welt zurück in die Dunkelheit des Chaos, durchsetzt von wilden und verzweifelten Schreien, und hinterlässt Leichen, Trauer, Ruin und Elend. Dieser extravagante Planet, der im Raum zwischen diesen beiden gegensätzlichen Anziehungskräften von Leben und Tod oszilliert, ist die Erde, die wir bewohnen.«

Der Greis verstand kein Wort, er mahnte uns, sofort zu fliehen, zeigte auf die toten Körper.

»Quelle horreur! Jetzt verstehe ich, was Flammarion damit sagen wollte.« Hass erfüllte plötzlich jeden Winkel in Marcs Gesicht, das er Hanns kalt zuwandte.

»Womit, mein Lieber? Wovon redest du?«, fragte Hanns.

»Mit diesem Anblick schärft ihr in euren Knaben die Instinkte der Barbarei und Animalität und trainiert sie als Mörder in der Geschichte. Manchmal hat die höhere Anziehung, die von Venus und Urania, die Instinkte der Barbarei und der Animalität beherrscht. Platon hat sie besungen, das unsterbliche Griechenland hat sie illustriert, und wir begrüßen sie in der glorreichen Reihe der großen Geister, die in der Kunst, in der Poesie und in der Wissenschaft die menschliche Seele aus der primitiven Chrysalide befreit und das Denken in den Schoß eines immer reineren Lichtes erhoben haben. Doch gleichzeitig war das Genie der Zerstörung am Werk, im Verborgenen, durch die Horden von Xerxes, Attila, Dschingis Khan, Tamerlan, und wir sehen es in den Heeren von Wilhelm II., der die Wissenschaft selbst entwürdigt, indem er sie in den Dienst des Bösen stellt. Das schändliche Recht der rohen Gewalt wird verkündet, die schwachen Länder müssen den starken geopfert werden, das Schwert des Mars muss alle versklaven!«

»Deinen Schmerz teile ich, lieber Marc, aber deine Analyse ist eindimensional. Du sprichst von mordenden Horden und nimmst euch davon aus? Du siehst rot, Flammarion sieht rot, der rote Mars in deinem Kopf verdunkelt jegliche Ursache-Wirkungs-Mechanismen«, entgegnete Hanns und versuchte, ihn zu beruhigen.

Der Mars-Greis im roten Mantel schien ihnen von den Lippen ablesen zu wollen. Angelika und ich beobachteten die drei, während sich der Rest der Expedition wortlos aus dem Turm entfernte.

»Nein, Hansi, hier sehe ich endlich das ganze Bild. Einerseits wirken auf unserem Planeten der Geist, das Ideal, die Gedanken, die Freiheit, die leuchtenden Seelen, das Jahrhundert des Perikles, das glorreiche Beispiel des gesamten antiken Griechenlands, die lateinische Zivilisation, das Gefühl, das Gewissen, der Begriff des Rechts, die menschliche Brüderlichkeit, die Nächstenliebe, die Liebe; auf der anderen Seite die materielle Gewalt, die Barbarei, der wir beiwohnen, der Tyrann, der Millionen von Menschen seinem Wahnsinn opfert. Der Pangermanismus, der vorgibt, die Welt unter seiner Herrschaft zu vereinen, betrügerische und verlogene Wesen, die Verträge brechen, Soldaten, die nur im Schatten kämpfen, getarnt oder versteckt, dieser schändliche Krieg der Schützengräben und U-Boote, hinterhältig und perfide, wo der Mensch, dessen Gesicht der lateinische Dichter feierte, gezwungen ist, edel im Angesicht des Tages zu stehen und die Sterne zu betrachten, wo der Mensch auf das Niveau von Maulwürfen und Krebstieren herabgesunken ist, in Höhlen lebt, den Boden und die Gewässer ausbeutet und seine ganze Energie auf das Genie der grausamsten Zerstörung konzentriert.«

Hanns klatschte in die Hände. »Bravo, mon chéri, du bist ein Meister der Dramödie! Fast hätte ich dich beim Wort genommen.«

Angelika und ich lachten und klatschten ebenfalls.

»Ich kann nicht glauben«, warf ich ein, »dass du die antiken Griechen oder die imperialistischen Römer, die Diebe der griechischen Kultur und die Neu-Erfinder des Kriegsgottes, alle Meister des ständigen Krieges, ernsthaft als glorreiche Beispiele für eine friedvolle europäische Tradition heranziehst. Das ist fast schon Monty Python!«

»Schweigt!«, schrie Marc. Er blickte ernst zu Hanns. »Pariere gefälligst, Germane, du Prutzi, wenn ein Gallier dich in die Eier zwickt!« Er trat ganz nah an Hanns heran, damit die Speicheltropfen, die er mit jeder Silbe ausspie, auf den Dreitagebartstoppeln des Gegenübers landen konnten. »Erweise mir wenigstens diesen Respekt, wenn du mich schon demütigen willst.«

»Mein indogermanischer Geist verbietet es mir, meine Freunde zu demütigen und gegen sie zu intrigieren. Ich bin doch kein Kind von Bonaparte!«

»Nein, aber du bist das Kind von Kriegsmännern, die keine guten Absichten haben, die Zerstörungen, die Brände, die Raubüberfälle, die Morde, die Gräueltaten, die Verstümmelungen, das Abhacken von Kinderhänden, die Schändlichkeiten, die für immer die unaussprechliche Schande deiner Nation bleiben werden, die sich für zivilisiert hält.«

»Wir sind nicht mehr Kriegsmänner und -frauen, als ihr es seid. Wir haben den Krieg nicht erfunden.«

»Die Hohenzollern, die Bismarcks, die Moltkes, die Hardens, die Clausevitzes, die Treitschkes, die Ostwalds, die von der Goltzes, all jene Schurken, die die Überlegenheit der rohen Gewalt über Recht und Gerechtigkeit behaupten, werden von der heutigen Menschheit mit umso größerem Entsetzen abgelehnt, als sie für unsere Zeit einen entsetzlichen Anachronismus darstellen. Was schrieb Maximilian Harden 1910? ›Diese Unruhe ist auf den nicht enden wollenden Frieden zurückzuführen. Wir sind für den Krieg gemacht; lasst uns daher zu den Waffen greifen, bevor es zu spät ist.‹«

»Harden ist übermütig. Das kann jedem mal passieren.«

»Der Krieg ist das Wesen des Staates, sagt euer Professor Doktor Treitschke. Ein Volk, das wie das Deutsche Reich wächst, muss auf Kosten der anderen Mächte wachsen. Die Frage, wo das Recht liegt, kann nur im Krieg entschieden werden. Schwache Nationen haben kein Recht zu existieren und müssen von den mächtigen Nationen absorbiert werden.«

»Treitschke ist ein Hardliner, mein lieber Marc, damit seid ihr ebenso reich gesegnet. Erinnere dich an unsere letzten Gespräche. Du reißt hier alles aus dem Zusammenhang, du opferst dich einer billigen Propaganda. Du hörst dich schon an wie ein Engländer, der seine Hindernisse durch Anschwärzen aus dem Weg zu räumen versucht.«

»Jeder, der die Kultur des deutschen Volkes nicht teilt und Deutschland nicht für die perfekte politische Schöpfung hält, ist für sie ein Fremder und muss daher als Feind behandelt werden. Die Deutschen halten sich für allen anderen moralisch und intellektuell überlegen.«

Hanns nickte. »Ja, genau, mein stolzer schöner Gallier, das geht euch so was von auf den Sack, was? Dass es jetzt noch Götter neben den Franzosen geben soll. Und was soll ich sagen? Recht haben sie alle, diese eingebildeten deutschen Saftsäcke, oder?«

»Du beschämst mich, mein Freund! Du hast keinen Abstand zu deiner Kultur.«

»Aber du scheinst Abstand zu deiner zu haben.«

»Von der Goltz schreibt: ›Der Krieg ist die Mutter der gesunden und starken Völker und aller lebendigen und edlen Dinge. Unsere Stärke wird die Welt zerbrechen.‹ Vergleich diese Haltung mit Montaigne, La Boétie, Pascal, Voltaire, d'Alembert, Condorcet, Laplace, Aragon, Lamartine, Hugo, Michelet, Renan und all den anderen edlen Denkern, die die Menschheit illustriert haben.«

»Von welch großer Nation haben wir das denn alles gelernt? Du unterschlägst Landsleute wie Guesclin, euren grausamen Adler aus der Bretagne. Ohne unseren Franken Chlodwig wärt ihr bis heute eine römische Provinz. Und unser Prinz Eugen von Savoyen hat sich für die Franzosen schön die Eier hart pochiert, damit du und ich uns jetzt hier auf dem Mars mit Spucke bewerfen können. Du reduzierst die Deutschen auf ihre paar Alphamännchen. Du vergisst dagegen das deutsche Genie, das die europäische Kultur zusammen mit den Engländern renoviert hat!«

»Natürlich wäre es kindisch, den intellektuellen Wert eines Keplers, eines Kants, eines Goethes, eines Beethovens zu leugnen; aber diese Genies gehören der ganzen Menschheit, und wenn sie heute Zeuge der abscheulichen Taten des deutschen Militarismus würden, wären sie die Ersten, die ihn verfluchen und sich von ihm distanzieren würden. Ihr Genie ist die Ausnahme von der allgemeinen deutschen Mentalität. Humboldt, ein Freund von Aragon, hatte eine französische Großmutter, der Name van Beethoven deutet auf eine holländische Herkunft hin; aber das wäre eine zu kindische Diskussion hier auf dem Mars.« Sie schwiegen für einen Moment.

»Du machst mich traurig, mon ami! Aus dir spricht der Neid! Der Zorn. Er macht dich blind für die Zusammenhänge.«

Ich sah dem Mars-Greis an, dass er aufgrund der gänzlich unterschiedlichen Gestik und Mimik verstanden zu haben glaubte, dass sich hier zwei Menschen unterschiedlicher Kulturen unterhielten, aber sein wiederkehrendes leichtes Kopfschütteln deutete darauf hin, dass er diese Unterhaltung angesichts der drohenden Katastrophe auf dem Mars für unangebracht hielt.

»Napoleon, ich wollte ihn dir überlassen, aber du hast ihn unterschlagen! Er hat sich in Europa großzügig bedient, bei uns hat er sich so einiges unter den Nagel gerissen, hat die Polen verheizt und verarscht, zimperlich war er nicht. Ein Kriegsmann war er und ein Betrüger, ein gerissener General. Und was hat er den Deutschen angetan? Er hat aus ihnen den Germanismus buchstäblich herausgeprügelt. Prügel verstehen die Deutschen, das stimmt. Ihren deutschen Nationalstolz hat er ihnen herausgeprügelt, und auch ihr bürgerliches Gesetzbuch. Seine kriegerische Energie müsst ihr jetzt schlucken, sie hat sich weiterentwickelt, transformiert. Wir sind eure Retourkutsche, mein lieber Freund, unser falscher Stolz und auch der der Polen und vieler anderer in Europa ist sein Erbe. Sein Kampfgeist hat sich zu unserem Kriegsgott verwandelt. Ihr schaut jetzt in den Spiegel und fürchtet euch. Aber nur vor euch selbst.«

»Deutscher Stolz ist ein Fehler. Fortschritt kann nicht von einer einzelnen Nation ausgehen, die behauptet, ihren eigenen Weg durchzusetzen: Er wird durch den freien Wettbewerb aller erreicht. Und dieser herrschsüchtige Ehrgeiz der Deutschen hat nicht mit Bismarck oder gar mit Friedrich II. begonnen. Er liegt in eurem Wesen, in eurem Blut, in eurem Charakter und zeigt sich bei euch schon von Anfang an.«

Hanns lachte. »Ach komm! Wir haben unter denselben Bäumen gelegen und uns dieselben Flöhe aus dem Fell gesammelt, dieselben Äpfel gegessen und uns dieselben Steine an den Kopf geworfen. Unsere Keulen waren aus demselben Material! Wir sind uns zu ähnlich, um uns Vorwürfe zu machen. Außerdem weißt du, dass ich Pazifist bin.«

»Der Historiker Paterculus beschreibt euch in der *Römischen Geschichte* aber eindeutig: ›Sie sind zum Lügen geboren. Sie verbinden Gerissenheit mit Grausamkeit. Auf diese Weise wiegten sie Varus in den Schlaf und täuschten ihn durch einen hinterhältigen Plan, denn derjenige ist am leichtesten zu überrumpeln, der keinem etwas zutraut.‹ Klingt nach den Zeitungen von 1914, oder nicht? Dieser Historiker ist streng genommen Zeitgenosse von Jesus Christus, denn er starb im Jahr 31 n. Chr. und Jesus im Alter von 33 Jahren im Jahr 37 n. Chr. Gute Christen in Frankreich aber wissen, dass man sich beim Beginn der christlichen Ära um vier Jahre verrechnet hat. Es ist eigentlich 1918.«

Angelika rollte mit den Augen. Ich seufzte.

»Römische Historiker sind Gerüchtechronisten. Sie haben jeden Tratsch aufgeschrieben. Die wenigsten von ihnen haben Rom je verlassen und selbst irgendwelche Germanen getroffen oder irgendetwas selbst recherchiert. Und sie mussten schlecht über die Germanen sprechen. Außerdem konnten sie die Stämme nicht mal auseinanderhalten. Sie haben auch schlecht über die Juden gesprochen, ihre Religion nicht verstanden, ihren Tempel zerstört und das Gebiet umbenannt. Und was das Rechnen mit römischen Zahlen angeht, versuch's da ruhig mal mit der Division. Damit kannst du das Quantenuniversum nicht beherrschen!«

»Du kannst meine romanisch-lateinische Seele nicht beleidigen, Hansi! Ihr habt den Krieg nach Europa gebracht, ihr habt die friedlichen europäischen Stämme vergiftet. Schon Caesar schrieb in seinen *Commentarii*, dass ihr grausame, wilde Barbaren seid und die Gallier vertreiben wolltet, ihr habt Gallien unterwandert und Italien bedroht. Seneca nennt euch avidam belli gentem. Tacitus sagt, ihr habt euch selbst Kriegsmänner genannt. Die Guerre-manen, ihr sucht lieber Feinde, als zu pflügen, ihr raubt lieber die Ernten der Nachbarn.«

»Tacitus ist ein Schwätzer. Er hat nichts selbst gesehen und alles abgeschrieben. Die Lateiner sind intrigante neidische Schandmäuler, die viel erzählen, um sich besser hinzustellen vor den neuen Machthabern! Caesar?! Dieser Schlächter?! Er wollte euch massiv unterkriegen! Er hat euch den Krieg erklärt!«

Marc überhörte seine Einwände. Er war wie hypnotisiert, er dachte offenbar nicht mehr eigenständig. »Und Strabon? Hat der das nötig, wenn er sagt, die Germanen unterscheiden sich von den Galliern dadurch, dass sie größer, blonder und grausamer sind.«

»Den Spruch schneide ich mir aus!«

Marc und Hanns starrten einander wie Alphatiere an. Der Mars-Greis hatte sich inzwischen auf eine Matte neben einen purpurnen Leichnam gesetzt. Durch die Fenster dröhnte ein Brummen, das von sich umwälzenden Landmassen kam, die wieder ganz neue Gräben erschufen und alles in den Abgrund rissen.

»Was willst du, Marc? Ein Duell? Ich werde dir diesen Gefallen nicht tun. Du bist mein Freund. Und von Kampf halte ich nichts.«

Marc drehte sich weg, mit Blick zum Mars-Greis, er war sichtlich beleidigt. »Deutsche und Franzosen sprechen nicht die gleiche intellektuelle Sprache, sie sind nicht von der gleichen Rasse. Der Adler, ein Raubvogel, ist nicht von derselben Rasse wie die Lerche, die sich singend in die Höhen des leuchtenden Himmels erhebt.« Er zeigte in Richtung Erde. »Die Grausamkeiten und die Piraterie, die wir gerade erleben, zeigen mir, dass ein Volk sowohl das Maximum an materieller Macht als auch das Minimum an moralischem Wert erreichen kann. Der gegenwärtige Krieg ist die Fortsetzung des Kampfes der Zivilisierten gegen die germanischen Barbaren, der vor mehr als zweitausend Jahren begann. Es ist die absolute Pflicht des menschlichen Gewissens, die Deutschen zu vernichten. Es ist eine Frage von Leben und Tod für die moderne Zivilisation. Sie sind Tiere, die geschlachtet werden müssen. Denn das ist der Kampf des Geistes gegen die Materie, der Kampf des Gefühls gegen die rohe Gewalt, die Bejahung des Gedankens, der auf unserem Planeten endlich die Herrschaft des Rechts, der Gerechtigkeit und der Freiheit einleitet!« Ohne ein weiteres Wort verließ Marc den regenbogenfarbenen Turm.

»Du bist nicht mehr du selbst! Merkst du nicht, wie sich dein griechisch-lateinischer Kriegsgott hier auf dem Mars deiner griechisch-lateinischen Seele bemächtigt? Mit deinem Hass auf mich hat er sein Ziel doch erreicht«, schrie Hanns ihm hinterher. Dann verschränkte er die Arme und sah mich an. »Auf diesem Planeten muss es eine Strahlung geben, die einem Franzosen nicht bekommt.« Der römische Kriegsgott hatte die Europäer wieder einmal gespalten.

»Morbide finde ich das hier allerdings auch«, sagte ich mit Blick auf eine Leiche.

»Wieso?«, antwortete er, »Gefahren stärken das Herz. Wir Deutschen ertüchtigen früh den Sinn fürs Morbide, damit wir uns in der Welt nicht fürchten oder ekeln müssen. Das haben wir mit den Engländern gemein. Aber da hatte Kurd wohl recht, als er sagte, dass er einen dünnhäutigen Franzosen in seiner Geschichte nicht gebrauchen kann. Sobald ihre schönen Gefühle in Not geraten und ihr gepudertes Gesicht und ihre gefiederten Kleider bloßgestellt werden, erklären sie dir gleich den Krieg.«

43 (H. H. EWERS)

Weg mit der wilhelminischen Körperscham!

Das Brummen draußen wurde zum Grollen. Wir mussten den Turm schnell verlassen. Ich zeigte dem Mars-Greis ein Foto von der Entführten und fragte mit Gesten, ob er sie gesehen habe. Er nickte! Und zeigte in den Himmel. Allerdings nicht zur Erde. Sahra war ebenfalls hier gewesen. Was sie hier erlebt hatte, konnte er mir jedoch nicht vermitteln. Während wir zum Raumschiff rannten, dachte ich: Diese Marsiten waren leider keine Laßwitz'schen Martier. Sie waren für die Dynamik ihrer Wasser- und Landmassen nicht geschaffen, als wären sie Außerirdische auf ihrem eigenen Planeten, als wären sie keine Geschöpfe ihres Planeten. Lungen und Kiemen hätten ausgereicht, um eine spannende Geschichte über eine marsianische Gesellschaft zu erzählen, die ihrer Pluralität wegen jeder Art von Umbruch gewachsen war. Friedrich Wilhelm hatte den roten Planeten vorerst unmöglich gemacht, unattraktiv für weitere Gedankenexperimente.

Nachdem wir Maders Mars verlassen hatten, bat ich Angelika um einen Umweg in mein Büro an den Zeitpunkt von Oskars Auftragsvergabe. Ich war pleite und wollte mir einen weiteren Umschlag abholen. Auch hoffte ich, neue Informationen zu bekommen, etwas wahrzunehmen, was mir bisher nicht aufgefallen war. Ich betrat mein Büro und setze mich an den Schreibtisch. Mir gegenüber saß Oskar und sagte gerade: »Überall habe ich nach ihr gesucht. Ich habe versucht, sie zu orten. Aber nichts. Als wäre sie vom Erdboden verschluckt.«

Wieder beobachtete ich jede Regung in seinem Gesicht. Wie beim letzten Mal trug er seinen Ehering. Seine Hände umklammerten den Autoschlüssel. Warum sagte er: vom Erdboden verschluckt? Hätte er nicht sagen sollen: in Luft aufgelöst?

»Und du glaubst, dass sie entführt wurde?«

Er nickte. Der rechte Mundwinkel zuckte.

»Gut. Wie lautet dein Auftrag, Oskar?«

»Finde Sahra.«

Ich blickte an ihm auf und ab. »Billig wird das nicht. Sie könnte überall sein.«

Er kramte einen adipösen Umschlag aus der Manteltasche und legte ihn vor mir auf den Tisch.

»Wie kann ich dich erreichen?« Ich reichte ihm Notizblock und Stift, aber er legte seine Visitenkarte auf den Tisch.

»Jederzeit. Tag und Nacht.« Er schob sich die Sonnenbrille auf die Nase und verließ mein Büro.

Unser Wagen stand direkt vor der Gartentür. Hanns drängelte sich ans Steuer. Sein langes Schweigen vermaß die Tiefe und Finsternis dieses Grabens, der sich auf dem Mars plötzlich zwischen ihm und Marc aufgetan hatte. Der Ekel im Gesicht seines französischen Freundes, den er mit aller Macht dem Kriegsgott abgerungen haben musste, brannte ihm im Kehlkopf.

»Marcs Vorwürfe sind billig und völlig aus dem Zusammenhang gerissen«, sagte er irgendwann.

»Marc ist unter seiner eigenen Moral zusammengebrochen und hat aus Notwehr überreagiert. Er hat einen Schock erlitten«, versuchte ich zu erklären.

»Erdlinge«, begann Angelika, »richtig muss es heißen: Dieser Marc, der euch auf den Mars begleitet hat, ist unter seiner eigenen Moral zusammengebrochen und hat aus Notwehr gehandelt. Er ist der Marc, dem wir begegnet sind. Das ist die Konsequenz der Relativität. Du kannst nicht alle Marcs hassen und verurteilen, so wie Marc nicht alle Germanen pauschal verurteilen kann, weil wir verstehen müssen, von welchen Germanen er gesprochen hat. Sind es die, denen Tacitus niemals persönlich begegnet ist? Dann sind es die, von denen die Chronisten ihm berichteten und behaupteten, ihnen begegnet zu sein. Deshalb können jetzt nicht alle Deutschen dafür geradestehen, aber sich auch nicht wie sie benehmen. Und nicht alle Franzosen können für Marcs verbalen Angriff büßen. Relativität, Erdlinge, macht aus der Wirklichkeit ein engmaschiges Beziehungsgeflecht, aus dem bislang kaum deutsche Gelehrte wieder herausgefunden haben.«

»Was geht mich die Moral an? Ich bin ein Mensch, gerade so gut und so schlecht wie ihr, und ich kann die Moral nicht leiden. Ich bin mein eigener Richter, und kein Mensch steht über mir! Auch kein Gott! Ich erkenne ebenso wenig irgendeine himmlische Autorität an, wie ich eine irdische anerkenne! Ich füge mich den albernen Ordnungen der Welt, weil ich sehe, dass ich sonst gar nichts erreiche; aber gern tu ich's nicht.«

Ich legte ihm eine Hand auf die Schulter, aber konnte ihn nicht beruhigen.

»Was ist denn Moral? Zu jeder Zeit gibt's eine andere. Sie ist auch relativ. Zensur macht keinen Menschen moralischer oder geschmackvoller, höchstens neugieriger. Ich liebe das Leben, wie es ist. Mich interessiert es in jeder Erscheinungsform, ich habe vielleicht nur ein Vorurteil: gegen jede Art von Scheuklappen!«

Morgen sollten wir einen neuen Kontakt in Berlin treffen. Allein die Aussicht auf eine weitere Chance, Sahra endlich in einem der endlos scheinenden Wirklichkeitsbeziehungsnarrativen aufzuspüren, ließ mich die folgenden stundenlangen Tiraden ertragen. Ich fragte mich, was eine linke Philosophin im deutschen Weltall vor 1933 zu suchen hatte. War sie wirklich da hineingezogen worden? Oder hatte sie das »Weltraumtaxi« bestellt? Suchte sie etwas oder war sie angesprochen worden? Angelika fasste mich sanft am Arm, sie konnte mich denken hören. Ich legte meinen Kopf auf ihre Schenkel und sah zu ihr auf.

»Warum hat sich Sahra nicht für die Nume interessiert? Dort habe ich keine Spur von ihr gefunden.«

»Falsch! Du hast an der Raumzeit-Koordinate, zu der wir dort aufgekreuzt sind, nur eine Wahrscheinlichkeit von 33 % für eine Entführung bekommen. Es könnte gut sein, dass wir vor ihr dort waren. Es könnte noch eher sein, dass sie sie noch gar nicht entführt hatten. Es ist zu früh, um über ihre Absichten zu spekulieren, Erdling. Wir brauchen dringend weitere Spuren. Wir müssen die Suche unbedingt beschleunigen, sonst verlieren wir sie.«

Nach einer zweistündigen Irrfahrt durch Berlin landeten wir am Hotel Altstädter Hof, wo Hanns zu einer Versammlung eingeladen war. Das Wissenschaftlich-humanitäre Komitee tagte einmal im Quartal. Er hatte dafür diesmal ein Drama beigesteuert, in dem es um das Heiraten und Kinderkriegen von Homosexuellen ging. Hanns bat mich, einen Anzug anzuziehen und den Andreas hervorzukehren. Als wir den Saal betraten, hielt sein Freund Magnus Hirschfeld gerade die Einführungsrede.

»Bisexualität ist so alt wie die Menschheit«, sagte er mit Blick zu uns. »Auch die deutsche Kultur hatte eine heroische, überaus sinnliche Epoche, wo die bisexuellen Gefühlsregungen bei beiden Geschlechtern deutlicher hervortraten. Der Übergang vom 18. zum 19. Jahrhundert war geprägt vom bisexuellen Körperspiel.«

Wir suchten uns einen Platz.

»Was machen wir hier«, flüsterte ich Hanns ins Ohr.

»Gleich.«

Magnus nickte Hanns zu, der ihm zurücknickte. »Sturm und Drang hatte sich ausgetobt, seine Wildheit war gebündelt und strömte in die beiden neuen Kanäle Klassizismus und Romantik, die sich balgten und umeinander rangen. Ich brauche nur Winckelmann zu nennen, um klarzumachen, wie sehr das ästhetische Genießen des schönen Menschenkörpers die Entwicklung homosexueller Empfindungen begünstigt hatte. Das war die griechische Renaissance in Deutschland. Auf der anderen Seite brachte die Romantik eine Vertiefung in das eigene Gefühlsleben, das Hinterfragen neuer eigenartiger Empfindungen, die tief im Unbewussten schlummern, die wir heute als bisexuell bezeichnen können. Das vom Geiste Friedrichs II. erfüllte Allgemeine Preußische Landrecht von 1794 gehört zu den ersten drei Gesetzbüchern europäischer Nationen, welche mit der Todesstrafe für Homosexuelle aufräumten. Das Bürgerliche Gesetzbuch des Deutschen Reichs verhöhnt dieses neue deutsche, sinnliche Körpergefühl, ja bedroht es regelrecht, indem es die zivilrechtlichen Bestimmungen des alten Preußischen Landrechts über die Zwitter beispielsweise beseitigt hat mit der Begründung, es gäbe keine Personen unbestimmten oder unbestimmbaren Geschlechts, womit sie meinen, es gäbe keine Personen, die zwei Geschlechter in sich fühlen. Das ist der Anfang der Deformierung der deutschen Seele, meine Damen und Herren!«

Hanns zog mich hinter sich her, wir stellten uns auf Stühle, und er deklamierte mit lauter Stimme: »Es gibt Menschen, die im männlichen Körper eine weibliche Seele empfinden und sich zum Manne hingezogen fühlen. Eine solch weibliche Seele hatten Sokrates, Sophokles, Shakespeare, Friedrich der Große und Michelangelo. Und ich.«

Geraune.

»Die Natur hat mir eine weibliche Psyche geschenkt. Nur ist es bei mir noch komplizierter, denn ich bin zugleich lesbisch.« Er nahm meine Hand und blickte mich an.

Gelächter. Klatschen.

»Die Liebe eines Mannes, der sich als Frau fühlt und als solche doch nicht den Mann, sondern die Frau liebt, zu einer Frau, die wiederum als Mann empfindet und doch nicht die Frau, sondern den Mann liebt. Das ist für mich die Formel der urdeutschen heterosexuellen Liebe, ja, der heterosexuellen Liebe auf dem Erdenball, und, wie ich neulich gehört habe, auch auf dem Mars.«

Wieder Gelächter.

Jemand brüllte: »Weg mit der wilhelminischen Körperscham!«

Alle setzten sich wieder, nur Hanns blieb auf seinem Stuhl stehen, klemmte sich das Monokel vors rechte Auge und rezitierte aus seinem Drama *Enterbt*, in dem er einen Helden und Märtyrer des Homosexualempfindens geschaffen hat, der geeignet ist, Anteilnahme für seine Person und sein trauriges Lebensgeschick zu gewinnen. Er trug das Coming-out eines Vaters vor, der seinen Sohn Hänschen nennt. Er sprach nicht von seinem wirklichen Vater, sondern von dem Vater, den er geliebt und der ihn geliebt habe. Hier verstand ich, dass er sein Leben schon frühzeitig auf Alternativspuren leben musste. Wie konnte ich sicher sein, immer demselben Hanns zu begegnen? Und warum sollte das wichtig sein? Ich traf auf den Hanns, der für das Weiterschreiben meiner

Geschichte am wahrscheinlichsten war. Diese alternativen Selbstschöpfungen halfen ihm, nicht auf gut deutsche Art verbittern und im Stillen hassen zu müssen, sie halfen ihm, ein Künstler zu werden. Der Schlusssatz des Vaters an seinen Sohn verfehlte nicht seine Wirkung und rührte die Zuhörer fast zu Tränen. Die versammelten Wissenschaftlich-Humanitären waren sich einig darin, dass nichts, was auch nur ein My unter diesem Gefühlsdusel blieb, den Deutschen den Stock wieder aus dem reichssteifen Leibe treiben konnte.

Zwei Männer, die sich später als Paul Scheerbart und Erich Mühsam vorstellten, schienen ein dringliches Anliegen zu haben. Sie arbeiteten sich zu Hanns vor, der sofort das Monokel fallen ließ. Kurz darauf winkte er mich und Angelika heran, es sei Zeit zu gehen. Kaum hatten wir das Hotel verlassen, schlüpfte Hanns in die Rolle des Anarchisten. Paul und Erich trugen schmale Nickelbrillen und hatten einen stechenden Blick. Auf der Straße entledigten sie sich ihrer Kleidung, klemmten sie unter den Arm und liefen entschlossenen Schrittes weiter. Hanns tat es ihnen nach und forderte uns auf, uns ebenfalls mit ihnen zu solidarisieren.

»Menschliche Schönheit kann nur hüllenlos, nur nackt genossen werden. Ich bin nackt für deinen Genuss, Emma Andreas, und für die Sache des *Armen Teufels*, die wieder zwischen die Mühlen geraten ist.«

Angelika und ich rollten mit den Augen, aber entkleideten uns. Wir schritten zu Ehren von Robert Reitzel, Trinker und Anarchist, Verfechter der freien Liebe, des freien Denkens, des freien Rechts, des Antimilitarismus, Antiklerikalismus, der Freikörperkultur, der Frauenemanzipation und aller Queers. Es war sein Todestag und fast auch der Todestag seiner anarchistischen Zeitschrift *Der arme Teufel*, die in den USA erscheinen musste, weil das Deutsche Reich sie in den Reichsboden stampfen wollte. Als wir in Pauls Wohnung ankamen, in der momentan auch Erich hauste, verkündete Hanns gleich, dass er Deutschland aus Protest gegen den Krieg verlassen werde, er werde keine Waffe auf seine Freunde richten. Das erste, uneigentlich Dringliche, weswegen Paul und Erich ihn heute aufgesucht hatten, betraf ihre Geldsorgen. Hanns gab ihnen alles, was er hatte, zur Überbrückung.

»Ich lasse jeden Freund an meinen Erfolgen mitverdienen. Jeder schimpft über mich hinter meinem Rücken, aber dann genießt er meine liebenswürdige Anwesenheit.«

Das zweite, ebenfalls Uneigentliche betraf die neuerlichen, verletzenden Ewers-Parodien von Reimann und die Schmähkritiken von Tucholsky. Letzterer ließ in regelmäßigen Abständen Hasstiraden gegen Hanns los, er sei ein parfümierter Salonsadist, ihm fehle es an Patriotismus, für die deutsche Sache in den Krieg zu ziehen. Er habe es lieber auf die niederen Triebe abgesehen, als demütig für nationalen Zusammenhalt einzutreten, er steigere sich immer weiter da hinein, weil er sich als verkanntes Genie fühle.

»Ach ja, der Kurt«, begann Hanns mit Blick zu mir, »dass seine erotische Frühprosa nicht den Nerv der Masse getroffen hat, muss er jetzt nicht an mir auslassen. Bei der Wahl meiner Sujets halte ich mich bloß an Tatsachen, die mir meine Kritiker aber meist als perverse Fantasie auslegen. Ich hab's nicht so mit utopischen Gesellschaftsentwürfen wie ihr, ich halte mich lieber an Allzumenschliches.«

Dann kam endlich das dritte, eigentlich Dringliche. Noch heute Abend könnten wir einen neuen Versuch wagen, die Fährte von Sahra auf dem Mond wiederaufzunehmen, denn Paul musste mit Erich vorübergehend die Stadt verlassen. Die drei Männer kippten gerade Selbstgebrannten und rauchten Selbstgedrehtes, als Paul wie nebenbei auf eine Tür zeigte, an Hanns' Aufmerksamkeit vorbei. Das passte mir gut, denn ich wollte mit Angelika allein sein.

44 (P. SCHEERBARTS MOND)

Der wahre Ernst liegt im Komischen

Hinter der Tür führte eine unbeleuchtete Wendeltreppe nach unten. Ich schaltete meine Handytaschenlampe ein. Wir stiegen so lange hinab, bis ich mich völlig verloren fühlte und dachte, dass ich hier nie mehr herauskommen würde.

»Ich kann nicht mehr, ich kriege keine Luft. Mir ist heiß –«

»Erdling, du blockierst wieder den Weg! Gib ihn frei! Sonst laufen wir hier noch Jahre die Treppen runter.«

»Das bin nicht ich! Jemand sabotiert uns! Ich gehe jetzt wieder zurück, sonst war's das.«

»Niemand außer dir kann dich blockieren.« Angelika drückte mich an sich und ließ mich erst los, als ich ihr versprach, mich zu beruhigen. »Was, glaubst du, erwartet dich hier?«

»Keine Ahnung. Ich kenne diesen Paul seit einer Stunde.«

»Siehst du? Du fürchtest dich, nicht auf alles gefasst zu sein und die Kontrolle zu verlieren. Du fürchtest dich, jemandem zu begegnen, der dir peinlich werden könnte, neben dem du vielleicht albern und nicht cool aussiehst, weil er selbst albern ist, so wie Paul, so direkt, so nackt, so schamlos, oder so voller Pathos wie Hanns auf der Versammlung vorhin. Du fürchtest dich vor deinen Gefühlen und reagierst deshalb mit Abweisung und Abwertung anstatt mit kindlicher Erregung und Neugier. Du bist erwachsen, stimmt's? Deine deutsche Vernunft und Ernsthaftigkeit verbieten dir, mit lustiger, krachbunter Niedlichkeit behandelt zu werden. Und Dr. Sahra Wagenknecht erst! Schließlich muss sie eine sehr ernste Person sein!«

»Worauf willst du hinaus? Ich bin klaustrophobisch. Ich kriege keine Luft mehr.«

»Du hast Paul gerade erlebt, du weißt, er ist ein Künstler. Du fürchtest dich vor seiner Narrenfreiheit, das ist alles. Also gib den Weg endlich frei, mach dich frei, Liebes, frei von deinen Erwartungen, von deinen Vorurteilen und deinen Vorstellungen. Vielleicht betrügt dich deine Wahrnehmung um deiner Ängstlichkeit willen.« Sie wollte mich küssen, aber ich hielt mir die Hand vor den Mund.

Mit geschlossenen Lidern stieg ich noch zwei Stufen hinab, dann endete die Treppe. Ich schlug die Augen auf und blickte auf eine teils steinige, teils moosige Kraterlandschaft. Gruppen von grün phosphoreszierenden, kugeligen Mondlingen schwebten herum, sie hatten alle riesige Ballonbäuche, waren aber dennoch leicht voneinander zu unterscheiden. Eine Gruppe flog auf uns zu. Ich sah, dass sie silberleuchtende Rübenköpfe und Hände hatten, die vor lauter Bauch erst kaum zu erkennen waren. Als einer der Ballonbäuche rot zu leuchten begann, kamen Mondlinge von überall her und scharten sich um ihn. Direkt vor uns ließ er sich auf einer Steinsäule nieder, indem er seinen Ballonbauch zu einem Raupenfuß zusammenzog. Er blickte uns aus zehn hellblau schimmernden Augen friedlich an.

Ich weiß auch nicht, was in mich gefahren war, aber ich prustete los und konnte nicht mehr aufhören zu lachen. Diese putzigen, runden Dinger sägten an den Grundpfeilern meiner vom deutschen Bierernst getränkten Wirklichkeit. Es fiel mir schwer, mich zusammenzunehmen. Selbst meine Scham und mein Ärger über meine Reaktion, meine Selbstentlarvung als stocksteif, als arrogant, als einfältig, als hinterwäldlerisch, als erbärmlich in meiner fantasie- und weltall- und alienarmen neudeutschen Kultur konnten mich nicht beruhigen. Welch hohe Meinung hatte ich von mir! Meine Offenheit. Meine Weltoffenheit. Meine Freude an den Künsten. Alles verlogen im Angesicht dieser Existenz. Säcke voller Hohn lachte ich, ein Erdling, beim Anblick der längst vergessenen und aus dem deutschen Kulturgedächtnis verdrängten Mondlinge. Irgendwann hustete ich nur noch und wischte mir Tränen von den Wangen.

»Entschuldigt«, sagte ich. »Jetzt fühle ich mich besser. Tut mir leid, Leute, sorry. Das musste einfach raus.« Zumal sich bald wieder zeigte: Der wahre Ernst liegt im Komischen.

Loso hieß der besagte Mondling ganz vorn. Ich erklärte ihm, dass ich auf der Suche nach einer deutschen Philosophin sei, die sich irgendwo im deutschen Weltall aufhalten müsse. Als ich ihren Namen nannte, begannen die Bäuche sämtlicher Mondlinge rot zu leuchten. Bingo! Hier hatte ich meine erste richtige Spur. Die Mondlinge begannen durcheinanderzureden. Einer, der Knéppara hieß, sorgte für Ruhe und sagte, Sahra habe ihre große Revolution gerettet. »Als wir schon dachten, wir hätten die Wette gegen uns selbst verloren, hat sie mir den Tipp gegeben, dass der dritte Staat gar nicht zählt, er existierte vor fünfzig Jahren noch gar nicht!«

Ich verstand nicht, wovon er sprach. Ein anderer Mondling, der Mafikâsu gerufen wurde, bemerkte meine Verwirrung. Er setzte sich neben Loso. »Immer langsam, Leute. Unsere Gäste wissen nicht, worüber wir reden.« Er erzählte uns eine vollkommen absurde und berührende Geschichte. Früher hätten die Mondlinge rund um den Trabanten ihre Zeit damit verbracht, die Erde und die Erdlinge zu beobachten. »Ihr könnt euch nicht vorstellen, welches Ausmaß die Beobachtung der Erde angenommen hatte.«

»Ich leitete damals die Beobachtung an neunhundert Teleskopen«, ergänzte Knéppara. »Und der liebe Loso leitete die Beobachtung an vierhundertdreißig Teleskopen. Diese dreizehnhundertdreißig Teleskope und noch viele hundert weitere waren nur auf die Erde gerichtet. Seit Jahrhunderten.«

»Mehr als zwei Drittel der Mondbevölkerung beschäftigte

sich nur mit der Erde«, sagte Loso. »Irgendwann kam Unruhe unter den Mondleuten auf, sie wollten endlich mal was Neues sehen, neue Weltbilder!«

»Denn was wir da jahrhundertelang zu sehen bekommen haben«, fuhr Knéppara fort, »waren hauptsächlich Kriege und Schlachtfelder. Überall Erdlinge in Uniformen, die aufeinander losgingen. Wie Bestien!«

»Die Erdmänner sind aber viel schlimmer als die gewöhnlichen Bestien«, fiel Mafikâsu ihm ins Wort, »sie richten einzelne ihrer Stammesgenossen dazu ab, andre Stammesgenossen mittels Schuss-, Schlag- und Sprengwaffen zu töten, um ihnen das, was sich ihre Brüder geschaffen haben, fortzunehmen. Sie berauben sich sogar untereinander!«

Loso ruckelte sich auf der Säule zurecht. »Ja, wir wussten bald, dass Erdleute auf einer niedrigen Entwicklungsstufe stehen. Sie bedürfen noch fester Nahrung, sie ernähren sich dadurch, dass sie Lebewesen als Leichen in ihren Körper stopfen und da vermodern lassen. Wir nennen das den Bestienzustand.«

»Warum wir die Erde so ausführlich beobachteten, hatte natürlich andere Gründe«, sagte Knéppara, »uns interessierte die Erde als Ganzes. Wenn wir den Erdleuten eine größere Aufmerksamkeit widmeten, dann nur, weil sie die größten Arbeiten bei der Entwicklung der Erdoberfläche verrichteten. Sie bauten Schienennetze, spannten Drähte um den gesamten Planeten, transportierten riesige Steinmassen und schichteten sie überall zu ungewöhnlichen Formen, zuletzt leuchteten diese Steinmassen sogar in der Nacht. Nur leider zerstörten sie mit jedem Krieg wieder alles, was sie vorher geschaffen hatten.«

»Wir denken nicht daran«, warf Mafikâsu ein, »die Erdleute mit den Mondlingen zu vergleichen, sie gar in ein gegensätzliches Verhältnis zu uns zu setzen. So viel Ehre tun wir ihnen, diesen simplen Beinkreaturen, nicht an.«

»Wie dem auch sei«, erzählte Loso weiter, »die Existenz dieser kostümierten Massenmörder war uns irgendwann ein Dorn im Auge. Im Großen Rat hielt man es inzwischen für bedenklich, dass die harmonisch gebildeten Mondleute solchen gemeinen Kreaturen ihr ungeteiltes Interesse entgegenbrachten. Unser geschätzter Mafikâsu plante Bohrarbeiten, um ein gigantisches Fernrohr zur erdabgewandten Seite hin zu bauen, das den Durchmesser unseres Mondes hat. Nur brauchte er dafür die Hilfe der meisten Mondlinge, die dann nicht mehr die Erde beobachten konnten. Niemand hätte sich um die Wartung der vielen Teleskope kümmern können. Also machte Mafikâsu den Vorschlag, den Erdlingen genau fünfzig Jahre Zeit zu geben, das erdmännische Kriegswesen auf die Hälfte zu reduzieren. Sollte ihnen das gelingen, so hätten wir auf unsere neuen Weltbilder, auf das große Fernrohr zur anderen Seite und auf den Abzug unserer Aufmerksamkeit von der Erde verzichtet.«

»Und es sah tatsächlich so aus, als könnten die Erdmänner das schaffen!«, lachte Mafikâsu.

»Sie hatten es im Prinzip geschafft«, meinte Knéppara. »Und da wir so lange auf die Bohrarbeiten warten mussten und uns schon so sehr nach neuen Bildern sehnten, waren alle einigermaßen schockiert darüber.«

»Ja, aber Sahra hatte die Lösung«, sagte Loso.

»Zum Glück hatte Sahra die Lösung«, verbesserte ihn Knéppara. »Ich weiß noch, wie ich diesen Geistesblitz in der Ratsgrotte verkündete: Der dritte Staat, der die Wehrpflicht abgeschafft hatte, zählt nicht in unserer Wette, denn er hatte vor fünfzig Jahren noch nicht existiert.«

»Damit hatten die Erdmänner das zahlenmäßige Ziel knapp verfehlt, denn wir führten akribisch Buch über die Soldaten. Wir glühten vor Erleichterung, nicht wahr, Freunde?« Mafikâsu begann zu glühen.

Alle anderen Mondlinge glühten nun auch in ihren Farben. Viele stießen ihre Bäuche zusammen und trommelten dazu auf ihrer straffen Ballonhaut. Harmonische, kanonische Rhythmen entwickelten sich zu mächtigen Klanglandschaften. Sie hatten sich von der Erdbeobachtung losgerissen und sich neue Weltbilder geschaffen. Trotzdem würden sie hin und wieder einen Blick auf die Erdlinge werfen, um ihre Studien fortzusetzen.

»Bis heute vergiften Feindbilder viele Bewegungen«, sagte ich.

»Das wissen wir«, sagte Loso. »Auf der Erde ist die Erschaffung und militante Bekämpfung eines Feindes das Grundprinzip jeglichen Fortschrittsdenkens. Deshalb sind wir froh, unsere Zeit endlich auch mit schönen Dingen zu verbringen.«

»Ja, denn eine Sache, gegen die man kämpft, beeinflusst das innere Wesen des Kämpfenden im Sinne der bekämpften Sache«, warf Knéppara ein. »Der Kampf gegen Rohheit verroht mehr als jeder andere Kampf. Sahra sagte, Kämpfen heißt oft, diesen Kampf zu verlieren.«

»Und wo ist Sahra jetzt?«, fragte ich.

»Weitergereist. Auf eine Tagung?«

»Nein, Knéppara, auf die Venus!«

»Quatsch, Mafikâsu! Zum Saturn wollte sie.«

»Wann war das?«, fragte ich.

»Gestern«, antwortete Mafikâsu.

»Vor zwei Wochen«, antwortete Knéppara.

Loso seufzte und schlug vor, dass wir uns erst einmal in die Rauchergrotten begeben und uns von der Anspannung dieses Gesprächs erholen sollten. Die Mondlinge bildeten um jede von uns einen Ring und trugen uns in einem kurzen Schwebeflug über eine moosige Ebene, vorbei an den Todesgrotten, in denen die zwittrigen Wesen aus ihren alten Leibern einfach einen neuen, klugen Kopf wachsen ließen und weiterlebten. Auf der Moosebene zuckten riesenhafte bunte Blumen wie Blitze hervor, um genauso schnell wieder in sich zusammenzusinken. Bald flogen wir in einen Krater, wo die weiße Lesegrotte lag. Dort saßen still lesende Mondlinge zwischen den Bücherregalen. Danach schwebten wir durch die langen Smaragdgalerien, die über einen Wendelgang immer tiefer ins Innere des Mondes führten, durch weitere Grotten, in denen die Felswände violett, braun oder orangefarben glommen. Über die zinnoberroten Badegrotten, in denen die runzlige Haut der Mondlinge durch eine Art Schwitzkur geglättet wurde, gelangten wir in die Rauchergrotten, schummrige Zapfengrotten, wo die Raucher gemächlich und selbstvergessen umherschwebten. Sie gehörten zum Herrlichsten, was es auf dem Mond gebe, meinte Loso, denn hier wuchsen jene köstlichen Blumen, hauchartig dünne Fächergebilde, Eisblumen gleich, die in ein paar Sekunden eine halbe Meile groß werden konnten und in allen Farben irisierten und opalisierten. Loso und die anderen begannen diese Blumen in einer Steinpfeife, die jeder Mondling an einem Rumpfgurt bei sich trug, zu rauchen. Ich war schon vom Duft der glitzernden Rauchwolken so high, dass ich breit zu lächeln begann. Welch ein kolossaler Ort! Das einzige Licht hier kam vom Glimmen der magischen Blumen und des Rauchs, den die Mondlinge ausatmeten. Angelika und ich rauchten ebenfalls, Hand in Hand umherschwebend, und ich überlegte, wie wir wohl eine Kultur mit weniger Schlachtfeldern und mehr Rauchergrotten hätten werden können. Ich fragte mich, im Innern dieses deutschen Mondes, ob Rausch und Ekstase in der Öffentlichkeit im übrigen Weltraum auch so verpönt waren wie auf der Erde. Eigentlich war mir die Antwort egal, ich gab mich dieser schwebenden Entspannung restlos hin. Der Genuss der süßlichen Blumen sättigte mich, er löschte meinen Durst und löste anscheinend Barrieren und Verkrampfungen, er drang tief in mein Unbewusstes vor.

Irgendwann verstand ich, was genau den Lachkrampf vorhin ausgelöst hatte. Nicht das possierliche Körperdesign der Mondlinge, sondern diese fröhliche, gutgläubige Geselligkeit, die sie ausstrahlten, diese überraschende Harmlosigkeit. Und diese blauäugige Bindung ans Schicksal! Sie ließen ihre Entwicklung fremdbestimmen, sie machten ihr Glück von der Vernunft und Einsicht völlig fremder Wesen abhängig, auf die sie nicht einmal Einfluss nehmen konnten. Sie stellten komplizierte Regelwerke auf, denen sie sich vorbehaltlos unterwarfen, um daran zugrunde zu gehen. Darin erkannte ich eine tragikomische deutsche Seite von mir selbst, die fast dieses *leise, köstliche, immerwährende Heimweh nach den höchsten Lebensstufen* auslöste, wie die Dichterin Hedwig Müffelmann es 1911 beschrieb, *die dort in den Weiten des Weltalls auf uns warten.* Was in mir hochkam, war die Überforderung mit meiner eigenen Identität, all die Ablehnungen, der erlernte deutsche Selbsthass, das schwierige, falsch verstandene Deutschsein platzten aus mir heraus, weil mir diese genusssüchtige Faulheit, dieser entspannte Zusammenhalt, dieses bunt schimmernde Dasein in der Welt bis heute vorenthalten, nein, ins Weltall verbannt worden war. Wie schon meine Begegnung mit den Nume erfüllte mich dieser Ort hier mit mehr Heimatgefühlen als irgendein Platz auf der Erde.

Kurd, der Laßwitz, nannte den Mond das uralte Erbteil des Menschenherzens, er wurde vom Menschen gedacht und erlebt. Hatte die Mondlandung unsere Welt vergrößert oder verkleinert? Kurd sagte auch: Wissenschaft wird sinnlos, wo sie begreifen will, was sich nur fühlen lässt. Das Unbegreifliche ließ sich nur in der Kunst erleben. Es gab seelische Wirklichkeiten, die keine Erfahrungen im Außen hatten und sie auch nicht brauchten. Warum also nahmen wir unseren Weltraum und unsere Außerirdischen heute nicht mehr ernst? Warum fühlten wir uns dabei komisch?

Kindisch? Was war mit uns passiert? War unser Sinn für die fühlende, poetische Betrachtung verkümmert und abgestumpft? War sie nicht das Einzige, was uns zu Menschen machte?

Ich verstand, dass ich im deutschen Weltall offenbar auch mich selbst und nicht nur Sahra entdecken konnte. Oder vielleicht sollte? War es das, was auch sie erkannt hatte? Führte dieser Mond unsere Lebensspuren dichter zueinander? Oder war Sahra mein paradoxes Ich? War die radikale Kommunistin eine Alternative von mir, die ich durch meine jugendliche Rebellion gegen die pseudosozialistische Diktatur der DDR stillgelegt hatte? Dass ich ihr endlich auf die Spur gekommen war, irritierte mich auf einmal, denn ich war nicht mehr sicher, wieder in mein altes Leben zurückkehren zu wollen. Ich fürchtete, dass meine Suche bald zu Ende sein könnte. Natürlich wusste ich nicht, was mich noch erwartete. Klar war aber schon: Ich war nicht mehr die Gleiche. Scheerbarts Mond hatte etwas in mir aufgebrochen.

45 (J. KEPLERS MOND)
Jeder Tag auf dem Mond ist neu

Nachdem wir durch eine Grotte den Mond verlassen hatten, betraten wir durch eine Tür den Oberlichtsaal der alten Berliner Philharmonie in der Bernburger Straße. Gerade ertönte Applaus, und Hanns ging zum Pult. Er wartete demonstrativ, bis es vollständig ruhig geworden war. Dann begann er, seltsam blasiert, so kannte ich ihn gar nicht, eine misogyne, rassistische Tirade auf das Publikum abzulassen. Raunen ging durch den Saal.

Ich blickte ratlos zu Angelika. »Das ist nicht unser Hanns. Wir sind auf einer anderen Realitätsspur gelandet.« Ich starrte ratlos auf seine schuppigen Hände, die mir bislang nicht aufgefallen waren. Ich beobachtete die Mienen im Publikum. Irgendetwas stimmte hier nicht. Ich wollte diesen Ewers nicht hinnehmen, aber Angelika warnte mich, wenn ich durch meine Besserwisserei die Vergangenheit veränderte, könnten wir auf eine alternative Gegenwartsspur geschoben werden und Sahra für immer verlieren.

Ich zog sie aus dem Saal, rannte mit ihr durchs Gebäude und drückte alle möglichen Klinken an Türen, die meistens verschlossen waren, um noch einmal zurück auf den Mond zu kommen und einen anderen Weg hinaus zu suchen.

»Erdling, das ist vergebliche Mühe! Es gibt keine zwei gleichen Chancen, es gibt keine zwei gleichen Erfahrungen, sonst würden die Kinder derselben Eltern doch identisch sein. Finde dich mit der Situation ab.«

»Ich finde einen Weg zurück! Ich finde mich nicht einfach ab!« Wieder rüttelte ich an einer Tür.

»Selbst wenn du hier eine Tür finden solltest, die Bedingungen werden andere sein. Du kannst nicht mehr an denselben Punkt zurück. Jedes noch so kleine Energieteilchen ist ständig in Bewegung. Jeder Moment ist einzigartig. Hörst du? Wir müssen weiter, wir verlieren Sahras Spur.«

Und dann öffnete sich auf einmal im obersten Stock eine schmale Tür mit der Aufschrift *Besenkammer*. Wir blickten aus der Höhe zweier auf einer Bergspitze ruhender Adler hinunter in ein enges Tal, auf einen porösen, von Höhlen und Wassergräben durchzogenen Boden, aus dem überall rasend schnell fantastische Blumen in allen Farbtönen in die Höhe wuchsen, um gleich darauf einzuknicken und zu vergehen. Über eine Anhöhe liefen einige Kamele mit sehr langen Beinen.

»Levania«, sagte Angelika. »Wir sind auf Keplers Mond.«

»Ich sehe keine Außerirdischen.«

»Unsinn, Erdling! Schau genau hin. Kepler ist der erste deutsche Botschafter außerirdischer Wesen und einer der wenigen, die für ihr neues Weltbild nicht auf dem Scheiterhaufen endeten. Sein *Traum vom Mond* von 1609 wird als erstes Science-Fiction-Werk der Welt gehandelt.«

»Ich sehe Pflanzen, Tierartige, aber keine …«

»Kepler war schlau, er hat das Aussehen der Mondgestalten direkt an die Bedingungen geknüpft, unter denen sie leben müssten, soweit er sie wissenschaftlich herleiten konnte. Den Rest überließ er der Fantasie der Interessierten, im Detail sollten sie sich die Außerirdischen selbst vorstellen. Und er konstruierte als Erster die von der Erde abgewandte, die privolane Seite. Die Privolaner haben keinen festen Wohnsitz, sie durchqueren die Zonen auf langen, dünnen Beinen oder mit Flügeln oder auf dem Schiff und folgen den zurückweichenden Wassern. Die meisten von ihnen sind Taucher und sehr langsam atmende Geschöpfe.«

Jetzt sah ich sie! Meine Fantasie erschuf geisterhafte Wesen, wie Schatten. Ihre Körper waren hochgewachsen und transparent, federleicht und schimmerten im gesamten Farbspektrum. Unter Wasser kontrahierten sie zu Aalartigen. Auf dem Wasser waren sie aufgespannt wie Papyrus, beinah träumerisch trieben sie dahin. Durch die Luft schossen sie pfeilartig oder segelten wie Drachen. Eines dieser Wesen kam direkt auf uns zu. Ihre oder seine Augen waren blütenartig und von einer Art Wimpernsensorium umgeben, das offenbar elektrische Feldveränderungen maß oder magnetische Felder oder halt irgendwelche Teilchenmassen interpretieren konnte, keine Ahnung.

Angelika lachte. »So ähnlich hätte ich mir die Mondlinge auch lieber vorgestellt, aber bei Kepler sind die Mondwesen ganz schön fett. Und als Schutz vor den extremen Temperaturen hatte er ihnen ein dickes Fell oder Schuppen verpasst.«

»Wieso geraten Wesen bei solch hohen Temperaturen fett? Doch eher bei eisiger Kälte.«

Angelika zuckte mit den Schultern. »Alles wächst und vergeht hier an einem Tag, der so lang ist wie ein Monat auf der Erde. Aber jeder Mondtag ist immerhin neu.«

Auf einmal sah ich, wie sich eine Millionenstadt bewegte, ohne Kollisionen. Einige der Wesen gruppierten sich in der Luft und tauschten elektrische Signale aus. Und je länger die eigene Imagination die Bedingungen analysierte, desto deutlicher wurde das Spektrum der Wahrscheinlichkeiten und desto belebter ging es hier zu. »Schade«, sagte ich zu Angelika. »Hätte Kepler nur aufgeschrieben, was ich gerade sehe. Dann hätte er diese Geschichte für die Menschen ausbauen und für alle betretbar und erlebbar machen können. Viele konnten sich diese Wesen wahrscheinlich nicht vorstellen, weil sie keine Ahnung hatten, wie sich diese Bedingungen auf die Gestalten auswirken.«

»Erst einmal rettete er sich so vor dem Scheiterhaufen, Erdling. Und dann wollte er seinem Publikum nichts vorschreiben. Es sollte sehen, was ihm möglich war. So stellte er auch die zyklopischen Sitten seiner Zeit an den Pranger, all die gelehrten, einäugigen Fanatiker, die blind und unempfänglich für Unbekanntes waren, konnten seine Schrift gar nicht verstehen. Diese Welt war nur für Integrierte und Gleichgesinnte entschlüsselbar. Aber noch genialer war sein Antrieb, der ihn auf den Mond brachte. Viel effektiver als die Raumfahrt! Er nutzte die Kraft, mit der Menschen vor ihren Dämonen fliehen, eine geniale, fast selbstironische Kraft, übrigens bislang die schnellste und nachhaltigste Fliehkraft, findest du nicht, Erdling?«

46 (D. TRIETSCH)

Ein Volk mit einigem politischem Verständnis
hätte sich solche Vorteile schon zu sichern gewusst!

Eigentlich hatte ich für diesen Größenwahn im Romanischen Café gerade keinen Nerv, aber es gehe um die Seele Deutschlands, meinte Hanns. Es gehe um ihre Pein, ihre gerechte Strafe und um ihr Überleben, und nicht nur um das ihre. Seit Hanns' Auftritt in der Philharmonie sah ich den Rassisten und blasierten deutschen Proll in ihm. Ich hatte Mühe, den sensiblen, kämpferischen Künstler wiederzuerkennen, dem ich die eine oder andere Entgleisung verzeihen konnte. Zwischen uns hatte sich eine Galaxie geschoben. Und der Ton, den er gerade anschlug, *ich solle hier gefälligst dabei sein*, verschärfte nur die Eiszeit in unserem Miteinander.

Angelika schien wieder meine Gedanken mitgehört zu haben. »Vergiss nicht, dass das hier wahrscheinlich nicht derselbe Hanns ist, den wir vorhin in der Philharmonie erlebt haben«, flüsterte sie. »Denk an seine positiven Seiten, wenn du den anderen wiederhaben willst.«

Inmitten dieser illustren und von den schrecklichen Ereignissen gebannten Versammlung zu stehen war anscheinend ein Teil meiner Transformation. Vor den Fenstern des Cafés tobten Gefühle von Verunsicherung und Rache auf den Straßen, die die reichsdeutsche Mitwirkung am Ersten Weltkrieg in den Köpfen der Menschen einforderte, und vermischten sich mit ein paar kärglichen Kaffeeklatsch-Aromen, die nur durch eine stetige Geräuschkulisse von klapperndem Geschirr und Besteck und dem Klingen der Gläser aufrechterhalten wurden. Jeder aus der landesweiten intellektuellen Szene, der irgendwie anzureisen imstande war, hatte sich nach Hanns' Aufruf hier eingefunden. Der Laden war brechend voll. Die Bedienung reichte wässriges Bier, dünnen Kaffee und mageren Kuchen. Auf Anhieb erkannte ich nur wenige Gesichter wie das von Else Lasker-Schüler oder von Alfred Döblin. An der Wand gegenüber sah ich Erich und Paul, die mir zuwinkten. Die Dankbarkeit, die ich Paul für die Erfahrung auf dem Mond entgegenbringen wollte, konnten die Kussmünder, die wir uns gerade hin- und herwarfen, gar nicht zum Ausdruck bringen. Neben den beiden saßen noch Max Reinhardt und Vicki. Auch Thomas war gekommen, der Angelika und mir zuwinkte, mit Erika und Klaus, er saß in einigem Abstand zu seinem Bruder Heinrich, von dem er sich gerade politisch unpolitisch abgrenzte. Hunderte der wichtigsten Intellektuellen und Künstler der verschiedenen Meinungslager standen oder saßen dicht gedrängt zwischen den Säulen und umringten die kleine Insel in der Mitte, wo Hanns mit einigen anderen Platz genommen hatte. Offenbar fühlten sich nun alle Lager, von links bis rechts, gemeinsam gedemütigt und aufgerufen, dem Ende ihres Lateins einen neuen Anfang und neue Aussichten folgen zu lassen. Und dass sogar Hanns' erklärte Erzfeinde Tucholsky und Reimann anwesend waren, ließ erahnen, wie besorgniserregend die gesamtdeutsche Gemütslage wirklich geworden war.

Hanns stieg auf einen Stuhl, zwei rote Striemen leuchteten aus seinem Gesicht, er klemmte sich ein Monokel vors linke Auge. Dabei wurden die schuppigen roten Ekzeme auf seinen Handflächen sichtbar. »Ladies and Gentlemen, ich danke für Ihr Kommen. Ich bin direkt aus New York angereist. Denn die deutsche Lage ist ernst.«

Unruhe, leises Gelächter und wieder Gemurmel.

»Schschschscht, der einäugige Sonnengott spricht zu uns«, flüsterte Lasker-Schüler sanftlaut.

Einer, den ich nicht kannte, lachte hämisch. »Pahh! Dieser aufgeblasene, angepinkelte Bindfaden.«

»Bitte! Das ist nicht hilfreich«, griff Tucholsky ein. »Es steht hier zu viel auf dem Spiel.«

Hanns bedankte sich und erklärte, dass er Pazifist sei und nicht falsch verstanden werden wolle. Er habe sich nicht vor dem Krieg gedrückt, er lasse sich mit keinen fadenscheinigen Argumenten in einen Krieg hineinziehen, schon gar nicht in einen, bei dem er die Waffe auf seine Freunde richten müsse. Er sei auch nicht in den USA untergetaucht, sondern habe bei Kriegsausbruch dort ein Angebot angenommen und arbeite unermüdlich neben Gerhart Hauptmann und Ricarda Huch für die Sache Deutschlands in großen amerikanischen Medien wie *The Fatherland*. Aber es gehe hier nicht um ihn, sondern um uns alle. Und vor allem um die Frage: Wie soll es mit uns Deutschen weitergehen? Denn wir würden in diesem Krieg verlieren, selbst wenn wir ihn gewinnen sollten.

Hanns hatte den Publizisten und Zionisten Davis Trietsch mitgebracht, dessen Einsichten in die Weiterentwicklung des Deutschtums im Auslande ihn sehr beeindruckt hätten, wie er ausführte.

Jemand neben mir flüsterte in mein Ohr: »Einmal kam er direkt aus Guatemala ins Café des Westens. Direkt aus Guatemala, wie man direkt aus Charlottenburg kommt. Er schüttelte den Reisestaub von seinen Schuhen, dann wusch er sich im Café die Hände, als wollte er damit andeuten, dass es in Guatemala eigentlich nur sehr wenig Waschgelegenheiten gäbe. Aber einer von uns hatte ihn zwei Tage zuvor in Düsseldorf gesehen, bei seiner Mutter. Und dieser Schlingel war so undelikat, dies der Gesellschaft bekanntzugeben, so dass die Anteilsscheine von Hanns Heinz Ewers' Reiseexotik sofort im Kurs abstürzten.«

»Über ihn wird auch viel Mist erzählt«, erwiderte ich. »Wer war denn dieser Undelikate?«

»Der Rudolf«, sagte er.

»Der Typ, der ihn eben einen angepinkelten Bindfaden genannt hat?«

Der Unbekannte nickte und kicherte.

Dieser Rudolf Johannes Schmidt rettete sich mit dem Tratsch, den er über Hanns verbreitete, wenigstens in einige kleingedruckte Anmerkungen in die Literaturgeschichte, denn über ihn selbst gibt es nicht einmal einen Wikipedia-Eintrag.

Wenngleich Hanns sich schwertat, bescheiden zu wirken, war es für einige Verarmte und schwer Verkäufliche der Literaturszene eine Zumutung, sich vorzustellen, Hanns' Weltgewandtheit könnte echt sein, denn er brachte sie so ungeniert zum Strahlen, dass sie neben ihm hinterwäldlerisch aussahen.

Einer, der mir später kurz als Friedrich Freksa vorgestellt und noch einmal wichtig für meine Suche nach Sahra wurde, stand auf und rief: »Hassen und verleumden uns unsere Gegner im Kriege, so ist es nur ein Zeichen ihrer Ohnmacht. Weil sie keine Armeen gegen uns bewaffnen können, vergiften sie die Meinung der Welt in den neutralen Ländern. Würde für uns in den neutralen Ländern ein stärkeres Gefühl sein als für unsere Gegner, so würde diese Lügensaat keinen Ackerboden finden!«

Hanns klatschte heftig und hielt anschließend eine schmale Broschüre mit dem Titel »Tatsachen und Ziffern. Eine statistische Herzstärkung« von Davis Trietsch in die Luft, die der ihm druckfrisch aus München mitgebracht habe. »Freunde, hier haben wir alle Fakten, die gegen diese Verleumdungen in sauberster Recherche zusammengetragen wurden. Dass die Engländer mehr für Rüstung ausgeben, als sie für Bildung oder Volkswohlstand tun, und nicht nur jeden Soldaten, sondern auch gleich seine Dämonen bis unters Kinn bewaffnen können, wussten wir, aber dass die Franzosen inzwischen jeden Sou in die Militarisierung anstatt in die Alphabetisierung oder die Industrie gesteckt haben, wagten wir nicht zu träumen. Wenn sie so weitermachen, haben sie die Engländer bald überholt. Hier!« Er schlug eine Seite auf mit lauter roten, gelben und grauen Balken. »Hier, bitte, die hohen roten Balken sprechen eine eindeutige Sprache! Überall sind wir überragend! Bildung, Kultur, Nobelpreise, Industrie, Export, Volkswohlstand, Bergbau. Okay, in der Landwirtschaft müssen wir noch aufholen.« Hanns überkamen die Emotionen, er schluchzte kurz auf, eine Träne lief. Seine Lippen zitterten. Die Stimme wurde brüchig und leise. »Aber, Freunde, die bitterste Erkenntnis hieraus ist: Wir Deutsche haben uns geirrt. Leichtsinnig und naiv haben wir unsere Landsleute in einen Krieg geschickt, für den wir niemals ausgerüstet waren. Hier, bitte! Diese Zahlen sprechen die bitterste Wahrheit. Unsere Armeen bestehen aus belesenen und kultivierten Männern, die zwar ausreichend Geist, aber keine Waffen besitzen! – Friedrich, dass die neutralen Länder nichts für uns empfinden, würde ich nicht sagen. Und wie sie für uns empfinden! Zuerst Neid, wenn man sich die roten Balken anschaut. Und jetzt Schadenfreude. Unsere Schützengräben sind Fäkaliengruben aus dem Angstschiss unserer Landsleute geworden. Wir brauchen guten Rat, wir brauchen Hilfe und echte Verbündete! Und wir haben Verbündete, die wir aber als solche nicht wahrnehmen. Wir brauchen eine Einheitsfront aus Deutschnationalen und Zionisten! Bevor ich den geschätzten Davis Trietsch bitte, uns an seinen klugen Einsichten über Deutsche und Juden teilhaben zu lassen –«

Klatschen. Lachen. Laute Pfiffe.

»Ruhe!«, schrie Tucholsky. »Das ist das Klügste, was ich bislang aus seinem Mund gehört habe.«

Gelächter.

Hanns' Blicke in seine Richtung wechselten zwischen Wut und Dankbarkeit.

»Du machst hier die Rechnung ohne die antisemitische Front«, rief Roda Roda.

»Die Zeit ist nicht mehr allzu fern«, setzte Hanns fort, »wenn den Gebildeten die Rasse ebenso gleichgültig sein wird, wie es ihnen heute schon die Religion ist. In dieser Zukunft wird sich das Rasseproblem überlebt haben. Heute kann man die antisemitische Bewegung im Reiche getrost historisch betrachten, kein ruhig denkender Deutscher wird ihre lächerlichen Übertreibungen mehr gutheißen. Mit dieser Einsicht aber ist die Plattform geschaffen, auf der der Deutschnationale und der Jüdisch-Nationale gemeinsam arbeiten können. Man vergegenwärtige sich einen Staat, so selbständig er immer sein mag, der in Bezug auf Sprache und Kultur deutsch sein würde, ein deutscher Staat jüdischer Nation, nämlich eine völkerübergreifende Kulturnation, die von der deutsch-jüdischen Elite angeführt wird.«

Gelächter. Klatschen. Und wieder Pfiffe.

Trietsch lachte auch, aus welchem Grund auch immer. »Nicht bloß orthodoxe Juden werden dagegen rebellieren«, rief er.

»Ja, Davis, die Religion könnte euer Haupthindernis auf diesem Weg werden, und es gilt, sie euch aus dem Herzen herauszureißen! Aber dies können auch Deutsche und Juden gemeinschaftlich schaffen: das zermorschte Gebilde ihrer Religionen endlich ganz einzureißen. Bitte, Davis! Die Bühne gehört dir.«

Trietsch erhob sich, stieg auf den Tisch und begann zu sprechen. »Nun, vielleicht sollte ich dich zum nächsten Zionistenkongress einladen, wo du dieses leidenschaftliche Plädoyer für einen deutsch-jüdischen Staat in Palästina noch einmal halten solltest. Ich wäre gespannt auf die Reaktionen. Trotz einiger unangebracht hämischer Kommentare aus dem Publikum danke ich von ganzem Herzen für die Einladung. Im gegenwärtigen Kriege konnte Deutschland wieder einmal sehen, wie wenig Freunde es draußen in der Welt hat. Aber auch, wie wenig Feinde im Innern! Der innere Feind erwies sich, vielen unerwartet, als beste Stütze der deutschen Sache, und selbst so doppelt verdächtige Leute wie sozialdemokratische Juden und jüdische Nationalisten taten sich in den ersten Reihen hervor. Einige von ihnen sind heute auch gekommen, ja, vielleicht die Hälfte der Anwesenden machen sie aus, um über die deutsche Gesamtlage zu diskutieren. Shalom, Freunde.«

»Shalom«, donnerte es zurück, denn auch die Nichtjuden wollten sich angesprochen fühlen. Sogar die von der gemäßigt rechten Flanke.

»Hanns Heinz Ewers berichtete aus New York am 15. September 1914 von der toll-antideutschen Berichterstattung der amerikanischen Presse, unter der als ehrlich unparteiisch sich nur der *Brooklyn Eagle* auszeichne. Brooklyn hat allerdings eine überwiegend deutsche und jüdische Bevölkerung. Ewers lobte dann den Widerstand gegen diese Hetze in der deutsch-amerikanischen Presse, allen voran im *New York Herald* und in der *New Yorker Staats-Zeitung* und in den jüdischen Organen *Wahrheit* und *Vorwärts*. Dankbar wird also anerkannt, dass nächst der deutschen die jüdisch-deutsche Presse der Vereinigten Staaten eine Hauptstütze der deutschen Bemühung zur Verbreitung der Wahrheit ins Ausland bildet, und freudig wird von deutscher Seite die dargebotene Hand der Juden ergriffen. Endlich beginnt man zu verstehen, was die Sympathien eines Vierzehnmillionenvolkes bedeuten können. Die Gegnerschaft sehr viel kleinerer Nationen, die den Deutschen jetzt so sehr zu schaffen machen, hat den Blick dafür geschärft.«

Heftiger Applaus. Ich drehte mich um, um zu verstehen, wen Trietsch immer ins Auge fasste beim Aufschauen von seinen Notizen. Aber hinter mir war bloß die Wand.

»Obwohl in Deutschland nur um die 600 000 Juden leben«, fuhr er fort, »ist die Judenschaft der ganzen Welt zu mehr als achtzig Prozent deutschsprachig! An dieser Stelle sei übrigens darauf hingewiesen, dass gerade die national-jüdische Partei der Zionisten das Deutsche als Hauptsprache in ihren Weltkongressen, ob in Basel, London oder im Haag, anerkannte und verwendete, und das, um den tatsächlichen Verhältnissen und nicht ihren Wünschen Rechnung zu tragen. Deutsch war bis letztes Jahr die Unterrichtssprache im Technikum in Palästina, denn die neuere jüdische Wissenschaft ist ja vorwiegend deutschsprachig. Dies ist ein großer Nutzen für alle deutschen Bestrebungen, besonders im Ausland. Aber ein Teil der Deutschen möchte aus Antipathie gegen die Juden am liebsten auf diese Hilfe verzichten. Kein nennenswerter Teil der Deutschen ist bemüht, den Juden für ihre hohen Leistungen im In- und Ausland ein Äquivalent der Gleichstellung mit mindernützlichen anderen Elementen zuzugestehen. Das aber ist politische Unmoral und muss sich rächen.«

Wieder fixierte mich Trietsch und wartete ab, bis Ruhe im Café Größenwahn eingekehrt war. Ich fragte mich währenddessen, wie wohl der Titel einer englischen Fortsetzung von *The German Genius* über die deutsche Geistesgeschichte ab Mitte des 19. Jahrhunderts lauten sollte: *How stupid can Germans be?*

»Für die Lösung der Judenfrage«, setzte Trietsch wieder laut an, »sagt Professor Dr. Eugen Ehrlich in einem außerordentlich lesenswerten Vortrage zur Sozialpolitik, dass es selbstverständlich keine andere Lösung gibt als ›ein vollständiges Aufgehen der Juden im Deutschtum‹. Ich zitiere: ›Deutsche Politik können die Juden nur treiben mit den Deutschen, nicht gegen sie. Beginnt doch unter dem Einflusse des Antisemitismus selbst im Stammlande des liberalen Judentums, in Böhmen, ein großer Teil der Juden bereits seine eigenen Wege zu gehen. Wem die Interessen des deutschen Volkes in Österreich und die Weltstellung des Deutschtums am Herzen liegen, der kann das nur bedauern. Ich glaube, dass dieser nicht sehr gescheite Studentenulk, der Antisemitismus, hier eine verhängnisvolle historische Rolle gespielt hat, dass er die Deutschen um ein Machtgebiet oder mindestens um eine Einflusssphäre gebracht hat, die einst vom Böhmerwald bis Odessa gereicht hatte. Hier hat der Deutsche überall Menschen verloren, die Deutsch sprachen, ihre Kinder mit Schiller und Goethe erzogen, die sich zu den Deutschen in einem besonderen Nahverhältnis und zur Wahrung der politischen und wirtschaftlichen Interessen des Deutschtums berufen fühlten. Ein Volk mit einigem politischem Verständnis hätte sich solche Vorteile schon zu sichern gewusst!«

Klatschen, Pfeifen, Buhen, Durcheinanderrufen. Einige aus der gemäßigten rechten Flanke standen auf und wollten das Lokal verlassen. Trietsch hatte wohl ihre Toleranzgrenze überschritten.

Hanns sprang auf. »Freunde! Denkt an meine Worte! Wenn ihr jetzt geht, dient ihr nicht der deutschen Sache!« Weitere zwei Stühle wurden umgeworfen.

»Gerade im Ausland gibt es so viele deutsche Posten, die besser von Juden besetzt werden sollten!«, warf er ihnen laut hinterher. »Man klagt so viel über mangelndes wirtschaftliches Verständnis der deutschen Konsularbeamtenschaft, dem könnte leicht auf diese Weise abgeholfen werden. Die Engländer übrigens haben es schon so gehalten. Wie wichtig die deutschsprachigen Juden im Ausland für Deutschlands wirtschaftliche Bewertung sind, lässt sich auch an einer ganz kleinen Rechnung zeigen. Mehr als ein Drittel der deutschen Bevölkerung, nämlich die agrarische, spielt in Deutschlands Weltwirtschaft nur eine passive Rolle, weil die deutsche Landwirtschaft nicht genügend produziert, deswegen muss Deutschland enorme Summen ans Ausland zahlen. Auch wenn es jetzt kühn klingt, aber die deutsche Landwirtschaft wäre viel leistungsfähiger, wenn die Juden sich mehr um sie kümmern würden. Ihr fehlt es doch an Unternehmungsgeist, an Wissenschaft und Technik! Nun lässt sich unschwer voraussehen, dass gewisse Leute an den rechten Flanken hierin wieder Judenarien, also ein Liebeswerben der Juden um deutsche Gunst, sehen werden.«

Die gemäßigte, rechte Flanke der deutschen Intellektuellen hatte sich polternd verabschiedet. Trietsch hatte ihre Gefühle verletzt. Die Ratlosigkeit über diese uneinsichtigen Dünnhäutigen erstreckte sich über einen deutlich verstummten Moment.

»Zum Abschluss also zusammengefasst: Es ist wenig klug, wenn deutscherseits Annäherungen aller Art im Auslande gesucht werden, während gleichzeitig ein Bevölkerungselement des Deutschen Reiches durch allerlei Zurücksetzung zur Unzufriedenheit geradezu gezwungen wird! Sympathie beeinflusst auch Wirtschaftswerte. Soll die Deutschsprachigkeit der Juden ein wichtiger Faktor deutscher kultureller und wirtschaftlicher Auslandsbestrebungen bleiben und als solcher an Bedeutung wachsen, so muss Deutschland sich bemühen, in der jüdischen Welt moralische Eroberungen zu machen. Dank für die Aufmerksamkeit!«

Das Klatschen war immer noch eines der Vielen. Auch wenn noch nicht klar war, wie der Krieg beendet und die deutsche Seele vor der (Selbst-)Zerstörung gerettet werden konnte, hob diese Rede von Davis Trietsch ganz allgemein das Gemüt.

Hanns stellte sich noch einmal auf den Stuhl. »Freunde, bitte, bevor wir jetzt untereinander ins Gespräch kommen und sehen, welche Lehren wir aus dem eben Gehörten ziehen, lasst mich noch kurz ein paar abschließende Worte sagen. Aus der jetzigen Lage können wir lernen, dass wir Deutschen uns offenbar überzeugend verstellen können, wir sind solch herausragende Schausteller unserer selbst, dass niemand mehr zwischen Wahrheit und Fiktion zu unterscheiden vermag. Nicht einmal wir selbst! Aber der preußische Militarismus ist mehr Schauspiel als Realität, die Haushaltsverhältnisse unseres Deutschen Reiches erzählen uns mehr übers deutsche Gemüt als unsere Feuilletons. Wir fördern eher den Frieden als den Krieg, wir glauben mehr an die Kraft der Bücher als an die unserer Flotten und Heere. Wer das verkennt, verkennt das Deutschsein und seine Bedürfnisse. Danke!« Er stieg vom Stuhl.

Der Applaus war diesmal aufrichtig und eindeutig, vielleicht weil auch Hanns keine seiner Rollen spielte. Das Publikum nahm ihm seine Worte ab. Die Erfahrung mit deutschem und internationalem Judenhass verarbeitete er später, in den letzten beiden Exil-Jahren, in seinem Roman *Vampir*, dessen Protagonist, sein Alter Ego Frank Braun, an einem mysteriösen Leiden erkrankt, das seine jüdische Geliebte Lotte Lewi als »Blutdurst« diagnostiziert. Ganz Europa, die halbe Welt leide inzwischen daran. Als Lotte sich ihm opfert und Frank ihr Blut zu trinken beginnt, erstarkt sein Vaterlandsgefühl. Er genest und gedeiht, während Lotte infolge Blutarmut immer schwächer wird und schließlich stirbt. Am Ende des Romans hat Frank eine Vision: »Zu Boden liegen wir. … Deutschland ist nicht mehr.«

47 (A. NIEMANNS MOND)

Dieser Mond war für uns verloren

Hanns drängte sich, von einem betagten, bärtigen Mann begleitet, den er uns als August Niemann vorstellte, durch die Menschenmenge. Er sagte, es sei nicht absehbar, wann diese Konferenz enden werde, in Stunden, in Tagen, in Wochen.

Sahras Spur dürfe nicht kalt werden. Einen Hinweis, dass sie hier womöglich auch aufgekreuzt sein könnte, hätten wir nicht. Hanns werde aber Augen und Ohren offen halten. Wir allerdings sollten inzwischen mit August einen nächsten Versuch wagen, die Philosophin zu finden. Sein Buch *Aetherio* kenne Hanns zwar nicht, aber angeblich habe sich August in seiner Mondmotivik von Paul inspirieren lassen. Das könnte Sahra durchaus interessiert haben. Allerdings sei der Autor eher im konservativen, deutschnationalen Spektrum der älteren Generation anzusiedeln, deshalb habe Hanns keine Ahnung, was uns dort erwarte. Wir sollten in jedem Fall vorsichtig und auf alles gefasst sein. Wir träfen uns nach unserer Rückkehr.

August war ein reservierter, höflicher Mensch, der zunächst unschlüssig neben uns herumstand und nicht wusste, wo beginnen. Nachdem Angelika ihm eine kurze Erklärung zur Sachlage gegeben hatte, bat er uns, ihm zu folgen.

»Ich schlage vor, ihr sucht auf dem Mond nach ihr, das liegt nahe.« Wir betraten die Küche des Cafés, durchquerten sie, gelangten auf einen ganz und gar blauen und bläulich beleuchteten Korridor, wie er zu jeder Behörde gehören könnte. August entschuldigte sich vorab für das Geschehen dort, aber in dieser Szene bezöge er sich noch auf seine Kriegsutopie, die England zum Hauptfeind der drei großen Bündnispartner Deutschland, Frankreich und Russland erklärte und eine Neuverteilung der Länder dieser Erde als letztes Ziel dieses gewaltigen Weltkrieges anstrebte.

»Wusstet ihr«, begann August auf dem Weg durch die Korridore, »dass zu gewissen Zeiten der Stern Aldebaran durch den Mond hindurchleuchtet, so dass wir von der Sternwarte aus inmitten der silbernen Mondscheibe den goldenen Aldebaran erblicken können. Kepler erklärte diese auffällige Erscheinung damit, dass der Mond einen breiten Riss habe, durch den der Stern hindurchscheine.«

»Ich habe nie gehört, dass Kepler den Mond als Scheibe bezeichnet hat«, antwortete ich.

»Ja, möglicherweise hat der Mond auch eine große durchsichtige Stelle, die also aus Glasfluss bestehen müsste«, sagte August nachdenklich. Tür auf. Ein riesiger Planet vor unserer Nase. Dunkle Streifen, dunkel im Vergleich zu den eisigen, blauweiß strahlenden Flächen, zeigten sich, und diese Streifen erschienen bewohnt. Zunächst zeigten sich ungeheure Vögel, den Seeadlern und Sturmvögeln der irdischen Meere ähnlich, aber viel größer, mit einer Flügelspannweite von vielleicht zwanzig Metern und von schattenhaftem Aussehen. Beim längeren Hinsehen auch menschenähnliche Gestalten. Aber an Größe übertrafen sie den irdischen Menschen vielfach. Offenbar hatten sie keine festen Körper, sondern waren schattenhaft und trieben sich auf den dunklen Streifen umher, und es schien, als erhöben sie sich ohne Flügel vom Boden.

August schloss die Tür. »Verzeihung, das war der Saturn. Hatte ich vergessen. Diese Wesen erinnerten mich an die Sagen der Edda, an die Götter Walhallas, an Thor mit dem Hammer, an Wotan und Frigga.«

»Die waren doch mit Sicherheit muskulöser, aus Fleisch und Blut, und nicht so luftig wie diese Saturnier«, sagte ich.

»Wenn es sie wirklich gegeben hätte, mit Sicherheit. Aber nordische Mythologie ist nicht in antike Steinskulpturen gehauen. Sie waren immer nur luftige Geister ohne wirkliche Körper, die sich der Körper der Menschen bemächtigten.« Er öffnete eine Tür und wies uns an, einzutreten.

Wieder durch eine Tür?, dachte ich. Ich würde gerne mal was anderes probieren …

Angelika und ich traten hindurch. Ich erblickte ein Gewusel von seesternartigen, weißen Fettkugeln, die keine Augen oder Ohren hatten, dafür mit Blättchen oder Schuppen bedeckt waren. Die größte unter ihnen wog vielleicht zehn Kilo.

Mit einem Mal schloss sich von allen Seiten lautlos ein Ring um eine Gruppe dieser Wesen zusammen. Erst jetzt bemerkte ich einen lilafarbenen Blazer, der zwischen den umzingelten Kugeln auf dem Boden lag, die gerade eine Panik erfasste. Sie bewegten sich hin und her, indem sie auf ihren elastischen Stacheln wie auf kurzen Beinen hüpften, und weil diese Stacheln ringsum saßen, glich ihre Fortbewegung einem Rollen. War Sahra hier hineingeraten, obwohl August sie nicht kannte? Hatte sie in diesem Durcheinander ihre Jacke verloren, als sie womöglich, selbst in Panik, das Weite gesucht hatte? Dieser Mond war verloren, auch er war kein deutscher Spielraum mehr. Nur ein kriegerischer Wahnstummfilm, in den wir nicht eingreifen konnten. Als die umzingelten Kugeln bemerkten, dass sie nach keiner Seite entfliehen konnten, warfen sie sich in Verzweiflung dem Angreifer entgegen. Nun entstand ein furchtbarer Kampf, der umso schrecklicher und unheimlicher anzusehen war, als kein Kampfgeschrei, kein Waffenklirren hörbar wurde, sondern alles in lautloser Stille vor sich ging, das Umarmen und Zerquetschen.

Und nun zeigte sich auch der Zweck des Angriffes, denn die Sieger fingen sofort an, die Besiegten zu verzehren. Was wir hier sahen, war ein animalischer Kampf der fettesten Kugeln gegen die dünneren. Gleich Spinnen saßen die Sieger auf den Unterlegenen, und diese nahmen sichtbar an Substanz ab. Der Besiegte wurde aufgesogen, ohne dass ein Schmatzen oder Schlucken zu hören gewesen wäre. Als die letzte unterlegene Fettkugel verdrückt war, sprang ich zwischen die Sieger und griff nach der Jacke. Ich war zwar nicht fett, aber größer, unheimlich, ich war außerirdisch. Zwar hatten diese Kugeln keine Augen, aber ich spürte, wie sie mich vermaßen. Ich sprang in die Höhe, schwebte Angelika entgegen, und als ich mich wieder umdrehte, waren alle Kugeln verschwunden.

Wir verließen die Raumzeit.

48 (H. H. EWERS)

Meine Alraune ist eine Gefahr für die neue deutsche Eitelkeit, das Ausland könnte glauben, wir hätten Potenzprobleme

Als wir auf eine Anhöhe hinaustraten und rundherum auf meterhohe Rauchschwaden hinunterblickten, dachte ich erst, wieder auf dem Mond gelandet zu sein. Aber von der Schönheit der fruchtig duftenden Rauchergrotten schienen wir Galaxien weit entfernt. Es roch vergoren, nach verkohltem oder verdorbenem Fleisch, dazwischen Schwaden von verbranntem Papier. Der Qualm machte das Atmen schwer und verstellte die Sicht. Aber dass es nach Schlachtfeld roch, stank jeder Blinden bis weit in ihr Weltall. Ich fragte mich, ob Loso, Knéppara, Mafikâsu und ihre Leute uns jetzt durch die Teleskope beobachteten, wie wir auf das kriegstote Menschenfleisch unserer Schwestern und Brüder starrten, die aus hygienischen Gründen in Massengräbern landeten oder auf Scheiterhaufen verbrannten. Es stank nach erbittertem Kampf, nach den säuerlichen Ausdünstungen des Hasses und der Abscheu, nach Feindbildern, die sich manchmal sogar aus der Süßlichkeit der Liebe entwickeln konnten.

Vor uns stand ein menschenhohes Wesen, das einen schwarzglänzenden, mit güldener Borte verzierten Dreispitz auf dem Kopf trug, auf dem rote und blaue Federn hoch aufgestellt waren. Bekleidet mit einem wadenlangen blauen Mantel mit weit ausladenden goldenen, befransten Schulterklappen, hohem rot-goldenen Kragen, rundherum golden gesäumt und mit breiten rot-goldenen Ärmelbündchen, mit breiter roter Hüftschärpe und einem langen Schwert an einer goldenen, schräg über der Schulter getragenen Leibbinde. Darunter weiße Leggings und weißes, enges Hemd mit Rollkragen, der mit einem schwarzen Seidentuch bis unters Kinn gebunden war. Und schwere schwarz-rote Stiefel. Seine Reglosigkeit ließ mich zuerst an eine mahnende Kriegs-Skulptur denken. Ich dachte sogar an einen stellaren Abgesandten, aber nur, weil ich mich in der Welt der Uniformen nicht auskannte. Ich stellte mich neben ihn und blickte ihn an, erwartete alles Mögliche: riesige, schwarze, marsianische Mandelaugen oder ein Reptilienmaul. Aber da stand bloß Hanns und starrte auf einen Scheiterhaufen, einen fünf Menschen hohen Brandkegel, der sich über den drei Menschen hoch aufgeschichteten Exemplaren der Feldpost-Ausgabe seiner *Alraune* gebildet hatte.

»Ihr kommt gerade im richtigen Moment«, sagte er, ohne den Blick abzuwenden.

»Sie verbrennen dein Buch! Etwa die Franzosen?«, fragte ich.

»Nein. Die Exemplare wurden in Belgien von der deutschen Zensur konfisziert.«

»Wie bitte? Warum?«

»Das Buch ist eine Gefahr für die neue deutsche Eitelkeit. Man könnte glauben, wir hätten Potenzprobleme oder Empfängnisschwierigkeiten, weshalb wir auf künstliche Befruchtung zurückgreifen müssen. Oder wir wären auf kolossale Weise moralisch degeneriert. Es ist das modernste Buch, das du weit und breit finden kannst. Die Welt ist noch nicht reif dafür.«

»Ist der Krieg schon entschieden?«

»Er war schon entschieden, bevor er begonnen hat.«

»Welches Jahr haben wir?«

»Ein trauriges, ein schreckliches Jahr. Das Jahr, nachdem vor vier Jahren die deutsche Intelligenz vor ihrer Geistlosigkeit kapituliert hat.«

Die Geschichte von Hanns' Roman von 1911 beginnt mit der künstlichen Befruchtung einer Prostituierten mit dem Ejakulat eines Lustmörders, das ihm im Moment seiner

Hinrichtung entnommen worden war. Aus dieser Zeugung entsteht das Mädchen *Alraune*. Wäre dieses Buch der Entente in die Hände gefallen, so fürchteten die Stolz- und Würdenträger in Deutschland, so könnte man im Ausland annehmen, das deutsche Bevölkerungswachstum gehe derart zurück, dass sie hier schon zu solchen Mitteln greifen müssten. Und bevor sie sich zurückziehen könnten, müssten alle auffindbaren Exemplare vernichtet werden, hieß es. Dass die *Alraune* 1933 ein zweites Mal verbrannt werden würde, könnte ich ihm auch ein anderes Mal sagen. Und dass die doppelte Hinrichtung dieses Buches eher ein dämonisierendes Moment anstatt eines exorzistischen hatte, war der deutschen Zensurbehörde wohl nicht klar, denn die Hinrichtung eines Gewaltverbrechers war Voraussetzung, ja, die Gewalt selbst war Voraussetzung für die Hinrichtung, die Voraussetzung für den Spermatropfen des Hingerichteten war, mit dem eine rothaarige Prostituierte befruchtet wurde, die die teuflische Alraune gebar, die dann ihre gesamte biedere Umgebung an ihrer Heuchelei und falschen Scham zugrunde gehen ließ.

»Ich nehme diese Bücherhinrichtung als Nobelpreis. Ein Buch, das man meint verbrennen zu müssen, wirft seine Schatten oft weit in die Zukunft«, sagte Hanns. Er blickte mich an. »Eigentlich sitze ich jetzt noch im Fort Oglethorpe in den USA im Kerker. Ein guter Freund an der Front hatte mir von der Konfiszierung meines Buches berichtet. Unter hämischem Gelächter erzählten mir diese amerikanischen Kerkermeister von der Besetzung des Rheinlands durch die Franzosen.«

Ich konnte sehen, wie sehr Hanns diese Nachricht demütigte. Seine Kiefermuskeln zuckten einige Male.

»Nach meiner Entlassung verlangten mein Körper und mein Geist dringend nach einer Erholung. Deshalb habe ich mich eine Zeit auf Haiti versenkt, um den Groll auf meine französischen Freunde zu zähmen. Doch als mich nach meiner Rückkehr nach Deutschland euer Wagen abholte, wollte ich diesen kleinen Umweg zwei Jahre zurück unbedingt machen, um mit euch gemeinsam wenigstens meinen Preis persönlich entgegenzunehmen.«

Ich legte einen Arm um seine Schulter, Angelika einen um seine andere. So starrten wir eine Zeit aufs Feuer und sahen zu, wie jede verbrannte Seite die Potenz und Fruchtbarkeit der Deutschen steigerte.

»Mit jeder verbrannten Seite steigt meine Gleichgültigkeit«, sagte er. »Dieses Deutschland ist mir so fremd geworden. Da könnte ich genauso gut einer Kolonie von Bibern angehören.«

»Oder Papageien«, sagte ich. »Zu denen passt du gerade eher.«

Er lachte. »Dann lieber den außerirdischen Atlantiden.«

»Apropos außerirdisch.« Ich zeigte ihm den lilafarbenen Blazer.

»Na, ich wusste, dass August dich weiterbringen würde. Du kannst mir gleich im Wagen alles erzählen. Sputet euch. Mein Bruder heiratet. Ich muss mich dort kurz sehen lassen, bevor wir nach Neustrelitz aufbrechen können.«

»In der Aufmachung?«, fragte ich.

In Haiti hatte Hanns von der bevorstehenden Heirat seines Bruders, eines Admirals, erfahren und vor seiner Rückkehr einem haitianischen General a. D. die komplette Uniform abgekauft. Am liebsten hätte er in dieser Uniform des haitianischen Generals ein Heer von germanischen Barbaren angeführt, die den Wildschwein fressenden Galliern den Kartoffelbrei (denn etwas anderes gab es hier nicht mehr) so lange in die Mäuler stopften, bis sie daran erstickten.

»Ich möchte Ernst Gustav auf Augenhöhe begegnen. So viel bin ich ihm schuldig. Da sind auch Kleider für euch. Könnt ihr mir zuliebe, nur für diese wenigen Stunden, eure feminine Seite herauskehren? Für diese Posse entschädige ich uns anschließend mit einer besonderen Reise.« Sahras Spur sei noch heiß. Wir seien der Philosophin dicht auf den Fersen. Er sei einstweilen fleißig gewesen und habe von überall aus der Welt Kontakte ins deutsche Weltall geknüpft.

Hanns fuhr den Wagen und hielt sich mit seinem Redeschwall davon ab, über etwas anderes zu sprechen als Sahra. Irgendwann trat er auf die Bremse. Ohne es zu merken, waren wir in Hamburg gelandet, irgendwann Anfang der 1920er Jahre. Angelika und ich zogen uns noch im Wagen die Kleider an, die Hanns für uns aus Haiti mitgebracht hatte. Dann versprachen wir, uns anständig zu benehmen, bis er uns andere Anweisungen geben würde. Wir hakten uns links und rechts bei ihm unter und begleiteten ihn bis zum Tor, an dem er plötzlich stehen blieb.

»Wieso gehen wir nicht weiter?«, fragte ich leise. Einige Leute winkten ihm schon zu.

»Ich trage die Uniform eines Generals und möchte angemessen empfangen werden.«

Da schritt uns Ernst Gustav entgegen. In voller Admiralsmontur. Gut einen Meter vor uns stoppte er und betrachtete seinen Bruder. »Du kannst es nicht lassen?«

»Wovon sprichst du?«

»Du verspottest mich auf meiner Hochzeit?«

»Mitnichten. Ich passe mich an und zolle dir Respekt. Wenn ich dich verspotten wollte, hätte ich mir nicht meinen Kopf geschoren, sondern wäre in einem Narrenkostüm gekommen.«

»Was willst du?«

»Nichts. Anständig empfangen werden und mich für dich freuen.« Er zwinkerte ihm zu und beugte sich zu ihm. »Ein Admiral wird einem ausländischen General doch nicht eine würdevolle Begrüßung abschlagen. Das wäre ein Affront! Spalier, militärischer Gruß, Blasmusik, ›Präsentiert das Gewehr‹, und dann führen wir beide nebeneinander den militärischen Gruß zu den Soldaten hin aus, dann wegtreten. Wär das was? Wir beide?«

Während Hanns so sprach, durchbohrte Ernst Gustav mich mit einem schrecklichen Blick. Er kannte seinen Bruder besser als ich. Lächelnd zuckte ich mit den Schultern. Und Ernst Gustav veranlasste das Spalier. Die beiden Männer schritten an den Soldaten vorbei, die Hanns mit militärischem Gruß empfingen. Eine Blaskapelle spielte dazu das Flaggenlied der deutschen Marine. Am Ende des Wegs stellten sich Admiral und General nebeneinander, Angelika und ich daneben. Sie führten die rechte Hand straff zum militärischen Gruß an die rechte Schläfe. Die Musik verstummte.

»Guten Tag, Soldaten«, rief Hanns.

»Guten Tag, Herr General!«, antworteten die Soldaten.

Ein Obergefreiter schrie: »Präsentiert das Gewehr!«

Die Gewehre wurden synchron in mehreren Handgriffen hochgehalten und wieder nach unten auf den Boden gestellt.

»Danke! Wegtreten!«, rief Hanns, dieser grausame Biber. Vielleicht hatte er nicht einmal Ernst Gustav oder die Soldaten verspottet, aber die haitianische Armee auf jeden Fall.

Mit voranschreitendem Abend und steigendem Alkoholspiegel lockerte sich vieles zwischen den Brüdern. Hanns hatte dem jungen Paar einen abgerichteten Affen zur Vermählung geschenkt, der Kaffee und Tee servieren und Karten spielen konnte. Irgendwann stand er wieder in Zivilkleidung neben seiner Mutter, die mich ständig Josephine nannte und mit Hanns' neuer Ehefrau verwechselte. Als wir im Morgengrauen dann die Hochzeitsgesellschaft verließen, verabschiedete uns Ernst Gustav mit dem Dreispitz auf dem Kopf. Auf die abgelegte Uniform seines Bruders hatte er es gleich abgesehen. Irgendwo kurz hinter Hamburg schliefen wir einige Stunden im Wagen, niemand von uns war fit genug fürs Steuer.

49 (F. BREHMERS ANDROMEDAGALAXIE)

Denken war hier ein Gesellschaftsspiel

In einer Waldhütte nahe Neustrelitz empfing uns Hanns' Freund Fritz Brehmer, der gerade von Max Reinhardt als Direktor ans Große Schauspielhaus in Berlin berufen worden war. Er machte hier einige Tage Urlaub. Den milden Herbsttag verbrachten wir auf einer Wanderung mit Picknick, Singen, Tratschen, Trinken, Rauschmitteln und Flirten. Brehmer hatte ein Auge auf Angelika geworfen. Irgendwann warfen wir unsere Kleider irgendwo auf einen Haufen. Wir badeten unsere nackten Körper in der frischen Waldluft und stellten deutsche Romantik nach. Als die Herbstsonnenstrahlung rötlich geworden war, führte er uns zu einer Lichtung auf einer seichten Anhöhe. Dort schmiegten wir uns nebeneinander rücklings auf die Wiese, fassten uns an den Händen und starrten in den Himmel.

Wir froren, aber warteten, bis sich die Nordhalbkugel so weit von der Sonne abgewendet hatte, dass uns kein Lichtschimmer mehr die Sicht aufs Weltall verstellte. Das Leuchtspiel der Sterne platzierte sich langsam über uns. Fritz lenkte unseren Blick Richtung Südosten zum Pegasusquadrat. Links daneben, auf 10 Uhr, erschien wie ein glühender Nebel die M31, die große Schwestergalaxie Andromeda. Er bat uns, mit der ganzen Kraft unserer Konzentration nur diesen funkelnden Punkt in der unmittelbaren Schwärze seiner Umgebung zu fixieren. Was ab hier folgte, schluckte ein Blackout, jedenfalls bei mir.

Nur an das Gefühl einer ungeheuren Leichtigkeit, an einen Tanz ohne meinen Körper, konnte ich mich später erinnern. Meine Augen mussten sich irgendwann geschlossen haben, denn als ich sie aufschlug, war ich unter Wasser, als hätte sich mein Bewusstsein an ein Wassermolekül gebunden und wäre mit ihm durchs Universum gereist. Auch schien ich die ganze Zeit über nicht geatmet zu haben. Der Druck in meiner Lunge schleuderte mich aus dem Wasser. Ich bäumte mich auf und fand mich, mit den anderen in einem überirdisch klaren, türkisfarbenen See schwimmend.

Mächtige, riesige dunkle Laubbäume säumten das Ufer. An einer Stelle lichtete eine hellgrüne Wiese das Walddunkel. Darauf stand ein kleiner weißer Kubus mit lichtblauem Dach. Wir kraulten langsam dorthin an Land. Hanns war euphorisch, er sagte, er fühle sich jung und stark, als wäre sein Geist in einen neuen Körper geflossen. Angelika lachte. Sie sah mir an, dass ich mich mit dieser Situation schwertat. Ich suchte nach dem weißen Hasen im Zylinder. Irgendwo war der Trick. Gleich würde ich aufwachen.

»Erdling, du wolltest doch mal was anderes probieren. Anstatt Türen zu öffnen.«

»Dann erklär mir das hier logisch.«

»Logik hat ihre Grenzen in unserem Bewusstsein. Hier gilt das fünfte Gesetz im Quantenuniversum: Wo ich bin, ist Vergangenheit, Gegenwart und Zukunft zugleich. Absolut wahr sind nur Atome und der leere Raum. Alles andere ist Gestaltung. Und Atome unterliegen immer dem Willen ihres Gestalters. Menschen öffnen im Geist metaphorisch Türen zu anderen Welten. Die bilden sie in der Kunst ab. Ein ähnlicher Mechanismus aus Willenskraft plus Transfiguration befördert sie auf einen Planeten in ihrer Nachbargalaxie. Im Geist funktioniert vieles, was nur diesem Geist, aber oft nicht in der physischen Außenwelt plausibel erscheint, weil der Geist subjektiv und in der paradoxen Situation ist, dass er zugleich an den Körper gebunden und in diesen Grenzen eigenständig sein muss. Paradox ist die Regel, nicht wahr? Im Quantenuniversum ist es trotzdem wahr. Grundsatz sechs. Genieß es einfach, damit du es nicht vergisst.«

Bald bemerkten wir am Ufer eine schmale, vielleicht zwei

Meter hohe Gestalt, die weibliche Körpermerkmale aufwies. Sie schien irgendein Ritual auszuführen. Menschen und Bäume standen hier im selben Größenverhältnis wie auf der Erde.

»Irid!«, rief Fritz. »Sie heißt Irid.«

Sie drehte sich zu uns und winkte. Ihr Haar reichte ihr bis zu den Hüften. Ihre großen, nachtblauen Augen fixierten uns nacheinander. Sie empfing uns nackt, auch wir waren nackt, unsere Kleidung lag wohl noch irgendwo auf der Erde, auf einem Haufen unter Bäumen nahe Neustrelitz. Fritz stellte uns vor. Offenbar kannten sich Irid und Angelika. Offenbar kommunizierten sie schweigend, eine geschlagene Minute blickten sie einander in die Augen.

Dann rief Irid: »Turu!«

Ein großer, schwarz-weißer Hund, eine Mischung aus Dobermann und russischem Wolfshund, kam angerannt und setzte sich mit aufgestellten Ohren vor sie. Irid sprach etwas uns Unverständliches, und Turu hörte mit klugen Augen zu, dann lief er ins Haus und kam mit Handtüchern zurück, die er auf dem Rücken trug.

»Ist das hier eine schräge Version der Farm der Tiere?«, fragte ich Angelika leise.

»Nein, Turu hat das gelernt«, meinte Fritz. »Jeder Hund könnte das lernen, wenn wir auf der Erde wüssten, wie es ihnen beizubringen ist. Du wirst bald verstehen, warum hier die Kommunikation auf einem anderen Level abläuft, von dem wir auf der Erde noch epochenweit entfernt sind. Leider spricht Irid mit uns wie mit Turu. Wir werden uns wie kleine Kinder oder Tiere zwischen den Erwachsenen hier fühlen.«

»Besser das als wie Fremde, Erdling.«

Wieso dachte ich, dass Angelika sich hier wie zu Hause fühlte? Dieser Planet hieß Drom. Irid bat uns ins Haus, dort warf sie uns bunte, eng anliegende Kleider zu, die wir uns überziehen konnten. Hanns tanzte damit durch den Raum.

»Alle hier tragen solche bunten Kleider, auch wenn keins dem anderen gleicht«, meinte Fritz.

»Schön, aber ein bisschen sektenhaft, oder?«, fand ich.

»Dass wir einfache Schönheit nur in Verbindung mit Sekten denken können, zeigt unsere retardierte Gedankenwelt«, erwiderte Fritz. Aber er habe bei seinem ersten Mal hier auf dem Planeten denselben Gedanken gehabt.

Wir aßen, fleischlos, alle hier aßen fleischlos.

Ich beugte mich zu Hanns. »Du oder Fritz, ihr erklärt mir noch, weswegen wir hier sind, oder?«

»Irids Vater ist Historiker und hatte ein langes Gespräch mit Sahra.«

»Wow. Da bin ich aber gespannt.«

»Wir treffen ihn nachher.«

In der Zwischenzeit spazierten wir mit Irid durch die Gegend, überall kleine, bunte Häuser inmitten von Gärten. So weit das Auge reichte. Niemand protzte hier. Städte gebe es schon lange nicht mehr, meinte Irid. Überhaupt herrschte hier eine spezielle Art von Stille, nur Wind, das Rauschen der Blätter in den Baumkronen, das Kreischen einiger Vögel, das Surren der Bienen, ein Rascheln von etwas Verborgenem hier und da, Tierlaute und nur manchmal lautes Lachen und Kinderstimmen. Die Erwachsenen, denen wir begegneten, ausnahmslos hoch und schmal, blieben stumm. Sie blickten einander nur für einige Sekunden in diese großen Augen, manchmal lächelten sie uns an und gingen weiter. Jeder blickte jedem in die Augen. Niemand lief hier mit Sonnenbrille oder gesenktem Blick am anderen einfach vorüber. Irid erklärte uns, dass Erwachsene selten mit Worten kommunizierten, das machten hier nur kleine Kinder, die noch das komplexe gedankliche Sprechen erlernen müssten. Einzelne Begriffe wurden nur für konkrete Dinge und nur, wenn es nötig schien, ausgesprochen.

Ich starrte Irid an. Ich hatte sie gebeten, mir ihre Gedanken mitzuteilen, aber sosehr ich mich auch bemühte, ich empfing nichts und konnte auch nichts senden. Mir fehlten die Programme dazu, meinte Angelika. Außerdem sei mein Mindset weiter von dem Irids entfernt als die Andromeda-Galaxie von unserem Sonnensystem. Irid versuchte, für mich mit Worten zu erklären, wie hier abstrakte Gedanken aufgebaut waren. Denken war ein Gesellschaftsspiel, natürlich dachte auch jeder für sich allein, aber gemeinsam machte es mehr Spaß. Hier auf Drom spielten sie es überall, zu jeder Zeit. Es funktionierte wie ein Kaleidoskop, bei dem sich anschauliche, bildhafte Begriffe nur durch innere Logik und äußere Ästhetik, ohne weitere Bindeglieder, zusammensetzten, und diese komplexen Muster wurden blitzschnell übertragen. Sie sprachen in synthetischen Einzelbildern, in gedanklich wunderbar tiefen und reichen Integralen und Differentialen. Der Empfänger veränderte das Muster und schickte es zurück oder weiter. Mit der Zeit kristallisierten sich bei bestimmten Mustern klare Bedeutungen heraus, die sofort verstanden wurden, das war hilfreich. Allerdings strebten die Drom-Menschen nach immer neuen Mustern und Bedeutungen.

Angelika erklärte mir, dass den Erdlingen für diese Art der Kommunikation etliche Bewusstseinserweiterungen fehlten. Wir alle, auch ich »aus einer Zukunft« meines Planeten, waren zu primitiv, und es sah so aus, als ob wir diese Entwicklungsstufen so bald nicht durchlaufen könnten. Dieses Prinzip sei eine gemeinschaftliche Entwicklung, die auch hier sehr lange gedauert habe. Im Augenblick, ich war mir nicht sicher, ob sie von meiner Gegenwart oder von Hanns' und Fritz' sprach, zerfielen sämtliche Gesellschaften gerade in Mikrobewegungen, die sich feindselig gegenüberstehen. Außerdem hätten sich die Wissenschaften noch zu sehr der Technik und des Materialismus verschrieben, spalteten deshalb die Erdlinge in Gläubige und Ungläubige und blockierten damit diese Bewusstseinsshifts, die am Anfang der Weiterentwicklung standen. »Erdling, dieser Teufelskreis existiert im gesamten Universum, wenn es dich tröstet. Er wütet auf den meisten Planeten, auf denen der Sehsinn vorherrschend geworden ist.«

»Aber was genau ist mit diesen Drom-Menschen passiert? Denn egal, wem wir begegnen, alle haben dieses Level erreicht, obwohl sie so unterschiedlich sind, im Temperament jedenfalls. Mehr sehe ich hier ja erst mal nicht.«

»Sie sind echte Individuen, aber tief verbunden, keine Mitläufer und keine Egoisten«, sagte sie. Der Grundgedanke war, dass ein ästhetisch hochwertiger Lebensraum das ästhetisch Hohe auch im Geist herausfordert. »Selbstbestimmt, aber mit den Menschen um sie herum verbunden, die auch selbstbestimmt sind. Worde, Irids Vater, wird dir nachher alles erklären.«

Gerade weil sie nicht in Worten, sondern in diesem bunt durcheinanderkollernden, sich überstürzenden Gedankenreichtum dachten, in Gedankenblitzen, die sie in immer anderen handlichen Formen festhielten und aufeinander abfeuerten, war der Augenblick und die Sprechsituation der Äußerung bestimmend für den Inhalt und die Bedeutung. Es war also hier unmöglich, Sätze »aus ihrem Zusammenhang« herauszureißen. Sprechen sei zeitraubend, der Mensch müsse dabei viele Muskeln bewegen, das unterbreche das Denken, gab Angelika uns zu verstehen. Hier auf der Drom wüssten sie, dass Menschen komplexer denken und sich schneller entwickeln, wenn sie ihre Gedanken nicht durch grammatikalisch reglementierte Wortketten ausdrücken, sondern durch freie, assoziative Denkmuster, die immer in sich eine Logik haben.

Am Abend empfing uns Irids Vater Worde in seinem geräumigen Haus, einem weißen Kubus mit einem orangefarbenen Dach. Nach dem Essen spielten Irid und Worde zusammen mit Angelika und Fritz auf der Hausorgel mit zwei Manualen, Pedal, Registern und Koppeln eine vierstimmige Fuge, bei der mir das Lächeln einfror.

Endlich kamen wir auf Sahras Besuch zu sprechen. Worde meinte, sie hätten einige Tage zusammen verbracht. Sie sei vor drei Tagen weitergereist.

»Was hatte sie hier gewollt?«

»Sie hatte dieselbe Frage gestellt wie du vorhin. Wie sind die Drom-Menschen zu einer Gemeinschaft geworden?« Angelika übersetzte mir Wordes Gedanken, weil er der vielen mühseligen Wortketten überdrüssig war. Die früheren Epochen bis zur Industrialisierung, die wir teilten, ersparte er mir.

Worde lachte plötzlich und artikulierte: »Es fällt heute schwer, sich diese alte Welt vorzustellen, in der Organisationen über dem einzelnen Individuum standen, deren einzelne Beamte berechtigt und sogar verpflichtet waren, über den Menschen zu bestimmen, Befehle und Verbote zu erteilen, wie wir es heute vielleicht nur noch unseren Haustieren gegenüber tun würden.« Er lachte noch einmal.

Angelika machte mit ihrer Übersetzung weiter. Der Umbruch fing schon mit der Erkenntnis an, dass das Höchste und Wertvollste an uns unser Ich sei und die köstliche Freiheit, das zu tun oder geschehen zu lassen, wohin unser Wunsch und unser Wille uns treibt. Aber das allein wäre brutalste Anarchie gewesen. Erst mit der weiteren Erkenntnis und Erforschung der Psyche des anderen, mit der Entwicklung der Fähigkeit und auch des Willens, die Psyche der anderen lesen zu lernen, rückten wir gesellschaftlich einen großen Schritt voran. Das geschah aber erst, als das Individuum so weit befreit war, dass es von selbst die Psyche des anderen zu lesen suchte und gewillt war. Quasi eine radikale gesellschaftliche Atomisierung, damit neue Bindungen entstehen konnten. Sich selbst zu begreifen, setzte zunächst die Erkenntnis der anderen voraus. So wie das Individuum nur in der Gruppe existieren konnte. Das Ich konnte sich erst durch das Sich-Einfühlen in das verschiedenartigste Andere selbst erkennen. Bis dahin waren wir Drom-Menschen alle Sklaven mal besser, mal schlechter laufender Imitationsversuche. Das war die ungeheuerlichste Wahrheit in unserer Entwicklung, die mit Sicherheit weitergehen werde.

»Hast du das alles auch Sahra erzählt?«, fragte ich.

Worde nickte.

»Und sonst noch etwas?«

»Ich habe drei Tage gebraucht, das alles für sie auszusprechen.«

»Hat sie gesagt, woran sie arbeitet?«

»Sie hat nur gesagt, dass sie Philosophin ist und an einem großen Text schreibt. Ich hatte auch viele Fragen an sie.«

»Verstehe. Und wohin wollte sie dann weiterziehen? Hat sie das erwähnt?«

»Doch. Irgendein Kongress in der Hauptstadt. Irgendwelche politischen und gesellschaftlichen Bewegungen, auch Geheimorganisationen. Mehr weiß ich nicht.«

Ich merkte, wie schwer es Worde fiel, mit mir nicht wie mit einem Kleinkind zu sprechen. Er war ja weit über zwei Meter hoch, und ich kam mir neben ihm wie eine Zwergin vor, sogar Hanns und Fritz wirkten klein. Ich lachte. »Vielen Dank, Worde. Für die Gastfreundschaft und alles.«

Irid bat uns, über Nacht zu bleiben, was wir auch gerne getan hätten, nur machte uns Angelika darauf aufmerksam, dass morgen der erste große Kongress der Gesellschaft für Allgemeine Verbrüderung in Berlin stattfände, auf dem Mitglieder aller Orden, Geheimgesellschaften und politischen Bewegungen vertreten sein würden. Die Chance sei groß, dort Sahra endlich zu begegnen.

Wir legten uns also nebeneinander unter den Sternenhimmel, fassten uns an den Händen und suchten den Nebel unseres Sonnensystems in diesem Bild der sechs Sterne.

»Sehe ich nicht hier die Umwelt, wie ich sie schon immer sah?«, begann Fritz leise. »Durch die Brille all der tausend Begriffe und Deutungen, die ich ererbt und erworben habe? Ich sehe sie wie immer: von meinem eigenen, erfahrenden Ich aus. Sollten die Regulierungs- und Hemmungsvorrichtungen meiner brav gedrillten Psyche einmal den Dingen in ihr wahres wirkliches Gesicht schauen? Sehe ich jetzt das Ding an sich? Oder das, woran ich glaube? Und sehe ich sonst auch nur das Ding so, wie ich es sehen soll, so wie ich es glauben soll?«

Ich dachte bloß: Wow, hier schreibt einer schon an *Neuromancer* und *Matrix*, bevor er das Wort Cyberpunk überhaupt gehört hatte.

50 (YVAN GOLL)

Das deutsche Geld ist aufgebläht wie Blätterteig
und alle hier halten Kaffeekränzchen

Im Waldhaus bei Fritz wechselten wir unsere Kleidung. Hanns bat uns, schnell ins Auto zu steigen und nach Berlin zum Kongress aufzubrechen. Wir hielten in der Uhlandstraße vor der Pension Steinplatz. Im Foyer trafen wir auf Hanns' Kontakt Yvan Goll. Er empfing uns mit zwei Koffern in der Hand, küsste uns nacheinander links, rechts, links auf die Wangen und bat uns, ihm kurz zur Rezeption zu folgen. Er wolle rasch auschecken, wir seien spät dran. Der Mann an der Rezeption schrieb eine Summe auf ein Papier und schob es zu Yvan, der versuchte, die Nullen zu erfassen, und öffnete kopfschüttelnd einen der beiden Koffer, der randvoll war mit Einhunderttausend-Mark-Reichsbanknoten. »Ganz Deutschland ist bloß noch ein Reich des Papiers. Die letzte Nacht hat die Mark noch einmal stark abgewertet.« Er bat den Rezeptionisten, die Scheine abzuzählen, er sei zu nervös dafür. »Was die Deutschen gerade anfassen, wird zu Papier. Die Häuser, die Straßen, die Kragen, die Schlipse, alles Papier. Die Handtaschen auch nur noch Papiertüten, weil sie das gute Schweinsleder in die Pfandleihe gebracht haben, damit sie das wertlose Papiergeld in die Bars und Kinos tragen können, wo sie auf Papierhockern und -bänken, in Papierkleider gehüllt ihre Amphetamine in Zellulosedrinks auflösen. Und dann noch überall Zeitungen aus Papier, die mit ihren sensationellen Nachrichten den Kaffee verbittern, weil Porzellan und Zucker für die Miete verhökert werden mussten. Ich habe inzwischen Schwierigkeiten, ein Buch in die Hand zu nehmen. Ich kann kein Papier mehr riechen. Du müsstest dich fragen, ob diese unglückseligen Deutschen total verrückt geworden sind.«

Hanns schüttelte den Kopf. »Ganz im Gegenteil, mein lieber Yvan! Dieser Wahnsinn ist unser einziges Heimatgefühl in diesem Scheißloch hier! Er betäubt uns, damit wir uns nicht wegen Gasrechnungen oder Mietschulden dem Massenselbstmord hingeben müssen.«

Mit prüfendem Blick verfolgte Yvan, wie der Rezeptionist die Scheine durchzählte und stapelte. »Das deutsche Geld ist aufgebläht wie Blätterteig, und alle hier halten ein Kaffeekränzchen, diese braven deutschen Protestanten. Wir Franzosen würden die Banken anzünden, sie in Schutt und Asche verwandeln. Wir würden uns diese Asche in unsere Visagen reiben und mit wehenden Fahnen gegen die Ungerechtigkeit aufmarschieren«, sagte er mit Blick zu mir.

Hanns klopfe ihm auf die Schulter. »Sagt der Franzose in dir. Du bist aber auch ein halber Deutscher, mon cher.«

»Aber kein Protestant! Wenn ich kein Jude sein darf, dann lieber ein Schimpanse!«

»Und Schimpansen besetzen nicht das Rheinland«, rief Hanns erregt und den Tränen nah.

Die beiden Männer umarmten sich, denn sie litten irgendwie dieselben Qualen, beide hassten gerade die Franzosen (Yvan war Elsässer und Jude) und wollten auch keine Deutschen mehr sein, aber fühlten, dass sie derartige Kränkungen, erst durch den Krieg und jetzt durch die Franzosen, nicht verdient hätten. Yvans Dreifach-Identität drohte ihn auseinanderzureißen.

Einer der Geldscheine rutschte aus dem Koffer und flatterte auf den Boden. Ich bückte mich und hob ihn auf. Das Berliner Reichsbankdirektorium ließ mit Luther darauf grüßen, der über seinem Löckchen-Bob eine Schirmmütze trug und mit moralinsaurer Miene offenbarte: *Kauf dir doch davon ein Stück Klopapier, du toller Hund, zu mehr reicht's halt nicht! Und hör auf, dich zu beschweren, du gehörst Gott. Christen verzichten darauf, sich gegen die Obrigkeit zu empören!* Die Unterschrift des Reichsbankdirektoriums in gotischer Schrift bewachten links und rechts zwei deutsche Adler mit herausgestreckter Zunge und muskelprotzhaft angewinkelten Flügeln. Das Amalgam aus preußischem Chauvinismus und protestantischer Seelenqual formte das Gebiss eines modernen Deutschen. Damit versuchten sie zu lächeln und schlürften dazu täglich die kochend heißen Getränke des bedingungslosen Gehorsams, so ertrugen sie jeden Schmerz und jede Demütigung.

Der Geldkoffer war halb leer, die Rechnung bezahlt. Ich wollte endlich den Mietwagen abmelden, aber die App funktionierte nicht. Wir ließen ihn in einem Hof nahe der Pension stehen und brachen gemeinsam zum Kongresszentrum der Gesellschaft für Allgemeine Verbrüderung, kurz GESAV, auf.

»Emma Andreas, Hansi meinte, du bist auf der Suche nach einer deutschen Philosophin, die aus der Zeit gefallen sein soll und wiedergefunden werden muss?«

»Richtig. Genauer gesagt, einer Kommunistin. Sagt dir der Name Dr. Sahra Wagenknecht etwas?«

»Mir nicht, aber vielleicht Odemar, er ist der Konzernchef der GESAV. Wenn sie sich hier mit Vertretern einer Sekte, eines Bündnisses, eines Ordens oder einer Weltverbesserungsbewegung treffen wollte, dann finden wir sie dort. Vertreter aller solcher Verbände halten sich dort ständig auf, alle Götter haben in der GESAV ihren Sitz und eine Reklameabteilung. Die politischen Parteien suchen dort nach ihrem Nachwuchs.«

Die Jahre flogen offenbar an uns vorbei, während wir plaudernd durch Charlottenburg flanierten. Auf der Kantstraße begegneten wir einem Mann in feinem Anzug, weißem Hemd und Fliege. Er stand auf einem Stuhl und rief: »Legen Sie Ihr Geld in dada an! dada ist die einzige Sparkasse, die in der Ewigkeit Zins zahlt. Der Chinese hat sein *tao* und der Inder sein *brama*. dada ist mehr als *tao* und *brama*. dada verdoppelt Ihre Einnahmen. dada ist der geheime Schleichhandel und schützt gegen Geldentwertung und Unterernährung. dada ist der Trost im Sterben. dada muss jeder Bürger in seinem Testament haben. Der dada schwebte über den Wassern, ehe der liebe Gott die Welt schöpfte, und als er sprach: Es werde Licht!, da ward es nicht Licht, sondern dada. Und als die Götterdämmerung hereinbrach, war der einzige Überlebende der dada. Legen Sie Ihr Geld in dada an!« Er verkaufte Gedichte, sein Gesicht kam mir bekannt vor. Yvan und ich warfen ihm jeder ein paar Scheine in den Hut und nahmen uns ein Heft. Und ich dachte, was früher *dada* war, ist heute Krypto.

51 (DER ODEMAR VON DER GESAV)

Die Deutschen ernähren sich im Augenblick von Mystik und Idealen

Je näher wir dem Kongresszentrum kamen, desto lauter wurde das Gebrüll. Tausende Menschen hatten sich versammelt. Viele mit Armen zum Himmel gestreckt, als würden sie etwas heraufbeschwören. Es hieß, dass Öffentlichkeit und Presse zum Schutz der Aktionäre von diesem ersten großen Kongress nicht in Kenntnis gesetzt worden waren. Trotzdem schienen die notwendigen Informationen durch die Kanäle gesickert zu sein, wie man das von einer Geheimorganisation erwarten würde. Erst als ich eine Weile zugehört hatte, drangen Worte aus dem Gebrüll deutlich heraus: Opfer, Kampf, Liebe, Mission, Götter, Volk. Und als diese Zehntausende Menschen, viele in Zeitungspapier gehüllt, plötzlich alle gemeinsam *An die Freude* sangen, brannte ein euphorisches Gefühl erst in meinem Magen, dann in meinen Muskeln. Dieses Gruppengefühl, das körperlich wird und das Religionen nutzen, wenn sonntags viele Menschen, im Kirchenschiff versammelt, laut und manchmal mit Tränen in den Augen, miteinander singen, ist eine ähnliche Droge wie die Euphorie auf Demos, wenn alle gemeinsam gegen den Feind brüllen, oder in Fußballstadien. Dieses gemeinsame Arme-Hochwerfen und dieser voluminöse Ton, der die Götter anrufen sollte, blieben mir noch lange im Ohr. Die Ekstase kam aus einem Nichtigkeitsgefühl, das in Worte gefasst vielleicht bedeuten sollte: *Wir wollen für etwas leben und nicht für etwas sterben. Wir wollen an etwas glauben.* Ich musste mich zusammenreißen, um nicht zu heulen und Teil von ihnen werden zu wollen, denn diese unzähligen Menschenstimmen entfalteten eine derartige Kraft, die alle Gefühle an sich riss.

Yvan zog mich leicht mit sich und sagte: »Propheten kündigen hier täglich neue Wunder an, Emma Andreas. Sekten, Parteien und Bewegungen, so weit das Auge reicht. Das Okkulte und das Utopische vermengen sich gerade und sickern hier in alle Ritzen. Kaum jemand in Deutschland hat Geld für die Dinge des täglichen Lebens, aber für Goethe-Tempel oder metaphysische Denkmäler reicht's allemal. Die Deutschen ernähren sich im Augenblick von Mystik und Idealen, um sich dem körperlichen und seelischen Bankrott zu entziehen. Das einst autarke deutsche Individuum schafft sich gerade ab. Nirgendwo hatte es so widerspenstigen Eigensinn gegeben wie in Deutschland, und jetzt? Benehmen sie sich auf einmal wie die Lämmer vor dem Hirten. Als Mitglied eines Verbandes muss man weniger Verantwortung übernehmen. Da es den Deutschen heute an Unternehmungsgeist fehlt, muss man sie mit einem Befehl in Bewegung setzen, dem sie blind gehorchen. Dieses Volk, seine Dichter mal ausgenommen, hasst heute Einsamkeit und Individualität. Die deutsche Seele fühlt sich blutleer, bedeutungslos und alleingelassen und sucht wieder den Zusammenhalt. Und je kälter und finsterer es um sie herum wird, desto radikaler folgt sie ihrer spirituellen Sehnsucht. Zwar birgt diese Tendenz gesellschaftliche Risiken, aber damit lässt sich auch richtig Schotter verdienen. Und das haben wir bei der GESAV verstanden.« Yvan zwinkerte mir zu und sagte, er hoffe, die Tagung würde mich zu Sahra führen. Dann verabschiedete er sich.

Hanns, Angelika und ich betraten das Kongresszentrum, wo uns im Foyer ein Mann empfing, der Konzernchef, Dr. Odemar Müller, ein Kultur-Import aus Thüringen und Stereotyp des Durchschnittsdeutschen. Ein mittelgroßer Müller, ein Doktor, ein Odemar, was im Althochdeutschen »berühmter Besitz« bedeutete, aber auch als die Ode an die Mär verstanden werden darf. Woher er die Pausbacken in diesen dürren Zeiten hatte, fragte ich mich. Humor hatte er, und schlau war er außerdem, wobei der Humor ihm von Yvan untergeschoben wurde, denn Selbstironie wird nur selten ins Gebiss eines Deutschen gegossen. Diese GESAV war seine Idee. Yvan hatte mir vorhin noch gesteckt, dass er zu den typisch Deutschen gehöre, die, wenn sie erst einmal Vertrauen zum Gegenüber gefasst hätten, einem regelmäßig das Herz ausschütten würden.

»Vielen Dank, Dr. Müller –«, begann ich.

»Bitte nicht so förmlich, einfach Odemar. Der Doktor war eine Idee meines Großinvestors Finkelstein. Müller kann jeder Kanzler heißen, Meyer jeder Dichter, Wagner jeder in der Musik, aber mein Name sollte einen eigenen Klang haben, deshalb nur ›Odemar‹. Aber was ist heute schon ein Mensch ohne Titel?«, sagte Odemar und klatschte in die Hände. »So, wir haben noch ein halbes Stündchen, bevor es losgeht. Nehmt es mir nicht krumm, Freunde, aber nach unseren ausgearbeiteten Statuten muss ich euch bitten, jeweils 25 GESAV-Aktien zu zeichnen, um am Kongress teilnehmen zu können. Damit habt ihr praktisch nur euren Anteil am dreizehngängigen Menü bezahlt, für dessen Beschaffung ich eine wahre Odyssee hinter mich bringen musste. Der Spiritus ist selbstverständlich gratis. In diesen miserablen Zeiten bleibt uns Deutschen immerhin der Geist, mit dem wir noch unseren Unterhalt verdienen können, mit Verschwörung und Vergötterung.«

Odemar sammelte die Geldscheine ein, Hanns stöhnte. Ich war mit sicher, er hasste es, wie Odemar sie mit angeleckten Fingern durchzählte und dann auf Kante stapelte.

»Hast du schon mal von einer Dr. Sahra Wagenknecht gehört?«, fragte ich währenddessen. »Hat sich jemand unter diesem Namen angemeldet?«

»Mir sagt der Name was. Könnte gut sein, dass sie heute dabei ist. Da war jemand mit ›W‹, ein Doktor. Aber ich habe in den letzten Tagen Hunderte Anmeldungen bearbeiten müssen. Abertausende Geldscheine gezählt. Mein Büro besteht nur noch aus Papier.«

Er überreichte uns die beurkundeten Anteilsscheine an der GESAV und führte uns in den Prunksaal, in dem dieser erste Kongress stattfinden sollte, die neue deutsche Kultstätte mitten in Berlin. »Unser ganzer Stolz, nicht wahr? Wir nennen ihn scherzhaft den *Jahrmarkt der Glückseligkeiten.* Heute werdet ihr verstehen, warum. Deutschland ist schon wieder Spitzenreiter, was das angeht, weil das Denken der Deutschen von Grund auf spekulativ ist, wir müssen nach einem Ideal streben. Wir haben die besten Voraussetzungen auf diesem Markt. Im Grunde eine naive Haltung, aber so ist eben auch unser Größenwahn. Ein geizigeres, konservativeres, realistischeres Volk wie die Franzosen, die Tschechen oder die Belgier hätte genauso gut mit einem Viertel an Ausgaben leben können. Aber wir Deutschen fragen immer zuerst, was etwas für die Kultur bringe, und erst dann, was es koste.«

Mitten im Saal stand eine drei Meter hohe Skulptur, der Hanns gleich die Füße küsste.

»Dieses Kunstwerk verdanken wir der schöpferischen Kraft eines russischen Bildhauers. Wir wollten etwas Versöhnliches haben, etwas, worin sich die Mehrheit unserer Verbandsmitglieder und vor allem der sich bildenden Sekten zwar in ihren Begierden wiedererkennen, aber trotzdem geläutert fühlen kann: den Mannfraugott, nicht wahr?« Odemar freute sich, dass die Skulptur Hanns so viel Freude bereitete. Ein Eisenhaken als Kopf, die Brust symbolisiert durch zwei Vertiefungen, als Glieder hat er zu Spiralen gegriffen. »Der Künstler weinte nicht selten, als er es erschuf, ein Wesen reinsten Geistes, denn es ist sein persönliches, aufrichtiges Geschenk der Menschlichkeit an die nachkriegsgebeutelten Deutschen. Tja. Ich sage für die kommenden Jahre eine außergewöhnliche metaphysische Krise des Bewusstseins voraus, auf die wir jetzt schon Anteilsscheine erwerben müssen. Im Lande wird ein Fieber ausbrechen wie um das Jahr 1000. Wir werden neue Epen erschaffen. Der Tanz beginnt bereits, und wir werden diesmal davon profitieren. Da bin ich mir ganz sicher.«

Die ersten Verbandsmitglieder waren eingetroffen. Wir reservierten uns einen Tisch nahe der Bühne. Ich stellte mich dicht neben Odemar, damit ich die Namen hören konnte. Seine Assistentin prüfte die Coupons über die 25 Aktien jedes Mitglieds. Ein endlos scheinender Zug an Menschen im Auftrag des Guten und Wahren strömte in den Saal. Odemar und seine Assistentinnen hatten Schwierigkeiten, die Gäste so zu platzieren, dass Streitigkeiten zwischen den divergierenden Gruppierungen vermieden werden konnten. Er schwitzte, einerseits wahrscheinlich vom Adrenalin, das sein Körper angesichts des finanziellen Erfolgs überproduzierte, andererseits, weil er sich sichtlich Sorgen um den friedlichen Ablauf des Kongresses machte, denn an geballter Radikalität und Spiritualität war diese Zusammenkunft nicht zu überbieten. Die GESAV erwies sich als die lang ersehnte Plattform für sämtliche ideologischen und moralischen Begehrlichkeiten rund um die neuen deutschen Eitelkeiten. Alle konnten hier ihr Gesicht zeigen. In diesem Verbund fand jeder Aktivismus das Licht der Öffentlichkeit. Was sie vereinte: Sie waren allesamt unzufrieden mit der gegenwärtigen Lebensgestaltung und wollten, dass sich Lebens-, Ernährungs-, Wohn- und Denkweisen veränderten. Odemar fürchtete den Moment, in dem die Anwesenden vielleicht Ansprachen halten wollten, alle waren fanatische Propheten, Vorboten, Ritter, Weise, Magier, Vorsitzende von irgendeiner Wahrheit. Deshalb bat er die eingeladene Jazz-Band, sofort mit den Bach-Fugen zu beginnen und ruhig noch weitere dranzuhängen, damit vor dem Menü gerade genug

Zeit für seine eigene Rede bleiben sollte. Währenddessen ging ich noch einmal die Liste der Anwesenden durch, fand aber nur eine Dr. Wagner, einen Dr. Wagenländer und eine Frau Dr. Wagemann.

»Warte«, sagte Hanns. »Vielleicht kommt sie noch.«

Angelika nickte.

»Außerdem haben wir schon fürs Essen bezahlt«, fügte Hanns hinzu, er vergaß, dass ich das Geld für Anteilsscheine ausgelegt hatte.

Mein Blick schweifte durch den Saal. Die Bach-Fugen waren in der Tat schön, aber zogen sich. Langsam zog auch der Duft des Essens durch den Saal. Odemar wartete ab, bis es etwas unruhiger wurde, dann gab er den Musikern ein Signal, das Spiel zu beenden. Er betrat die Bühne. Ohne Mikrofon musste er schreien.

»Verehrte Aktionäre und Aktionärinnen, ich begrüße Sie zum ersten Kongress der GESAV, mit der wir einen Meilenstein für eine Tatgemeinschaft legen, die sich für Reformen in allen Bereichen unseres Lebens einsetzt. Jeder Anteilsschein ist eine Investition in eine bessere deutsche Zukunft.«

Klatschen.

»Sei es die Heilung der durch menschliche Irrtümer erkrankten Erdoberfläche oder die Verbesserung unserer Luft oder gleich die Reform des Atmens, sei es der Kampf gegen weißen Zucker oder amoralische Politik oder für die Selbstbesinnung zum Neugeist, für eine Achsenumstellung der Einzelseele und der Volksseele, sei es das Streben nach einer Weltseele, alle unsere Bestrebungen vereint ein gemeinsames Ziel: die große Zeitenwende.«

Heftiges Klatschen. Die Tür öffnete sich. Ich sah, wie eine Frau, die Sahra zum Verwechseln ähnelte, den Saal verließ. Ich sprang auf und folgte ihr hinaus.

»Dr. Wagenknecht!«, rief ich. Sie lief zehn Meter vor mir, reagierte aber nicht. »Sahra Wagenknecht!« Sie verließ das

Gebäude, vor dem immer noch eine Menschenmenge mit in die Höhe geworfenen Armen lauthals sang. Ich rannte, bis ich sie eingeholt hatte, und schrie ihr ins Ohr: »Doktor Sahra Wagenknecht!« Aber sie reagierte nicht. Sie lief mit dem Blick auf den Boden gerichtet weiter die Straße hinunter. Ratlos blieb ich stehen, blickte ihr eine Weile hinterher, bis ich schließlich zurück zum Kongresszentrum trottete.

Angelika wartete mit verschränkten Armen vor der Tür. Ich erzählte ihr, was passiert war. »Sie war hier! Das war Sahra! Wieso konnte sie mich nicht hören? Ist die auf einer Parallelspur gelaufen?«

Angelika lachte. »Du traust dem Quantenuniversum inzwischen viel zu, Erdling. Aber nein, dafür gibt es eine einfachere Erklärung: Sie war tief in Gedanken versunken. Du hättest ihr einfach folgen sollen, bis sie ihre Umwelt wieder wahrnimmt.«

»Scheiße! Genau das wollte ich, aber weil du immer mit deinem Quantenuniversum kommst, dachte ich, es hätte hier wieder etwas damit zu tun.«

»Hat es auch. Mit dem richtigen Maß an Konzentration kannst du dein gesamtes Gedächtnis umbauen.«

Ich seufzte.

»Wir kriegen sie. So nah dran waren wir noch nie. Außerdem denke ich immer noch, dass es bei dem Auftrag nicht nur um Sahra geht. Wir müssen diese Reise fortsetzen. Und bis jetzt lief es doch prima.«

Sie zog mich in den Saal zurück. Odemar beendete gerade seine Rede. Gleich darauf servierten Chorknaben in Messgewändern den ersten Gang. Bei der Benennung der Gerichte war Odemar übers Ziel hinausgeschossen: vegetarisches Orpheus-Löwenschnitzel gefolgt vom Nest der heiligen Taube. Spätestens beim Alraunensalat oder den Evaäpfeln hätte sich jemand verarscht vorkommen müssen, aber die Weine mit Namen wie »Kanaa«, »Lacrimae Christi«

oder »Sintflutregen« flossen bereits in rauen Mengen. Das Essen, das nach Luxus und Ausschweifung klang, bestand zum größten Teil aus hübsch geformten Ersatzprodukten auf Basis von Kartoffeln oder Erbsen. Stundenlang wurde gespeist und getrunken. Es gab einige wenige Auseinandersetzungen zwischen den Sodomiten und den Marxisten sowie zwischen den beiden Jesussen. Die Satanisten gingen auf die Theosophen los, und die Philatelisten fühlten sich vom Münchner Alpenverein verspottet. Mit dem Dessert kamen nackte Tänzer und Tänzerinnen auf die Bühne, weswegen sich der Jungfernverband mit Unterstützung der Calvinisten und der heiligen Feme empörte. Trotzdem geriet der Kongress allmählich zu einer Orgie.

Odemar setzte sich zu uns an den Tisch. Wir tranken auf seinen Erfolg. Er sagte, die GESAV müsse irgendwie weiterentwickelt werden, so dass zwar alle gleichzeitig anwesend seien, eine körperliche Begegnung aber nicht stattfinden würde. Hanns entschuldigte sich, er wollte die Gelegenheit nutzen, die neuen Propheten des Landes kennenzulernen. Kurz darauf saß er in seiner Lieblingspose mit Monokel und lässig gehaltener Zigarette zwischen den Nürnberger Jungfern, den Calvinisten und den Gefährten der Gnosis aus Stuttgart. Er wollte provozieren. Wahrscheinlich konfrontierte er sie mit ihren niedrigsten Trieben. Ich musste nicht wissen, was genau er ihnen erzählte, es reichte das Mienenspiel und zu sehen, wie die Tischnachbarn ihre Körperhaltung änderten.

»Für die einen ist er ein sanftmütiger Dichter, Erdling. Für andere ein grausamer Erzähler. Manche nennen ihn Märchenonkel, manche den schärfsten Satiriker. Er ist der Wandelbarste unter den Schriftstellern, mit einem Talent für die Schauspielerei. Niemand kann sagen, wer er wirklich ist.« Angelika fixierte Hanns nachdenklich.

»Er ist schüchtern, das ist die Macht hinter seiner Wandelbarkeit«, sagte Odemar. »Deshalb dringt er auch in die dunkelsten Ecken menschlicher Existenz. Dort schillert die Bosheit in allen Farben. Er taucht in unsere stinkenden Sümpfe und holt von dort jeden Gedanken des Verderbens ans Licht. Manche sind schlimmer als die schrecklichste Seuche, an deren ganze Völker zugrunde gehen können. Und hier ist sein neues Mekka. Habt ihr mitgekriegt, was sie vor ein paar Jahren überall über seine Geistersehervollendung geschrieben haben?« Odemar lachte.

Angelika und ich schüttelten den Kopf.

Er ging und kam mit ein paar Zeitungsartikeln wieder. Hanns hatte sich erdreistet, Schillers Romanfragment *Der Geisterseher* bis zum bitteren Ende zu erzählen. Aus allen literarischen Kreisen, von ganz links über die Mitte bis ganz rechts, kam einhellig Empörung.

»Der Kerl ist einfach nur genial, nicht wahr? Nur wenige schaffen es, das gesamte klassische Spektrum politischer und kultureller Lager gegen sich aufzubringen. Ich denke ernsthaft daran, ihn als neuen Reklamechef der GESAV zu engagieren.«

Hanns suhlte sich zwischen den Eitlen. Er spielte den Raufbold bei den Anarchisten und den Kommunisten, den ingeniösen Snob zwischen den Gnostikern, den Kosmopoliten zwischen den Philatelisten, den Gelehrten zwischen den Weisen und den Rabbi oder den Moralisten bei der heiligen Feme. Irgendwann kam er zurück an den Tisch. Von den Sozialisten habe er erfahren, dass Sahra nach Wien aufgebrochen sei, von dort aus wolle sie zur Venus. Und er ahne, mit wem sie sich dort treffen wolle. Bevor wir aufbrachen, warf er einen Blick auf die Zeitungsartikel, die Odemar Angelika und mir gezeigt hatte. Er schüttelte den Kopf. »Unsere Presse ist wie unser Volk masochistisch geworden! Wir berauschen uns daran, uns selbst zu zerfleischen. Wir bespeien alles Gute, das wir selbst schaffen, und loben jeden letzten

Dreck, der aus anderen Ländern kommt. Das nennen wir dann ›kosmopolitisch‹. Du lebst kosmopolitisch und hast dennoch oft genug gegen das Ausland und für dein eigenes Volk Stellung genommen. Das gilt in tiefstem Sinne als undeutsch in unserer Zeit.«

Wir verabschiedeten uns, weil es sich abzeichnete, dass der Alkohol und die orgiastischen Ausschweifungen der Tänzer und Tänzerinnen vielleicht doch nicht überall ausreichten, den Willen zur Prophetie im Zaum zu halten. Wir brachen nach Wien auf.

52 (ANGELIKA)

Wir haben nicht nur einen Kopf

Die ersten vierhundert Kilometer fuhr ich, dann löste mich Hanns ab, der inzwischen seinen Rausch ausgeschlafen hatte. Ich war so müde, musste aber ständig an den Moment denken, in dem ich neben Sahra herlief und ihr ins Ohr brüllte. Immer wieder ärgerte ich mich, dass ich ihr nicht weiter gefolgt war.

»Erdling, schlaf endlich, wir müssen fit in Wien ankommen.«

»Ich hab's schon mit Schäfchenzählen probiert. Es klappt einfach nicht.«

»Das liegt daran, dass du gerade im falschen Kopf zählst.«

»Jetzt komm mir nicht wieder mit so was. Erzähl mir lieber eine Gutenachtgeschichte.« Ich vergrub mein Gesicht in Angelikas Schoß. Und dann kam ihre Version des Schäfchenzählens à la Bertrand Russell, die mich an die Gespräche mit meinem Vater erinnerte.

»In der westlichen Philosophie ist es üblich zu glauben«, begann Angelika, »wir existierten innerhalb eines objektiven Universums, oder andersherum, ein objektives Universum existiert außerhalb von uns. Aber wir können nur etwas verstehen, was wir empfunden, erkannt und verstanden haben. Wir erkennen in diesem uns umgebenden Universum nur selten Objekte mit eigenen Augen, sondern meistens mit Instrumenten, die auch nur Signale des zurückgeworfenen Lichts vorinterpretieren. Unser Gehirn gibt vor, dass es diese Signale interpretieren kann. Jedenfalls erstellt unser Gehirn ein Modell des Universums innerhalb unseres Geistes oder Verstandes, obwohl wir das gesamte externe Universum und seine Objekte nie mit eigenen Sinnen empfinden und somit nicht kennen können, sondern nur dessen Vermutungen und Vorstellungen, die wir durch ein unsinnliches und unintelligentes Instrument vorinterpretiert bekommen haben. Und wie stark die Modellierung von unserer Fantasie abhängt, darüber schweigt die Wissenschaft besser.

Wir wissen jetzt, dass das Modell des äußeren Universums innerhalb unseres Verstandes existiert, den wir in unserem Gehirn lokalisieren, das sich in unserem Kopf befindet. So dass auch alles, was wir im Äußeren glauben zu sehen, wir auch innen in uns selbst wahrnehmen, in unseren Köpfen. Wir holografieren ein Modell davon in unserem Geist, vergessen das aber im Alltag und handeln, als würde dieses Modell außerhalb unserer Köpfe existieren und so das Modell und das Universum selbst denselben Raum einnehmen. Aber wo befindet sich unser Kopf? Unser empfundener Körper mitsamt Kopf befindet sich also in unserem empfundenen Universum, stimmt's? Das heißt also, der Kopf, den wir empfinden, existiert innerhalb eines anderen Kopfes, den wir nicht empfinden und empfinden können. Der zweite Kopf enthält unser Modell vom Universum, von unserer Galaxie, von der Erde und sogar von uns selbst ein Modell unseres Kopfes. Also haben wir mindestens zwei Köpfe, einen realen außerhalb unseres empfundenen Universums und einen empfundenen Kopf innerhalb des empfundenen Universums. Und unser realer Kopf erscheint nun nicht nur viel größer als unser empfundener Kopf, sondern auch viel größer als unser empfundenes Universum. Und weil wir das reale Universum selbst nicht empfinden und nicht wahrnehmen und damit kennen können, erscheint unser realer Kopf größer als das einzige Universum, das wir kennen und empfinden, nämlich das empfundene Universum in unserem empfundenen Kopf. Und wenn dir das jetzt so weit klar ist, Erdling, dann leuchtet dir doch ein, warum wir sogar einen dritten Kopf haben, der das Modell enthält, welches das reale Universum und den realen Kopf mitsamt empfundenem Universum und empfundenem Kopf enthält. Und wenn du dir das vorstellen kannst, dann wird dir sofort klar, dass wir noch viele weitere Köpfe haben. Also ist meine Sorge berechtigt, dass du die Schäfchen im falschen Kopf gezählt haben könntest, aber da deine Gedanken in deinem empfundenen Kopf, in dem das empfundene Universum sitzt, weiterhin kreisen …«

Eigentlich schlief ich schon fast, aber hörte mich noch denken: Wenn ich jetzt das Bewusstsein der Menschen ändern möchte, welches Gehirn in welchem der Köpfe müsste ich dann waschen?

53 (L. ANTONS VENUS)

Sie kennen zweifellos die Liebe. Also Wesen, die mich narkotisieren, bevor sie mich fressen, sind doch sehr human

Als ich aufwachte, waren wir schon kurz vor Wien. Dort sollten wir den Freund eines Bekannten von Hanns treffen, Sigmund Krauss. Die Adresse hatte Hanns auf eine Serviette geschrieben. Dieser Sigmund war tatsächlich zu Hause, was wir, wie wir später erfuhren, Sahra zu verdanken hatten, da er mit ihr die ganze Nacht lang gesprochen hatte. Vor fünf Stunden sei sie dann zur Venus aufgebrochen. Sigmund, der unter dem Pseudonym Ludwig Anton schrieb und hauptberuflich als Arzt praktizierte, hatte die Hausbesuche auf den Nachmittag verschoben. Deshalb konnten wir ihn um halb elf Uhr vormittags aus dem Schlaf reißen. Er bereitete uns sogar ein Frühstück zu.

»Ja, was ist denn nur plötzlich los?« Seine Bücher seien nur mäßig bekannt. Nur was für Eingeweihte. Aber wenn sich schon mal jemand dafür interessiere, müsse der Schlaf eben warten.

»Worüber haben Sie und Sahra all die Stunden gesprochen?«

»Oh, aber ihr seid nicht von der Presse oder von der Geheimpolizei?«

Hanns lachte laut. »Mein lieber Sigmund! Du erkennst mich, aber kennst mich nicht.«

»Ich will nicht, dass irgendetwas davon morgen in der Boulevardpresse steht. Meine Patienten, ihr versteht. Deshalb schreibe ich unter Pseudonym.«

Hanns seufzte. »Ich sollte mir auch langsam Pseudonyme zulegen wie mein Nebenbuhler Tucholsky, der sich offenbar für jeden Text eine Scheinidentität zulegen muss.«

»Sahra bat mich, ihr mehr über die Kultur der Venusmenschen in meinem Text zu erzählen. Und auch zu meinen Werten, wie ich über einige Dinge denke. Ich bin halt Arzt. Vieles sehe ich durch die Augen eines Mediziners. Die Gesundheit, der Knochenaufbau oder das Herz interessieren mich immer. Ich erkenne das Leben durch den organischen Aufbau. Natürlich ein begrenzter Blick. Sie sagte, sie spürte diesen Blick nur zu deutlich in der Erzählung von den Venusmenschen, daher wollte sie sich aufmachen, sie selbst zu erforschen. Ich habe sie gewarnt, denn so wie ich diese Wesen biologisch erforscht habe, könnten sie für uns gefährlich werden. Und ob ich ihre Intelligenz richtig eingeschätzt habe, da bin ich mir heute, ehrlich gesagt, nicht mehr sicher. Ich bat sie, nicht allein zu reisen, sondern meine Figuren Meixner oder Lindner oder Taußig mitzunehmen. Aber sie sagte nur, sie wolle erst mal schauen, wie's läuft. Nicht, dass sie noch meine ganze Geschichte durcheinanderbringt! Ich werde das Gefühl nicht los, dass sich mein Erzählgewebe schon längst irgendwo neu verheddert hat. Wie soll ich da noch das Gefahrenpotential und die Entwicklungen meiner Figuren realistisch einschätzen? Um Himmels willen, wenn ihr sie dort antrefft, helft ihr und holt sie da lebend raus!«

Dann packte er aus seinem Arztkoffer drei Spritzen aus. Wir verteilten uns auf den Sesseln, und er schickte uns intravenös Richtung Venus.

Als ich die Augen aufschlug, saß ich in einer Art gläsernem Flugschiff, offenbar in einer Lounge im unteren Bereich des Vehikels. Wir schwebten hoch über dem Wasser still in der Luft. Das Licht war derart grell, dass ich eine Weile brauchte, um in den gleißenden Eindrücken etwas zu erkennen. Meine Pupillen mussten sich zu Nadelspitzen zusammenziehen. Angelika und Hanns waren gerade aufgewacht, als sich uns in rasender Geschwindigkeit eine Wolke näherte, sie schien uns einzukesseln. Je näher uns der dunkle

Nebel kam, desto klarer wurde, woraus er bestand. Ein Heer von vielarmigen Venusmenschen, die wie Cowboys auf geflügelten Wesen ritten, jagte uns entgegen.

»Kennt jemand den Ausgang dieser Geschichte?« Ich blickte Hanns an und fühlte Panik in mir aufsteigen.

»Ich kannte nicht einmal Sigmunds Pseudonym.«

Angelika lachte. »Sind sie nicht wunderschön?«

Der Anprall hier und da war schrecklich, das Luftschiff zitterte. Lichter und Scheinwerfer flammten auf. Menschengroße, flügellose, mit acht Gliedern versehene Wesen saßen auf anderen, bedeutend größeren Vertretern einer Tiergattung, die auch achtfüßig war und Flügel von etwa acht Metern Spannweite hatte. Ein Wesen, in vorderster Linie, blickte mir direkt in die Augen, dann an mir auf und ab. Es nahm mich wahr, es rückte näher heran. Im Gesicht war trotz des langen Rüssels, der Mund und Nase zu ersetzen schien, eine Menschenähnlichkeit unverkennbar. Der intelligente, lebhafte Blick der nebeneinanderliegenden Augen und die hohe Stirn sollten sie als intelligente Räuber ausweisen. Ich senkte irritiert den Blick, um sie nicht herauszufordern, und drehte mich schließlich weg. Da sah ich Sahra auf der anderen Seite auf einem geflügelten Wesen sitzen. Ich winkte ihr, klopfte an die Scheibe. Aber der Lärm, das Schreien und Flügelflattern übertönten alles.

Wir hörten Männerstimmen, die von oben kamen, und ein Hund bellte irgendwo im Flugschiff, das versuchte, die Umzingelung zu durchbrechen. Aber diese Manöver brachten die Einheimischen nur noch mehr auf. Sie rückten dichter heran. Was wollten sie?

Hanns kletterte nach oben zu den Männern. Ich wollte Sahra nicht aus den Augen verlieren. Angelika besorgte mir Papier und Stift, und ich schrieb: *Dr. Wagenknecht! Ich muss Sie sprechen. Wo kann ich Sie treffen?* Ich hielt das Blatt in ihre Richtung und klopfte mit der Faust an die Scheibe, die aus einem mir unbekannten Material bestand. Eine der Kreaturen neben Sahra beobachtete mich, wie ich gegen die Scheibe hämmerte, das Papier daran presste und auf sie zeigte. Meine Hand schmerzte schon, als diese, nennen wir sie ruhig, Venusianerin, mich offenbar verstand, Sahra mit dem Rüssel am Arm koste und mit zwei ihrer Arme das Wesen, auf dem sie ritt, um neunzig Grad drehte, bis sie mich endlich sehen konnte. Sie kniff die Augen zusammen, um zu lesen. Dann zuckte sie mit den Schultern.

»Die hat sich freiwillig ausgeliefert«, sagte eine Stimme hinter mir im feinsten Wienerisch. Der Mensch stellte sich als Meixner vor. Drei Männer (die drei Hauptfiguren in Antons bzw. Krauss' Geschichte) standen nun vor uns.

»Warum forderten die Venusmenschen ihre Auslieferung?«

»Eigentlich fordern sie die Auslieferung von zwei von uns, offenbar als Entschädigung für …«

»Wir haben zwei Exemplare von ihnen zu Studienzwecken getötet. Gestatten, Lindner mein Name.«

»Eins haben wir teilweise essen müssen«, fügte Meixner hinzu.

»Eure Dr. Wagenknecht ist hier gerade im richtigen Moment aufgetaucht«, führte Lindner fort, »und hat sich freiwillig ausgeliefert. Sie sagte, sie glaube nicht, dass sie sie töten würden. Sie wollte die Gelegenheit nutzen, um sie ausgiebig zu studieren.«

»Ich sagte ihr«, unterbrach Meixner ihn, »dass ich diese Wesen bereits ausgiebig studiert habe. Es sei unnötig, dieses Risiko einzugehen, aber sie wollte es so.«

»Was haben Sie denn über diese Bewohner der Venus herausgefunden?«, fragte ich.

»Ich konstatierte einen allgemeinen Mangel eines Skelettes, mehr oder minder festes Hautskelett, geteilte Geschlechter –«

Ich unterbrach ihn. »Ich meinte ihre Schlussfolgerungen daraus.«

»Sie haben kein Muskelgewebe, sondern Sarkome.«

»Und was schließen Sie gesellschaftspolitisch daraus? Wie leben diese Wesen? Wie lieben sie? Singen, tanzen, lachen sie? Worüber lachen sie? Wundern sie sich? Haben sie Götter? Wer oder was sagt ihnen, wie sie sich entscheiden sollen? Gibt es ein Gesetzbuch? Gibt es Richter?«, fragte ich.

Lindner und Meixner blickten einander ratlos an. Der Dritte, der Taußig hieß, sagte: »Wir können mit Sicherheit sagen, dass sie einen großartig organisierten Staat haben. In wenigen Stunden können sie eine riesige Armee mobilisieren, das soll ihnen mal ein europäischer Militärstaat nachmachen. Neulich haben wir beobachtet, wie zwei offenbar feindlich gesinnte Gruppen aufeinander losgingen. Es hatten sich zwei solche Wolken gebildet, wie wir sie hier sehen. Hoch vor jeder Division saß auf breitflügeligem Tier eine geflügelte Menschenameise. Zwei Armeen von Zehntausenden Wesen, die sich da hoch in den Lüften trafen. Wir flogen zweihundert Meter über den Parteien und beobachteten den Fortgang der Ereignisse. Wir wussten nicht, waren sie zu einer Begegnung, zu einem Fest, zu einem Kampf gekommen? Dann löste sich auf beiden Seiten je ein berittenes Wesen aus dem Haufen. Beide trafen sich ungefähr in der Mitte. Wir sahen, wie sie mit den Rüsseln fuchtelten, sich offenbar miteinander unterhielten. Und kurz darauf machten beide kehrt und flogen zu ihren Truppen zurück. Ein Schreien entstand, beide Heere prallten im Mittelraume aufeinander, ein erbitterter Kampf. Sie duellierten sich mit dicken, keulenförmigen Stöcken. Die ferner Schwebenden von ihnen schleuderten Wurfgeschosse aufeinander.«

»Und diesen Wesen hast du zuerst ihre Intelligenz abgesprochen?«, sagte Lindner staunend. »Hast du die Exaktheit der militärischen Evolutionen gesehen, an denen der verbissenste Gamaschenknopf seine Freude hätte? Dieses vollendete Manöver, dem Feinde den Wind abzugewinnen. Wirklich bewundernswert!«

»Haben Sie Dr. Wagenknecht davon erzählt?«, fragte ich.

»Sie kennt unsere ganze Geschichte. Wir haben alles versucht, sie von ihrer Entscheidung abzubringen«, sagte Meixner.

»Human sind diese Bestien nicht gerade. Was verwundet wird, fällt ins Meer«, meinte Taußig.

»Also ein Wesen, das mich narkotisiert, bevor es mich frisst, so dass ich nichts von der Operation spüre, ist doch sehr human«, sagte Meixner.

»Das bringt uns aber in unserer Angelegenheit nicht weiter«, sagte Hanns. »Da draußen sitzt unsere Dr. Wagenknecht auf einem geflügelten Venuswesen zwischen Abertausenden von Ameisenmenschen. Bitte, wie soll Emma Andreas diese Tatsache ihrem Mandanten erklären? Schlimmer noch: Falls wir hier nicht mehr allein herauskommen, wie soll sie das der deutschen Polizei in der Zukunft erklären?«

Die drei Männer zuckten mit den Schultern.

»In der Zukunft sollte so was doch kein Problem mehr sein. Wir haben uns doch deswegen zur Venus aufgemacht, um dem Vaterland die Früchte unserer Entdeckung zu bringen.«

»Was, wenn ich mich auch als Geisel neben Sahra zur Verfügung stelle«, sagte ich, obwohl ich die Frage gern rhetorisch verstanden haben wollte.

»Aber warum sollten Sie das tun? Sie kommen aus der Zukunft. Warum rufen Sie nicht einfach die Polizei, und die holt uns alle hier heraus?«

Das Licht der Sonne war plötzlich erloschen. Aber es trat keine völlige Dunkelheit ein. Das Meer leuchtete von unten, nicht wie Meeresleuchten auf der Erde, sondern viel intensiver. Denn die vom Bodenfenster eindringende Helligkeit gestattete uns, auch die finsterste Visage im Raum deutlich zu erkennen. Wir hörten donnerndes Flügelschlagen. Wir stiegen gemeinsam zur Plattform hinauf und betrachteten den Himmel. Er war nicht schwarz, sondern fluoreszierte in ungewissem Schimmer. Er schien wie verhangen, auch wenn knapp vor Sonnenuntergang kein Wölkchen sichtbar gewesen war. Zwei riesenhafte Tiere schwebten durch die Luft und hielten in einigem Abstand über dem Schiff. Sie waren größer als die Ameisenmenschen, etwa drei Meter hoch, hatten ebenfalls einen Rüssel, aber zehn Gliedmaßen und neben beiden Seiten der Augen gleich lange Fühlhörner. Sie bäumten sich über ihren Flugtieren auf vier Füßen auf und schwangen den Rüssel hin und her. Daraufhin entfernte sich die Wolke in rasender Geschwindigkeit und mit ihr Sahra.

54 (A. EINSTEIN)

Wir bedürfen nicht des Originellen. Der Individualismus ist beendet, die Kameradschaft in der Masse entscheidet. Das Relative ist futsch.

Die Raumzeit spuckte uns in Düsseldorf im August 1925 aus. Die Stadt bebte vor Glockengeläut, das die Straßen mit Euphorie flutete. Auf der Königsallee grölte eine Gruppe vor uns die Internationale, einige von ihnen rissen die französische Flagge vom Mast, eine andere Gruppe hinter uns, eher deutschnational, sang lauthals patriotische Lieder. Wir schauten uns um. Die Franzosen waren aus der Stadt abgezogen! Ich sah, wie sich Hanns' Miene mit Energie auflud.

»Frogeaters, farewell!«, schrie er und warf ekstatisch die Arme in die Luft.

Und die Typen vor und hinter uns schrien mit. »Frog-eaters-fare-well!« Bis ein Halbstarker auf Hanns losging und ihm das Monokel, das noch in seinem linken Auge klemmte, mit der Faust aus dem Gesicht schlug. So entwickelte sich eine Prügelei zwischen den Kommunisten und den Deutschnationalen auf der Königsallee, der ich zuerst auszuweichen versuchte. Als ich dann aber selbst eine Faust in die Rippen bekam – ich konnte nicht sehen, ob von links oder rechts –, brannte mir wohl die Sicherung durch. Ich ging beinah reflexartig auf die Schläger los und schmetterte meine Faust in mindestens sechs rechte und linke Visagen. Als eine Polizeieinheit anrückte, wurde sie aus den Fenstern jubelnd begrüßt. Sie gingen dazwischen und brachten erst einmal alle zur Vernunft. Sie verhafteten niemand, sondern klopften allen sportlich auf die Schulter. Das Jubeln und Fahnenschwingen ebbte nicht ab.

Angelika tupfte Hanns und mir mit einem Taschentuch das Blut aus dem Gesicht.

»Ich wusste gar nicht, dass irgendjemand die deutsche Polizei vermissen könnte«, sagte ich, eine Rippe tat weh, und der Schmerz erschwerte mir das Atmen. Ich blickte zu Hanns, der eine Platzwunde an der Lippe hatte und kaum sprechen konnte.

»Natürlich wusstest du das, Emma Andreas! Du hast doch selbst gesagt, dass du an deinen eigenen Grenzen leiden willst. So ist das auch mit der Polizei. Du willst deine eigene Polizei hassen und nicht die Gendarmerie. Das ist persönliche Freiheit, das ist dein gutes Recht, so hast du eine starke Identität!«

Der Mob, der offenbar von halbwüchsigen Kommunisten organisiert worden war, und dem sich die verschiedenen Lager angeschlossen hatten, zerstreute sich. Von Sahra keine Spur. Ich drängte darauf, nach Berlin zu fahren.

Dort liefen wir fast eine Woche lang sämtliche Orte ab, an

denen Sahra auftauchen könnte: öffentliche und geheime Versammlungen aller Art, Cafés, Einweihungen, Varietés. Nirgendwo eine Spur von ihr. Erst als ich in der Zeitung einen Artikel über die Münzstraße 11 las, die offenbar zum Hotspot für Kriminaldelikte aller Art geworden war, was mit der labyrinthischen Anlage des Gebäudes und seiner sieben Ausgänge begründet wurde, ahnte ich, dass meine Lektüre wieder einer dieser blöden Zufälle gewesen sein musste, die sich dann als Schicksal verstanden wissen wollten.

Ich hatte Mühe, mich in dieser noch unzerstörten Spandauer Vorstadt zurechtzufinden. Aber es dauerte nicht lang, da erblickten wir tatsächlich Sahra, wie sie einen Krämerladen verließ. Wir folgten ihr, und ich hatte schon eine Befürchtung, wie das jetzt ablaufen könnte. Sie betrat einen der Eingänge zur Münzstraße 11. Wir hinterher, die Treppen hinauf, links öffneten wir die Tür und standen in einem Korridor.

»Dr. Wagenknecht!«, rief ich.

Sie reagierte nicht. Offenbar suchte sie jemanden oder etwas, wusste wohl selbst nicht genau, wo sie das oder die oder den finden sollte. Sie drückte nacheinander die Klinken an den Türen herunter.

Ich rannte zu ihr. »Sahra?«

Sie drehte sich um. »Ja, bitte?«

»Ich muss mit Ihnen reden.«

Sie lief weiter, eine Tür öffnete sich. »Nicht jetzt, bitte. Später.« Sie verschwand im Raum.

Ich wollte sie nicht verärgern, also sagte ich nichts weiter, und wir folgten ihr still, blieben ihr dicht auf den Fersen. Ich würde es später einfach noch mal versuchen, vielleicht war sie dann bereit, mit mir zu sprechen. Der Raum, den sie eben betreten hatte, war dunkel, die Fenster mit Brettern vernagelt. Eine männliche, raue Stimme war zu hören, deren Herkunft mir unerklärlich schien, sie klang nicht wie von einer Aufnahme, sie klang, als stünde dieser Mensch irgendwo in der Nähe.

»Zeit und Raum sind gestern gestorben. Wir leben bereits im Absoluten, denn wir haben schon die ewige, allgegenwärtige Geschwindigkeit erschaffen. Wir wollen den Krieg verherrlichen – diese einzige Hygiene der Welt –, den Militarismus, den Patriotismus, die Vernichtungstat der Anarchisten, die schönen Ideen, für die man stirbt, und die Verachtung des Weibes. Wir wollen die Museen, die Bibliotheken und die Akademien jeder Art zerstören und gegen den Moralismus, den Feminismus und gegen jede Feigheit kämpfen, die auf Zweckmäßigkeit und Eigennutz beruht.«

Hanns nickte. »Hier bricht gerade die neue Welt an, Emma Andreas.«

»Hier kommt der Weltuntergang in Fahrt, meinst du.«

Es stank hier so humid-süß-sauer wie abgestandener Zigarettenqualm, ich atmete durch meinen Pulli. Sahra war tiefer ins Dunkel gelaufen. Ich würgte mehrere Male, dieser Geruch erinnerte mich an eine Leichenhalle, ich fühlte mich, als läge eine tote Maus in meinem Magen, die von dieser schwülstigen Stimme, die auf uns einhämmerte, in ihre Teile zerlegt worden war. Ich hörte Sahras Schritte nicht mehr, sie war irgendwo weiter hinten verschwunden. Hanns folgte ihr, falls sie das Haus durch einen Hintereingang verlassen wollte, ich postierte mich neben dem Eingang.

»Wir wollen, dass unsere Kinder fröhlich ihrer Laune folgen, brutal den Greisen sich entgegensetzen und auf das pfeifen, was die Zeit geheiligt hat. Ich sage: Die Welt verwest vor lauter Weisheit! Deswegen lehren wir heute den methodischen, den täglichen Heroismus. Die Seele muss den Körper in Flammen setzen gegen den ewigen Feind, den man erfinden müsste, wenn er noch nicht existierte! Das Blut hat nur Wert und Glanz, wenn es aus dem Gefängnis der Arterien durch das Feuer oder das Schwert befreit worden ist!«

In meinen Netzwerken klangen einige Leute auch nicht anders.

Marinettis Stimme verstummte endlich. Angelika tastete sich durchs dunkle Labyrinth. »Sahra konnte unbemerkt verschwinden, wir teilen uns auf«, rief sie mir zu, dann verschwand sie wieder im Raum.

Ich lief den Korridor entlang, drückte Klinken hinunter. Hinter der nächsten Tür, die sich öffnete, ertönte wieder eine italienische Stimme: »Man muss die Syntax dadurch zerstören, dass man die Substantive aufs Geratewohl anordnet. Man muss das Verb im Infinitiv gebrauchen, es darf sich nicht dem Ich des Schriftstellers unterordnen.« Aber sonst nichts, nirgendwo Sahra.

Tür zu. Ein Mann kam mir entgegen, einer mit Nickelbrille, in die dicke Gläser gefasst waren. Er war so blind wie ich, nur musste ich die Welt nicht mehr durch Whiskygläser betrachten. Er blieb vor mir stehen. »Mein lieber Marinetti«, begann er, seinen Blick auf mich gerichtet, »jetzt fängt Ihr Manifest und Ihre Bemühung an, außerordentlich heftige Grimassen zu schneiden und zudringlich zu der dreimal heiligen Sachlichkeit zu werden. Wir sollen einzig das Meckern, Paffen, Rattern, Heulen, Näseln der irdischen Dinge imitieren, das Tempo der Realität zu erreichen suchen, und dies sollte nicht Phonographie, sondern Kunst, und nicht nur Kunst, sondern Futurismus heißen? In Ihrer Hast überrennen Sie mit sachgemäßer Hacke, Lederzeug und Lampe sehr freie und große Dinge. Ich finde es bedauerlich für Sie, dass Sie dauernd Mauern vor sich sehen müssen, dass Sie immer anrennen müssen und Ihnen nicht die Leichtigkeit des reinen untheoretischen Dichters gegeben ist, der die Mauern überfliegt. Pflegen Sie Ihren Futurismus. Ich pflege meinen Döblinismus.« Er setzte zum Weitergehen an.

»Danke, Alfred. Nächstes Mal überfliege ich meine Mauer.«

»Ciao, mein Bester! Man mischt sich unter die andern, da vergeht alles, dann merkst du nichts, Kerl.« Er schloss eine Tür auf, trat hindurch und schloss sie hinter sich zu.

Kaum war ich durch die Verbindungstür getreten, kam mir die Idee, dass ich Cosmos Laden suchen sollte, auch wenn ich hier nicht im selben Gebäude war, ich war nur im gleichen, doch spürte ich wieder so eine spukhafte Fernwirkung, ich spürte die Sicherungsleine. Sicherte sie mich nur, oder führte sie mich? Ich rannte eine Treppe hinauf. Auf halber Höhe huschte ich an einem mit Kippe im Mundwinkel vorbei, der mir hinterherrief: »Durch Kenntnis und Freundschaft der Materie, von der die Naturwissenschaftler nur die physikalisch-chemischen Eigenschaften kennen können, bereiten wir die Schöpfung des mechanischen Menschen mit Ersatzteilen vor.«

Als ich mich der Tür näherte, hinter der ich Cosmos Laden vermutete, erschrak ich, weil ein Mann mit düsterer Miene, in dem ich Ernst Jünger wiederzuerkennen glaubte, plötzlich vor mir stand. Er hob beide Arme. »Weit hinten erwarten die riesigen Städte, die Heere von Maschinen, die Reiche, deren innere Bindungen im Sturm zerrissen werden, den neuen Menschen, den kühneren, den kampfgewohnten, den rücksichtslosen gegen sich selbst und andere.«

Ich trat zur Seite. Er lüpfte die Mütze und verabschiedete sich. Hinter ihm lärmte ein europäisches Stimmenorchester, unendlich viele Menschen hatten sich in diesem Flur versammelt. Verkündung reihte sich an Verkündung. Hinter der Menge entdeckte ich die nächste Verbindungstür, ich vermutete Sahra dahinter. Überhaupt schien sie überall dort zu sein, wo eine Prüfung auf mich wartete, etwas, das mich persönlich, mich als ganzen Menschen, als Emma Andreas herausfordern, verhohnepipeln, aufklären oder verführen wollte. Als wäre ich so eine neuzeitliche Siegfried, der die Welt beibringen wollte, dass sie sich erst einmal zu beweisen habe, bevor ihr Ruhm und Ehre zuteilwerden konnte. Ich begann, so gut es ging, mich durch den Korridor zu bewegen, zwängte mich an den Leuten vorbei. Wie ein bunter Flickenteppich rieben sich die Werktätigen der ideologisch-propagandistischen Schwerstarbeit aneinander, so dass die europäischen Akzente sich manchmal gegenseitig überrollten.

Irgendwann legten sich zwei Hände von hinten an meine Wangen. »Wundere dich nicht, du kleiner, zentrifugaler Erotiker aus den Boheme-Ateliers und Cafés, wenn man dich nicht versteht, verkanntes Genie: Du hast keine Liebe.«

Ich drehte mich um. »Yvan! Du hier?«

»Licht brauchen wir: Licht, Wahrheit, Idee, Liebe, Güte, Geist! Sing Hymnen, schrei Manifeste, mach Programme für den Himmel und die Erde. Für den Geist! Künstler, liebe!«

Er schob mich ein Stück vor sich her und legte mich in die Arme eines schmalen Mannes mit portugiesischem Akzent, der seine Forderungen flüsterte. »Ich verkünde für die nächste Zukunft die wissenschaftliche Erschaffung von Supermenschen! Ich verkünde das Kommen einer mathematischen und vollkommenen Menschheit! Ich verkünde ihr Kommen in lauten Schreien! Der Supermensch wird sein, nicht der Stärkere, sondern der Vollkommenste! Der Supermensch wird sein, nicht der Härteste, sondern der Komplexeste! Der Supermensch wird sein, nicht der Freiste, sondern der Harmonischste!«

Ihm gegenüber stand Hausmann mit verschränkten Armen, er dachte offenbar nicht daran, an diesem Liebestanz mitzuwirken. »Die Idealisierung Deutschlands schreitet demgemäß rüstig fort«, begann er nickend. »Der von allen Musen umtanzte Staatsbankrott aller lebendigen Eigenschaften ist unvermeidlich. Wir wollen Unwert und Unsinn! Wir wollen alles selbst schaffen – unsere neue Welt!«

Schwitters stellte sich mir in den Weg. »Ich fordere die

prinzipielle Gleichberechtigung aller Materialien, Gleichberechtigung zwischen Vollmenschen, Idiot, pfeifendem Drahtnetz und Gedankenpumpe. Ich fordere den Bismarckhering. Ich fordere die Einheitlichkeit in der Zeitformung.«

Jemand griff mich am Ärmel. »Emma Andreas von Erdling«, sagte er. »Ich heiße André Breton und habe eine sehr wichtige Nachricht für Sie.«

»Von wem? Von Sahra Wagenknecht?«

Er nickte. »Geben Sie alles auf. Geben Sie Dada auf. Geben Sie Ihre Frau auf, geben Sie Ihre Geliebte auf. Geben Sie Ihre Hoffnungen und Ängste auf. Setzen Sie Ihre Kinder an einer Waldecke aus … Und machen Sie sich auf den Weg.«

Gott sprach, es werde Licht, und es ward kein Licht, aber halluzinogene Pflanzentees. Dieses demütigende, dürftige Dasein war ohne Rausch nicht zu bewältigen, das Gehirn hätte im nüchternen Zustand die Depression und allgemeine Finsternis ausgerufen. Die Menschen in Europa waren mit dieser Welt überfordert. Jede Minute eine neue Entwicklung, eine neue Entdeckung, eine neue Idee. Es gibt nur absolute Zeit! Es gibt nur Vergangenheit! Es gibt keine Vergangenheit! Es gibt nur Gegenwart und keine Zukunft! Es gibt nur Zukunft und Vergangenheit, die Gegenwart ist Kunst! Zeit ist relativ! Zeit ist doch nicht relativ! Überall Eis! Überall Energie! Das Universum ist eine Mikrowelle! Eine Nussschale! Ein Auge! Eine Blase! Eine Illusion! Es gibt kein Universum! Wir sind der Mittelpunkt von allem. Wir sind am Arsch der Welt. Stirb in der Vergangenheit! Leb in der Zukunft! Zeit ist die Zerstreuung von Intensität!

Den meisten Menschen war das Universum oder die Zeit sowieso egal, solange sie Arbeit und ein Dach über dem Kopf hatten und wussten, zu welcher Uhrzeit sie morgens aufstehen sollten.

Ich hatte noch einen Pulk von aufgeregten Welterneuerern zu überwinden. Ich wünschte, ich hätte, wie Döblin, diese Mauer überfliegen können. Ich kämpfte mich durch bis zur Tür am Ende.

Schließlich versperrten mir nur noch einige junge Kerle mit Armbinden den Durchgang.

»Hallo«, sagte ich leise.

»Sieh, wie herrlich jung ist unser Land, wie kraftvoll! Komm, fürchte dich nicht.« Sie traten zur Seite. Einer öffnete mir die Tür. »Du bist zur Schöpfung von Neuem und Großem bestimmt worden!«, sagte der Typ mit dem Blick von Old Shatterhand.

Ich trat über die Schwelle und zog die Tür hinter mir zu. Endlich Ruhe. Der anschließende kurze Flur war fast leer. Nur eine Person lehnte am Ende des Korridors an der Wand, lässig mit graumeliertem Haar, Schnurr- und Kinnbart, ein Zwicker klemmte auf der Nase, durch den sie nachdenklich auf den Boden schaute. Erst war ich mir nicht sicher, ob ich richtiglag, aber als mich der Mann ins Visier nahm, wusste ich, wer er war: Trotzki. Er versperrte mir den Durchgang. »Wer Blicke in eine neue Welt wagt, trägt viel Verantwortung. Für einen einzelnen Menschen ist das meistens zu viel.«

»Ich habe keine Wahl. Ich suche eine gewissen Sahra Wagenknecht.«

Er lachte und schüttelte den Kopf. »Die Suche nach ihr hat dich bis hierher geführt, Emma Andreas, wonach auch immer du gesucht hast, spielt jetzt keine Rolle mehr. Der Mensch, der es bis hierher geschafft hat, wird sich zum Ziel setzen, seiner eigenen Gefühle Herr zu werden, seine Instinkte auf die Höhe des Bewusstseins zu heben, mit seinem Willen bis in die letzten Tiefen seines Unbewussten vorzudringen und sich so auf eine Stufe zu erheben – einen höheren gesellschaftlich-biologischen Typus und, wenn man will, den Übermenschen zu schaffen. Dieser Mensch wird unvergleichlich viel stärker, klüger und feiner; sein Körper wird harmonischer, seine Bewegungen werden rhythmischer und seine Stimme wird musikalischer werden. Die Formen des Alltagslebens werden dynamische Theatralität annehmen. Der durchschnittliche Menschentyp wird sich bis zum Niveau des Aristoteles, Goethe und Marx erheben. Und über dieser Gebirgskette werden neue Gipfel aufragen.«

»Geht klar. Kann ich passieren?«

»Vergiss nicht, wer einen Blick in eine neue Welt wagt, trägt viel Verantwortung.«

»Vergesse ich nicht. Danke.«

Er trat zur Seite und öffnete mir die Verbindungstür. Anstatt einen nächsten Flur vorzufinden, schaute ich in eine vereiste Wüste. Ich warf Trotzki einen fragenden Blick zu. Der hob die Schultern. »Damit habe ich nichts zu tun. Ist nicht von mir.«

55 (H. HÖRBIGERS MOND)

Eisdunst ist ein symbolischer Auftakt für die Modernisierung der deutschen Seele

Eine eisige Kälte schlug mir entgegen. Winzige Eisnadeln flirrten vor meinen Augen, einige fing ich mit der Zunge auf. Angelika war mir gefolgt, schloss die Tür hinter sich und lachte.

»Deine Intuition hat dich auf Hörbigers Mond geführt.«

»Jetzt bist du aber unpräzise, meine liebe Angelika.« Ich lenkte ihren Blick mit meiner Hand. Am Rand eines flachen Kraters saß Sahra und schrieb konzentriert in ein Notizbuch. Vor uns lag der vereiste Mond unter einem seltsam leeren Nachthimmel. Die Schwärze, nein, eher das Lichtlose, bedrängte die übrig gebliebenen Sterne. Leere und Kälte wurden zu Hiobsbotschaften für die nähere Zukunft, in der jeder Mond auf seinen Planeten stürzen würde. Die Schwärze war die neue Selektions- und Weltraummacht im heißkalten Pendel zwischen Neptunismus und Plutonismus. Und die öde, finstere Eiswüste als neu installierter deutscher Imaginationsraum nahm die prähistorische Ankunft der Aldebaraner aus dem Sternbild Stier vorweg. Das Rückstrahlungsvermögen des Mondes entsprach nun dem des leeren Papiers, gegen das Sahra offenbar manisch anzuschreiben versuchte.

»Siehst du sie? Also hat meine Intuition mich zu Wagenknecht geführt, deren Intuition sie auf Hörbigers Mond geführt hat.«

»Langsam bin ich stolz auf dich, Erdling. *Die glaziale Ozeannatur des Erdmondes* war für Hörbiger der *Schlüssel zu einem kosmischen Neptunismus im Allgemeinen und einem kosmischen Wasserzufluss im Besonderen.* Der Begriff ›Eisdunst‹ ist doch ein schöner symbolischer Auftakt für die folgende Modernisierung der deutschen Seele, findest du nicht?«

Mir war kalt, ich zitterte. Wir kuschelten uns aneinander. »Soll ich Sahra ansprechen?«

»Überleg dir gut, ob du sie unterbrechen willst. Grundsatz zehn im Quantenuniversum lautet: Zur richtigen Zeit am richtigen Ort zu sein ist relativ unwahrscheinlich, aber nicht unmöglich, deshalb warte lieber auf den richtigen Moment, bevor du dir deine Chance verdirbst.«

»Na, das kann noch dauern.«

»Dann dauert es halt noch, Erdling. So leblos wie dieser Eismond gerade ist, so schön ist er. Auf Hörbigers Mond werden die Eiskristalle auf ihrer Wanderung nicht behindert. Die Eisstaubspur schwebt, bis sie allmählich im Schwarz verschwindet. Der Mond ist über und über mit Eis bedeckt. Eis, das bei Vollmond die Sonnenstrahlen reflektiert. Hörbigers Mond ist ein tief unter einem Ozean stehender, überkrusteter Planet. Seine Mondkrater sind flacher als der flachste Dessertteller.« Sie lächelte, dann zeigte sie nach oben. Über unseren Köpfen schwang ein riesiges Pendel, das sich uns mit jedem Schwung näherte.

»Hörbigers Weltraummodell entstammt seinem Traum, in dem ein riesiges Pendel vom Neptun her im Weltall über seinem Kopf schwang und drohte seinen Schädel zu zerschlagen. Aus diesem grausamen Moment der Verhöhnung seiner wachen irdischen Psyche konstruierte er ein neues Weltmodell, die moderne deutsche Psyche. Spätestens hier ist das letzte bisschen Licht des deutschen humanen Geistes im Weltall verloschen, absorbiert von der eisigen Schwärze.«

»Fragt sich nur, in welchem gefühlten Kopf welches gefühlten Universums dieses Modell installiert wurde?«

»In den 1920ern scharten sich unzählige pseudowissenschaftliche Gruppen um diese Welteislehre, allen voran Himmler mit seiner SS-Forschungsgemeinschaft. Wir sollten hier schnell verschwinden, bevor dieses schwingende Monstrum uns erfasst.« Doch wir konnten nicht aufhören, auf das riesige Pendel zu starren.

»Übrigens«, fuhr Angelika fort, »Hörbigers Kosmogonie klingt wie ein gigantisches Backrezept. Als hätte er beim Notieren in Mutters Küche vor dem Backofen gesessen und sich inspirieren lassen: *Wir sahen den festen Kern des Mondes mit Hilfe einer Eisbestreuung, Dampfumhüllung und allmählichen Durchtränkung in langsamem Tempo, aber mit sicherem Erfolge aus dem glutheißen Tropfen entstehen.* Yummy, riechst du dabei nicht den heißen Apfelstrudel mit Vanilleeis? Oder dann: *Der fortdauernde Zufluss von Eis aus dem umgebenden Weltraume erzielte eine völlige Bedeckung dieses eigentlichen Planeten mit einem immer tiefer werdenden Ozean.* Und: *Als der Kampf zwischen Glut und Eis auf demjenigen Punkte angelangt war, der die erste Kondensation des flüssigen Magmas zu Schlacke sich vollziehen ließ, da war das Schicksal des Mondes besiegelt.*«

Glutmilchstraße, Eismilchstraße. Von dreißig Planeten in unserem Sonnensystem, die sich gegenseitig geschluckt oder zerstört haben sollen, seien acht übrig geblieben, und dieser grausame Krieg kannte nur einen Sieger. Wir sprangen über die Schwelle zurück. Tür zu. Wir standen in einem menschenleeren endlosen Korridor.

»Hast du bemerkt«, setzte Angelika an, »dass der Mond gefährlich nah zur Erde stand? Dabei entfernt er sich. Vielleicht hat Hörbiger es seitenverkehrt verstanden. Es geht Menschen oft so, dass sie Erscheinungen aus der spiegelverkehrten Perspektive zu erfassen versuchen.«

»Menschen waren noch nie gut darin, Zeit und Raum zu verstehen«, sagte ich. »Hast du eine Ahnung, wie wir hier herauskommen?«

»Menschen waren nie besonders gut darin, Zeit überhaupt zu begreifen. Wie auch? Die Sinneseindrücke trügen, sie simulieren und manipulieren. Die Illusion Zeit, dieser reglose Raum, ist nach allen Seiten hin offen, und wir durchschreiten ihn unbewusst auf verschiedenen Ebenen. Die Frage ist immer nur, wie wir ihn durchschreiten. Die Dramaturgie, also wie du die Raumzeit durchschreitest, bestimmt, welches Ergebnis du erhältst, also ob es für dich scheiße läuft oder nicht, wie du denkst und fühlst. Ein Mensch kann und muss eine Situation unterschiedlich beurteilen, Erdling, denn von diesem Urteil hängt sein nächster Schritt ab. Das Urteil könnte fatale Folgen haben und sein gesamtes Leben und vielleicht das anderer zerstören. Wenn der Mensch nur so denken und urteilen könnte, wie es heute noch die meisten Gelehrten behaupten, wie er es vernünftigerweise tun sollte, nämlich auf Basis von moralischen Prinzipien oder Weltanschauungen, also vorgefertigten Bildern, festgezurrten Denkschienen, dann brauchen wir uns über die Historie der bisherigen Menschheit und ihre schlechten Zukunftsaussichten nicht zu wundern. Aber ein Mensch kann einzig aus dem Moment heraus urteilen, in dem sich eine Frage für ihn gestellt hat. Und seine Schlussfolgerung zieht er einzig aus den da vorgefundenen Bedingungen mithilfe seines momentanen kognitiven und auch gefühlsmäßigen Zustands und hoffentlich des Bewusstseins seiner eigenen Menschlichkeit. Menschen urteilen nicht mathematisch logisch, sondern folgen einer quantenphysikalischen Symmetrie, in der ästhetische Bezugssysteme genauso eine Rolle spielen wie der Kampf um harmonischen Einklang des Selbst zur gestellten Frage …«

Ich drückte Angelika an die Wand, hielt ihre Arme fest und küsste sie sehr lang. »Ich tue alles, was du willst, aber ich will hier endlich raus!«

»Warum genießt du es nicht, mal eine Weile in einem schlecht ausgeleuchteten, nun ja, stickigen und stinkenden Labyrinth herumzuspazieren? Das ist doch eine Spitzenmöglichkeit, Bilder loszulassen, Verbindungen zu lösen und sich geistig frisch zu machen.«

»Ich kriege keine Luft, ich schwitze, Angelika! Ich kann dir nicht folgen, wie ich es gern würde.«

»Ich schwitze auch, aber das ist doch kein Grund zur Sorge oder sich ablenken zu lassen.«

»Ich will hier raus!«

»Ich weiß. Es ist nicht einfach, dich zur letzten Etappe deiner Reise zu begleiten.«

»Ich glaube, ich habe die Message kapiert. Mir reicht's eigentlich.«

»So kurz vor dem Ziel willst du aufgeben, Erdling?«

»Was gebe ich denn auf? Ich habe schon alles aufgegeben.«

»Eben, du hast noch immer das Gefühl, dass du etwas verloren hast. Willst du nicht deinen Gewinn aus dieser Reise einstreichen?«

STUFE 4

… auf der die Spur zur Entführten immer kälter wurde, je stärker die deutschen Seelenlandschaften zuerst im Weltraum, dann auch auf der Erde, verwüstet waren,

… auf der mich schließlich meine wichtigste Lektion erwartete,

… auf der ich das Ausmaß der deutschen Verblödung hautnah miterleben musste,

… auf der ich versuchte, wieder einen Weg zurück in mein Leben zu finden …

56 (H. H. EWERS)

Wir deutschen Rauschisten werden jetzt Großes leisten

Ich hätte mich gern vorher frisch gemacht, aber wir landeten direkt an einem Filmset im Berliner Tiergarten. Hanns wollte einen Trailer zu seinem neuen Roman *Fundvogel* drehen, den er beendet hatte. Darin erzählte er die Geschichte der verarmten Andrea Woyland, die sich von einem Wissenschaftler gegen ein stattliches Honorar überzeugen lässt, ihr Geschlecht zu wechseln und Andreas Woyland zu werden. Nachdem sie zugestimmt hat, beginnt sie, sich langsam von ihrer Weiblichkeit zu verabschieden, entdeckt zum ersten Mal, dass sie sich sexuell von Frauen angezogen fühlt, und stellt den Nutzen des Geschlechts für die eigene Identität infrage. Hanns wollte, dass ich im Trailer die Rolle des Andreas übernehme. Ich konnte nicht sagen, was er intus hatte, aber eine Ekstase trieb ihn an, die einem nüchternen Menschen auf Dauer unerträglich wird. Er drückte mir ein Skript in die Hand, ich zog mich in eine Ecke zum Lesen zurück. Für ein Waschbecken mit fließendem Wasser hätte ich fast alles gegeben. Blöderweise gerieten wir uns in die Haare über die Frauenfigur. Aber aus der Zukunft zu urteilen und schlauer zu sein ist halt wirklich billig. Da hatte Angelika recht. Für ihre Raumzeit war Andrea in der Tat eine moderne Frau, in meiner Zeit wäre sie eine verwöhnte Rassistin gewesen, die nicht mit Geld umgehen konnte. Aber selbstverständlich hätte ich im ersten Buchtrailer der Welt ansonsten gern mitgespielt.

Hanns' Wohnung in der Tiergartenstraße war in einem

chaotischen Zustand, obwohl er erst vor zwei Tagen aus Bad Homburg hier eingetroffen war. Ich freute mich auf fließendes Wasser, es wurde auch Zeit! Im Badezimmer lag ein handtellergroßes Stück braunes Harz, das ich mit Seife verwechselte. Shit, aus meinen Achseln und aus meinem Schamhaar roch es jetzt nach Haschisch. In der Dusche hing eine Tüte mit weißem Pulver. Nirgendwo Shampoo oder Kernseife. Keine Parfümerie. Überall sah ich deutliche Spuren von Drogenkonsum, wie ich sie bislang bei ihm nicht erlebt hatte. Als Kokainist, Haschischist und Morphinist erlag er nun endgültig den vorherrschenden modernen Rauschbewegungen. Auch wenn er in Rollen geschlüpft war, hatte ich bisher immer noch den Menschen Ewers erkennen können. Jetzt konnte ich nicht mehr sagen, ob er es noch war, mit dem ich sprach, oder bloß noch der ekstatische oder sedierte Rauschkörper, der mechanisierte Kunstkörper, das aufbereitete Medium Ewers.

»Wie geht's jetzt weiter?«, fragte ich und wollte meine Frage auf keinen Fall rhetorisch verstanden wissen.

Angelika grinste nur stumm vor sich hin. Sie sah müde aus.

Gerade krümelte Hanns einige Körner vom braunen Harz aus dem Bad in den Tee, um vom Koks herunterzukommen und die Zeitung lesen zu können. »Wir vertrauen auf unsere Intuition. Die wird uns mit Sicherheit bald zur Entführten bringen.«

Angelika nickte. »Gute Idee. Wessen Intuition bemühen wir?«

Ich blickte sie entgeistert an. »Du hast ernsthaft keinen Schimmer, wie die Geschichte jetzt weitergeht?«

Sie lächelte mich mitleidig an und strich mir über den Arm. »Alles wird gut, Erdling. Du bringst uns hier wieder raus, wirst sehen.«

»Ich dachte, du leitest diese Mission?«

Sie lachte und zuckte mit den Schultern.

Hanns schüttelte den Kopf. »Haben die hungernden Engländer nicht schon genug zu leiden. Ich bin ja wahrlich kein Freund der Briten, aber das haben sie nun auch nicht verdient! Jetzt hört euch das an! In Konstantinopel hat sich ein Bund der Beleibten gegründet. Jetzt planen die eine Rundreise durch Europa und wollen zuerst vor den mageren Engländern ein Schauessen veranstalten. Sagenhaft.«

Ich legte meine Hände an seine Wangen. »Komm mal runter, Hanns«, sagte ich. »Wenn du so weitermachst, wirst du bald nicht mehr du selbst sein. Drogen machen einen Menschen nicht zum Künstler.«

»O nein!« Er grinste und hauchte mir Haschischqualm ins Gesicht. »Für ein künstlerisches Schaffen kann es kaum einen wichtigeren Faktor geben als den durch ein Narkotikum hervorgerufenen Rausch, ohne den mein Fundvögelchen keine Flügel bekommen hätte.«

»Bullshit! Solange ich dich kenne, hast du nüchtern am Tisch gesessen und hochkonzentriert an deinen Werken geschrieben.«

»Ich kenne niemand, der nüchtern arbeitet. Auch ich war nie nüchtern! Du hörst dich schon an wie die Moralapostel dieser neuen Temperenzbewegung. Leider haben uns die Abstinenzler aus England eine üble Genossin mit über den Ärmelkanal geschmuggelt, die sich ihnen dicht an die Fersen geheftet hat: die Heuchelei. Wer möchte all die artigen Teehäuser in England und den Staaten zählen, in denen in verschwiegenen Hinterzimmern die Honoratioren, Vorstände der Mäßigkeitsverbände, insgeheim ihren Whisky schlürfen? Die faulen Äpfel Schillers, die Spitzen Wagners, der Schlafrock Balzacs bei Wilde, das violette Papier des einen, die Katze auf dem Schreibtisch des anderen, ein Schälchen Mokka, eine Tanagrafigur, ein Busch Chrysanthemen, alles Stimulanzien. Sie haben mit dem künstlerischen Schaffen an sich gar nichts zu tun. Sie lassen sich auch nicht durch die Psyche des Einzelnen erklären.« Er umklammerte mich wie ein Kind. »Ich war nie nüchtern, meine liebe Muse. Als ich damals stundenlang nackt am Frühstückstisch saß und schrieb, inhalierte ich unbemerkt diesen fischig klebrigen Geruch meiner ungewaschenen Hoden, der in regelmäßigen Stößen meine Nüstern anspornte und meinen Bleistift anspitzte. Der junge Mensch schwimmt in Ekstasen, aber er weiß damit nichts anzufangen; der gereifte weiß es genau, aber die Ekstasen werden weniger oder bleiben aus. Sterile Monate, Jahre habe ich ohne sie durchgemacht, ohne eine einzige große Inspiration. Aber der durch allerlei Narkotika bewirkte Rausch eignet sich hervorragend, auch im gereiften Zustand Ekstasen hervorzurufen. Warum soll ich mich dieser Mittel nicht bedienen? Und die Umwertung des im Rausche erfassten Unbewussten in das Bewusste ist eine Arbeit, die nur ein Individuum, das große Intelligenz mit starkem Talent verbindet, zu leisten imstande ist. Und wir deutschen Rauschisten unserer modernen Zeit werden deswegen jetzt Großes leisten. Wirst schon sehen.«

Ich hatte keine Kraft mehr, an der Paradoxie meiner Gefühle zu leiden, sie auszuhalten. Ich hatte Lust, ihm seine degenerierte deutsche Rauschisten-Zukunft ins Maul zu stopfen. Sein lädierter Verstand beherrschte seinen Blick durch andauernde psychotische Augenbewegungen. Er sah total verblödet aus. Ich konnte nicht sagen, warum er mir einfach nur leidtat. Ich befreite mich aus seiner Umklammerung. »Trotzdem rauchst du zu viel. Davon kriegst du Lungenkrebs.«

»Wo habe ich das jüngst in der Presse gelesen? Die Straßenbau-Fachpresse hat herausgefunden, dass Lungenkrebs durch Teerstraßen verursacht wird. Wir Raucher haben bald einen Reichsverband in Deutschland und werden uns gegen jegliche Schikanen wehren. Warum nicht im Kino oder Theater rauchen? Der Raucher ist in Deutschland die ergiebigste Steuerquelle für den Staat. Das Rauchverbot in den Kinos stammt noch aus urväterlichen Tagen, in denen es tatsächlich eine Gefahr bedeutete, sich eine Zigarette anzuzünden. Die ist heute gebannt, man muss halt für ausreichend Ventilation sorgen. In Holland raucht man in Kinos schon, seit sie bestehen. Und ich habe noch nie gehört, dass eines abgebrannt wäre.«

»Ich sehe schon, du willst an einer deiner Ausreden sterben.«

»Das gefällt mir.« Er warf je eine Tablette in drei Gläser mit Champagner und reichte jeder von uns eines. »Möbeln wir unsere Stimmung etwas auf, und lasst uns ausgehen!«

Ich konnte mein Leben gerade nicht mehr nüchtern ertragen. Deshalb kippte ich das Gesöff und hoffte, dass wenigstens meine Intuition wachsam bliebe. Angetrunken und total aufgedreht trotteten wir in eine Bar beim Nollendorfplatz. Ich kicherte in einer Tour, aber ruhte in meinem mechanischen Kunstkörper, zu etwas Echtem war ich nicht mehr fähig. Als wir das Lokal betraten, saßen dort fast ausschließlich Frauen.

»Wo sind wir hier?«, fragte ich Hanns.

»Das ist die berühmte Bar der unverstandenen Frauen, Emma Andreas.«

Wir setzten uns an den einzigen freien Tisch, von dem aus Hanns die Tür im Auge behalten konnte, bestellten Drinks und ließen einen Moment die Blicke durchs Lokal schweifen.

»Unter den Damen dort an der Bar befindet sich nur eine wirkliche Frau«, bemerkte Hanns leise. »Welche ist es?«

Zuerst war es mir unmöglich, das herauszufinden, bis ich auf den Mann tippte, der mit ihnen am Tisch saß. Aber es war die in der Mitte, die am wenigsten stereotyp feminin wirkte. Bald darauf merkte ich, dass hier auch Paare anwesend waren. Offenkundig Männer mit Frauen, die wahrscheinlich Transvestiten waren.

Jemand am Nebentisch erzählte lachend, dass ein Mann, der Hindenburg zum Verwechseln ähnlich gesehen haben soll, einen Hundebesitzer auf Schadenersatz verklagt hatte, da dessen Köter ihn im Park angefallen und sein Gesicht verunstaltet hatte. Nun musste er weiterleben, ohne Hindenburg ähnlich zu sehen.

Mir tat der Hund leid, der vielleicht nur Gutes im Sinn hatte. Er hatte dem Menschen ein eigenes Gesicht geschenkt, jetzt konnte er endlich er selbst sein, eigentlich hätte jemand den Hundebesitzer entschädigen sollen.

Die Chefin hinterm Tresen trug ein Monokel, sie hatte es sich regelrecht in die Augenhöhle geschraubt. Wie eine magische Denkluke schützte es ihre Gedanken vor der Unbill der Außenwelt. In diesem Lokal hatte sogar eine alleinstehende Frau das Recht, ihrem Traum nachzugehen, egal an welche Grenzen dieser stieß: an Frankreich oder auch ans Universum.

»Robeeer!« Hanns sprang auf und winkte. Ein Mann, ein weiterer ohne Kleid, näherte sich unserem Tisch. »Robert, mein Lieber!«

Robeeer schwankte trunken auf unseren Tisch zu und winkte. »Mein alter Bekannter vom Götterfluss! Wie lange ist das her?« Sein Deutsch mit schweizerischem Einschlag und leichter Frankophonie klang durch den Raum.

Wir machten Bekanntschaft mit dem Journalisten Robert de Traz, der extra nach Berlin gekommen war, um an seinem neuen Essay zu arbeiten. Früher habe Berlin ihn kaum ausgehalten, jetzt sei es umgekehrt. Er werde bald in die Schweiz heimkehren müssen, nur so würde das Buch fertig werden. »Berlin ist ein Bild des Elends«, begann er, »des Leids und der Hässlichkeit: teigige Visagen hinter Nickelbrillen, aufgedunsene Gesichter, fliehende Kinne, Stupsnasen, manchmal rot, schlaffe, aufgeschwemmte Mienen oder knochig verwüstet, Farbe und Haut wie Pergament, abstehende Ohren, Wickelgamaschen, Ledergamaschen, überall dieses expressionistische Äußere, versteht ihr?«

Wir nickten.

Er leerte sein Glas. »Aber die Not ist eine sittsame Megäre. Sie ist überhaupt nicht schön, sie weiß es und schminkt sich. Und ebendieses Warten auf das Wunder ist beunruhigend, denn die von der Not inspirierten Wunder klingen bedrohlich, sie treten fast immer in klassischer und latent mörderischer Gestalt auf. Rotfront in großen Buchstaben an den Häusern. Oder das Hakenkreuz in Schwarz. Der Wettkampf der Erlöser.«

»Mein Lieber –«, begann Hanns, aber Robeeer fiel ihm ins Wort.

»Das Elend in Paris ist schon wegen der alten Straßen dekorativer als das Berliner Elend.« Er drehte sich zum Tresen. »Bekomme ich noch so einen?« Er wendete sich wieder zu uns und legte eine Hand auf meinen Arm. »Die Deutschen sind unbestreitbar unglücklich und krank. Es ist Deutschlands Pflicht, wieder normal zu werden, so wie es einmal war, menschlicher.«

»Deutsche Frauen sind jetzt Staatsbürgerinnen, mein lieber Robeeer. Sie dürfen wählen«, sagte Hanns.

Robeeer lachte, hustete und schüttelte den Kopf. »Oui, mon cher. Prosit! Das ist immerhin menschlich. Hoffen wir bloß, sie wählen weise. Wir Männer verstehen das ja nicht mal. Die Franzosen haben die Schwäche, das Frauenrecht aus dem Blickwinkel des Revuetheaters oder der Karikatur zu betrachten. Dort kann das noch dauern. Na ja, und die Schweizer übertreiben es mit der Neutralität.« Wir stießen die Gläser aneinander. »Neulich traf ich Ilja Ehrenburg im Café Schottenhaml, seinem Stammcafé hier in Berlin. Er erzählte mir, wie er immer wieder Liebespaare sehe, die sich nicht etwa küssten oder turtelten, sondern in einer verstockten Stille schwiegen. Dazu tranken sie Kaffee mit Schlagsahne.« Er lachte herzhaft. »Diese Leute haben alles: Marmorwände, Springbrunnen, neun Getränke, die mit A anfangen und vierzehn mit B. Sie haben Girokonten und Mätressen, die zu allem bereit sind. Aber sie kennen nicht das einfache, menschliche Glück. Sie sitzen in bequemen Sesseln, verrenken sich die Finger, wenn sie die Tasse zum Mund führen, und kehren nach Hause zurück voller unheilbarer Ängste. Und dann laufen die Menschen draußen auf den Berliner Trottoiren mit dieser Angst in den Augen herum.«

»Mein lieber Robeeer –«

»Wie die junge Generation, die seit fünfzehn Jahren ohne Unterlass leidet, die kostspieligen Vergnügen des alten Bürgertums durch natürliche und kostenlose Unternehmungen zu ersetzen weiß: Sport und Bäder. Freie Liebe, Spiele, diese freie, heidnische Freiheit, sagenhaft.«

Wir nickten. Er leerte das Glas.

»Und dann die Politik! Hass auf die Presse, Misstrauen gegen alle Regierungen, aber ein dumpfes, starkes Gefühl einer grenzenlosen Brüderlichkeit unter diesen Menschen, dann Anziehungskraft des Kommunismus, aber gleichzeitig eigensinniger Individualismus und leidenschaftlicher Sinn fürs Eigentum, viel stärker als bei den Franzosen, aber dieser auf die Zukunft gerichtete Eifer, die menschlichen Geschicke besser zu machen, anders zu verteilen. Eine junge Kraft, gepaart mit starkem Glauben, den ich bei uns in der Schweiz oder in Frankreich nicht finde. Aus diesem deutschen Osten wird das Neue kommen, mein Lieber, etwas Großes, das ganz Europa verändern wird.«

Klatschen vom Nebentisch. »Deshalb sind die Losungen der Französischen Revolution auch die Schlagworte unserer Zeit. Einer Zeit, in der allerdings kapitalistischer amerikanisch-europäischer Individualismus noch schärfsten Gegensatz bedeutet zu dem theoretisch altruistischen und kollektivistischen Gegenbeispiel der Russen. Einer Zeit, in der Weltverkehr, Weltwirtschaft, Weltkunst, Weltwissenschaft, Weltbildung immer gebieterischer den Zusammenschluss der menschlichen Gesellschaft fordern: ohne politische Grenzen, ohne Staatsangehörigkeit, ohne Zölle, ohne Religionsdifferenzen, ohne Kriege und Kriegsindustrie, ohne Heere und Flotten. Das ist die Tendenz: von staatlicher zu überstaatlicher Entwicklung. Das ist der Sinn der politischen Zukunft. Die Weltbeherrschung aus dem Geist der Maschine! Weltbeherrschung aus dem Geist der Sachlichkeit! Rekord um jeden Preis! Früher oder später wird die welthistorische Rechnung beglichen werden, wenn der noch passive Orient und das asiatisch-afrikanische Proletariat sich, moralisch, wirtschaftlich und vielleicht auch militärisch, gegen Europa in Bewegung setzt. Dann hebt ein neuer Kulturzyklus an mit neuer materieller und seelischer Struktur!« Er prostete uns zu und blickte in die Runde.

»Du bist wer?«, fragte Robeeer den Tischnachbarn.

»Georg, Historiker.«

»Was kann man von dir lesen?«

»Gerade schreibe ich …, nun ja, es ist die Geschichte von der Geburt der Kultur aus der neuen Wechselwirkung zwischen Natur und menschlichem Geist, also die Geschichte von der Krise des Kosmos.«

»Sagt dir der Name Sahra Wagenknecht etwas?«, meldete ich mich zu Wort.

»Leider nein, sollte ich die kennen?«

»Das kann ich noch nicht sagen. Es hängt davon ab, ob du sie gekannt haben wirst. Aber die Wahrscheinlichkeit ist gering.« Ich vergewisserte mich mit einem schnellen Blick zu Angelika, dass ich da richtiglag.

Er blickte mich an wie eine Außerirdische, er kapierte nichts.

»Du schreibst über Metaphysik?«, fragte Hanns Georg.

»Ich versuche, mich um diesen Begriff herumzumogeln.«

Gerade dachte ich, dass, wenn diese Zeche wieder auf mich ging, dann war ich blank, als Anglika mich hinter sich her durchs Lokal zog und eine Tür mit der Aufschrift *Putzraum* öffnete. Ich betrat mein Büro, setzte mich an meinen Schreibtisch, mir gegenüber saß Oskar.

Er sagte gerade: »Überall habe ich Sahra gesucht. Sie kann sich doch nicht in Luft aufgelöst haben?« Hatte er beim letzten Mal nicht gesagt: vom Erdboden verschluckt?

»Und du glaubst, sie wurde entführt?«

Er zuckte mit den Schultern. Wieso das jetzt?

»Aber du konntest in diesem grellen Licht nichts erkennen, und anschließend war sie verschwunden, ist das richtig?«

Er nickte. »Andreas, du musst verstehen, die Polizei wird mir dabei nicht weiterhelfen können.«

»Schon klar. Also wie lautet dein Auftrag, Oskar?«

»Bitte folge ihr, behalte sie im Auge.«

Aber … das war doch ein ganz anderer Auftrag? Dennoch nickte ich, sah an ihm auf und ab. Ein schwarzes Haar klebte an seinem beigen Hemd. »Billig wird das nicht, fürchte ich. Sie könnte den gesamten Weltraum durchqueren.«

»Natürlich. Am Geld soll diese Operation nicht scheitern.«

Diese Operation?

Er kramte aus seiner Mappe einen adipösen Umschlag heraus und schob ihn vor mich auf den Tisch.

Er trug immer noch den Ehering. »Wie würdest du sie beschreiben?«

»Sie ist klug, manchmal geradezu nachdenklich, hin und wieder etwas zu aufgekratzt. Aber sehr sensibel. Sie kann sich gut in ihre Umgebung einfühlen und ist sofort für einen da, wenn ich mal traurig bin.« Er kämpfte mit den Tränen.

»Danke! Damit kann ich erst mal etwas anfangen. Wo kann ich dich erreichen?«

Er legte seine Visitenkarte auf den Tisch. »Jederzeit. Tag und Nacht.« Oskar erhob sich und verließ mein Büro.

Ich saß noch eine Weile da und starrte auf die Karte und auf den Umschlag, bis Angelika mich zurück in die Bar drängte.

Kurz darauf betrat jemand das Lokal, den Hanns anscheinend kannte. Mit Ledermappe unterm Arm blieb er am Eingang stehen und suchte mit den Augen die Tische ab. Hanns sprang auf und winkte. Der Mann machte eine Geste, wir sollten ihm folgen.

57 (O. W. GAILS VENUSMOND)

Du bist dir hier im Vertrauten fremd geworden

Wir folgten Otto, der Hanns daran erinnern musste, dass der ihn gestern wegen einer Entführung durch Außerirdische kontaktiert hatte. Sein Zimmer lag in einem Apartment im vierten Stock des Hauses gegenüber. Ich schilderte ihm kurz, worum es ging. Er glaubte nicht, dass wir in seinem Erzählraum eine Spur zu Sahra Wagenknecht würden aufnehmen können, aber Angelika meinte, dass sich die Reise für uns trotzdem lohnen würde. Zuerst tranken wir Tee, auch weil er wollte, dass wir diese Raumzeit aufgewärmt betraten. Ich konnte ja nicht ahnen, was mir gleich widerfahren würde. Schließlich hatte er, wie mein Vater, Elektrotechnik und Physik studiert. Ich war sicher, es würde sich hier um einen wissenschaftlichen Zugang handeln. Auf vieles war ich gefasst. Innovativ war immerhin, dass wir durch einen wuchtigen, zweiflügeligen Bauernkleiderschrank direkt in ein Raumschiff stiegen.

Auf der Brücke befanden sich zwei Männer und eine Frau, genauer gesagt, ein Schwabe namens Korf, ein Engländer, Sir William, und eine Person mit spanischem Akzent im Englischen, Isabella. Von Sahra keine Spur. Die Rakete raste auf die Venus zu, vor der ein unbekannter Zwergmond sichtbar wurde. Angelika und ich setzten uns auf den Boden und hielten uns gegenseitig fest.

»Seht ihr das? Wir sind jetzt so nah dran, dass wir kein Teleskop mehr brauchen. In der Mitte des Trabanten klafft ein mächtiger Spalt«, sagte Korf. »Und da schwebt ein Brocken, der sich eben erst gelöst haben muss. Die Auflösung des Mondes hat begonnen. Wir kommen zur letzten Stunde. Wer weiß, wie viele Jahrtausende das Ding schon um die Venus schwingt.«

Das Raumschiff zitterte. Wir streiften bereits den äußersten Rand der Venusatmosphäre.

»Es ist Zeit«, rief Korf und klatschte in die Hände. »Ab in die Raumtaucheranzüge. Schnell! Bald muss ich Bremsschüsse abgeben, und dann kommt der Andruck.« Er verteilte die Anzüge. Eigenartigerweise fragte er uns nicht einmal, wer wir waren, woher wir plötzlich auftauchten und wer uns hier in die Geschichte gelassen hatte. Sie waren es wohl gewohnt, dass Leute mal eben auf ihrer Brücke auftauchten.

Diese unförmigen Raumanzüge aus gummiertem Leder sahen eher nach einem SM-Fantasy-Spaß in der Hölle aus. Mit dem massiven Helm inklusive Luftpatronen und Sprechmikrofon, den wir uns gegenseitig am metallenen Halskragen festschraubten, fühlte ich mich wie die versinnbildlichte Offenbarung Hesekiels.

»Kennt jemand von euch Sahra Wagenknecht?«, fragte ich durch meine Sprechmuschel.

»Nie gehört«, antwortete Korf.

»Leider nein«, sagte der Engländer.

»Es bleibt dabei«, begann Korf, »sobald wir unsere Geschwindigkeit dem Trabanten angeglichen haben, schlüpft ihr durch die Luke hinaus. Es ist ganz gefahrlos. Ihr stürzt nicht ab, ihr gravitiert nur. Ich werde die Steuerung der Rakete in der Hand behalten. Vorsicht! Wir müssen bremsen, sonst schießen wir vorbei.«

Die Düse ragte bereits in Flugrichtung. Bald schien der geheimnisvolle kleine Mond stillzustehen. Wir verließen das Raumschiff durch zwei Luken und sicherten uns außen mit dem Gurt. Angelika und ich fassten uns an den Händen und begannen zu schweben. Im Weltraum. Und wie wir bald feststellten: im vereisten Weltraum. Der schwarz und leer war. Wir flogen wie von Geisterhand gezogen direkt auf den Spalt zu. Der Trabant war von Eis überzogen. Und er schien hohl zu sein.

Als wir nach der Landung eine Höhle betraten, sahen wir, dass er auch im Innern eisüberkrustet war. Sir William löste mit seinem Schuh ein Stück Eis aus der Wand und betrachtete es. Es war vermodertes, gefrorenes Holz. Einige Stellen an den Wänden begannen zwischen dem Eis zu schimmern. Es waren eingelassene Metallplatten aus purem Gold. Rechts von uns erschien ein altarartiges Gebilde auf einem roten Marmorsockel, auf dem eine goldene Frauenstatue stand. Teile von hölzernen Möbelstücken schwebten durch die Gegend. Im nächsten Moment standen wir vor einem Sarg, durch dessen gläserne Bedeckung uns zwei riesige braune Mandelaugen anstarrten, nur etwas größer als Angelikas. Beim näheren Hinsehen erkannte ich einen Frauenkörper. Und bald standen wir auf einer riesigen Eisfläche, unter der uns Hunderte vereiste außerirdische Mumien mit langen Schädeln und angstverzerrten Mienen anstarrten. Kein Hieronymus Bosch hätte höllische Qualen besser abbilden können.

»Du hast gesagt, dass wir Teil eines gigantischen Verwandlungsspiels sind und es im Weltall nichts gibt, was uns wirklich fremd vorkommen kann. Aber ich erkenne mich nicht in diesen Wesen wieder, egal wie sehr ich mich anstrenge.«

»Dafür gibt es eine einfache Erklärung, Erdling. Deshalb sagte ich vorhin, dass diese Erfahrung hier für dich wichtig sein kann, auch wenn ich wusste, dass wir hier nicht auf Sahra treffen werden. Hast du dich in Knéppara oder Loso wiedererkannt?«

»Ja, bestimmte Seiten von mir. Charakter und so.«

»Siehst du. Obwohl sie nicht mehr sind als Fettbällchen mit Augen. Was du hier an Fremde fühlst, hat nichts mit den großen Mandelaugen oder den langen Schädeln zu tun, das kennen wir von den Nume. Die kamen dir doch gar nicht fremd vor, obwohl sie bis zu sechs Meter hoch waren. Dein Gefühl der Befremdung hat hier nichts mit dem Außen, mit den anderen zu tun. Sondern du bist dir hier im Vertrauten fremd geworden, du erkennst dich selbst nicht mehr wieder, Erdling. Du erlebst hier den Anfang des verhängnisvollsten Moments in der Geschichte des deutschen Bewusstseins: den Moment des sich selbst Fremdwerdens. Du erkennst dich immer weniger wieder, dein Denk- und Spielraum wird immer kleiner. Hier ist alles leer, vereist und abgetötet. Aber je größer der geistige Spiel- und Verwandlungsraum, desto höher schwingt sich das Bewusstsein auf.«

»Lass mich raten: Grundsatz 21 im Quantenuniversum?«

»Grundsatz acht, Erdling. Aber ich bin stolz auf dich.«

Den Rückweg zum Raumschiff über schwebten wir in enger Umarmung, meine Lippen drohten trotz Helm blau anzulaufen und abzufallen.

Auch die Venus, auf die wir nach unserer Rückkehr ins Raumschiff noch einen Blick werfen konnten, war ein Anblick der Trostlosigkeit. Das deutsche Weltall war total verödet, es war uns fremd, es gehörte nicht mehr zu uns. Überall nur noch Eisschollen, zu Bergen aufgetürmte Eismassen und Eisnebelschwaden. Keine Spur von Leben, von Wesen, durch die wir uns verwandeln und erkennen konnten. Und wenn doch, dann als vereiste Massengräber, als gothic horrorpunk. Was war in den Köpfen der Leute los?

58 (DIE SCHEIDUNG DES DEUTSCH-JÜDISCHEN KOSMOS)

Wir brauchen einen Gott, der uns liebt

Als wir Hanns' Wohnung betraten, stand er vorm Spiegel und band sich ein schwarzes Seidentuch über den hochgeschlagenen weißen Hemdkragen. »Ihr zwei Sirenen kommt mir gerade recht. Wir müssen zu einer wichtigen Versammlung, es steht viel auf dem Spiel. Das Leben meiner jüdischen Freunde ist bedroht. Ich brauche euch als Schutzengel.«

Ich blickte entgeistert zu Angelika, die mit den Schultern zuckte. Er gab uns cremefarbene Kapuzenkutten, die Angelika und ich uns überwarfen.

»Sputet euch.« Er selbst hängte sich eine dunkelbraune Mönchskutte über Weste und Hose, band die Kordel unterm Kinn zusammen, schlug die Kapuze über den Kopf und verließ die Wohnung. Wir folgten ihm zum Wagen.

»Gehst du als wer?«, fragte ich.

»Besser, du weißt es nicht.«

»Besser, Erdling, dass du jetzt ganz tapfer bist.«

Und dann kam etwas richtig Krasses, auf das ich nicht vorbereitet war, das ich dachte niemals in meinem Leben miterleben zu müssen. Zwei Stunden in der finstersten

Schwärze des neuen deutschen Kosmos! Sie wussten beide, dass ich mich geweigert hätte, diese Sadisten!

»Seid einfach herrlich, verkörpert einfach das Gute und Wahre, die Weisheit, die Göttlichkeit.«

»Ich dachte, du hasst Philister und die Kirche?«

»Daran hat sich nichts geändert. Aber hier geht es nicht um mich. Darauf kann ich jetzt keine Rücksicht nehmen, ich werde gebraucht, wir werden gebraucht und müssen alles einsetzen, was uns zur Verfügung steht.«

Im Wagen auf der Fahrt nach Tempelhof erzählte Hanns, wie er als Jüngling Mitglied im Orientalischen Templerorden, genannt O.T.O., war, in dem er Gustav Meyrink begegnete. Mithilfe eines Phallus-Kults und allerlei Sexualmagie beteten sie den androgynen Baphomet an. Mit der Zeit entwickelten sie einen Kult des Ich, bei dem sie angeblich durch ein Ritual die Gottform annehmen konnten.

»Klingt für mich nach einer mystischen Verquasung von Sich-in-der-Gruppe-einen-von-der-Palme-Wedeln, Süßer. Ein Orden nur für Männer?«

»Leider ja. Emma Andreas, auch wenn ich deinen kritischen Verstand außerordentlich zu schätzen weiß, war dieses frühe Training für mich sehr aufschlussreich. Es half mir, meine Schüchternheit, meine Minderwertigkeitskomplexe zu überwinden, unter denen ich meine Kindheit und Jugend über zu leiden hatte. Es reduzierte meine Absinthsucht auf drei Gläser täglich und senkte meinen Zigarettenkonsum von drei auf zwei Schachteln am Tag.«

»Erdling, wo Hanns auch auftaucht, erinnern sich Menschen an sein vereinnahmendes Wesen, das einigen wiederum unangenehm wird. Niemand, dem er persönlich begegnet ist, hat ihn jemals wieder vergessen. Im Allgemeinen nennen sie ihn die selbstverliebte, schöne, geile oder teuflische Schlampe, neugierig, euphorisch, jähzornig, stur oder von äußerst nervöser Natur, die versucht, ihren Willen durchzusetzen und mit ihm andere zu beeinflussen. Dieses Bewusstsein braucht er jetzt.«

»Lass mich raten: Egal, was ich jetzt sage, ich habe keine Wahl?«

Sie schüttelte den Kopf.

In dem Moment parkte Hanns den Wagen auf einem Fabrikgelände in der Nähe des Tempelhofer Flughafens, wir versteckten ihn unter einer Plane und liefen eine Weile die Straße entlang. Hanns klemmte sich ein Monokel ins Auge, das ihm im nächsten Moment auf den Steinboden fiel. Er starrte auf eine Frau.

»Da geht Sibylla«, sagte er.

»Wer ist das?«, fragte ich.

»Sibylla Madruzzo aus meiner Erzählung ›Der Zauberlehrling oder die Teufelsjäger‹.«

Die Frau verschwand im Eingang eines Geschäftsgebäudes. Hanns blickte noch eine Minute lang auf die andere Straßenseite, dann hob er das Monokel auf und klemmte es sich wieder ins Auge. Da dachte ich, dass die Mittelchen, mit denen er andauernd seine schöpferischen Ekstasen hervorrief, schon die Grenze zwischen Vorstellungswelt und Realität weggeätzt haben mussten.

Wir setzten den Weg fort bis zu einer Fabrikhalle. Klopfzeichen. Mann mit Kapuzenmantel und Schatten im Gesicht öffnete. Hanns flüsterte etwas. Blicke in alle Augen. Eintreten. In der Halle warteten schon eine Masse Leute, alle mit Kapuze. Ich kannte mich in der Szene nicht aus, daher erkannte ich zunächst niemanden. Hanns hockte sich in die erste Reihe, wir rechts und links neben ihn. Ich war gespannt, was jetzt passierte.

Eine Kapuze trat vor die Versammelten und sagte mit dieser stereotyp ruhigen Stimme eines Serienmörders: »Weisheit, bist du nicht das Höchste aller Dinge, ist nicht Wissen zu verbreiten die Pflicht aller Menschen?«

So hätte auch etwas Erbauliches beginnen können. In dieser Halle, die zu einer Berliner Werkzeugmaschinenbaufirma gehörte, hatten sich nahezu fünfhundert widerstreitende Verkünder oder Mahner irgendeines neuen deutschen Gottglaubens versammelt, der als nagelneues Betriebssystem im inzwischen vereisten, zu erneuernden Geist der Neudeutschen installiert werden sollte. Neue Tools für die große Zukunft, über deren Ausgestaltung und Anwendungsspielräume hier heftig gestritten wurde. Als Hanns über Meyrink davon erfuhr, der von der Veranstaltung über drei Ecken erfahren hatte, wusste er, dass jemand gegen Jörg Lanz' Extremismus antreten musste, der diese Versammlung einberufen hatte. Vertreten waren neben den Mitgliedern des Bundes der Guoten auch Vertreter der neuen deutschen Kirche, deutsche Tempelritter, Vril-Leute, Rosenkreuzer, Rudolf von Sebottendorf sei aus Mexiko angereist in Begleitung von ehemaligen Mitgliedern der ehemaligen Thule-Gesellschaft, ehemalige Schüler Lists wie besagter Jörg Lanz von Liebenfels, sogar Ludendorff persönlich mit Anhängern des Bundes für deutsche Gotterkenntnis, Jungianer, C. G. selbst sowie noch weitere sogenannte Propheten. Nach ellenlangen Lesungen aus der ariosophischen Bibel, die sich zunächst nicht okkulter anhörte als jeder andere Bibeltext, gab Lanz aber noch abschließend Einsichten aus seiner Schöpfungszoologie zum Besten, die aus der aasigen Finsternis seiner Gedärme stammen musste, in denen jedes Aufglimmen eines Gedankens sofort von der totalen Schwärze seiner Seelenlosigkeit absorbiert worden sein musste. Er beendete seine Rede mit: »Und hier ist deshalb unser Anruf! Der Kosmos muss neu aufgeteilt werden! In Deutschland müssen die Götter getrennt werden!«

Ein grässliches aldebaranisches Brummen zog durch die Halle. Zwischen den Gruppen entbrannte jetzt eine schwer zu ertragende Diskussion darüber, wer welchen deutschen oder arischen oder ariosophischen Glauben wolle und wie mit den Juden und ihrem Gott umzugehen sei.

Hanns zog uns irgendwann aus der Fabrikhalle. Er wollte schnell zu einem jüdischen Freund, wie er sagte, er wollte selbst eine Versammlung seiner jüdischen Freunde und von deren Freunden einberufen, um diese gefährliche Lage zu besprechen. Im Wagen entledigten wir uns der Verkleidung und rasten durch die Stadt, als hinge der weitere Verlauf der Geschichte von jeder weiteren verstrichenen Minute ab.

Mit einer Vollbremsung stoppte Hanns den Wagen vor einem Café in Charlottenburg. Durchs Fenster war Thomas zu erkennen und viele seiner jüdischen Künstler-Freunde und Bekannten. Einige saßen auf dem Boden, andere lehnten an der Wand. Durch einen Spalt zwischen zwei Schultern zeigte sich der Grund dieser Versammlung, Hanns rief besorgt: »Goldberg spricht! Das bedeutet nichts Gutes.«

Wir stellten den Wagen in einer dunklen Seitenstraße ab und gingen zurück zum Café. Thomas erkannte mich und winkte uns heran, wir quetschten uns neben ihn.

»Emma Andreas«, flüsterte er. »Wie geht's der deutschen Zukunft?«

»Frag lieber nicht«, flüsterte ich zurück.

Er fasste Angelikas Hand und nickte Hanns zu, freundlich, respektvoll, aber distanziert.

Jemand verstellte mir die Sicht. Ich hörte eine Stimme.

»Der Gott des einen Volkes ist ein anderer als der des anderen Volkes, weil sein biologisches Zentrum, das heißt sein kosmologisches Abstammungszentrum, von dem des anderen verschieden ist.«

»Wer spricht da vorn?«, fragte ich Thomas.

»Ein hochgradig rassiger und geistig fortgeschrittener, ja waghalsiger Typ von faszinierender Hässlichkeit, der hier, offenbar mit einem gewissen Vergnügen, die Rolle des fermentösen Fremdkörpers einnimmt. Ein Polyhistor, der über alles und jeden zu reden weiß, ein Kulturphilosoph, dessen Gesinnung aber gegen die Kultur gerichtet ist, kulturpessimistisch. Fortschritt ist das verächtlichste Wort aus seinem Mund.«

Ich beobachtete dabei Hanns, der wie erstarrt und ungläubig den Worten dieses fermentösen Fremdkörpers zuhörte.

»Denn jedes Volk hat ein oder mehrere zusammengehörige biologische Abstammungszentren. Das ist dann der Gott des betreffenden Volkes. Der Begriff des Gottes ist aufs Engste mit dem des Volkes verknüpft, er hat eine eminente biologische Bedeutung für das Volk. Und der ganze Umkreis dieses Verhältnisses zwischen Gott und Volk ist die Mythologie des betreffenden Volkes.«

Thomas lachte kurz auf und schüttelte den Kopf. »Für den Freund der Aufhellung behalten Wort und Begriff des Volkes selbst immer etwas Archaisch-Apprehensives, und er weiß, dass man die Menge nur als Volk anzureden braucht, wenn man sie zum Rückständig-Bösen verleiten will.«

Thomas wusste ja nicht, woher wir gerade kamen. Aus dem biologischen Zentrum des Aldebarans. Wieder biss ich mir auf die Zunge, um ja keine Bemerkungen zu einem seiner Bücher auszusprechen, die er da noch nicht geschrieben hatte, aber ich konnte ja auch nicht wissen, ob dieser Thomas neben mir aus dieser Gegenwart oder selbst ein angereister späterer Thomas war. Ich blickte auf die Rücken vor mir und hörte wieder den Worten dieses fermentösen Goldbergs zu.

»Mythologie ist nicht eine Sammlung ethnologischer Phantasmagorien, sondern die Lehre vom Bestehen einer metaphysischen Volkswirklichkeit und einer vom Volkskörper getrennt vorhandenen metaphysischen Volkskraft, dem biologischen Zentrum oder dem Gott.«

Dann drehte ich mich wieder zu Thomas und beobachtete sein langsames, andauerndes Kopfschütteln mit einer Note Verzückung auf den zusammengepressten Lippen. Am liebsten hätte ich ihm *Doktor Faustus* an den Kopf geworfen, diesen langatmigen Schinken, bei dem ich in jeder Zeile spüren konnte, wie er sich seine stumme Erschütterung abrang. Auf eintausend Seiten! Die er zwanzig Jahre zuvor anders geschrieben hätte, als er sich die Notizen dazu machte, aber den Stoff in die Schublade legte, wo er sich der Zeit anzupassen hatte. Wie hätte *Doktor Faustus* 1920 oder 1930 geklungen? In diesem Roman spürte ich in endlos scheinenden Dialogen den Schock über die archaische Verblödung und totale Selbstentfremdung des hochentwickelten Kulturgeistes deutscher Zungen, dem er selbst angehörte, das war die bittere Erkenntnis, für die sich der Kampf durch sein quasi psychoanalytisches Selbstgesprächsdickicht, in dem er sich selbst in mehrere Figuren aufgeteilt hatte, gelohnt hat.

»Und so wie der Gott für das Volk«, fuhr die Stimme fort, »so besitzt auch umgekehrt das Volk für den Gott eine wichtige biologische Bedeutung. Die einzelnen Mitglieder des Volkes sind nämlich für den Gott Entfaltungsmöglichkeiten, und das ganze Volk ist das Instrument seiner Macht. Das Volk braucht den Gott, und der Gott braucht das Volk. Damit tritt diese Auffassung in Gegensatz zu jeder theologischen Ansicht von Ergebenheit, Demut und Fatalismus. Es handelt sich um die Autonomie des Volkes gegenüber Gott.«

Thomas spottete: »Die Theologie, in Verbindung mit dem Geist der Lebensphilosophie, dem Irrationalismus, läuft ihrer Natur nach Gefahr, zur Dämonologie zu werden.«

Sein Nachbar, Gershom Scholem, lehnte sich vor und kommentierte in meine Richtung: »Er ist bloß ein Kabbalist. Aber anstatt einer kritischen Analyse liefert er hier halbgares Kirchenlatein. Er macht genau das Gegenteil von dem, was ich tue.«

Neben ihm erschien der Kopf Walter Benjamins, der zu Thomas meinte: »So viel redet der sonst nicht. Ich konnte ihm vorhin nicht einmal die Hand geben, die er mir entgegengestreckt hat, so unsympathisch ist mir dieser Sektenhäuptling. Er war von einer unreinen Aura umgeben.«

»Warum bist du dann hier?«, fragte ich.

»Ich behalte ihn im Auge.«

Gershom beugte sich vor: »Wir behalten ihn im Auge. Sonst zerstört er noch den jüdischen Kosmos und vergiftet unser Bewusstsein.«

Thomas nickte.

»Ha-Schem, das Gesamtsystem der Beziehungen des Volks zu Gott, ist somit das transzendente Analogon zu einem astronomischen System. Der Einzelne steht als Apposition zu seinem Gott in diesem System. Was die Zuordnung Sprache zu Volk betrifft, so zeigt das Hebräische, dass seine Sprecher ein absolut metaphysisches Volk sind. Denn die Sprache entstammt dem Fundamentverhältnis zwischen Geist und Materie, das die Rassen und somit deren Sprachen konstituiert.«

Wieder Kopfschütteln aller meiner Nachbarn.

»Ich bin zwar deutsch, aber doch eben auf alte, bessere Art, nämlich von Herzen kosmopolitisch. Mich treibt der romantische Wandertrieb in die Welt hinaus«, sagte Thomas.

Goldbergs Vortrag war beendet. Raunen ging durch den Saal. Ich konnte fast hören, wie sich die Nackenhaare aufstellten. Als Bewegung in die Menge geriet (einige verließen bereits das Café), erblickte ich Feuchtwanger, wie er nachdenklich und mit starrem Blick Goldberg fixierte. Neben ihm Hanns, der mich fassungslos anschaute. Aus seinem Blick verstand ich, dass hier jede Hilfe zu spät kam.

Ich berichtete Thomas leise von der anderen Versammlung. Gershom und Walter hörten mit und warfen mir entgeisterte Blicke zu. Gershom echauffierte sich darüber, dass sie es wagten, den jüdischen Gott als monotheistischen Gott für alle zu bezeichnen. Diesen römischen Unsinn dürfen sich die Juden nicht länger bieten lassen. Diese Lüge habe mit dem Raub des jüdischen Glaubens durch die Römer begonnen, die ihn illegal exportierten, ohne sie wenigstens prozentual daran zu beteiligen. (Gershom zwinkerte mir zu. Galgenhumor hatten wir jetzt bitter nötig.) »Zumal er ja kein monotheistischer Gott sein soll«, fuhr er fort, »sondern, sagen wir es ruhig mit den Worten unseres Zauberjuden hier, ein Gott im polytheistischen Pantheon der Volksgötter.« Die Grundidee des Judentums sei die Personalisierung. Nichts spräche gegen einen deutschen Gott. Nichts spräche gegen einen individuellen Gott. Und uns die Weltherrschaft vorwerfen? Die Juden hätten ihren Gott niemals anderen aufgedrängt, es sei zu jeder Zeit ihr Gott!

Inzwischen hatten sich einige um uns versammelt. Nicken und ein leises Deklamationsdurcheinander.

»Gershom, ihr könntet den Vatikan im Nachhinein immer noch um Zahlung der zustehenden Prozente der letzten zweitausend Jahre bitten, also quasi eine Nachlizenzierung einfordern«, sagte ich und zwinkerte zurück.

Lachen und Klatschen.

»Emma Andreas, Gershom, die Römische Kurie würde erwidern, Jesus sei ein Hebräer gewesen, der der Welt das heilige Wort geschenkt habe«, sagte Hanns.

»Ein Typ aus der Deutschkirche sagte vorhin, Jesus sei ein Arier gewesen«, sagte ich.

Heftiges Gelächter und Schenkelklopfen.

»Das sollten sich die Arier gut überlegen, ob sie weiter darauf bestehen wollen, denn das könnte einmal teuer für sie werden«, sagte Walter.

»Ich kann mich des Ingrimms nicht erwehren gegen diejenigen, die ein so gutes Volk wie das deutsche in eine seelische Lage bringen, die ihm meiner Überzeugung nach schwerer fällt als jedem anderen, und es ihm selber heillos entfremdet«, sagte Thomas. Schenkelklopfen war wirklich nichts für ihn.

»Liebe Freunde«, warf Hanns ein, »Einstein sagte, die größten Feinde jüdischen Volksbewusstseins und jüdischer Würde sind fette Degeneration, aus Reichtum und Wohlleben hervorgegangene Gesinnungslosigkeit sowie eine Art innerer Abhängigkeit von der nichtjüdischen Umwelt, die aus der Lockerung der jüdischen Gemeinschaft erwächst. Das Beste im Menschen kann nur gedeihen, wenn er in einer Gemeinschaft aufgeht. Wie groß ist also die moralische Gefährdung des jüdischen Menschen, der den Zusammenhang mit dem eigenen Volkskörper verloren hat und vom Wirtskörper als Fremder angesehen wird? Als Einstein nach Deutschland kam, entdeckte er erst, dass er Jude ist, und diese Entdeckung wurde mehr durch Nichtjuden als durch Juden vermittelt.«

»Das ist mir zu eng, da schnürt sich mir dir Kehle zu«, kam es von Thomas. »Die seit zweitausend Jahren andauernde jüdische Diaspora ist Beweis genug dafür, dass Zusammengehörigkeit, trotz ungleichmäßiger Verteilung über den gesamten Erdball, gemeinsam empfunden werden kann und nicht einmal einen nationalen Boden vonnöten hat. Hier irrt sich Einstein, herausragende Beispiele für diesen Kosmopolitismus aus der deutschen und der jüdischen Kultur untermauern mein Argument nur aufs Dringlichste. Schaut euch nur mich oder Humboldt an!«

Hanns rollte die Augen, denn Überheblichkeit und Selbstsublimierung war normalerweise sein Geschäft. Auch das Hüsteln in den Reihen und Stühlerücken deutete darauf hin, dass die Versammlung hiermit aufgelöst war.

Thomas empfahl sich. »Man sieht sich, Emma Andreas. Du musst mich beizeiten besuchen und mir aus der Zukunft erzählen.«

Er verließ das Lokal, ihm folgten Gershom, Walter und weitere.

Hanns unterbrach meine Gedanken und stellte mir einen Schriftstellerfreund vor, Friedrich Freksa, von dem ich noch keine Zeile gelesen hatte. Er war zufällig vorbeigekommen und hatte Hanns vor der Tür Zigarette rauchend angetroffen. Er könne uns helfen, einen nächsten Versuch zu unternehmen, Sahras Spur wiederaufzunehmen. Auf dem Weg zum Wagen blickte ich auf Hanns' Hände, sie zitterten leicht, seine Mundwinkel auch. In ihm zuckte die Angst, die Sorge, er war aufgewühlt.

»Das ist alles zu gefährlich, pass auf dich auf.«

»Deine Sorge ehrt mich, aber es ist noch nicht zu spät. Ich werde meine Strategie überdenken. Ich muss das System von innen verändern.«

59 (F. FREKSAS DRUSO)

Die Drusonen haben auf der Erde ganze Städte in Schutt und Asche gelegt, Frauen werden auf Druso als Milchkühe benutzt

Hanns wollte an seiner Wohnung abgesetzt werden. Außerirdische seien das Letzte, was er jetzt ertragen könne! Also fuhren wir zu dritt weiter, machten einen Zwischenstopp in Friedrichs Wohnung, aus der er ein paar Sachen holte, dann ging es immer weiter Richtung Westen, Spandau. Hinter Spandau parkten wir den Wagen im Gebüsch des angrenzenden Waldgebiets. Friedrich gab uns blaue Schlosseranzüge, die wir überzogen. Außerdem sollten wir unsere Köpfe mit blauen Tüchern schützen. Auf meinen fragenden Blick hin zeigte er nach oben. Über unseren Köpfen dämmerte die blaue Stunde, und riesige Insekten kreisten lautlos am Himmel.

»Was ist das?«, formte ich nur mit den Lippen.

»Drusonen, gefährliche Invasoren aus dem All«, flüsterte Friedrich. »Alf klärt euch auf. Ihr Heimatplanet hat eine Atmosphäre, die mit rotem Licht gesättigt ist. Sie sind keine Blauseher. Deshalb wurde Blau instinktiv zur heiligen Farbe der Atlantiker, die von den Drusonen bedroht werden.« Er klebte Angelika und mir einen blauen Punkt unter das linke Ohr. Zur Sicherheit, sagte er, das sei das Zeichen für Atlantis.

Wir schlichen fast eine Stunde leise durch den Wald, bis wir plötzlich zu unserer Rechten auf einen großen Fluss stießen. Es handelte sich um den Rhein, dessen Mündung durch ein neues Haffmeer weit nach Osten verdrängt worden sein sollte. Friedrich erzählte uns, dass nach der Wiedervereinigung der Britischen Inseln über die Doggerbank mit dem europäischen Festland in den letzten fünfhundert Jahren dieses Haffmeer entstanden sei. Wir waren anscheinend ins 26. Jahrhundert gereist. Irgendwann wurde eine Insel sichtbar. Friedrich setzte uns in ein Boot und verabschiedete sich.

»Auf der Insel trefft ihr Alf. Er kann euch weiterhelfen, falls eure Entführte dort aufgetaucht sein sollte. Sagt ihm nicht, dass ihr nicht aus dem Atlantis der Zukunft stammt, er könnte euch für Feinde halten und töten. Die Lage dort ist gerade äußerst angespannt. Ach, und direkten Kontakt zu den Drusonen würde ich vermeiden, sie sind primitiv und gefährlich. Sie haben den Großteil der Menschheit versklavt oder getötet.« Und schon war er fort.

Nach einem kurzen Blickwechsel setzten Angelika und ich uns in ein blaues Ruderboot. Auf dem Bauch liegend, beobachteten wir über meine Handykamera diese stille Gefahr aus dem Kosmos, die vollkommen gräuschlos ihre Kreise am Nachthimmel zog. Der Zoom reichte nicht aus, um sich diese Wesen genauer anzuschauen. Am Inselufer wurden wir von einem Mann in Empfang genommen, der uns mit Gesten zu verstehen gab, das Boot mit ihm gemeinsam unter die Bäume zu ziehen. Wir versteckten uns tief im Wald, wo wir endlich leise sprechen konnten. Der Fremde vergewisserte sich des blauen Punkts hinter unseren Ohrläppchen.

»Willkommen, Atlantiker der Zukunft. Mein Name ist Alf Bentink.«

Ich war zu müde, um ihn über diese mehrschichtige Raumzeitkonstruktion aufzuklären. Ich sagte nur: »Grüß dich! Ich bin Emma, das ist Angelika. Wir suchen die deutsche Philosophin Sahra Wagenknecht, die –«, ich warf einen hilfesuchenden Blick zu Angelika, »die durch eine Raumzeit-Anomalie, keine Ahnung, so was in der Art, also in einer parallelen Zukunft eurer Vergangenheit, hier eventuell von den Drusonen entführt worden sein könnte. Hast du diesen Namen vielleicht schon mal gehört?«

Er blickte mich an, als hätte ein Hase ihm gerade die Relativitätstheorie vorgetanzt. »Ihr sagt, sie ist in der Zukunft von Drusonen entführt worden?«

»Das Ding ist, der Ort stimmt relativ, und auch diese Stille stimmt relativ. Eine Entführung durch die Drusonen könnte zumindest wahrscheinlich sein, dafür müsste ich mehr über sie und über euch wissen.«

»Ihr zukünftigen Einwohner von Atlantis wisst nichts über uns und über die Drusonen? Über den heroischen Kampf der letzten Atlantiker, über unseren geheimen Plan, wie wir die Erde befreien und Druso wieder in die Schwärze des Alls verbannen werden?«

»Natürlich haben wir davon gehört und irgendwann einmal in der Schule darüber gesprochen, aber das ist lange her, wir brauchen die Einzelheiten. Wir sind nur einfache Ermittlerinnen in diesem Fall, ohne Universitätsabschluss. Und Philosophinnen stecken eben ihre Nasen tief in Angelegenheiten, die sie zwar etwas angehen, aber die ihnen ab und zu nicht bekommen. So weit die Sachlage.«

Alf nickte. Die Nacht war noch lang genug, um darin die Einzelheiten auszubreiten. Alf begann in seiner Vergangenheit, im Jahr 2267, seinem Geburtsjahr. Stattliches Alter, dachte ich zuerst. Dann wurde mir klar, dass zu dieser Zeit womöglich schon ein hochgezüchteter, neuer Mensch Realität geworden war.

»Meine Geburt stand unter keinem guten Vorzeichen«, begann er zu erzählen. »Als ich auf die Welt kam und untersucht wurde, lautete das Zeugnis des Arztes: nicht verheißungsvoll. Hätte mein Vater nicht zu jenen Bentinks gehört, die dem Erdplaneten eine ganze Reihe wissenschaftlicher Denker schenkten, und wäre meine Mutter nicht eine Walter gewesen, die einen Ehrenplatz unter den Ingenieurfamilien des Landes innehatten, so wäre ich sicher damals schon gemäß den herrschenden Gesetzen als nicht lebenskräftiger Stämmling thermisch vernichtet worden. Die Entscheidung wurde aber meinen Eltern überlassen. Nach zwölf Wochen kam ich vor eine Lebenskommission. Es wurden geprüft: das Knochengerüst, der Schädelbau, nach sehr feinen Methoden Augen, Ohren, Nase, Atmungsorgane, Drüsenveranlagung, nervöse Tätigkeit. Dadurch, dass der Prozess in siebenunddreißig Einzelbeobachtungen aufgeteilt war und dass der Säugling nur mit einer Nummer versehen seine Reise durchs Institut in einem Bettkästchen antrat, war eine absolute Objektivität gewährleistet. Nur zweieinhalb Punkte über der sogenannten Notgrenze erreichte ich. Die Erbzüchtungskommission sagte, ich darf weiterleben und mich dem Beruf eines Kopfarbeiters widmen.«

Ich starrte ihn an, eigentlich wollte ich mir aus diplomatischen Gründen eine Bemerkung dazu verkneifen. »Wir Atlantiker der Zukunft haben vor langer Zeit Erbzuchtkommissionen abgeschafft.« Breites Grinsen.

Alf nickte. »Jeder Mensch hatte damals sein Büchlein«, fuhr er fort, »in dem der Wert aufgeführt war, für den ihn sein Volksstaat anerkannte.«

Ich nickte und lachte. »Diese alten deutschen Sitten, sich den Wert von außen zurechnen zu lassen, anstatt selber zu wissen, was man wert ist.«

Er hatte verstanden, dass seine Zukunft, aus der wir angeblich zu ihm angereist waren, herrlich und hoffnungsvoll sein musste.

»Ach, wäre ich nur in eurer Zukunft aufgewacht und nicht hier! Wir waren damals trotz der strengen Erbzüchtungsregel ein glückliches und fortschrittliches Volk. Am Erdfeiertag wurden alle paar Jahrzehnte siebenundsiebzig neue Schläfer, alles große Persönlichkeiten aus Wissenschaft, Kultur, Politik und Gesellschaft, in den Kaltschlaf versetzt und siebenundsiebzig Jahre in die Zukunft geschickt, um der zukünftigen Generation wahre Kunde von unseren Traditionen zu tun. Und an einem Großtag der Menschheit, der auch nur alle paar Jahrzehnte gefeiert wurde, erwachten die siebenundsiebzig Schläfer aus der Vergangenheit. Ich habe mich nur wegen meiner Frau Judith für den Kaltschlaf gemeldet, die mit unserer Tochter Urania schwanger war und sich trotzdem aus Pflichtgefühl zur Verfügung stellte. Nur sind wir nicht neunundneunzig Jahre später mit Zeremonie im Tempel geweckt worden, sondern erst dreihundert Jahre später, weil in der Zwischenzeit die Drusonen die Menschen versklavt und unsere fortschrittliche Gesellschaft vernichtet haben. Aus diesem Kaltschlaf sind die meisten nicht mehr aufgewacht. Dass die schwangere Judith und unser Kind das überlebt haben, war für uns und die wenigen übrig gebliebenen Atlantiker das Zeichen, dass unser Schlaf nicht umsonst gewesen war und wir uns und die Erde befreien müssen.«

»Sind diese Drusonen menschenähnlich?«, fragte ich.

»Darüber sind wir uns noch nicht im Klaren, weil wir

jede Begegnung vermeiden. Wen sie fangen, vernichten und zerteilen sie. Alles, was wir bisher in Erfahrung bringen konnten, ist, dass sie Köpfe, Organe, vor allem Geschlechtsteile chemisch mumifizieren und in Zeremonien ihren Göttern auf Altären opfern. Ihre tönende Sprache, die einige von uns schon selbst vernommen haben, scheint aber nichts Menschliches an sich zu haben. Wir beobachten sie aus der Ferne, überall auf der Erde wurden Sendlinge installiert, die so viele Informationen wie möglich über die Drusonen sammeln.«

Ich blickte zu Angelika. »Also mir scheint wenig wahrscheinlich, dass sie Sahra mitgenommen haben.«

»Die Drusonen waren es höchstwahrscheinlich nicht, du hast recht, Erdling. Wir könnten hier zu früh dran sein, denn es besteht die Wahrscheinlichkeit, dass es die Atlantiker der Zukunft waren, die über die nächsten Schläfer von unserem Besuch erfahren haben und sich der neuen Technologien aus der Erfahrung mit den Drusonen bedienen können.«

»Einige unserer Sendlinge sind als Ingenieure und Arbeiter in die Raumschifffahrt der Drusonen gelangt. Wieder andere sind sogar auf Druso, ihrem Heimatplaneten, gelandet. Von ihnen wissen wir, dass es dort wieder andere Wesen ameisenähnlicher Art gibt, die auf sechs Füßen laufen, über den Boden fliegen können und eine Länge von gut einem Meter haben. Sie leben dort friedlich, in Siedlungen. Wozu sie den Drusonen dienen, wissen wir nicht. Wir vermuten nur, dass die Drusonen dort als etwas Gottähnliches gesehen werden.«

»Und wie kam es dazu? Sind diese Wesen einfach so aufgetaucht?«

»Das wird im zukünftigen Atlantis nicht erzählt?«

»Doch, doch, aber es liegt schon lange zurück und zwischendurch ist viel passiert.« Ich lächelte.

Alf lächelte auch. »Im Grunde haben wir Menschen sie gerufen, natürlich nicht willentlich. Wir haben diese Situation aber heraufbeschworen durch unser Verhalten, durch unseren Hochmut. Die Menschen fanden heraus, dass Druso sich der Erde näherte, als der Stern schon sieben Achtel der Mondgröße erreicht hatte. Ein planetares Jubelgeschrei brach los. Sie wollten Druso als zweiten Mond, besser als einzigen. Er pendelte sich auch auf der Mondbahn ein. Drei Raumschiffe wurden für Druso bereitgestellt, die sollten über Kapstadt regelmäßig abfliegen. Experten machten sich Gedanken, wie sie den Druso in Rotation bringen könnten, aber niemand äußerte Zweifel an ihren Friedensabsichten, so sehr hatten sie sich diese Situation herbeigesehnt.«

»Wozu ein zweiter Mond? Was bringt der an Vorteilen?«, fragte ich.

»Nichts, nur Probleme! Aber sie wähnten sich in der großen Zukunft. Dann kamen die ersten großen atmosphärischen Störungen. Orkane, Flutwellen, neue Landflächen tauchten auf. Aber immer noch Jubel, weil eine neue Zeit immer turbulent beginnt und ein zweiter Mond eh erst mal alles durcheinanderbringt. Inzwischen hatten die Drusonen die gesamten Elektrizitätswerke angezapft und kurz darauf griffen sie die Erde an. Sie haben ganze Städte in Schutt und Asche gelegt, die Äquatortemperaturen enorm gesenkt, Wälder entlaubt, das Getreide auf den Feldern ist erfroren. Viele Menschen sind verhungert. Frauen werden auf den Druso gebracht und als Milchkühe benutzt. Sie werden wie Tiere gezüchtet und behandelt.«

»Warum schützt ihr sie nicht davor? Warum befreit ihr sie nicht?« Ich spähte durch die Baumkronen. »Kann ich Druso jetzt sehen?«

»Erst wenn der Mond untergeht, dann sieht man die rötliche Scheibe. Alle Befreiungsversuche sind gescheitert. Dafür haben wir unsere Tarnungen und Verstecke verbessert.«

»Wozu brauchen sie die Erde?«

»Wir vermuten, dass Druso ein Raubplanet ist, ein Parasit, der die Kräfte anderer Planeten braucht, um selbst weiter zu bestehen. Sie haben über dreißig Prozent unseres Stromnetzes in Beschlag genommen. Wir Nordländer besitzen die letzten Flugzeuge, aber wenn sie uns erwischen, vernichten sie uns. Sie stiften Krieg unter den Menschen und fordern die Auslieferung der Unterlegenen, die sie an ihre Götter opfern. Leider waren die Menschen dumm genug, sich gegeneinander aufhetzen zu lassen. Sie fragen sich oft nicht, was ihnen so ein Kampf persönlich bringt.«

»Und wo versteckt ihr euch? Hier auf der Insel?«

»Nein, wir Atlantiker verstecken uns unter Boothia Felix in einer unterirdischen Stadt.«

»Stimmt«, sagte ich. »Daran kann ich mich erinnern.« Alf war in einer schrecklichen Situation. Ich wusste nicht, was ihn trösten würde, was in diesem Moment helfen könnte. So kehrte ich zurück zu meiner ursprünglichen Frage: »Und eine Sahra Wagenknecht ist dir oder euch bis jetzt noch nicht begegnet?«

Kopfschütteln. »Wir sind nur noch wenige Überlebende. Wenn jemand von uns auf der Erde einem Menschen aus der Zukunft begegnet wäre, dann wüssten wir davon.«

»Danke, Alf. Ich glaube, wir sollten gehen. Wir wollen dich nicht in Gefahr bringen.«

»Schlaft doch dort im Zelt und wartet bis morgen, es ist einfacher unter blaulichtem Himmel. Morgen wird ein schöner Tag.«

Die eisige Nacht hatte schon jetzt meine Muskeln eingefroren, ich hoffte, nicht in einen neunundneunzigjährigen Kaltschlaf zu fallen. Aber Alf lieh uns seinen blauen Schlafsack, in den Angelika und ich uns kuschelten, uns wurde warm, über uns kreisten die Drusonen wie Drohnen.

Ich wachte von einem Geräusch auf, als eine Ahnung von Sonnenlicht den Himmel in einem helleren Blau färbte. Alf hatte zwei Vogelflinten geladen. Wir sollten uns bereitmachen. Ohne Frühstück wollte er die Atlantiker der Zukunft nicht entlassen. Außerdem war es ihm wichtig, dass die Zukunft von ihm erfuhr und wir heil nach Hause kommen würden. Wir schlichen zum Boot, bedeckten uns mit dem blauen Schlafsack und glitten eine lange Zeit den Rhein hinunter. Alf steuerte das Boot ans Ufer. Wir warteten in einem Gebüsch, während er auf der Lichtung zwei riesige Reiher schoss. Stolz warf er sie uns zu und bat uns, sie zu rupfen, während er nach Holz für ein Feuer suchte.

»Wir Atlantiker der Zukunft sind eigentlich Vegetarier«, rief ich noch.

»Wir Atlantiker der Vergangenheit auch, aber es gibt nicht mehr viel.«

Der graue Vogel sah genauso aus wie der Fischreiher im Tiergarten, dem ich früher auf meinen Spaziergängen manchmal begegnet war. Angelika begann mit dem Rupfen. Wir brieten das Tier und verspeisten es. Ich dankte für die Gastfreundschaft. Da hörten wir, wie sich eine Flugstreife näherte: ein seltsam leises, ganz feines Surren, nicht einmal sonderlich angsteinflößend. Fünfzehn Drusoren kreisten wie Geier über unseren Köpfen, einer von ihnen, offenbar der Anführer, der aussah wie ein Hirschkäfer, setzte zur Landung an. Alf vermutete, der Geruch könnte sie angezogen haben. Er warf mir eine Büchse zu, wir entsicherten sie. »Kämpfen!«, flüsterte er.

Wir sprangen auf drei aus der Deckung und schossen gleichzeitig auf den Anführer. Er fiel herab. Wir stürzten unter den Schlafsack in Deckung und beobachteten die anderen. Merkwürdigerweise reagierten sie nicht, sie zogen weiter ihre Kreise in der Luft. Wir stürzten noch einmal auf drei aus der Deckung und schossen wieder einen von ihnen ab. Er schlingerte zu Boden. Wieder keine Reaktion der anderen. So schossen wir immer weiter, bis uns die Munition ausging. Nachdem wir den letzten der Wächter erwischt hatten, warteten wir eine Viertelstunde in der Deckung, ob irgendetwas passieren würde. Nichts.

Wir schlichen zum Strandhafer und fanden die Drusonen zwischen den Halmen. Vierzehn von ihnen waren schwarze, metallene Maschinen. Der Anführer war ein menschengroßes, schwarzes, glänzendes Insekt mit einem imposanten Geweih, es reflektierte und schwärzte zugleich den Himmel und alles um sich herum. Ein unnahbares Wesen. Auch die Augen spiegelten schwarz wie eine Sonnenbrille und wehrten jeden Zugang ab, ein seelenloses, abgründiges Geschöpf. Zwischen dem Gehörn hatte es einen kleinen elektrischen Apparat, den Alf zur Untersuchung an sich nahm.

»Kann ich diesen Führer hier mitnehmen als Exponat? Er wäre doch ein tolles Mahnmal«, sagte ich, noch ganz außer Puste.

Alf freute sich und nahm sich selbst einen der Metallkäfer zu Studienzwecken mit. Die anderen versenkten wir im Rhein. Mit dem Boot brachte er uns noch bis zur Mündung.

»Bitte erzählt den Atlantikern der Zukunft von unserem Kampf.«

Wir versprachen es und umarmten uns. Alf nahm das Boot und verschwand. Ich nahm den Druso-Führer huckepack, während wir wieder fast eine Stunde durch den Wald liefen.

Nach einer Weile drehte ich mich zu Angelika um. »Trotz dieser Atlantiker oder diesem Erbzuchtzeug werde ich das Gefühl nicht los, dass Friedrich ein widerständiges Buch geschrieben hat. Er hat die Geschichte so geschickt kodiert, vielleicht zu geschickt, dass sie niemand als Mahnung gegen die Nazis verstanden hat.«

»Das Atlantis-Setting und diese Erbzuchtkommission sind bloß Tarnelemente und kommerzielle Trigger, Erdling, um damit ein größeres Publikum anzuziehen. Alf war ein

Dissident, er und seine Eltern trotzten der Erbzucht. Er machte, was er wollte. Und seine Frau Judith auch, sie widersetzte sich ständig den herrschenden Regeln. Und sie und Urania überlebten, eine klare Message, findest du nicht?«

»Kannst du jetzt dieses Vieh mal für eine Weile schultern? Ich hoffe nicht, dass der wieder lebendig wird. Nicht dass er sich regenerieren kann!«

Sie hievte ihn sich auf den Rücken. »Sie regenerieren sich, wenn jemand oder etwas ihnen die Möglichkeit dazu gibt.«

»Eben. Ein Reset-Signal vom Druso reicht.«

»Wir sind schon aus dessen Reichweite.«

»Hast du irgendeine Ahnung, wo wir das Auto abgestellt haben?«

60 (H. H. EWERS)

Nicht auf die Tatsachen kommt es an,
sondern auf den schöpferischen Gedanken
des Künstlers

Als wir Hanns' Wohnung betraten, ich mit dem Druso-Insekt auf dem Rücken, überraschten wir ihn dabei, wie er sich auf etwas stürzte und es würgte. Mit ganzer Kraft kämpfte er gegen ein für uns unsichtbares Phantom. Auf dem Tisch sah ich die Reste des Kakteenpulvers, das er offenbar eingenommen hatte. Angelika umarmte ihn von hinten und versuchte, ihn zu beruhigen. Er ließ von seinem imaginären Gegner ab und drehte sich zu ihr, umarmte sie und vergrub sein Gesicht unter ihrem Kinn.

»Ein Wesen mit zwei mächtigen, stahlblauen Flügeln hat mich angegriffen! Es trug einen bunten Mantel und hatte ein kantiges, braunes Gesicht, mager und knochig und stolz kam es daher … Ich war es selbst, als ich jung war, noch mit Flügeln, riesigen Flügeln …«

Im nächsten Moment erblickte er mich, noch mit diesem außerirdischen Hirschkäfer auf dem Rücken, mit einem Auge blinzelte er über Angelikas Schulter. Keine Sekunde später stürzte er sich auf mich und drückte mir die Kehle zu. Ich verlor sofort das Bewusstsein. Angelika erzählte mir später, dass sie ihn k. o. schlagen musste, sonst hätte er mich wahrscheinlich umgebracht. Jetzt saßen wir zitternd nebeneinander auf der Couch (Hanns noch im Schock über das, was gerade passiert war) und starrten auf die außerirdisch schwarzglänzende Gestalt, die mitten im Wohnzimmer auf dem Boden lag.

»Dieses Wesen da stammt nicht aus unserem Universum, Emma Andreas«, sagte Hanns. »Es kennt noch kein Hell und Dunkel, es stammt noch aus der Zeit der absoluten Finsternis im Weltall. Der Ur-Finsternis. Das Licht unseres schönen Universums ist doch an Körper gebunden, es wird von dort zurückgestrahlt, damit wir die Gestalt sehen können.« Er blickte zu mir. »Dieses Ding da bindet kein Licht und gibt kein Licht ab. Es existiert gar nicht.«

»Stimmt«, sagte ich. »So sieht es momentan in den Köpfen vieler Menschen hier aus, Hanns.« Ich nahm seine Hände und blickte ihm in die Augen. »Ich habe es dir als Mahnmal mitgebracht. Ein Geschenk.«

Er wendete den Blick ab. »Räumen wir's lieber weg und machen noch etwas Schönes mit diesem Tag.« Er schickte Angelika einkaufen.

Auf seinem Schreibtisch entdeckte ich ein Exemplar seines neuen Romans, *Reiter in deutscher Nacht*, mit dem er offenbar versucht hatte, seine neuerlichen seelischen Verfinsterungen, vor allem sich selbst zu erleuchten und zu erhellen. Darin leitete er den nationalsozialistischen Gedanken aus den Freikorps-Bewegungen in Deutschland her. Er behauptete, der Roman sei eine erste Forschungsarbeit und eine Replik auf Erich Maria Remarque. Der Nationalsozialismus müsse ganzheitlich erfasst werden, nicht nur aus dem Geist einer linken Bewegung. Hanns war fest entschlossen, dieser neuen deutschen Dynamik anzugehören. Er werde dafür sorgen, dass sie nicht aus dem Ruder laufe, so dass auch seine jüdischen Freunde geschützt seien. Währenddessen blätterte ich durch seine Notizen zu einem neuen Romanprojekt. Er schrieb an einem Heldenepos und wollte den ersten Märtyrer der nationalsozialistischen Bewegung schaffen. Der Pastorensohn und SA-Führer Horst Wessel wohnte gelegentlich bei seiner Geliebten Erna Jaenichen, einer Prostituierten, er wurde am 14. Januar 1930 von ihrem Zuhälter erschossen. So hatte Ewers den Fall Wessel recherchiert. Den Notizen entnahm ich, dass er dafür auch mit der NSDAP gesprochen hatte. Auf den folgenden Seiten konstruierte er daraus die Opfergeschichte Horst Wessels, der im unerbittlichen Kampf um die Wiedergeburt Deutschlands zum Helden erhoben werden sollte.

»Aber was deine Recherche ergab, ist doch der wahre Ewers-Stoff, Hanns! Hier könntest du noch mal zur Höchstform auflaufen und die Heuchelei, die Bigotterie, die falsche Prüderie, die neuerliche Scheißmoral in diesem Scheißloch hier anprangern! Ein Mann aus einem deutschen Pfarrershaus und obendrein SA-Führer mit Supermenschmoral wird von den menschlichsten Trieben heimgesucht, verliebt sich in eine Frau, obwohl sie eine Prostituierte ist, und wird von den menschlichsten niedersten Eifersuchtsimpulsen eines Zuhälters kaltgemacht. Ein Widerstandsbuch auf allen Ebenen. Hier hast du deinen Nobelpreis!«

Er schüttelte vehement den Kopf. »Damit würde ich den pseudolinken Spießern der Weimarer Republik bloß Wasser auf die Mühlen gießen, und sie könnten wieder unisono die

Nasen rümpfen und zensieren. Diesmal meine ich es ernst! Nicht auf die Tatsachen kommt es an, Emma Andreas, sondern auf den schöpferischen Gedanken des Künstlers. Der wirkliche Wessel taugt nicht zum Heiligen, wohl aber der meinige. Und der passt auch zu Hitlers Philosophie. Den wirklich heroischen Deutschen gibt es noch nicht, aber ich züchte ihn mir einfach heran, so wie Hitler das macht. Ich fordere sie heraus, heroisch zu werden.«

Er brauchte all seine Muskeln im Gesicht, im Hals und in den Schultern, um mich so ernst und finster anzublicken. Ich strich ihm über die Wangen. »Dieser biedere Heroismus, das bist nicht du, Hanns.«

Angelika betrat die Wohnung und stellte ihre Einkäufe ab. Sie ermahnte mich wieder. »Diesen letzten Satz konnte er nicht verstehen, Erdling.«

»Schon klar.«

»Emma Andreas, du sorgst dich ganz grundlos, ich habe alle Schritte strategisch austariert.«

»Ich glaube, du unterschätzt diese Bewegung. Du willst doch nicht noch ihr Führer werden?«

Er lachte amüsiert. »Dieser Hitler weiß genau, mit wem er es in meinem Fall zu tun hat.«

Natürlich hätte ich ihm sagen können, dass der Roman von den Nazis verboten werden würde, weil er nicht antisemitisch, sondern nur deutschnational war und sie ihn daraufhin erneut aus der Partei ausschließen wollten. Nur hätte er es nicht verstanden. Sein Geist war kontaminiert mit zu vielen Fremdsubstanzen, die bereits sein Denken kontrollierten. Der einstige krachbunte und schreiende Vogel war zum fliegenden schwarzen Insektenautomaten mutiert.

61 (E. J. HANUSSEN)
Der Weltraum antwortet uns nicht mehr

Irgendwann am Vormittag des übernächsten Tages platzte mir beim Frühstück der Kragen. Ich hielt diesen Stillstand in der Sache Sahra nicht mehr aus, ich ertrug diese Hässlichkeit und Düsterkeit in Deutschland nicht mehr, dieses apokalyptische Surren in meinem Kopf, angesichts der gesamtdeutschen Feierlaune und Zukunftseuphorie.

»Wie geht's denn jetzt weiter, Leute? Es muss was passieren. Ich will hier weg!« Ich hatte so die Schnauze voll davon und keinerlei Elan mehr für diese Reise. »Ihre Spur wird immer kälter, seid dieser Weltraum vereist ist.«

Plötzlich erzählte Hanns von der Einladung auf Hanussens Yacht *Ursel IV*, die er fast vergessen hätte. Wir könnten das Wochenende über mit einer illustren Gesellschaft über die Berliner Gewässer schippern. Mir kamen Hanussens Übungen zur Willensstärkung wieder in den Sinn. Hanns meinte, wer, wenn nicht er, habe bestimmt eine Idee, wie mit meiner Mission weiter zu verfahren wäre. Er selbst sei gerade mit seinem Deutsch am Ende. Ich war es auch, deshalb war es wohl das einzig Logische, sich auch auf diese Zusammenkunft einzulassen.

Am nächsten Vormittag, einem Freitag, gingen wir am Lützowufer an Bord des kaiserlichen Motor-Yacht-Club-Schiffs *Ursel IV*. An Deck begrüßte uns eine Gruppe lachender junger Frauen und Männer, alle mit Siegerchancen bei einem Topmodel-Wettbewerb, alle in leichten weißen Gewändern und mit Federn auf dem Kopf. Wieder Sekt mit Zusatz. Musik und Lieder. Eine Weile stimmten wir mit ein. Immer wieder schlang jemand die Arme um mich, küsste mich und tanzte mit mir. Bei jedem Versuch, den ich machte, mich der Tür zum Untergeschoss zu nähern, wurde ich zurückgehalten und mit dem nächsten Glas Sekt abgefüllt. Erst als ich ihnen den Eindruck vermittelte, dass ich ausreichend benebelt war, durfte ich über die Schwelle treten und stieg die Leiter hinab. Ich vernahm Männerstimmen aus dem Salon am Ende eines Korridors.

»Mein geschätzter Schriftsteller-Freund Thomas sagte mir mal, die Russen haben Tiefe, aber keine Form. Der Westen hat Form, aber keine Tiefe. Beides zusammen haben nur wir Deutsche«, hörte ich Hanns laut sagen.

»Hat nicht Bismarck gesagt, dass der Deutsche eine halbe Flasche Champagner braucht, um auf seine natürliche Höhe zu kommen. Begabt, aber lahm ist er. Aber begabt genug, sich seiner Lahmheit zu ärgern und sie auf Teufel komm raus durch Illumination zu überkommen.«

Gelächter. Durcheinanderreden. Plötzlich drang aus einem anderen Raum ein euphorisches Quietschen weiblicher und männlicher Stimmen. Die Orgie war wohl die deutscheste unter den neuen Kirchen, der Blotter der neue Leib Christi.

»Bei einem Volk wie unserem ist das Seelische immer das Primäre, die politische Aktion ist zweitrangig, sie ist nur Reflex, nur ein Instrument«, antwortete Hanns.

»Sollen und Sein klaffen bei uns aber weit auseinander. Und beim Sollen haben wir die Latte ziemlich hoch gelegt.«

»Ach, kommen Sie, Deutsche sind Wesen aus hochmütiger Weltscheu, dem altdeutschen Provinzialismus und Gesinnungskosmopolitismus!«

»Mein Lieber, deutsche Weltbürgerlichkeit war immer schon etwas anderes als Welthaltigkeit, wir fühlen uns in der Extravaganz unwohl, als gehörten wir nicht dazu.«

»Aber der Durchbruch zur Weltmacht ist der Durchbruch zur Welt, meine Herrschaften. Unsere Welthaltlosigkeit treibt uns immer weiter in eine wirtschaftliche Misere. Eine robuste Verflechtung mit dem Vitalkörper der Weltwirtschaft gibt es schon lange nicht mehr. Und was das heißt, wissen wir alle. Wir sind angreifbar, wer uns unterwerfen will, hat die Möglichkeiten dazu.«

Ich hatte einen Moment schweigend und unbemerkt am Ende des Flurs hinter dem Türrahmen gestanden und immer wieder vorsichtig um die Ecke gelugt, bis Angelika polternd und kichernd zu mir stieß. Sie hatte die Schwipsschwelle zum Untergeschoss ebenfalls gemeistert, jedenfalls wollte sie mich das glauben lassen. Sie zog mich in den Salon, ich ließ den Blick schweifen. Die indische Göttin Saraswati spielte auf einem Gemälde die Laute. Hanussen erkannte ich sofort. Er bildete das Zentrum des Raums, war mit einem orangefarbenen Gewand bekleidet. Er gab sich als Yogi, umringt von unterschiedlichen Leuten, vorrangig Männern, die seine Hellsichtigkeit für sich nutzen wollten und Rat suchten. Hanns winkte mich heran. Ich zögerte.

»Das ist Emma Andreas!«, rief er. »Sie und Angelika sind aus der großen deutschen Zukunft angereist. Jetzt können wir die Horoskope unseres großen Hellsehers hier mal auf Wahrheit überprüfen.«

Lautes Gelächter. Einige klatschten. Hanussen reagierte nicht, verweigerte mir den Blick, er schien die Bemerkung überhören zu wollen.

In dem Augenblick stürzten die Frauen und Männer vom Oberdeck in den Salon und lockten die Gäste in die verschiedenen Kabinen oder sonst wohin.

Nur Hanussen, Angelika und ich standen noch im Raum. Aus seinem plötzlichen, durchdringenden Blick wollte ich nichts lesen. Hin und wieder schaute er auch zu Angelika. Dann grinste er. »Ihr denkt doch nicht, dass ich euch das abnehme?«

»Was?«

»Dass ihr aus der Zukunft angereist seid.« Er lachte. »Natürlich habe ich dafür Verständnis. Wer, wenn nicht ich, weiß, dass in diesen Zeiten hier in Deutschland nur überlebt, wer die Hochstapelei meisterhaft beherrscht.«

»Und wenn Sie sich in unserem Fall irren?«

»Ihr seid doch nicht ausgerechnet hier auf meiner Yacht aufgekreuzt, weil ihr euch in einer hundsmiserablen Vergangenheit amüsieren wollt, sondern weil ihr hofft, dass ich euch zwei Hübschen helfe, ganz groß herauszukommen, auf die großen Bühnen wollt ihr, nicht wahr?«

Wir schüttelten beide den Kopf.

Wieder lachte er. »Ihr seid recht überzeugend. Welchen Bären habt ihr denn dem großen Ewers aufgebunden?«

»Er ist bei mir aufgetaucht«, sagte ich. »Sie auch.« Ich zeigte auf Angelika. Ich erzählte ihm knapp von meiner Suche nach Sahra. Hanussen hörte zu, er verstand ganz offensichtlich auch das, was sich zwischen den Zeilen ausbreitete, das machte ihn zum Menschenkenner, deshalb konnte er sie so gut mit ihren Sehnsüchten und Ängsten ködern. »Glauben Sie an Außerirdische, Chajm, Verzeihung, Erik?«, fragte ich ihn abschließend. Hanussens wahren Namen hatte Hanns mir auf dem Weg zur Yacht verraten.

Seine Miene schwankte zwischen Ungläubigkeit und Entsetzen. »Kennen wir uns?«

Er setzte sich und starrte uns einen Moment an. Dann brach er in lautes Gelächter aus. »Ich weiß noch nicht genau, wer ihr seid, aber gut, mich könnt ihr nicht zum Narren halten. Ihr seid sehr professionell, und ich glaube, wir kommen ins Geschäft.«

»Sie haben mir meine Frage noch nicht beantwortet.«

Hanussen erhob sich. »Stimmt. Ob ich an Außerirdische glaube, nicht wahr? Schon der große Helmholtz hat vermutet, dass das Leben über Meteoriten von anderen Planeten zur Erde gebracht worden sein könnte, und seither ist der Zweifel, ob das Leben irdisch ist, gewachsen.« Er richtete die Augen auf das Bildnis der Göttin Saraswati an der Wand.

»Ich glaube, wir sind so etwas wie Immobilien, Zubehör, Nutzvieh. Ich meine, wir gehören jemandem, jemand anderem. Ich glaube, dass die Erde früher einmal eine Art Niemandsland war, das von anderen Welten ausgebeutet und kolonisiert wurde. Diese Welten machten sich gegenseitig den Besitz streitig. Noch jetzt gehört die Erde irgendjemandem, aber dieser Jemand hat seine Kolonisten zurückgezogen. Doch solange wir zurückdenken können, ist niemand aus dem Weltraum so deutlich und sichtbar erschienen wie etwa Kolumbus den Einwohnern von San Salvador. Es ist schwer zu sagen, wie die Menschheit einer andersartigen Spezies dienstbar sein könnte.« Er holte Spielkarten aus einer Schublade hervor, zog fünf aus dem Stapel und zeigte sie mir. »Merk dir rasch eine dieser Karten.«

»Ich mache mir nichts aus solchen Tests.«

»Nicht ablenken, rasch, ohne nachzudenken.«

Ich kooperierte, weil ich auf diesen Reisen immer nachgab, um zu schauen, was daraus resultieren würde. Nachdem ich eine längere Serie skurriler Tests bestanden und Tricks mitgemacht hatte, einige davon betrafen meine analytischen Fähigkeiten, wieder andere meine empathischen, eröffnete er mir, dass ich die Höchstpunktzahl als Hypnotiseur erreicht habe. Ich hätte mehr Willenskraft als er oder sonst einer hier auf dem Schiff und sollte eine Aufgabe in der Politik oder Wirtschaft übernehmen.

»Wie gesagt, ich mache mir nichts aus solchen Tests. Und bevor ich in mein Leben zurückkehren kann, muss ich Sahra wiederfinden.«

»Du bist beratungsresistent. Ich empfehle dir wirklich dringend eine schamanische Reise. Du wärst erstaunt, was du über dich herausfinden wirst.«

Ich lächelte. Aus dem Augenwinkel sah ich Angelika leicht nicken. Wir schwiegen für einige lähmende Sekunden.

»Die Deutschen haben in Europa den besten Schamanen

hervorgebracht, Schiller hat ihn erschaffen und Ewers kann dich zu ihm führen.«

»Ich bin mir nicht sicher, Erik, ob ich für schamanische Reisen geeignet bin.«

»Denk drüber nach. Menschen wie du tragen eine große Verantwortung.«

»Und Menschen wie du auch. Die anderen vertrauen deinen Prophezeiungen.« Ich biss mir fast die Zunge ab, so schwer fiel es mir, ihn nicht zu warnen. Das nächste Jahr würde er nicht überleben. Ich fragte mich, was ich andeuten könnte, um ihm begreiflich zu machen, wie es mit den Nationalsozialisten in Deutschland weitergegangen war. »Du glaubst mir kein Wort, hast du gesagt. Glaubst du dem Führer?«

An seinem Schweigen, an diesem durchdringenden Blick erkannte ich, dass er genau abwägte. Ich könnte eine SS-Spionin sein (okay, so hochgewachsen und durchtrainiert wie die war ich bei weitem nicht), die geschickt worden war, um Hanussens Loyalität und Glaubwürdigkeit abzuklopfen. Wäre das nicht glaubwürdiger als meine Geschichte? Dann schüttelte er zweimal ganz vorsichtig den Kopf.

»Danke. Warum solltest du sonst in jeder Ausgabe des Wochenblatts versuchen, die Suggestivkräfte der Jugendlichen in Deutschland zu schulen. Ihre Widerstandsfähigkeit und Willenskraft zu stärken. Sie weniger anfällig für Ver-Führer-Hypnotiseure zu machen.«

Er goss Sekt in drei Kelche, warf je eine Tablette dazu und reichte uns die Gläser. Dann starrte er mich wieder an. »Ich sehe dich auf einem endlos scheinenden, grauen Rasen laufen, du gehst direkt auf eine dunkelhaarige Frau zu.«

»Wo ist dieser Rasen?«

»Weiß ich nicht, aber dort würde ich mal nach eurer Entführten suchen, wenn ich du wäre.«

»Ich glaube, ich weiß, wo dieser Rasen ist«, sagte Angelika.

»Dann lass uns sofort dorthin.«

Sie schüttelte den Kopf. »Zuerst müssen wir den geeigneten Übergang finden.«

62 (E.J. HANUSSEN)

Wir haben damit die Ehre unseres Zeitalters gerettet

Er nippte zweimal am Glas. Dann holte er einen Schlagstab aus einer Schublade und haute ihn im Rhythmus von Glockengeläut eine Weile gegen einen Gong. Die Gäste kamen aus allen Winkeln der Yacht hervor und versammelten sich im Raum.

»Ladies and Gentlemen! Vor Kurzem hat der Leiter des englischen Landeslaboratoriums für psychologische Forschung, Mr Price, zusammen mit deutschen Wissenschaftlern auf dem Brocken ein Experiment durchgeführt, das tief in die geheimnisvolle Mystik des Mittelalters zurückgreift. Die drei Herren behaupten, im Besitz einer alten Zauberformel zu sein, dank der es möglich sein soll, in einer genau errechneten Nacht auf dem Gipfel des Brockens mithilfe von Zauberkreisen und einer tadellosen Jungfrau eine makellos weiße Ziege in einen schönen Jüngling zu verwandeln. Den drei Herren gelang es, sowohl die Ziege als auch die volljährige Jungfrau, was in diesen Zeiten schon an ein Wunder grenzt, zur Stelle zu schaffen, und nun ging man bei mitternächtlichem Mondschein und unter Einhaltung aller Vorsichtsmaßnahmen ans Werk. Im Interesse der Wissenschaft ist es zu bedauern, dass es den Herren auf dem Brocken dann doch zu kalt um Herz und Lenden wurde. Sämtliche Versuche scheiterten. Ich möchte nicht spekulieren, dass das Fräulein keine echte Jungfrau war. Und wie die ominösen deutschen Wissenschaftler hießen, konnte nicht ermittelt werden. Angeblich wollte Mr Price die bekannte Walpurgisnachtszene aus dem *Faust* nachstellen, um Goethe-Anhängern eine Freude zu bereiten. Stattdessen setzte er alles daran, der deutschen Kultur zu schaden und unseren großen Dichter lächerlich zu machen und in den Dreck zu ziehen. Er wollte damit beweisen, dass es keine schwarze Kunst gibt. Ich bin der Meinung, und ich glaube, ihr alle werdet mir recht geben, dass dieses Experiment gerade im Goethe-Jahr zu Ende geführt werden muss. Deshalb habe ich auf allen mir zur Verfügung stehenden Kanälen zur gemeinsamen Ehrenrettung aufgerufen.«

Klatschen. Gelächter. Gemurmel.

Hanussen kramte ein Papier aus der Schublade. »Ich, Erik Jan Hanussen, werde dazu umso mehr in der Lage sein, weil ich in den Besitz der Beschwörungsformel gekommen bin. Wir werden also ebenso nüchtern an die Sache herantreten wie die Vertreter der Wissenschaft zweier Kulturvölker. Wir glauben nicht mehr an Wunder als sie, aber wir wissen uns doch in guter Gesellschaft, wenn wir mit Goethe übereinstimmen, dass auch das Unbegreifliche manchmal Ereignis wird. Es sind schon so viele Zulassungskarten verkauft worden, dass der Brocken kaum noch zu sehen sein wird. Die Einnahmen werden vollständig der Ausrichtung der Walpurgisnacht und dem anschließenden Empfang zugutekommen. Ein Bauer aus Preußen hat eine schneeweiße, fleckenlose Ziege beigesteuert, die ja die Hauptrolle in unserer Walpurgisnachtszene spielt. Bitte, bringt sie uns heran …«

Angelika flüsterte: »Bei Goethe heißt es eigentlich *Das Unzulängliche, hier wirds Ereignis*. Das hat er sich aber schön zurechtgebogen, findest du nicht?«

Ein Mann führte eine Ziege durch die Schneise, die sich gebildet hatte.

»Selbstverständlich haben wir ihm für das Tier einen angemessenen Betrag gezahlt. Und nun zum wichtigsten Instrument unseres Experiments: eine deutsche Jungfrau im heiratsfähigen Alter.«

Gelächter. Klatschen.

»Ohne deren Anwesenheit wird sich unsere Ziege hier nicht bemüßigt fühlen, sich in einen Jüngling zu verwandeln.«

Wieder Gelächter.

»Wir werden heute mit der *Ursel* bis nach Bernburg an der Saale fahren. Dort warten Automobile, die uns in einem guten Stündchen bis nach Ilsenburg bringen werden. Ein Fräulein, das zu allem Wunder Ilse heißt …«

Lautes Gelächter.

»… wohl die letzte volljährige Jungfrau Deutschlands, Ladies and Gentlemen, wird sich dort unserem Experiment zur Verfügung stellen. Ihre Unberührtheit wurde unter strengster Kontrolle geprüft und bestätigt. Und dann wandern wir auf den Fährten unseres geschätzten Dichters Heine gute zehn Kilometer auf die Spitze des Brockens. Und als wäre das noch nicht genug, wird uns morgen keine Wolke das auf exakt fünfzehn Prozent heruntergedämpfte Leuchten unseres Mondes verdecken. Im magisch finsteren Licht dieser perfekten Mondsichel, die symbolisch den reinen Geist verkörpert, werden wir Augenzeugen, wie aus dieser Ziege ein Jüngling wird. Wir haben also hiermit die besten Voraussetzungen für die Schaffung von Klarheit. Ein Teil der intellektuellen Welt wird denken, wir wollten damit einen Aprilscherz machen. Aber wir Deutschen scherzen nicht und haben nicht die Absicht, uns belächelt zu fühlen oder uns von Engländern lächerlich machen zu lassen. In jedem Fall wird diese Erfahrung mystisch in unserem Bemühen, dem Genie Goethes und damit unserem eigenen Respekt zu zollen und die Reise in die deutsche Romantik um tausend neue Erlebnisse und Episoden zu bereichern. So viel ist sicher, Ladies and Gentlemen!«

Mein Blick durchbohrte Angelika. Sie schickte mir zwei Kussmünder rüber.

»Sag mir jetzt nicht, dass ich da noch irgendwie verwickelt werde.«

Sie hob die Schultern. »Dazu kann ich dir nichts sagen, Erdling. Im Augenblick wüsste ich nicht wie. Genieß es doch einfach.«

Während des gemütlichen Schipperns nach Bernburg wechselten Feierwut und stille Nachdenklichkeit im Dunst der Rauchwaren ab. Hanussen ließ uns nicht aus den Augen. Er verstand, dass mit uns etwas nicht stimmte.

Irgendwann legte die *Ursel IV* in Bernburg an. Hanussen begrüßte zuerst das Team der *Fox Wochenschau*, danach nahm er Ilse in Empfang und stellte sie der schneeweißen Ziege vor. Tausende Neugierige hatten sich versammelt, um bei dieser denkwürdigen Walpurgisnacht dabei zu sein. Nach drei oder vier Stunden, mit kurzen Pausen, erreichten wir bei Sonnenuntergang den Gipfel. Dort versorgte Hanussens Team die Menschenmenge mit Fackeln. Viel erkennen sollte sowieso niemand. Während jemand einen großen, magischen Kreis auf den Boden malte, zog Hanussen mich zur Seite.

»Jetzt kannst du zeigen, was du draufhast, Emma Andreas«, flüsterte er. »Mein Team hat mir einen alten Tiroler angeschleppt, mit dem ich dieses Experiment unmöglich durchführen kann, der ist kugelrund und fast sechzig. Ich brauche einen schmalen Jüngling. Und du eignest dich. Also spute dich. Zieh dich um. Ich hab noch was gut bei dir.«

Mein entgeisterter Blick zu Angelika brachte nichts. Hanns wäre ja eingesprungen, er sei aber zu bekannt und zu alt dafür. Außerdem täte ich es für Goethe. Und für Deutschland.

Punkt 23 Uhr bat Hanussen um absolute Stille. Er führte die Ziege an der linken und nahm Ilse an der rechten Hand und trat mit ihnen in die Mitte des Kreises. Um ihn herum schob sich die Besuchermenge immer enger zusammen. Ich, als Andreas im Dandylook, stand in zweiter Reihe, unbemerkt zwischen Leuten aus Hanussens Team.

»Abrakadabra, Radio Lux!«, schmetterte Chajm. »Ziege im magischen Kreis, mach jetzt keinen Scheiß!«

Gelächter. Ein großes, weißes Tuch verdeckte das Tier. Jemand ließ einen Schuss hinter dem Publikumswall los. In den folgenden Sekunden der Irritation und der Ablenkung wechselten die Ziege und ich den Platz.

»Abrakadabra, Radio Lux!«, schmetterte Chajm wieder, um Ruhe bittend. »Weiße Ziege im magischen Ring, werde zu einem reinen Jüngling!«

Das Tuch wurde weggezogen, und unter tosendem Beifall der Zuschauer tauchte ich darunter hervor. Ich musste unter rhythmischem Klatschen und Rufen die Ilse küssen, was ganz okay war. Sie war halt nicht mein Typ. Alle um mich herum lachten eimerweise Häme. Nur Angelika nicht, sie kam ernst auf mich zu und blickte mich an.

»Ich entschuldige mich für diese Erfahrung, Erdling«, flüsterte sie. »Vielleicht war sie nur dafür gut, zu empfinden, wie dumm ein Mensch sich in diesem Land vorkommen muss, wenn er verstanden hat, welche geistige Größe er aufgegeben hat, um sich so dumm vorkommen zu können.« Sie küsste mich. »Das wird leider nicht das letzte Mal sein, bis wir aus diesem Dickicht herausgefunden haben. Aber ich glaube, wir sind auf dem Weg.«

»Ladies and Gentlemen, unser Experiment ist besser gelungen als das des Mr Price!«, rief Hanussen. »Der Mitschnitt wird bald überall in den Kinos in der Wochenschau laufen.«

Die Party ging los, dauerte zwei Tage. Eine Kapelle spielte. Viel Wein floss. Tanz, während die Ziege geopfert wurde.

Die Mondsichel mutierte zum Hackebeil. Am zweiten Tag wurde das gebratene Fleisch des potenziellen Jünglings von einem Chefkoch in hauchdünnen Scheiben, um süß-sauer eingelegte Gurken gewickelt, mit Senf serviert.

»Es hat immerhin etwas Tröstliches, dass unsere so materialistische Zeit noch genug Freude an spielerischem Spaß aufbringt, um solchen Hokuspokus zu veranstalten«, sagte Hanns mit Blick auf mich.

»Wir haben damit die Ehre unseres Zeitalters gerettet. Das war der einzige Zweck dieses lustigen Spuks«, antwortete Hanussen.

Was er mit unserem Zeitalter gemeint haben könnte, war mir ein Rätsel. Leider konnte ich ihn nicht mehr danach fragen, jemand anscheinend Wichtiges wollte ihn in einer dringenden Angelegenheit sprechen.

63 (MADAME ALBA)

Die Deutschen lieben Nietzsches Reitpeitsche

Nachdem wir am nächsten Abend wieder am Lützowufer Hanussens Yacht verlassen hatten, überredete uns Hanns zu Madame Alba in die Lützowstraße zu gehen, einer Freundin, wie er sie uns ankündigte. Einer Prostituierten, die auf SM spezialisiert war, wie wir nach unserer Ankunft erfahren mussten. Er meinte, er fühle sich zu nüchtern und brauche noch eine Portion Rausch und Orgie. Wir waren nicht angemeldet, alle Damen waren belegt. Das Geschäft mit Sadomasochismus brumme in Deutschland wie nie zuvor, seit die öffentliche Moral in den letzten zwei, drei Jahren zugeknöpfter geworden war, erklärte uns Madame Alba in einem falschen französischen Akzent. Der Akzent sei Teil ihres Geschäfts, verriet sie, sie sei eigentlich Kroatin. Die Deutschen liebten Nietzsches grausame Reitpeitsche. Angelika und ich blickten uns an.

»Ist das hier euer erstes Mal?«, fragte Alba.

Ich nickte, Angelika nickte. Hanns grinste.

Wir sollten warten und an der Theke Platz nehmen. Sie reichte uns Sekt und warf in jedes Glas eine Tablette.

»Ich werde mich auf keinen Fall auspeitschen lassen!«, sagte ich.

»Umso besser, dann kann Alba sich nur auf mich konzentrieren.«

Ich griff nach dem Glas und leerte es nach kurzem Zögern. Schon nach dem ersten Schluck entspannten sich meine Muskeln. Dieses miese Spektakel auf dem Brocken hatte mich krass gedemütigt. Doch mit der einsetzenden Wirkung der Tablette konnte ich wieder lachen.

Was auch immer Alba in den Sekt gemischt hatte, sorgte nicht nur für Entspannung, sondern auch für Betäubung. Damit sollten die Schläge zwar spürbar bleiben, aber vor allem Freude machen, meinte Hanns. Er war total aufgekratzt, kicherte wie ein Kind, lief den Korridor auf und ab und spähte durch alle Schlüssellöcher. Die Geräuschkulisse reichte eigentlich aus, um mir das Geschehen in den Räumen auszumalen, aber Hanns winkte uns heran. Wir beobachteten nacheinander durchs Schlüsselloch einen blonden Mann mittleren Alters, nur mit Hausmädchenschürze bekleidet, wie er auf allen vieren von einer Domina mit Peitsche den nackten Arsch versohlt bekam und von einer zweiten dabei fotografiert wurde. Der Blonde stöhnte und murmelte irgendetwas. Wieder knallte die Peitsche. Über dem Stuhl hing eine SA-Uniform.

Ein Gefühl des Ekels überkam mich, nicht nur gegenüber den Deutschen, er betraf die Menschheit im Allgemeinen, die sich nicht von Weisheit und Menschlichkeit oder Sinnlichkeit beraten ließ, sondern sich seit Jahrtausenden das Leben hier versaute, indem sie sich von abgestumpften, verkrampften Dummköpfen vorschreiben ließ, wie sie zu denken und fühlen und lieben und leben hatte, mit all ihren Ideologien, Utopien, Religionen oder sonstigen verkopften Theorien.

Hanns zitterte vor Anspannung trotz des Cocktails. Ich hatte mir fest vorgenommen, ihn in letzter Minute zu retten.

»Brauchst du das hier, echt?«, fragte ich.

»Was habe ich von meinen jüdischen Freunden gelernt«, antwortete er. »Je schlimmer es wird, desto heftiger wird gefeiert.« Er schenkte uns Sekt nach. Offenbar hatte er dem noch etwas anderes zugesetzt. Die Formen und Farben um mich herum flossen mit Verzögerung ineinander, alles war im Fluss, ich war im Fluss, und Widerstand fiel mir immer schwerer. Glücklicherweise bin ich eine Rothaarige! Rothaarige brauchen rund zwanzig Prozent mehr Stoff für eine Betäubung. Anästhesisten wissen das jetzt endlich, Gott sei's getrommelt und gepriesen. In mir arbeitete noch ein winziger Rest rationalen Denkens, als Madame Alba endlich Zeit für uns hatte. Wir folgten ihr mit erweiterten Pupillen, Fossibär-Grinsen und flauschigem Körpergefühl ins Separee. Nackt sein war kein Problem für mich. Ich hätte mich auch nackt an die Theke gesetzt, aber eine gestreifte Kochschürze oder diese finsteren, fast drusonenhaften Latex-Dessous wollte ich in diesem Leben nicht auf meinem Körper haben. Ich leistete Widerstand, und Alba versetzte mir einen Peitschenhieb. Daraufhin, es passierte reflexartig, wäre meine rechte Faust beinah auf ihrem Kinn gelandet, hätte Angelika mich nicht zurückgehalten. Hanns lachte und sprang in der Schürze im Zimmer herum, er wackelte mit dem nackten Hintern und streckte ihn Alba entgegen. Aber Alba hatte es auf mich abgesehen. Sie peitschte ihn nicht, egal, was er auch anstellte. Ich warf einen Blick zu Angelika. Auf drei stürzten wir uns auf Alba, zogen sie aus, die Peitsche flog aus dem Fenster. Wir drückten ihr zwei Tabletten in den Mund, und nach wenigen Minuten war auch sie entspannt, so dass wir zu viert eine sehr schöne, nicht gerade zeitgemäße Orgie hinbekamen. In den seligen Momenten nach dem Höhepunkt kam mir eine Spitzengeschäftsidee. Noch total berauscht und nicht wieder im Besitz meines klaren Verstandes, sagte ich zu Alba:

»Du, dir fehlen die richtigen Tools hier. Du könntest deine Kunden ausbilden, anstatt sie nur auszupeitschen. Was hältst du von Sextoys, lutschbar natürlich? Ganz softe, so für diese ganz harten … toxischen Männer, nenn sie halt einfach germanische Sextoys, keine Ahnung, na so fast marshmallowhafte, glitschige Gummigeweihe, zum Beispiel, die die Kunden sich gegenseitig in den Arsch oder in den Mund stecken können? Auf Dauer könnten die helfen, … so Kastrationskomplexe oder Penisneid oder diesen Ödipusdingens oder auch ne kalte Mutter zu überwinden. Damit kannst du vielleicht so eine ganz neue Sinnlichkeit fördern …«

Zum Glück schlief ich über dem letzten Satz ein.

64 (H. H. EWERS)

Schnell den Löffel durch die Sahne schwenken
und den Wurm darin versenken!

Ich wachte in Hanns' Wohnung auf, meine Zunge klebte am Gaumen, ich hatte einen süßlich bitteren Geschmack im Mund. Kinderstimmen drangen aus dem Nebenraum zu mir ins Schlafzimmer. Angelika erwachte auch gerade. Als ich aufstand, knickten meine Knie ein. Diese Substanzen der letzten Nacht betäubten noch Teile meiner Muskeln. Ich schleppte mich ins Bad und machte mich frisch, ich hielt meinen Kopf unters Wasser, bis ich mich einigermaßen nervenstark und gesellschaftsfähig fühlte. Als ich das Bad verließ, sah ich, dass die Wohnungstür sperrangelweit offen stand. Ein Durcheinander an Kinderstimmen kam aus dem Wohnzimmer. Auf einem Banner, aus einer Tischdecke genäht, das über der Kaffeetafel aufgespannt war, stand: *Wir gründen den geheimen Regenwurm-Club*, eingerahmt von zwei Hakenkreuzen. Auf dem Tisch standen mehrere leere Schälchen und daneben welche mit Bergen von Schlagsahne.

»Ah, meine Musen sind gerade noch rechtzeitig aufgewacht. Wollen wir die beiden mitmachen lassen?«

Die Kinder schrien: »Jaaa!«

Hanns wirkte fahrig und psychotisch. Er stand dermaßen unter Drogen, dass er nur noch in Spinnereien seines Egos verwickelt war. Wir setzten uns dazu. Ich hatte einen Wahnsinnshunger.

Ich beugte mich zu ihm, streichelte ihm über den Oberarm. »Herzlichen Glückwunsch! Ich hatte keine Ahnung, sonst hätte ich dir ein Geschenk besorgt.«

»Die Geschenke haben unsere Kinder mitgebracht. Dann packt unsere Delikatessen jetzt rasch in die Schalen, bevor wir den Eid schwören können.«

Ich dachte an Teigwaren oder Törtchen, bunte Plätzchen oder Pralinen. Die Kinder aber holten Papiertüten hervor und füllten die leeren Schälchen mit Regenwürmern, die sie auf Hanns' Wunsch hin gesammelt hatten.

Hanns klatschte euphorisch in die Hände. »Bravo! Jetzt holt sich jeder mit dem Kaffeelöffel einen Berg Sahne und wirft einen Regenwurm hinein.« Er blickte zu uns. »Husch, bitte, ihr zeitreisenden Sirenen, ihr verzögert hier unser Ritual. Schnell den Löffel durch die Sahne schwenken und den Wurm darin versenken!« Er lachte wie verrückt.

Die Kinder freuten sich über diesen schmissigen Reim. »Schnell den Löffel durch die Sahne schwenken und den Wurm darin versenken! Schnell den Löffel durch die Sahne schwenken und den Wurm darin versenken! Schnell den Löffel durch die Sahne schwenken und den Wurm darin versenken!«

Angelika und ich wollten ihnen nicht den Spaß verderben. War das hier real?

»Sehr schön! Und jetzt aufgepasst! Ich spreche den Eid.« Mit der rechten Hand, den Arm ausgestreckt, reckte Hanns den Löffel mit der zappelnden Sahne hoch in die Luft. »Mit diesem schmackhaften Happen schwören wir ...« Die Kinder sprachen ihm nach. »... so lange Regenwürmer zu essen ...« Alle im Chorus, ich bewegte nur die Lippen. »... bis der Kampf unseres Führers gegen Deutschlands Not gewonnen ist.« Die Kinder schrien diese letzte Passage. Dann steckten sie sich den Löffel in den Mund und kauten unter bestialischer Freude.

Ich fürchtete mich davor, welche Konsequenzen mein Bewusstsein, schlimmer noch, mein Unbewusstes aus der Szene ziehen würde. Mein Blick brannte auf Angelikas Gesicht. Dabei wusste ich, dass ich mir das alles selbst eingebrockt hatte. Zu allem Übel war dieser Happen eine kulinarische Entdeckung. Regenwürmer sind zart, fettarm, reine Muskulatur. Geschmacklich zwischen Maulwurf und Gecko. Ich zermalmte den Wurmkörper mit den Zähnen, denn ich wollte nicht den Rest meines Lebens nur noch Regenwürmer verdauen, die sich in meinem Darm erholt und niedergelassen hatten. Obwohl das ja eine angemessene Metapher für den Fortgang deutscher Geistesgeschichte wäre. Nach dem ersten Löffel kam der nächste. Alle sprachen den Eid und schoben sich den Löffel in den Mund. Nach dem dritten Löffel musste ich auf einmal heulen. Ich dachte Hanussens Definition der Medien: *ein Mensch, der einen schwachen Willen hat und deshalb leicht dem Willen einer willensstärkeren Person unterliegt. Diese Hörigkeit führt zum vollständigen Aufgehen des eigenen Ichs. Das Medium denkt, fühlt und tut nur das, was ihm durch den fremden Willen aufoktroyiert wird. Es geht förmlich auf in der Psyche seines Beherrschers und kann sich aus diesem Zustand durch eigene Kraft niemals befreien. Um es zu erlösen, muss ein noch stärkerer Wille als der des ersten Beherrschers eingreifen und das Medium aus den Fesseln dieser Abhängigkeit befreien.* Dieses naive, euphorische Regenwurm-Mahl war so apokalyptisch, es war das Abendmahl der zahmen, hypnotisierten Medien vor ihrer endgültigen Selbstzerstörung.

In einem Moment kindlichen Wirrwarrs verschwand ich aufs Klo. Ich kotzte und kotzte, bis nur noch Galle kam. Ich spülte meinen Mund gründlich aus, damit auch der sahnige Fettgeschmack verschwand. Dann trank ich einen gefühlten Liter Wasser und zog mich unbemerkt in Hanns' Schlafzimmer zurück. Ich schlief. Oder besser: Ich geriet in einen Traum, ich wusste nicht mehr, was Traum und was Wirklichkeit war. Ich saß mit Angelika und zwei identisch aussehenden japanischen Kosmonauten im Cockpit eines Raumschiffs. Wir flogen mit der Erde um die Wette. Ein Japaner sagte, die Erde fliege mit 107 000 km/h durchs All. Wenn ich sie nicht überholte, müsste ich die Selbstzerstörung einleiten. Wir lagen ständig Kopf an Kopf. Ich gab alles, die Triebwerke waren überlastet, es war heiß im Cockpit. »Wir schaffen es nicht!«, rief ich immerzu. Die Japaner lachten. »Das macht nichts, Erdling«, sagte Angelika fröhlich. »Wir sind ein Selbstmordkommando. Stress dich doch nicht so.«

65 (ANGELIKA)

Er hat sich verrannt, er wird's nicht mehr lange machen

Ich erwachte aus einer dunklen Leere, in der ich irgendwann ein schwaches Leuchten wahrgenommen hatte, auf das ich zusteuerte. Als ich die Augen aufschlug, war es mitten am Tag. Die Tür zu Hanns' Arbeitszimmer stand offen. Angelika lehnte am Türrahmen. »Wir müssen los, Erdling.«

Draußen vor der Tür hupte jemand in einer Tour. Ich zog mich an und folgte ihr nach draußen.

»Wo bleibst du denn? Emma Andreas, wir müssen los!« Hanns saß am Steuer unseres Wagens und hupte erneut.

Ich warf mich auf die Rückbank. »Kann ich nicht erst mal duschen und frühstücken, bevor wir weiterfahren?« Neben mir lag der lilafarbene Blazer, den ich von Niemanns Mond mitgenommen hatte.

Der Wagen fuhr an. »Tut mir leid! Aber ich muss auf eine wichtige Konferenz nach Paris.«

»Was? Ich will nach Hause. Das halte ich hier nicht mehr aus. Dann schießt mich zu Loso auf den Mond oder zu den Numen oder auf die Drom.«

»Wir sind fast am Ziel, Erdling.«

In Paris tagte wie schon vor ein paar Jahren das *Parlament der Faulen*, das eigentlich diesmal in Berlin konferieren wollte. Leider hatten die Veranstalter, alles hochrangige Wissenschaftler, von Goebbels keine Genehmigung dafür erhalten. Natürlich nicht, denn von der besten Tugend der Deutschen, der Faulheit, wollten die NS-Insekten nichts wissen.

Angelika grinste. »Die Wahrscheinlichkeit ist außerordentlich hoch, Erdling, dass wir dort Sahra begegnen. Dann werden wir auch einen Weg zurück in dein Leben finden.«

»Ich habe berechnet, dass die Wahrscheinlichkeit noch höher ist, mich in Paris mit euch zu amüsieren.«

Hanns warf Angelika einen besorgten Blick zu.

»Erdling, wir fahren leider nicht in dieses Paris.«

Wir fuhren mitten hinein in einen Guerillakrieg zwischen den Nazis und der Pariser Résistance. Das Berliner *Parlament der Faulen* tagte geschützt in den Katakomben, der größten Nekropole der Welt. Vorangegangen war der ersten Konferenz vor zehn Jahren eine besondere Buchmesse, ausschließlich mit Veröffentlichungen, die menschliche Schwächen zum Gegenstand hatten und sie besangen. Dabei ging es darum, Fehler, Versagen und Unangepasstheit als ernst zu nehmende Eigenschaften des Menschen zurück ins Bewusstsein zu rücken. Daraufhin schlossen sich einige Ärzte, Psychologen und Pädagogen, darunter ein Professor der Sorbonne, zu einer Gruppe zusammen, um die Gründe für Faulheit zu erforschen, ursprünglich, um sie als wichtigen Charakterzug zu legitimieren. Hanussen hatte Hanns damals von der Existenz dieses inoffiziellen Parlaments erzählt, kurz bevor er südlich von Berlin exekutiert worden sein soll.

In Paris angekommen, verbargen wir den Wagen in einem Innenhof, deckten ihn mit einer Plane zu und verbarrikadierten ihn mit herumliegendem Sperrmüll. Angelika legte mir den Blazer über die Schultern. Mithilfe eines Mittelsmanns, den Hanns kontaktiert hatte, stiegen wir über einen Zugang in Montparnasse zwanzig Meter ins unterirdische Labyrinth hinab. Die Luft war stickig und kühl. Ganze Familien versteckten sich hier vor den Nazis. Angelika und ich konnten gerade noch aufrecht gehen. Hanns lief geduckt durch die mit menschlichen Gebeinen dekorierten Gänge. Bald erreichten wir den verabredeten Treffpunkt, wo sich eine Menschenmenge um einen Redner drängelte. Ein Franzose, ein Arzt. Neben ihm übersetzte jemand seine Worte ins Deutsche. Auch diesmal stehe die Faulheit auf der Tagesordnung, aber nicht um sie zu feiern, sondern um sie mit den modernsten medizinischen und psychologischen

Methoden wirksam zu bekämpfen. Er bat den »geschätzten deutschen Dichter und Denker, Hanns Heinz Ewers, in die Mitte«. Und Hanns ließ eine tränenselige Ode ab, wie er sich vom impertinenten, faulen Wesen, das wegen seiner menschlichen Schwächen aus dem Staatsdienst entfernt werden musste, zu einem stolzen, pflichtbewussten Deutschen, einem echten Europäer der Zukunft entwickelt habe.

Ich hatte keine Lust, mir das länger anzutun, linste zu Angelika, die mit den Schultern zuckte. Keine zwei Meter neben ihr entdeckte ich Sahra, die ebenfalls den Kopf schüttelte. Dann begegneten sich unsere Blicke. Sie schien sich zu fragen, wo sie mich schon einmal gesehen hatte. Sie war älter geworden, nur etwas. Ob sie ihren Blazer wiedererkannte? Ich lächelte ihr zu, damit sie sich nicht abwendete, sie erwiderte das Lächeln mit einem leichten Nicken und begann, sich aus der Menge zurückzuziehen.

»Sie verlässt die Konferenz«, sagte ich leise zu Angelika.

»Folg ihr, vielleicht kennt sie den Weg, lass dich diesmal nicht abschütteln, Erdling.«

»Und Hanns?«

»Lass ihn hier zurück, er hat sich verrannt, er wird's nicht mehr lange machen.«

»Und du?«

»Ein Stück begleite ich dich noch.«

Wir hefteten uns an Sahras Fersen. Sie machte es uns leicht, drehte sich kein einziges Mal um.

66 (A. EINSTEIN)

Eine neue Art von Denken ist notwendig,
wenn die Menschheit weiterleben will.

»Weißt du, was ich mich frage?«, begann ich, während ich Sahra nicht aus den Augen ließ. »Ist sie eigentlich noch dieselbe Hardcore-Kommunistin, die sie am Anfang der Geschichte war? Es sind inzwischen Jahre vergangen.«

»Ich sehe, du bist reif für die wichtigste Lektion, Erdling. Im Quantenuniversum gilt der Satz: Ich gebe nicht vor, zu sagen, was absolut wahr ist, sondern was ich für wahr halte. Wer du alles gewesen bist, können andere erst nach deinem Tod feststellen. Das Ego braucht ein ganzes Menschenleben, um sich seiner selbst vollumfänglich bewusst zu werden. Ein Mensch hat Wahlmöglichkeiten im Leben, immerzu. Er muss auch im Denken Alternativen haben, um sich zu schützen. Aber zuerst müssen wir existieren, und dann treffen wir zwangsläufig Entscheidungen. Aber beim Versuch, unsere existentiellen Entscheidungen zu verstehen oder zu beschreiben, verpassen andere uns Etiketten, die kleben dann an uns.

Wie willst du also Marx klassifizieren? Von rechts? Oder von links? Dabei hatte er die widersprüchlichsten Affinitäten: Atheismus, Individualismus, Anarchismus, Kommunismus, Antisemitismus, Menschenliebe, er war sexbesessen, herrschsüchtig, aber auch liebevoll und ein großer Vordenker der herrschaftsfreien Welt. Max Stirner stand zwischen Atheismus, Anarchismus, Egoismus, Zen-Buddhismus, Amoralismus, Existentialismus und Ayn Rands Objektivismus. Auch er betitelte Etiketten als Spuk.

Schon Husserl hat in jedem Moment der Wahrnehmung die Kreativität, die Rolle des Gehirns als ständiger Deuter von Daten betont. Das dir bekannteste Beispiel ist Hanns.

Anarchist, Philosemit, Pazifist, Rassist, Nationalist, Nationalsozialist, Freidenker, Feminist. Wie geht das zusammen? Wenn du Hanns nicht in den verschiedenen Momenten seines Lebens erfahren hättest, sondern ihn erst heute treffen würdest, könntest du sagen: *Hanns ist ein drogenabhängiger, realitätsferner, empathieloser Nazi-Psycho, der mich krank macht.* Zumindest rational-emotive Therapeuten würden dich dazu zwingen, den Satz nach quantenpsychologischen Grundsätzen neu zu formulieren.«

»Und wie?«

»Du müsstest dich in etwa so ausdrücken: *Ich nehme Hanns gerade als Nazi wahr, und im Moment kann (oder will) ich mich an nichts anderes erinnern, und wenn ich meine Erfahrung auf diese Weise einordne und andere Faktoren ausblende, fühle ich mich unwohl.*«

»So würde ich mich als Mensch würdig erweisen?«

»Genau. Damit würdest du zeigen, dass deine Wahrnehmung sich auf einen Moment bezieht und du dir der Veränderlichkeit und der Alternativen in seinem und deinem Leben bewusst bist. Wir können keine abstrakten Wahrheiten kennen, nur relative Wahrheiten. Menschen können nur wiedergeben, was sie glauben verstanden zu haben. *Ist* oder *sind* verlangen aber objektivierende Festschreibungen. Über alles, was außerhalb deiner Erfahrung liegt, kannst du deshalb keine sinnvolle Aussage treffen. Planck, Heisenberg, Einstein, Bohr und viele andere haben die physikalischen Grundlagen erforscht, denen unsere Gehirne unterliegen, nun brauchen wir eine entsprechende Sprache bzw. sollten wir die Sprache nicht weiter missbrauchen. Jeder Satz, der die unschuldig wirkenden Worte *ist* oder *sind* enthält, enthält auch mindestens einen versteckten Irrtum. Was auch immer wir beschreiben, unser Selbst mitsamt unserem Verstand und unseren Erfahrungen kann von unseren Äußerungen nicht getrennt werden, es kann nicht objektiviert werden.«

»Okay, verstanden. Lass mich jetzt einen nächsten Satz versuchen. Du sagst einen mit *ist*, und ich formuliere ihn um.«

»Die Vorbereitung des Buffets war in fünf Stunden erledigt.«

»Also –«

»Vergiss nicht, dass nicht jede der Anwesenden dasselbe Trägheitssystem teilt wie du. Ihre Zeit vergeht anders. Denk an die Martianer oder an Loso.«

»Schon klar. Also, in meinem Trägheitssystem gemessen, zeigte meine Uhr ein Intervall von fünf Stunden an vom Beginn bis zum Ende der Vorbereitung des Buffets.«

»Siehst du? Wenn jemand anderes in einem anderen Trägheitssystem die Zeit gemessen hätte, dann käme er vielleicht zu dem Schluss, die Arbeit am Buffet war in weniger oder mehr Stunden erledigt, und hätte ebenfalls recht. Du wirst sehen, mit zunehmendem Bewusstsein dafür wird sich deine Welt verändern. Ich sage nicht, dass es immer schön sein wird, aber menschlicher.«

»Eigentlich sträube ich mich gegen Sprech- und Denkschienen.«

»Unbedingt! Ich versuche ja gerade, dich davon zu befreien, Erdling. 1930 notierte sich der polnisch-amerikanische Ingenieur und Sprachforscher Alfred Korzybski, der von den Forschungen der Quantenmechanik stark beeinflusst war, sinngemäß Folgendes: Wenn alle Menschen lernen würden, in der nichtaristotelischen Weise der Quantenmechanik zu denken, würde sich die Welt so grundlegend verändern, dass das meiste, was wir als Dummheit bezeichnen, und sogar ein großer Teil dessen, was wir für Wahnsinn halten, verschwinden könnte, und die unlösbaren Probleme von Krieg, Armut und Ungerechtigkeit würden plötzlich viel näher an einer Lösung erscheinen. Seine Schrift *Science and Sanity* erschien 1933. Stell dir mal vor, Erdling, jemand hätte ihn 1933 in Deutschland ernst genommen.«

In Gedanken versunken, liefen wir eine Weile stumm hinter Sahra her. Sie wusste offenbar, wohin sie wollte, und steuerte zielsicher durch das Stollenlabyrinth.

»Aber wenn wir niemals etwas beschreiben können, wie es ist«, begann ich wieder, »sondern nur, wie es uns in unserer Wahrnehmung erscheint, dann gibt es auch keine objektive Physik, sondern nur subjektiv-neurologische Physik, weil sich uns alles vermittelt durch das menschliche Nervensystem darstellt.«

»Yep, Erdling. Wir können nicht die eine tiefe Wahrheit finden, die all die relativen Wahrheiten, die unsere Instrumente gemessen haben – oder unser Nervensystem, das einzige Instrument, das alle anderen Instrumente lesen und deuten kann –, enthält. Dir ist doch klar, warum das unmöglich ist? Aber so denken noch viele Menschen und sprechen so über Menschen. Obwohl sie wissen und die moderne Wissenschaft ihnen Tag für Tag vorhält, dass jeder einzelne Mensch sich sein eigenes Modell der Realität erschaffen muss. Das Einzige, was wirklich eine tiefere Wahrheit zu sein scheint, ist die Unsicherheit und Unbestimmtheit.«

67 (F. WERFELS STERN DER UNGEBORENEN)

Absage an die Utopie

Sahra war plötzlich verschwunden. Angelika und ich rannten durch die Katakomben, bis wir endlich eine Treppe nach oben fanden. Die Tür stand noch offen. Wir traten nach draußen. Vor uns lag ein aschfahler Rasen, der sich wie ein gepflegtes, aber ergrautes Fell über den gesamten Planeten zu spannen schien. Paris hatte sich in Luft aufgelöst, alle Erhebungen, auch die kleinsten Hügel oder Mulden schienen verschwunden, alles war flach und perfekt eingeebnet. Alles ideal, und alles Farbige zu Grau-in-Grau verblasst. Keine Spur von Menschen, nur vorn, schon auf der Horizontlinie balancierend, erblickten wir Sahra in weißer Bluse und lilafarbenem Rock. Ihr Blazer blieb auf meinen Schultern. Auch der wolkenlose Himmel erschien mir in seiner tiefblauen Verödung zum eintönigen Boden zu passen. Die Sonne brannte irgendwie rötlicher, aber kühlte die Hitze dabei. Nirgendwo Häuser, nirgendwo auf den ersten Blick Leben. Ein Gefühl von Verlassenheit überrollte mich beim Anblick der verwaisten Landstraße, die sich bis zum Horizont spannte. Verwirklichte sich hier nicht die Vision, die Hanussen neulich gehabt hatte?

»Wo sind wir hier gelandet?«

»Auf dem Stern der Ungeborenen, Erdling. Du wurdest hierherzitiert.«

»Wie bitte?«

»Ja, du und Sahra, wie es aussieht. Ihr wurdet beide herzitiert. Sorry für die vielen Umwege, sie wurde ja auch nicht geschont.«

»Dann wusstest du von dem hier schon, als du mich in Shin's Karaoke angemacht hast?«

»Du beleidigst dich nur selbst, Erdling, wenn du mir hier billige Vorsehung unterstellen willst.«

Der Auftrag war erledigt. Am Horizont tauchte die Silhouette von Oskar auf. Mit einem letzten, schmucklosen Winken aus der Ferne verabschiedete er sich. Ich blieb stehen. Vollkommen ratlos. Hatte ich diesen Moment nicht herbeigesehnt?

»Das ist hier was? Zukunft, Vergangenheit, Retrozukunft oder futuristische Vergangenheit?«

»Es ist Warten. Es ist utopische Vollendung, Stillstand … Zukunft, Vergangenheit, das sind dynamische Zeitbegriffe.

Dies hier ist pure Zeitlosigkeit, Erdling, aber nicht wie eine Pause oder Leere, hier ist nichts abwesend, das allein fortbestehen könnte. Diese Zeit hier bleibt weder stehen, noch geht sie vorüber.«

»Damit willst du mir sagen, dass wir hier in Utopia sind? Einer Idealwelt?«

»Die Menschen hier glauben, im Astromentalismus zu leben, einer gesteigerten Form des Kommunismus. Alles grau, damit es nicht bunt sein muss, eine Monolingua, damit alle verstehen und dieselben Voraussetzungen haben.«

»Hier leben Menschen? Wo sind sie?«

»Sie leben unterirdisch.«

»Warum haben sie mich herzitiert? Was wollen sie von mir? Oder von Sahra?«

»Das kannst nur du selbst wissen. Oder Sahra. Hier bewegen sie sich, wenn sie reisen, nicht auf ein Ziel zu, sondern sie bewegen das Ziel auf sich zu. Sie nennen das mathematisch-mentales Reisen. Es funktioniert durch den einfachen Glauben an die Relativität aller bewegten Punkte des Kosmos im Verhältnis zueinander.«

Gebirge waren eingeebnet, Meere ausgetrocknet, die Gravitation schien abgeschwächt, leicht martianisch, vermutlich hatte sich die Erde weiter von der Sonne entfernt. Vielleicht waren auch die Tage länger geworden und mit ihnen das menschliche Leben. Dass Sahra und ich gleichzeitig ausgerechnet auf dem Stern der Ungeborenen landeten, dem Inbegriff für eine Absage an Utopie und Ideologie, musste das Quantenuniversum einen gigantischen Rechenaufwand gekostet haben, den ich gerade in jeder Schwingung meines Geistes fühlen konnte, so verloren und leicht fühlte ich mich. War es eine Investition? Oder eine Riesenverschwendung?

»Deine Gedanken können hier leichter durchscheinen, Erdling.«

Plötzlich bemerkte ich, dass ich nackt war. Oder eigentlich war ich transparent, ich hatte keinen Körper! Ich war ein Gespenst. Also nur die Idee eines Körpers. Angelika auch. Hatte ich ihren Körper eben nur projiziert?

»Die Astromentalen sagen nicht einfach, was sie denken. Vor jeder Äußerung wägen sie ab. Sie gehen jeder Peinlichkeit, jedem Konflikt, jeder Anstrengung, jeder Auseinandersetzung, jeder Entscheidung, jeder ernsten Mühsal aus dem Wege. Diese Menschen hier haben sich eine Ordnung geschaffen, in der alle Widerstände gegen das Angenehme und Schmeichelnde gebrochen zu sein scheinen. Diese Ödnis hier oben, jenseits ihrer Häuser, fühlen sie nicht, sie leben unterirdisch, Erdling. Sie wissen längst nichts mehr von grünen Bäumen und grünem Gras. Ihr Gras ist eisengrau. In ihrer monolingualen Sprache kann niemand verletzende Dinge, getarnt als Wahrheit und Aufrichtigkeit, öffentlich ausdrücken. Bei einer solch hauchdünnen, auch zahlenmäßig geringen Bevölkerung können nationale und sprachliche Unterschiede nicht bestehen. Seit undenklichen Epochen ist die Menschheit geeinigt.«

»Verstehe.« Zum unangenehmen Nacktheitsgefühl aufgrund meiner Unsichtbarkeit kam die Sorge hinzu, mein Denken, Wünschen, meine Ablehnung, meine Zweifel und meine Kritik nicht völlig vor den Astromentalen verbergen zu können. Aber wo war ich? Ich schien mich vor allem in mir selbst zu befinden. Dieses Ichselbst war irgendwie anders als vorher. Es war nervöser, gequälter. Ein Geist ohne Körper hat keinen Schutz mehr.

Wir stiegen in ein Labyrinth hinab, aus weitaus wohnlicheren Katakomben, Straßen mit künstlichem Tageslicht, die von Wohnhäusern gesäumt waren. Eine surreale, fast poetische Welt. Die Menschen auf den Straßen waren auf dieselbe Weise nackt wie wir. Sie grüßten einander. Offenbar kannte hier jeder Mensch jeden. Wir betraten ein Gebäude. Angelika führte mich ins geräumige Esszimmer, in dem unbekleidete Astromentale im Raum verteilt herumstanden. Sie schienen alle von gleichem Körperwuchs zu sein, zierliche, luftige Gestalten, fast saturnisch, Männer und Frauen. Ihre mittelgroßen Einheitskörper widersprachen der üblichen Vorstellung von hochgewachsenen, willensgestählten Zukunftsmenschen. Niemand hier war strahlend schön, eher streng schön oder mild schön. Ich hatte Mühe, sie auseinanderzuhalten. Ihre Alterslosigkeit bedrückte mich irgendwie, sie war mir unheimlich, wirkte unmenschlich, puppenhaft. Kein Haar am Leib oder im Gesicht. Haare galten als atavistisch und unappetitlich. Ihre Perücken, aus einem leicht funkelnden Material hergestellt, waren nur grobe Modelle von Haarfrisuren in Silber und Gold. Wie die pathetischen Kopfaufsätze in griechischen Tragödien.

Wir verließen die Wohnkatakomben und nahmen den nächsten Ausgang nach oben.

»Was ist denn hier für sie so bedrohlich?«, fragte ich Angelika.

»Erdling, die Vergangenheit schmerzt die Astromentalen nicht mehr. Sie leben im Glauben, sie absolut überwunden zu haben. Aber die Gegenwart, die Realität könnte ihnen zudringlich werden, das ertragen und dulden sie nicht.«

»Das kommt mir bekannt vor.«

Angelika zeigte auf ein Waldstück in der Nähe und erzählte mir von den *Dschungeln*, die überall in dieser eisengrauen Einöde aus dem Boden sprossen. Noch vor gar nicht langer Zeit war die gesamte Erde, bis auf die eingeschrumpften Ozeane und die unbewohnbaren Flächen, den herrschenden Astromentalen unterworfen und mit diesem aschfahlen, wuschigen Rasenteppich bedeckt. Seit einigen Jahrzehnten hatte sich dieses Bild verändert. Zuerst war etwas an den Rändern aufgebrochen, was die Astromentalen voller Ekel säuisches Getümmel oder einfach Dschungel nannten.

»Sag schon! Warum wurde ich herzitiert?«

Angelika lächelte und zuckte mit den Schultern. »Ich weiß es wirklich nicht, Erdling. Du weißt es. Hier ist das Ende deiner Reise, hier muss irgendwo der Ausgang sein. Vielleicht hat es etwas mit deinem Post zu tun. Du erinnerst dich doch, was du gerade posten willst?«

»Wieso gerade? Ich habe den Post längst gelöscht.«

»Nein, Erdling, du wirst ihn erst noch löschen.«

68 (ANGELIKA)

Dein Bewusstsein zeigt dir bloß deinen Worst Case,
du bist einfach überarbeitet

Angelika zog mich hinter sich her. Wir liefen über den eisengrauen Rasen in einen der Dschungel hinein. Dort verlor ich sie aus den Augen und irrte allein umher. Irgendwann blitzte etwas zwischen den Bäumen, es bewegte sich schnell. Ich folgte dem Signal, weil ich dachte, Angelika gebe mir Zeichen mit der Taschenlampe. Nach Bombenhagel oder Gewehrsalven sah es jedenfalls nicht aus, auch donnerte oder explodierte nichts; nur gleißendes Aufleuchten, das fast schwerelos in der Luft schwebte. Vielleicht weil die Dämmerung schon weit vorangeschritten war, bemerkte ich lange nicht, dass das Gras sich blau verfärbt hatte, durchzogen von goldenen und weißen Fäden.

Der ganz Wald um mich herum wurde blau, war voller schenkelhoher Blumen auf blauen Stängeln, deren Blüten geschlossen waren. Das blitzende Licht war verschwunden. Auch war es plötzlich ganz still, wie stummgeschaltet. Reflexartig blickte ich nach oben, wo über den Baumkronen eine eigenartige Finsternis mit einem diffusen Glimmen zu kämpfen schien. Erst ein plötzlich aufkommender Geruch lenkte meinen Blick zurück in den Wald. Überall hatten sich die Blüten geöffnet, sie fluoreszierten wie Sterne im Dunkeln und verströmten einen sagenhaften Duft von Fruchtig-Blau, der mich high machte. Ich sprang und tanzte wie verrückt um die Bäume, bis ein flammender menschlicher Körper, in blitzendes Feuer gekleidet und voller Schönheit, sich näherte und mich zu beobachten schien. Auch er tanzte mit mir eine Weile, als schien er keiner syderischen Welt anzugehören, als berührten ihn keine Elemente, kein Stein oder Felsen, keine Schwerkräfte wirkten auf ihn, er war luftig. Ich lachte, weil ich dachte, er sei eine Projektion meines Bewusstseins, ich versuchte ihn zu berühren, doch da verschwand er blitzartig. Taumelnd lief ich ihm hinterher, in die Richtung, in die ich glaubte ihn flüchten gesehen zu haben.

Ich näherte mich einem Gewässer, an dessen Ufern Tausende Vögel beim Verzehr melonenartiger Früchte sangen. Der fruchtig blaue Geruch färbte sich orange, er lähmte mich auf eine süße Art. Wie in Trance lauschte ich ihren Stimmen und starrte auf das Wasser und merkte zu spät, dass sich mir ein Heer von menschenähnlichen Kreaturen näherte. Ich war sicher, noch in der astromentalen Welt zu sein, und sagte mir, dass ich wohl einfach benebelt sei von den Ausdünstungen der Blumen und halluzinierte. Doch vom Wasser und von den Ufern her umringten mich bald Tausende dieser seltsamen Gestalten, sie waren wie die Astromentalen nicht bekleidet, aber auch nicht nackt, ihre Körper waren aus einer fluiden kristallinen Masse, durch die das phosphoreszierende Leuchten der Blumen schien. Wie Geister oder Gedanken kamen sie mir vor.

»Erdling«, hörte ich Angelika hinter mir flüstern. »Du hast wirklich Talent darin, dich in blöde Situationen zu bringen. Wie willst du jemals ohne mich zurechtkommen?«

»Wer sind diese Wesen?«

Wir waren in Kindermanns Marsmondwelt aus *Die Geschwinde Reise auf dem Lufft-Schiff nach der obern Welt* hineingeraten, die 1744, acht Jahre vor Voltaires *Mikromégas*, erschienen ist. Eine Erzählung über den ersten Missbrauchsversuch an Außerirdischen. Ihre intertextuelle Beziehung zu Werfels *Stern der Ungeborenen*, offenbar von dieser Marsmondwelt inspiriert, schien uns dorthin abgelenkt zu haben. Es gab offenbar noch so vieles in diesem deutschen Kosmos, von dem ich nichts wusste.

Nachdem der Mars sich am 10. Juli 1744 zwischen drei und vier Uhr morgens den Menschen zum ersten Mal mit einem Mond präsentiert hatte, beschlossen fünf Mutige, mit einem selbstgebauten Vehikel und geführt von Fama, der römischen Göttin des Ruhms und des ewigen Gerüchts, dorthin aufzubrechen, um sich das Gestirn aus der Nähe anzuschauen. Als sie sich dann unverhofft von Tausenden Marsmondwesen umringt wiederfanden, die ihr Luftschiff und all die Dinge, die sie bei sich trugen, bestaunten, fürchteten sie sich und gaben sich auf Rat der Göttin Fama selbst als Götter aus, indem sie zum Beweis mit einem ihrer Geschosse herumballerten. Die Druckwellen des Donners imponierten den Marsmondlern zuerst, die dann aber bald das falsche Spiel durchschauten.

»Komm zum Punkt. Wie sind sie aus der Misere wieder herausgekommen?«, fragte ich Angelika.

»Sie haben sich schließlich einfach als Menschen von der Erde geoutet.«

Mir war unklar, ob die Wesen jetzt stärker leuchteten, weil ich das wollte oder fürchtete oder weil das Licht, das durch ihre transparenten Körper drang, stärker geworden war. So richtig nüchtern war ich halt auch nicht. Es kostete mich keine Anstrengung, Freude und Neugierde auszustrahlen, die sie hoffentlich fühlen könnten. Damit glaubte ich mich aus dieser Umzingelung retten zu können, was im Prinzip stimmte. Jedoch begannen sie einen Tanz, für den ich nicht gemacht war, weil mein Körper wieder Schwerkraftverhältnissen unterworfen und nicht so leicht durch die Luft zu bewegen war. Sie unterlagen genauso einer Fehleinschätzung, was meine Existenz betraf, wie ich, als ich sie fälschlicherweise zunächst für Taschenlampenlicht gehalten hatte.

Jedenfalls erwachte ich aus einer Bewusstlosigkeit, auf einer Wiese liegend, wieder hatte mich blumiger Geruch eingenommen und ein ohrenbetäubender Gesang, der von eigenartig lispelnden Vögeln zu stammen schien. Die kleine Lichtung säumten Bäume mit Stämmen von vielleicht zehn Metern Durchmesser. Auf dem Marsmond konnte ich nicht mehr sein. Die Natur hier sah merkwürdig niedlich aus. Der Humus war so geputzt, dass er die Hände nicht beschmutzte. Der Himmel war unwirklich pastellheiter, ohne eine Wolke. Auch die Blumen waren hübsch. Der Wind zauste werbewirksam sanft mein Haar. Ich geriet in eine Siedlung aus Gebäuden, die penibel rechteckig und alle gleich hoch waren, an gleich langen Straßen, die auf eine Piazza zuliefen, in deren Mitte eine Art Schloss stand, das nur unmerklich größer war als die Häuser, aber ebenso schlicht wirkte und über dessen offenem Tor ein Schriftzug prangte: *Wohnung der Gerechtigkeit*.

Innen, in einem quadratischen Saal, sah ich viele Wesen an Tafeln sitzen, Geflügel mit Semmeln speisen und dazu Milch trinken. Alles wirkte ordentlich, sittsam, bescheiden und still. Niemand furzte, rülpste oder lachte. Auch ihre Körper waren menschenähnlich, fast astromental, nur trugen sie alle ein bis über die Waden reichendes, rot-weiß gestreiftes wollenes Kleid, an der Taille gegürtet, darunter Socken und auf dem Kopf Mützen aus demselben Stoff. Ich musste an ein Zuchthaus denken. War ich verhaftet worden? Auf den letzten Metern? In eine Tugendanstalt verbannt? Da entdeckte ich neben mir einen monströsen Spiegel, gerahmt von Knochen und Totenköpfen, vor dem offenbar ein König und eine Königin saßen, die beide über dem Kleid noch einen Umhang mit hochgestelltem Kragen trugen. Ich betrachtete mein Spiegelbild. Es war so viel Zeit vergangen, seit ich mich auf diese Reise begeben hatte. In diesem Spiegel sah ich die Nichtigkeit und Vergänglichkeit des menschlichen Lebens. Hinter mir erschien Angelika.

»Du blockierst dich schon wieder, Erdling. Es werden noch viel mehr Jahre vergehen, wenn du weiter Umwege suchst, um nicht mehr in dein Leben zurückkehren zu müssen.«

»Wo sind wir hier?«

»Bei den Lunariten, einem deutschen Mondgeschlecht aus dem Manuskript eines anonymen Biedermanns von 1745. Komm jetzt, ich habe Termine.«

»Mein Bewusstsein blockiert mich wieder, oder?«

»Dann bring dein Unbewusstes mit deinem Bewusstsein in Einklang und gib den Blick frei, Erdling.«

»Mache ich ja! Ich denke anders, ich spreche anders. Ich glaube, ich komme in dieser Welt nicht mehr klar.«

»Du wirst die Welt, in der du ab jetzt lebst, bald wiedererkennen, mit ein bisschen gutem Willen. Wahrnehmung beginnt immer im Vielleicht-Zustand. Ich spaziere die Straße entlang und sehe plötzlich fünfzig Meter weiter an der Ecke meinen Ex. Falls ich nicht Kognitionswissenschaftlerin bin oder Psychologin, bin ich mir also sicher, dass ich meinen Ex dort an der Ecke sehe, und werde überrascht sein, beim Näherkommen zu erkennen, dass der Typ meinem Ex bloß sehr ähnlich sieht, vielleicht nicht einmal sehr ähnlich, aber etwas Bestimmtes von ihm hat, das mich aus der Ferne anspringt. Meine Wahrnehmung enthält ein Vielleicht, aber weil ich von aristotelischer Logik geprägt bin, ignoriere ich das, deshalb schaltet meine Wahrnehmung voreilig zu Gewissheiten um.«

»Diese rot-weiß gestreiften Wesen hier nennst du meine Gewissheiten?«

»Natürlich, dein Bewusstsein hat sich so hundertpro auf Unbekanntes eingestellt. Es sucht jetzt nach Unüblichem. Erfahrungsgemäß funktioniert die Rückkopplungsschleife von der Wahrnehmung zur Vorstellung und zurück zur Wahrnehmung so schnell, dass wir sehen, was wir zu sehen glauben, und das Vielleicht, das Vage, das Unscharfe, das Ungewisse, oder wie auch immer du das nennen willst, praktisch nie wahrnehmen, bis wir uns neu darin trainieren, es zu erkennen. Ob etwas in die Wahr-falsch-Kategorie oder in die Vielleicht-Kategorie gehört, hängt von zeitlichen Betrachtungen ab.«

»Jetzt verstehe ich, warum die Bilder der UFOs immer so undeutlich waren. Jeder von uns sieht sie verschwommen, keiner von uns hat je ein UFO wirklich gesehen.«

Angelika stellte sich vor mich, legte die Hände an meine Wangen und blickte mir tief in die Augen. Ihre waren so dunkelblaue Fenster wie die Cosmos. »Klar, deine UFOs bleiben unidentifiziert und unbestimmt, weil sie nicht lange genug am Himmel stehen bleiben, um auch nur eine Vermutung über sie herzustellen, außer dass sie keine Raumschiffe sind. Wer UFOs nicht oft oder gar nicht sieht, beherrscht die Wahrnehmungspsychologie oder die aktuelle Neurowissenschaft nicht. Der Himmel enthält zahlreiche Dinge, die zu schnell vergehen, als dass irgendjemand sie identifizieren könnte. Wenn wir uns ständig daran erinnern, dass wir nicht mit den Augen sehen, sondern mit unserem synergetischen Auge-Gehirn-System, werden wir immer öfter feststellen, wie viele unserer Wahrnehmungen aus vorgefassten Meinungen hervorgehen. Die Unbestimmtheit als Grundlage für unsere Gehirne scheint aus meiner Sicht eine geniale Entscheidung. So bleiben Menschen anpassungsfähig über alle Kontexte hinweg. Das birgt natürlich auch Gefahren, wenn sie sich zu leichtgläubig und treuherzig verhalten. Was sind denn Epochen, Erdling? Verkürzt gesagt: Erkenntnissysteme, Brillengläser oder Spielregelsysteme. Ohne diese Unschärfe als Ausgangsbasis unserer Erkenntnisfähigkeit hätte es keine Menschheit gegeben. Also sollten wir uns auch der Beschaffenheit unseres Gehirns entsprechend verhalten und sprechen, findest du nicht?«

Ich blickte sie einen Moment an. »Wo ist der Mietwagen?«

»In der Zukunft, wo sonst.« Sie küsste mich und wandte sich ab, winkte zum Abschied. Ich war jetzt wieder auf mich selbst gestellt.

In dieser Geschichte sollte immer noch ich das letzte Wort haben. Reichlich Belehrungen hatte ich über mich ergehen lassen müssen. Aber warum sollte ich mir von Hirngespinsten irgendetwas einreden lassen?

Ich drehte mich um und fand mich in Cosmos Laden wieder, noch immer mit Voltaires *Mikromégas* von 1752 in der Hand, noch immer vor demselben Regal stehend. Den Band stellte ich zurück neben Kindermann und den anonymen Verfasser der Erzählung über die Lunariten. Gleich darauf erblickte ich Cosmo, wie er sich mit jemandem unterhielt. Im nächsten Moment blickte er zu mir, er nickte und grinste. Sein Laden in der Münzstraße 11 hatte sich kaum verändert, die verstrichene Zeit wurde nur in der Abnutzung sichtbar. Ich fragte mich, ob ich unterwegs dieselbe Sahra verfolgt hatte, die ich aus meiner Raumzeit kannte. Oder war sie ein Spuk aus meinem Unbewussten, der sich an meine Fersen geheftet und mich auf diese Reise geschickt hatte?

Ich entdeckte Armin, wie er am anderen Ende des Ladens stand und in einem Buch blätterte. Ich beobachtete, wie Angelika sich hinter ihn stellte und mir noch zuzwinkerte. Ich hörte, wie sie zu ihm sagte: »Hallo, Erdling.«

DANKSAGUNG STATT EINER BIBLIOGRAFIE

Ohne Moos nix los, einer der schönsten Aspekte deutscher Mentalität. Meine Dankbarkeit für die großzügigen Investitionen in den Versuch dieses narrativen Kulturdenkmals habe ich bereits auf der Impressum-Seite dieses Buches zum Ausdruck gebracht, deshalb konzentriere ich mich hier auf meine Kooperative, kraft derer sich dieser Erzählraum überhaupt bilden konnte. Mit den vereinten Stimmen europäischer Erzähler:innen entstand dieser Roman, der seinen Anfang 2015 in einigen seltsamen Erlebnissen in New York nahm, als ich dort zwei Wochen lang für ein neues Buchprojekt recherchierte (völlig anderes Thema), das ich plante, im Anschluss an meinen Roman *Leben ist keine Art, mit einem Tier umzugehen* zu realisieren. Zu meiner Verteidigung sollte ich erwähnen, dass ich mir den Stoff diesmal nicht aussuchen konnte, der Stoff hatte es auf mich abgesehen.

Alles fing am Abend bei einer Ausstellungseröffnung in der Upper East Side von Manhatten an, da kam ein Typ auf mich zu, blasslederne Haut, Augenränder, leicht dehydriert. Wir sprachen kurz über die Kunst, sehr an der Oberfläche, dann fragte er mich auf einmal, total lakonisch, ob ich ihm ansähe, dass er von Außerirdischen entführt worden sei, ob ich ihm das an seiner Körperhaltung ansehen würde oder im Gesicht. Er wirkte überhaupt nicht traumatisiert. Ich verneinte, sagte, ich glaube nicht an Außerirdische. Dann grinste er und sagte mit diesem selbstsicheren amerikanischen Timbre: »You should solve your problems.« Ich meine, in Filmen ist so eine Szene das Omen, das seinen Schatten vorausschickt, so ein Wendepunkt, der mit irgendeiner Musik untermalt wird. Und daraufhin folgten in diesen vierzehn Tagen etliche und die unterschiedlichsten Begegnungen mit Menschen, die unlängst eine Erfahrung mit Außerirdischen gemacht hatten. Egal ob wir bei einem Künstler zu Gast waren, der mir seinen letzten Ausstellungskatalog zeigte, worin er seine Begegnung mit einer außerirdischen Frau an einem Strand in Spanien auf den Malereien verarbeitet hatte, oder ob wir die *New York Times* aufschlugen und sofort ein langer Bericht ins Auge fiel, in dem ein ernst zu nehmender Journalist stocknüchtern von seiner *Abduction* berichtete. Das Ganze fand seinen Höhepunkt am Kaffeetisch in der Wohnung der 90-jährigen Großtante meines Mannes, der ich auf ihre Frage, wie es so mit meinen Recherchen laufe, antwortete, dass ich mehr Stoff über Außerirdische und ihre amerikanischen Entführten gesammelt habe als über mein Projekt. Daraufhin erzählte sie plötzlich, sie!, eine außerordentlich rationale Person, eine Wienerin, wie sie irgendwann in den 1960ern mit ihrer Mutter Urlaub in einer Club-Med-Anlage in Guadaloupe gemacht und hautnah miterlebt hatte, wie alles um sie herum ganz still wurde und sich dieses wahnsinnig schöne grelle Licht vom Himmel herabsenkte, eine Weile auf Höhe der Baumkronen verharrte, völlig lautlos dahinschwebte, um dann plötzlich mit einem Affentempo in die Höhe zu schießen und im Nichts am Himmel zu verschwinden. Sie versicherte, sie habe nicht gekifft oder getrunken.

Den letzten Rest gab mir dann am Abend vor der Abreise zurück nach Berlin ein Picknick auf einem ausrangierten Marineschiff im Süden von Brooklyn in der Atlantic Bay, das irgendwann von einer Künstlergruppe gekapert und besetzt worden war. Im *New Yorker* luden sie die Stadt-Einwohner:innen zu einem lockeren Picknick mit Singen und Chillen ein. Also gingen wir dorthin. Ich fürchtete mich schon davor, irgendwelchen Entführungsopfern zu begegnen, aber nein, es kam schlimmer: Der Sonnenuntergang war schon in der rötlichen Phase, die Liberty verschwand langsam in ihren Konturen, verschmolz mit einigen Stromkabeln, die sich kreuz und quer über dem Himmel spannten, als sich mir schlagartig eine komplexe Dramaturgie im Geist auffächerte, als hätte sie mir irgendwer von irgendwoher gesendet und installiert, quasi eingepflanzt, die von da an ein Eigenleben in meinem Kopf führte, egal wie sehr ich sie zu ignorieren versuchte. Trotz neuer Projekte saß diese Dramaturgie jetzt wie ein Helm auf meinen Gedanken.

Und wie kam ich mir dann auf dem Rückflug vor? – So schäbig, so uninteressant. Bis dahin dachte ich, dass ich eine blühende Fantasie hätte, die mich überallhin bringen könnte. Wieso hatten mich nicht auch irgendwelche Außerirdischen besucht, entführt, kontaktiert oder wenigstens beobachtet? Und immer dachte ich an den Satz dieses Typen in der Galerie: »You should solve your problems.«

Zuerst habe ich durch Konzentration auf andere Projekte versucht, so typisch deutsch, Abstand davon zu gewinnen und dem Ganzen Ernsthaftigkeit abzuringen. Na ja, teilweise hat das schon geholfen. Als mir bei weiteren Recherchen dann klar wurde, dass die Deutschen bis heute, aber offenbar nicht immer schon ihre Schwierigkeiten mit Außerirdischen haben, vor allem die linken Deutschen, als ich verstand, dass es da einen Bruch gegeben hatte, als ich verstand, wie wichtig Weltraum und Außerirdische im deutschen Denkraum und der Literatur einmal gewesen waren, da begann ich zu begreifen, worin ich hier hineingezogen werden sollte und dass ich es hier mit einer Untersuchung der deutschen Geistesgeschichte anhand meiner eigenen Psyche zu tun hatte. Die Ereignisse in New York, die Außerirdischen der anderen, die indirekte Konfrontation mit meinem entvölkerten, vereisten Weltraum forderten mich persönlich heraus, in meinem schwierigen, beinah unmöglichen Verhältnis von linker und deutscher Identität. Diese Dramaturgie, die da bei mir quasi holografisch aufgerufen und abgelegt wurde, liegt jetzt wie ein Bett unter dem *Erdling*. Als ich mich dem Stoff endlich ausgeliefert hatte, jagte er mich durch schräge, teilweise funkelnde, aber auch finstere deutsche Raumzeiten, von denen hier (der Übersichtlichkeit halber) nur die wesentlichen in der Erzählstruktur geblieben sind.

Am Anfang von allem stand *Doktor Faustus*, mein geistiges Turngerät, das Buch umschlingt den Erdling wie ein Passepartout. Thomas Mann selbst war die gesamte Reise über mein Sidekick, mein wichtigster Verbündeter. Alle seine Äußerungen stammen aus diesem Roman. Er hat mir übrigens einen Blurb für dieses Buch versprochen, aber Angelika erinnerte ihn und mich, es sei nicht garantiert, dass dieser rechtzeitig bei mir eintreffe. Weil zur richtigen Zeit am richtigen Ort, tja …

Mein nächster Dank geht an den vergessenen oder verdrängten und totgeschwiegenen Muskelprotz moderner deutscher Literatur, Hans Heinz Ewers, dessen Werkbibliografie nicht bloß fruchtbar für meine Recherche über deutsche Mentalität, sondern vor allem wichtig für das Romanfundament war und dessen Biografie von Wilfried Kugel (*Der Unverantwortliche. Das Leben des Hanns Heinz Ewers*) die wesentliche Inspiration für dramaturgische Entscheidungen und die Formung der Figur selbst geliefert hat. Besonders beeindruckt hat mich Kugels Sensibilität und Humanität im Umgang mit Ewers' Lebensdaten, eine Mischung aus mütterlichem und väterlichem Blick auf den Menschen und Künstler, dessen Lebensreise für mich ein Paradebeispiel deutscher seelischer Selbstzerstörung abgibt. In diesem Zusammenhang danke ich seinem frühen Weggefährten, dem Kabarettisten und Chansonier Marc Henry, für sein Engagement bei den Elf Scharfrichtern in München, für seine scharfzüngigen Beobachtungen deutscher Lebensart in den Nullerjahren des 20. Jahrhunderts. Der Blick der Franzosen auf die Deutschen war ein Augenöffner, er hat mir allgemein viel erzählt über historisches deutsches Lebensgefühl. Hier möchte ich die Anthologie *Ach, wie gût schmeckt mir Berlin. Französische Passanten im Berlin der zwanziger und frühen dreißiger Jahre* erwähnen, herausgegeben von Margarete Zimmermann unter Mitarbeit von Gilda Rodeck, erschienen 2010 im Verlag Das Arsenal. Die darin versammelten Stimmen zeichnen ein so eindringliches Stimmungsbild über die mentalen Zustände in Berlin, die manchmal in ihrer Leichtigkeit so erhellend, aber auch erschreckend waren. In Camille Flammarions Rede *La mentalité allemande dans l'histoire*, die er 1915 an der Sorbonne gehalten hat, habe ich vor allem an der unkritischen Wucht, mit der er Zitate aus dem Zusammenhang gerissen und willkürlich aneinandergereiht hat, seine Erschütterung über die militaristische Geistlosigkeit und Barbarisierung seiner Nachbarn herausgelesen. Ich stellte mir vor, wie er kurz zuvor Paul Scheerbarts Mond besucht haben könnte. Umso überraschter war ich über Peter Watsons Ziegelstein *The German Genius*, der mir 2019 bei einem Interview für diesen Roman (der Name muss hier anonym bleiben) empfohlen worden war. Knapp eintausend Seiten (Taschenbuch) über deutsche Genialität von einem Engländer! Wozu das denn?, dachte ich. Dann habe ich in sein Nachwort hineingelesen und fand das so kurios, dass ich das Buch anschließend gekauft und zu lesen begonnen habe. Empfehle ich dringend! Mit den Rezensionen auf Amazon könnt ihr euch dann noch ein ganzes Wochenende amüsieren. Ich meine das jetzt nicht ironisch.

Weitere, den Roman mitprägende Begegnungen hatte ich mit Chajm Steinschneider alias Jan Erik Hanussen. Seine zwei Jahrgänge der *Berliner Woche* von 1932/33 lesen sich wie eine (un)gewollte Tiefenanalyse deutscher Psyche. Oder mit Yvan Goll (*Sodom Berlin*), dessen sarkastische, mit ironischem Hass gewürzte Liebeserklärung an die mystische deutsche Seele, die im Durchschnittsdeutschen (einem Thüringer!) sogar Geschäftstüchtigkeit mit guten deutschen Idealen hervorbringe, aus denen sich doch ordentlich Schotter (Materielles!) machen lasse. Oder mit dem britischen Schriftsteller Sir Edward Bulwer-Lytton (*The Coming Race*) und dem deutschen Sprachwissenschaftler und Orientalisten Friedrich Max Müller (*Science of Language*), deren Versuche, die Welt mit ihren Erkenntnissen zu erhellen, vor allem von der Bildungsferne und Naivität ihrer Zeit überrollt worden waren. Oder mit dem Publizisten Davis Trietsch (*Juden und Deutsche/Tatsachen und Ziffern/Deutsch als Weltsprache*), dessen statistische Herzstärkungen, egal wie genau sie heute noch sein mögen, proportional gesehen ein klares Bild deutscher kulturpolitischer Widersprüchlichkeiten zu Anfang des 20. Jahrhunderts ergeben. Oder mit dem *fermentösen Fremdkörper* Oskar Goldberg (*Wirklichkeit der Hebräer*), dessen religionsphilosophische Ausführungen zu Volksgöttern mich zeitweise an die okkulten völkischen Phantasmagorien der ariosophischen Walhalla-Bonze Guido von List denken ließen. Eine ebenso weniger erbauliche Begegnung hatte ich mit Karl Marx (*The Russian Loan*) in der *New York Daily Tribune* vom Januar 1856 oder mit den Schriften von Reiner Elmar Feistle (*Aldebaran. Das Vermächtnis unserer Ahnen/Eine Macht aus dem Unbekannten*). Es folgten noch weitere Begegnungen bzw. Interviews, die anonym bleiben sollen oder die ich zugunsten der Lesbarkeit des Romans weggelassen habe.

Einfluss auf den formalen Aufbau der Geschichte hatten (neben den frühkindlichen Prägungen durch endlose Belehrungen meines Vaters, eines Mathematikers und glühenden Verteidigers der Quantenmechanik) das (Wieder-)Lesen der

Schriften von Quantenphysikern wie Werner Heisenberg (*Quantentheorie und Philosophie*), Albert Einstein (*Mein Leben*), Erwin Schrödinger (*Was ist Leben*) oder dem deutschen Physiker Thomas Görnitz (*Quanten. Wirklichkeit des Geistes*) sowie auch des amerikanischen Mathematikers, Ingenieurs und Sprachwissenschaftlers Alfred Korzybski (*Science and Sanity*).

Ferner begleiteten mich im Hintergrund weitere Lektüren wie die von Alexander von Humboldt (*Kosmos*), Hannah Arendt (*Über das Böse*), Saul Friedländer (*Kurt Gerstein oder die Zwiespältigkeit des Guten*), Nele Releaux (*Nationalsozialistische Täter*), Joseph Roth (*Rechts und Links*), Victor Klemperer, Gershom Scholem, Walter Benjamin und etliche Historiker:innen wie Julian Strube (*Vril*), Michael Novian (*Von Ariern und Aliens*), Thomas Weber (*Wie Adolf Hitler zum Nazi wurde*) oder Karim Akerma (*Außerirdische. Einleitung in die Philosophie. Extraterrestrier im Denken von Epikur bis Hans Jonas*) und natürlich C. G. Jung (*Ufo. Ein moderner Mythus*).

Seit 2019 habe ich mich, gut beraten vom österreichischen Publizisten und SF-Kritiker Franz Rottensteiner, kreuz und quer durch unzählige deutschsprachige historische Literatur mit Außerirdischen gelesen, teils in gotischer Schrift. Begonnen habe ich allerdings mit Voltaires *Mikromegas*. Von dort bin ich mit meiner Angst vor den neuen internationalen (politischen) Dämonen auf Keplers Mond (*Somnium*) geflogen. Sehr elegant. Keine Zentrifugalkräfte nötig, kein Treibstoff, es war eine Flucht und kein Flug. Es folgten Reisen zum Marsmond von Eberhard Christian Kindermann (*Die Geschwinde Reise auf dem Lufft=Schiff nach der obern Welt*), eine *anonyme Reise zum Mond* von 1745, noch eine zum Mond von Ella Sanders (*Ein Besuch im Monde,* 1881), dann eine zum Mars mit Leo Brenner (*Ein Besuch auf dem Planeten Mars,* 1905), noch eine zum Mars von Friedrich Wilhelm Mader (*Wunderwelten*) oder durch August Niemanns Äther-Weltraum (*Ätherium*) und noch viele mehr. Nicht alle davon wurden Stationen in meinem Roman.

Zu meinen schönsten und lehrreichsten Begegnungen mit deutschen Außerirdischen zählen die mit Kurd Laßwitz' Numen (*Auf zwei Planeten*), Paul Scheerbarts Mondleuten (*Die große Revolution*), Simon Krauss' (alias Ludwig Antons) Venusmenschen (*Über den Weltenraum*) oder Fritz Brehmers Drom-Menschen (*Nebel der Andromeda*) in der Andromeda-Galaxie. Friedrich Freksas *Druso* hat mich in seiner subtilen Widerständigkeit überrascht. Schlussendlich habe ich mir noch Hörbigers vereisten Mond (*Glacial-Kosmogonie*) aus der Nähe angeschaut, der zu meiner Verwunderung die Erzählung über den vereisten implodierenden Venusmond des eigentlich ernst zu nehmenden Wissenschaftsjournalisten Otto Willi Gail inspiriert hat. Der einst von allerlei schlauen, begabten und kuriosen Wesen bevölkerte, aber nun total vereiste, von finsterer Schwärze erfüllte deutsche Weltraum setzte mich schließlich auf Franz Werfels *Stern der Ungeborenen* aus, aschfahl, (blut)leer und desillusioniert. Danke euch allen, Leute, für die Unterstützung und Mitarbeit am *Erdling*!

Schließlich möchte ich noch Noam danken, der mich die viereinhalb Jahre mit Liebe & Geduld, seinem kritischen Ohr und wichtigen Ratschlägen und Aufmunterungen unterstützt hat. Danke an meine Lektor:innen Doris, Yoko, Sophie und Martina für das muskulöse Lektorat. Meinem Agenten Thomas danke ich für das Lesen einer frühen, total chaotischen Fassung und die guten Tipps, so auch Hanna für die tolle Moderation des Preview im Literaturhaus Berlin (dem ich ebenfalls danke!) und die hilfreichen Leseeindrücke.

Ach, und ich danke Sahra & Oskar fürs Mitmachen!

Und: Thank you for travelling with me!

REISEROUTE

STUFE 1

STUFE 2

STUFE 3

STUFE 4